U0925408

金童话

山東文藝出版社

陈占敏 著

图书在版编目(CIP)数据

金童话/陈占敏著．—济南:山东文艺出版社,2008.9
(黄金四书)
ISBN 978-7-5329-2888-0

Ⅰ．金… Ⅱ．陈… Ⅲ．长篇小说—中国—当代
Ⅳ．I247.5

中国版本图书馆 CIP 数据核字(2008)第 130022 号

主管部门 山东出版集团
集团网址 www.sdpress.com.cn
出版发行 山东文艺出版社
电子邮箱 sdwy@sdpress.com.cn
地　　址 济南经九路胜利大街 39 号
印　　刷 山东新华印刷厂
版　　次 2008 年 9 月第 1 版
　　　　 2008 年 9 月第 1 次印刷
规　　格 开本/170×245 毫米 16 开
　　　　 印张/21 插页/2 千字/284
印　　数 1-4000
定　　价 24.80 元

目　录

第一章

村歌嘹亮

金崮林家村歌在七月的早晨突然奏响，太阳还要过一会儿才能升起来。此时，遥远的京都大约也是睡觉的时候，因为地球变暖，暑热难耐，大家只好把睡觉的时间往后延。金崮林家村民趁着早晨凉爽的时辰，想睡个好觉，被突然奏响的村歌惊醒，好多人就骂出了梦里没敢喊出的骂人话。睡眼惺忪的时刻，大家真的不知道，为什么村歌要在人家正做梦的时候把人吵醒，不过，等到村歌把打雷都不能惊醒的人也吵得睡不过去的时候，大家也就明白了：这是安得林的生日又到了。

老总安得林在天气最热的日子里过生日，其实大家早已铭记在心，只是在睡觉的时候不愿意再记着罢了。在村歌还没有奏响的白天，副总郭立志已经亲自主持，把每人的二十斤白面、十斤大米、二斤猪肉、一斤花生油、四两香油分到了各家，记性最差的人也知道，这是老总安得林的生日又到了。跟好多贪官污吏不同，安得林过生日，不趁机敛财收受人家的贺礼，他是把生日礼物发给大家，以便让大家记住，由于一个好女人的生育，便有了众人的幸福。他是农历一九四一年闰六月十一日出生。按照庄稼人的说法，他出生的日子既然不是正经的月份，他也就很难有一个正正当当的生日，只要赶不上闰六月，他要过的生日那一天，就没有一个女人真正地生他。可是正相反，安得林不仅每年的六月都理直气壮地过生日，而且在他当了金崮林家的老总之后，一九八七年，他还过了两回，给大家的礼物也分了两回，前六月奏了一回村歌，闰六月又奏了一回村歌。

村歌嘹亮，金属敲击似的旋律像大铜锤，一锤一锤砸到人的心上，撞出一片碎铁撒到院子似的回声。歌词能让人记住的不多，只是“金崮金崮”反反复复，“林家林家”重重叠叠。当年从京城请来的词人，倒是一笔逮住了村歌的灵魂，像上帝的手一下子捏住了魔鬼的脖子，老总过生日要给大家分发礼物的这个村子，真的是凭着金崮顶底下的金子富裕的，跟半个世纪之前闰六月那个酷热的中午一个女人分娩，并没有多少直接的关系。不过，它在老总每一个正当或不正当的生日早晨都奏响，让大家记起的，还是一个女人大喊大叫像唱歌一样的生产。当然啦，金崮林家村歌倒不是专为老总一个人过生日创作的，它在村子里另外一些重要时刻也同样奏响，其意义正如一个国家的国歌。

踏着村歌铜锤敲击一样的节奏，治安巡逻队从村子西头走到东头，走完大街，又走上胡同。他们穿黑色制服，戴红色袖章，三个人站成一排，警棒一律从屁股上垂下，前头一个，手上拿了跟警棒差不多一样长的手电筒。他们在早晨的凉爽空气里打一个哈欠，头脑清醒，没有因为被村歌吵醒而骂人，看鞋上沾的尘土湿气，就知道，他们从夜里一直巡逻到早晨，太阳升起来以后，他们才轮到睡觉。巡逻队走过以后，响起了竹扫帚扫在地上的声音，清晰而又含混，听起来扫街的人还没有完全睡醒，他们的劳动是一种机械动作，像开始了做梦，就要一直做下去一样。等到村歌不再奏鸣，太阳升得高起来，另一种轰鸣更加动人心魄地响起了，震得太阳光直发抖，铜鼓洋号的吹打像大地震，让人的心里乱惶惶的。听一听大地震的中心就在总部大楼那里，大家明白，一个庄严的典礼就要举行了，就是一座雕像的开雕仪式。

像一座山一样的大理石，在天气刚刚热起来的日子，运进了村子。运输和起卸，运用了充分的现代化工具和科技，依然困难重重，步步维艰。压崩了数十条轮胎，压弯了吊车的钢架，到后来还是运用了杠杆原理，出动了村子里全部青壮劳力，还加上金崮顶矿井里外地雇来的民工，同时动用了几台吊车的合力。在第二十一条汽车轮胎压崩的时候，见多识广的老矿工林海山感叹，起运大理石的季节不对，既然知道要运的石头如此巨大，就应该选择冬季。冬季里，可以在运输的沿途打井汲水，夜里把水泼到路上结冰，白天里趁着冰冻，用撬杠撬着大理石，在冰上滑行。三百年前，皇家用此法，从京西的山上把大理石运进皇宫，雕出九龙戏水，铺在金銮殿门口。老矿工的感叹，没有引起人的注意，村政当局就算有耐心，等待再一个冬季到来，可是现在的冬天也已经越来越不像冬天了，老天爷已经没有能力，再冻出一路坚冰，让山一样的大理石滑行了，你沿途打井再多也无用。

山一样的大理石终于立在总部大楼前面，大家刚刚记住了巨石像雪花一样的模样，它就被严严实实地遮挡起来了。架子工先在它周围搭起钢管脚手架，把坚固的扣件螺丝扭紧，再铺上平整的竹排，样子很像要建一座楼房。大家很明白，那不是要建筑工踏着，用砖石在没有人的地方垒起人来，而是让雕工踏了，用锤錾把大理石不是人的地方錾去。随后就围上了严密的棚子，棚子搭了一层苇席，又遮了一层帆布，帆布是墨绿的颜色，巡逻队夜里的强光手电筒照上去，也照不透棚子里面的隐秘。棚子一搭好，就有两个穿黑衣服的治安员，站到了门口两旁，屁股后边垂下的警棒像他们的神色一样紧张。一根粗黑的电线从治安员头顶越过，穿进棚子里，连接了几个巨大的灯泡，灯泡的强光穿不透黑暗的棚壁，大家只能认为，里面的人一直在黑夜里干活。雕工来自京都，大家不知道村里要付给他们多少钱，看他们的头发都比女人的还长，有一个还在脑后绑了小辫，就知道他们肯定是艺术家，不能像雇来的安徽矿工一样便宜打发。两个来自京都的雕工，在村子里的小食堂吃饭，到村子的街道上溜达，等到开雕仪式举行完毕，他们就不再露面了。一日三餐，有人给他们从棚子门口递进去，大小便也在棚子里解决，他们按时伸出一只手来，手上提着加盖的塑料桶，交给门口站岗的治安员。其实，他们的封闭式生活和工作，在铜鼓洋号停止吹打，安总安得林讲过话以后，就开始了。他们中的一个，在安得林讲完话以后，也发表了讲话。他在棚子里头讲，积极的态度，激昂的情绪，通过了电线和喇叭，没有减弱，大家却没有听明白，他们到底要用山一样的大理石雕一个什么像。随后就响起了叮叮当当的锤錾声，像金崮顶矿井最初用人工打炮眼发出的声音一样。此时，老总安得林已经坐进白色的轿车，跑出了村子。

棚子里雕像的锤錾声清晰在耳，响到奏完一遍村歌那么长的时间，村民家中修建新型厕所，发生了意料之中的问题：有一个小孩扔石头，果然打碎了人家白瓷的便盆，便盆洁白得人家还没有舍得用。

修建新型厕所是总部提议，经“三老会”讨论，村委决定的。本来，金崮林家所有人家的厕所，像三河县七百多个村庄一样随随便便，就是在院子的一角挖个坑，还有的就跟养猪圈共用，设在正房的窗户外头。他们即便淘金暴发，最早富裕起来了，也没把自己屙的当成骄傲的富人粪便，企望用富人的方式处置，就连老总安得林本人，也是如此。也怪安得林乘坐的轿车太洁净，太白亮，也怪他坐着那辆白色轿车，常常跑向庄稼人不能去的厕所，还怪他和总部、村委、两委成员最先住进了新建的小楼，他终于把人身上最不干净最没有用处的东西，也看得高贵起来，在一个蹲下去的早晨，起意要修建新型厕所，立刻就当成总部的提议，由副总郭立志提交“三老会”讨论了。

修建新型厕所，涉及金崮林家所有人家。总部提议，一律用白瓷便盆，接通自来水冲洗。住进小楼的两委成员，尚有顺理成章的感觉，他们只不过把水管接长一些就是了。仍然住在几代祖居的平房的人家，却觉得未免奢侈，倒不是舍不得用水，反正村里的自来水塔，源源不断地把老矿井里的水抽上来净化，问题是那么白的瓷盆，大家舍不得糟践，说真的，好多人家洗脸的盆子还没有那么白呢。按照总部的提议，所有人家的新型厕所，都要修在院子一角，离开正房窗户，或者在院子的西南角，或者在院子的东南角。这就带来了新的问题：好多人家院子的那块地方盖了厢房，并没有留下修建新型厕所的地方。“三老会”上，有人提出了这样的异议，主持会议的副总郭立志即刻把他驳回去，郭立志的理由简单得很：

“把厢屋拆了嘛。”

此人咕哝说，拆了厢屋，居处就破落得不像样子了。

郭立志说他糊涂，郭立志说，新修的厕所，要比所有的厢房都漂亮。

此人说，修了那么好的厕所，再扒掉不就可惜啦？

郭立志反问他，修了新厕所，就打算叫你用一辈子，谁叫你扒掉啦？

此人说，不是都要住楼吗？

郭立志居然忘记了村里的规划，他自己已经住进了小楼，倒把村里建新村小楼的规划程序忘记了。按照写在纸上的规划，住新村小楼，两委成员后头，就是“三老会”成员。郭立志一时张口结舌，紧接着就使出了政客的攻击手段，阴暗冷酷，全然没有做思想的热情和光明，他看着对方花白的胡子，皱瘪的嘴巴，说：

“你还打算活一百岁？”

对方没有来得及问副总，为什么要把“三老会”成员的幸福设计得那么遥远，就被另一个“三老会”成员提出的疑虑打断了。林家明身兼老干部、老党员二老，他的疑虑显得更加实际，他问郭立志，要是小孩扔石头，打碎了白瓷便盆怎么办？郭立志反问他，是谁家的孩子扔石头？林家明说，谁家的孩子都会扔石头。郭立志说，自家的孩子扔石头打碎了，怨你倒霉，你自己再买一个换上，要是外人家的孩子扔石头——很简单，郭立志说：

“抓住了，给他把手剁去!”

大家没有笑，为有孩子的人家深深担忧了。为了避免自己的孙子也会遭遇剁掉手的命运，有人提出使用打不碎的便盆，他的提议立刻遭到了气哼哼的反驳，反驳者几乎是在用七十岁的老鼻子说话：

“哼，打不碎？除非你用铁的!”

对方的鼻子更老，哼出的气焰更骄傲，不可一世：“你光知道铁的打不碎。”

对方不能忍受这样的蔑视，一根老指头伸出来指着老鼻子：“那么你说，还有什么打不碎？”

“金子!”

腾地站起来的老头，忘记了他是三老会成员，顿失老迈，稳重也同时失去，他气昂昂的，像一个年轻后生，大声说：“咱就用金子做盆子屙尿，咱金崮林家，用金子修猪圈也修得起!”

主持开会讨论修建新型厕所以来，副总郭立志第一次咧开嘴笑了，他笑着做一次思想工作，说出了一个思想工作人员应该说的话：“等到了共产主义，咱就用金子修厕所。社会主义初级阶段，咱还是用白瓷盆子。”

老矿工林海山，不同意副总把老人的幸福推延到他们不可能看到的年月。讨论修新型厕所以来，林海山一直没有说话，他的神情像开始的时候一样严肃，声音不高，听上去就不像是说一句大话，而是实实在在的建议：

“我看就用金子。”

说完之后，他说家里有事，要先走一步，不等郭立志批准，就走向门口。郭立志让他站一站，把用金子做便盆的理由说出来，他用昏花的老眼睛盯着郭立志，清清楚楚地说：

“金子那东西，多了没有用。”

他走出门口，又回过头来说一句：“多了，光叫人长毛病。”

修建新型厕所问题，三老会没有作出最终结论，村委会依然作出了决议，决议写到了纸上，印成“金”字号红头文件下发，用最大号纸张印出一份，贴到村子中间的墙上，很像法院判决犯人的布告。决议又规定，新型厕所一律建在各家院子的东南角，或者西南角，离开正房窗户，便盆不用铁的，金子的也暂时不用，仍用瓷的。谁家的孩子扔石头，打碎人家的便盆，暂且给他把手留着，等以后再打碎一个，就给他剁去，第一次先打手心五十板子，再处以罚款，罚款数额，要足够买回两个高质量的便盆。

这是一场触及每个人身体与心灵的革命。有孩子的人家，倒不是那么害怕随时存在着被罚款的危险，要是罚款能代替打孩子的手心，或者代替将来把手剁去，他们宁肯拿出买一百个便盆的罚款，反正家家都能用得起金子便盆，买再多的白瓷便盆，也不在话下。即便没有孩子的人家，面对了洁白的便盆，身体和心灵也不舒服，男人和女人全都肠子打结，心尖发紧，站起来蹲下去，下不了狠心去糟蹋。三老会成员林家明连一次也没有用过，就被谁家的孩子扔一块石头砸碎了。

扔石头的孩子是谁，到底也没有查出来。这是治安主任郭才分管的工作。郭才先把夜里的巡逻队骂了两遍，没有查出任何线索。郭才头大，他巨大的头颅里装的只要不是猪脑子，他就会明白，孩子扔石头，更可能在白天作案，而不是在夜里，因为夜里的巡逻队警戒森严，巡察严密，他们手上长长的强光手电筒，能从大街上照透任何一条长长的胡同。同时，总部大楼顶上的两个探照灯，交叉投射强烈的光柱，把村子的大街小巷扫过来扫过去，像两把扫街的大扫帚，金崮林家，敢在夜里出来扔石头的孩子，肯定还没有出生。郭才骂过了夜里的巡逻队，没有骂出结果，他又把总部大楼前面警戒雕像的两个治安员骂了一通。两个穿黑衣服的治安员分明知道，治安主任骂得没有道理，也由着他骂。说实在的，他们可真的想不通，严严密密封锁起来雕像的大理石，跟砸碎厕所便盆的石头有什么关系。副总郭立志把修建新型厕所当作思想工作的一部分，亲自来抓，他协助治安主任郭才破案。他帮助郭才分析案情，推断作案的合适时机，设想扔石头的各种可能性，头头是道，娓娓动听，好像他在做的工作不是破案，正是地地道道的思想工作核心，也就是宣传。说真的，郭才根本听不进去，他脑袋很大，耳朵很小，他凭自己的主张办事，讨厌别人在他的耳朵边要嘴皮子。他巨大头颅上的耳朵像两只小葫芦蛾，又薄又小，盛不下那么多别人嘴巴里流出来的话，那些话就是比唱的好听也不行。其实在金崮林家，需要思想工作者说话的地方实在是多极了，郭立志根本没有那么多时间，为一个小孩扔石头砸碎了人家的便盆，说太多的话，此案未破，有一个耍猴的又牵着猴子进村了。

耍猴

耍猴的显然来自没有金子的地方，他带着贫穷和落后的气息进村，穿金崮林家无人再穿的上一个历史时期的衣服，猴子穿的衣服更加古老。他手里拿着鞭子，敲一面长了绿锈的铜锣，只有锣槌敲打的地方，露出金子似的颜色，能配得上金崮林家富裕的光芒。他赶猴子耍的把戏带着远古的色彩，仍然是随着锣声爬上一根竿子，站在竿子顶上打一个眼罩，像后代的人类打一个敬礼。金崮林家“三老会”成员一代人，对这样的把戏还不陌生，年纪稍稍小一些的人也依稀记得，曾经在小孩子时代看过这样的节目，在黄金的富裕光辉里成长起来的年轻人，就不熟悉这种娱乐项目了，他们觉得原始而又新奇，像面对洁白的便盆似的，有一种想尿又尿不出来的感觉。耍猴的不让猴子从竿子顶上下来，他拼命敲锣，猴子蹲在竿子顶上，像打敬礼一样不断地打眼罩，向四周致意，同时，把红屁股亮给人看，人人能看清它屁股上长了茧子，它是一个脑力劳动者。它摇动的尾巴像它脸上的神色一样，又紧张又兴奋，好多人看清了，它的尾巴比普通的猴子尾巴短，是一只短尾巴猴子。念过书的年轻观众据此断定，此猴要是能活到一百岁，就会把尾巴退掉，像人类一样。

猴子得意洋洋，从竿子顶上下来又表演起当官的节目来。还没把当官的把戏要到底，就被副总郭立志制止了。也怨猴子忘记了自己的身份，它既然戴上了乌纱，纱帽翅儿一扇一扇的像燕子尾巴，还穿上了大官的袍子，系上玉带像套了一条小箩的箩圈，它就不该抓起两根车杆，拉一辆小车跑着转圈，一条短尾巴在屁股后头招摇。郭立志把它制止住了，就是抓住了它这根尾巴。副总自然不直接跟猴子对话，因为对方听不懂他的宣传。他跟耍猴人讲话。他问耍猴的，表演这样的节目，要宣传什么思想？耍猴的是一位大个子巨人，听了郭立志的问话，立刻把腰躬下去了，全然没有了打锣吓唬猴子的威风，他笑嘻嘻地回答说，不宣传什么思想，就是娱乐娱乐。郭立志严正地告诉他，凡是娱乐，就是宣传，就是教育，寓教于乐，没有人会咧着个痴嘴哈哈傻笑没有思想。耍猴的谦卑之至，承认对方的政治觉悟高，笑嘻嘻地要对方指出他宣传了什么思想。郭立志向前逼近一步，指着猴子，步步追问：

“你叫它戴着乌纱了吧?”

耍猴的说是。

“你叫它穿着官服了吧?”

耍猴的仍然说是。

“你叫它系着玉带了吧?”

耍猴的还说是。

郭立志一把拽起猴脖子上系的绳子，把猴子拎着抡了一个圈，让耍猴的看那根短尾巴，厉声问耍猴的巨人："这是什么？"

耍猴的咕哝着说，猴子的尾巴嘛。

郭立志手一松，把猴子扔到地上，指明实质："你污辱领导！"

耍猴的根本跟不上副总的逻辑和思路，嘻笑的嘴巴合不拢，也不能再张大。

郭立志让他彻底明白："你这不是骂当官的不是人吗？"

被副总一语惊醒的，不仅仅是耍猴的本人，也有原本咧着嘴快快乐乐的看客。大家简直是愤怒了，他们倒没有觉得被一个耍猴的当猴子耍了，他们有金光灿灿的财富垫底，就永远不会有被人当猴耍的感觉，他们还想耍人呢。他们不能容忍的是，一个外地来的穷人，竟然敢牵着一只短尾巴猴子进村，变着法儿骂他们的领导。他们几乎是集体发出了怒吼，他们怒吼道：谁敢骂我们老总，叫他滚出去！他们几乎是集体发出了抒情的呼喊：多亏有我们的好老总，才有了金崮林家的好日子啊！在集体的吼叫呼喊声中，脖子上系了绳子的短尾巴猴子发出了惊恐的叽叽尖叫，它像一个老头一样蹲到地上，转动着孩子一样害怕的眼珠。扔石头打碎了林家明厕所便盆的孩子，要是被治安主任郭才抓住，也就是这个样子，他没有尾巴也不行。集体的呼喊像海潮一浪高过一浪，海潮的中心是一个内容，就是有了好老总，才有了金崮林家的好日子，这样的好老总，不允许耍猴的穷人借一只猴子来骂。在海潮的波涌之中，有一个老嗓子喊出了最本质的声音，他向着耍猴的喊道：

"你上我家看看，我一天三顿吃的什么！"

呼喊者脸上的皱纹比惊恐的猴子脸上的皱纹深，埋藏了更多的人世沧桑，正是被一个孩子扔石头打碎了厕所便盆的林家明。吃饭比便盆重要，他暂时丢掉了查不出案犯追要罚款的苦恼，与大家同仇敌忾了。

耍猴的根本没有机会去林家明家里，看看他一天三顿吃的什么，耍猴的就是有这个愿望，大家也不允许他再向金崮林家中心踏近一步，众人的呼喊表达着同一个钢铁般的意志：滚，立刻滚出金崮林家去！牵着你的短尾巴猴子。晚滚一刻，就把你的猴子尾巴剁下来，插到你的屁股上，让你变成猴子！耍猴的巨人高大的身躯像猴子一样瑟瑟发抖，收拾起破烂摊子，把猴子当官时拉的车子挂到担子一头，牵了猴子，准备离开这个用金子铸起来的不准耍猴的村子。这时候，一个又低沉又威严的声音止住了他：

“你别走。”

现场的喧嚷霎时静止了。乱吵乱嚷众口铄金的时候，谁也没有注意到，老总安得林已经来到了耍猴现场，也怪大家呼喊的声浪太高，老总乘坐的那辆白色轿车，像一只剪了毛的白兔溜到了人群边上，竟没有把激愤的人群惊动。现在，大家听见他发出了又低沉又威严的声音，就静下来，等他说出更厉害的话来，决定耍猴的命运。

“你留下。”

大家知道这三个字的分量和内涵，那可不是把你留下来做客。耍猴的巨人不放下肩上的担子，紧紧拽住惊恐的猴子，他慌乱地解释说，这个村子不准许耍猴，他牵着猴子走开就是了，他保证永远不再踏进这个村子一步。他还保证，他会走到离这个村子很远很远的地方再停下，不让这个村子听见耍猴的锣声。安得林打断他指天起誓的冗长保证，说：

“我要用你。”

他不给对方留下领悟的时间，用一根手指锐利地指向惊恐不定的短尾巴猴子：“你给我建个动物园。”

不仅耍猴的始料不及，众人也大惑不解了。大家知道，老总要让金崮林家人过城里人的日子，把原来的平房扒掉盖起小楼，让两委成员先住进去，就是往城里人的日子先迈了一步。在金崮林家山上建一个动物园，大家也能接受，城里人星期天领着孩子进动物园，去看看深山老林里才会有的野兽，那正是吃饱喝足以后，才会滋生出来的富人毛病，金崮林家人慢慢地也会如此。不过，大家无法接受，一个耍猴的外地穷人来金崮林家，占据一个显要的位置。很明显嘛，要他建动物园，他就是动物园园长啦；他是动物园园长，他就有权向所有的动物发号施令啦；他向所有的动物发号施令，他就作威作福啦。来金崮林家打工的外地人成百上千，南腔北调，他们都在矿井底下做工，听金崮林家人号令，他们即便一口京腔在舌头上打滚儿，也像不敢放的屁一样，转悠半天才出来，只不过滚践得比金崮林家的屁更臭罢了。副总郭立志代表大家，向安得林表示异议，不洁净的能污染精神的话他不说，他从做思想的宗旨出发，提出本质问题：耍猴的让短尾巴猴子戴上乌纱帽，穿上当官的衣服拉车呢。没想到，安得林却表示了赞赏。

"那好嘛。"安得林说。

没有人能够理解安得林的赞赏，满心以为他说的是一句反话。

"我们领导干部，就是要为人民拉车，当牛作马。"

严正的言词，斩钉截铁的语气，不容置疑，大家屏息静气，认真思考此话中深刻的含义，久久不动，安得林已经坐进白色轿车里，不用人拉跑远了。

有了老总的赞赏和肯定，耍猴的在金崮林家留下来，没有交给治安主任郭才去安排。他暂时住在村子西头一所空屋子里，短尾巴猴子跟他住在一起。等到有铁笼子的动物园建起来，再把猴子关进笼子里，他在笼子外面当园长。他既然总有一天要当动物园园长，大家也就知道了他姓董，名字却没有人记下。他巨人一样的身躯自然就是一个"大老董"啦。他只跟短尾巴猴子在一起不与人类为伍的时候，他的肩膀不瑟缩，腰杆不弯曲，看上去，他天生适宜住在天高地阔的野地里，而不该住在人造的狭小屋子里。他站起来走路，躺下去睡觉，屋子和炕，都令人担心盛不下他过于高大的身躯。金崮林家的黑夜，能听见地底深处在打炮，大老董庞大的躯体把炕压住，觉不出震动，短尾巴猴子却感觉到了。它坐在窗台上，短尾巴勾着一根窗棂。它用红屁股和短尾巴察觉到大地的不安。它眨动眼睛看看大老董，有没有准备离开这块不安的地方。它知道大老董眼皮抖动，没有睡过去，要是主人也感觉到了不安，就应该懂得躲避，因为人比猴子更早地退掉了尾巴，有了智慧。令短尾巴猴子最害怕的，还不是地底下的震动，而是空中掠过的强光。两道强光从不同的方向掠过来，在中间交汇，像大剪刀铰在一起，又劈开，向不同的方向掠过去，过一会儿再掠过来，在中间狠狠地铰一回。凭幼小时在山林里生活的经验，短尾巴猴子知道，这不是闪电，闪电转瞬即逝，没有如此持久的恐怖气息，这种气息带了人类的规律，人性的操纵，以强大的现代科技为武器。在掠过来掠过去的交替之间，短尾巴猴子借短暂的黑暗平定心悸。等到又一次黑暗到来的时候，它看着主人，叽叽叫两声，告诉大老董，有人正在向这所屋子走来。大老董没有反应。

夜访

短尾巴猴子的预告没有错，有人的确正在走向这所住了巨人和猴子的屋子。这个人从村子东头的小学办公室出发，躲开掠过去的一道强光，趁强光向后掠的时候加快脚步，追着强光的步子往前走，在两道强光于空中交汇之际，闪到一堵屋墙上贴住，免得两道强光碰撞出的火花会照到他身上。他先向西走，再往北走，想从总部大楼底下通过去，相信再强烈的灯光也照不亮自己的灯座底下。听到从那个方向传来叮叮当当声，知道京都来的雕工正在雕像，棚子外面警戒的黑衣治安员，不仅监视着棚子里面看不见的雕像，也会警觉外面能看见的人影。他改向南走，再向西走。一道比空中强光细小一些的光柱，在村子中间一闪，他像狸猫一样窜人一条胡同，等巡逻队的脚步声嚓嚓嚓消失以后，他再走出胡同，继续走向他的目标。巡逻队的强光手电筒，不像空中的强光一样，有规律可循，巡逻队三个人的脚步声消失以后，他估计还要过一会儿，手电筒的强光才会射出来。他刚刚躲过了一道空中掠过来的强光，加快脚步，要跟上掠过去的强光步子，手电筒光柱突然从胡同深处打出来，巡逻队的脚步声根本就未响起，他赶紧伏到一家门口的青草堆上，才没有被手电筒强光击中。他走进大老董和短尾巴猴子住的屋子，身上还带着青草的气味。短尾巴猴子闻到了山野的气息，没有害怕，它叽叽地叫了两声，表示认同。

来人向着大老董说话，说的却是猴子的事情。猴子静静地坐在窗台上，把短尾巴从窗棂上拿下，放到人也会放的合适地方，认真地听来人说话。来人劝大老董带着猴子走开，走得越远越好。大老董看来人年纪很轻，没有凶恶的样子，不像是来赶他，他不明白，这个村子为什么改变了主意，找出一个面目和善的人来劝他，他也不明白，来人为什么要叫他走得越远越好。他问来人，要叫他走到什么地方，来人指着猴子说：

“走到没有人把猴子关在笼子里的地方。”

不等大老董想出那样的地方在地球的什么方向，来人又说：

“也没有人用绳子把猴子拴起来。”

大老董看来人分明是要砸他的饭碗，问对方是什么人。对方清清楚楚地回答：

“我是这个村的小学教师，名叫梁晨。”

大老董再一次认真打量小学教师梁晨，教书人的眉宇间有年轻的向往，苍老的忧伤，那种奇异的结合不属于这个世界。他问梁晨，到了那样的地方，是不是也要把短尾巴猴脖子上的绳圈解开？梁晨给他肯定的回答。大老董生气地在炕沿上把身子挺直，用不着站起来，就能够平视对方的眼睛，他直直地看着梁晨的眼睛追问：

“那么我靠什么吃饭？”

“你不是有两只手吗？”

梁晨又一次把手指向猴子说，人从树上下来，站起来走路，从猴子群中走出来，就因为他有了双手制造工具，能够凭劳动吃饭。伟大的进化让他有了两只手，不是要他拿了锣槌去打锣，回过头去耍他的祖先，而是要他凭着两只手，自己糊口谋生。从生命的本质意义上来讲，人比猴子，比所有的动物并不高明，他没有权利如此蔑视猴子，戏耍动物。大老董申辩说，耍猴是他家的祖传，到他这一代，已经是第十三代了，他并不准备再传下去，说实话，耍猴的把戏越来越走向穷途末路，电视上耍狗熊的，耍大熊猫的，耍海豚的，手段高明多啦。那一些耍家，吃的是跟动物一样高级的肉食。女耍家穿紧身的衣服，好像光着身子，大家看动物的同时，捎带着看她，谁还愿看一个耍猴的傻大个子，还穿着破破烂烂的衣服？他向梁晨保证，金崮林家动物园一建起来，他就解开短尾巴猴子脖颈上的绳子，放进笼子，让它成为动物园里第一只自由的动物。

梁晨把大老董的话打断，说一声“荒谬”，他说世界上没有一只自由的笼子，只要它是笼子，再大也没有自由。自由的人类造了那么多大大小小的笼子，关住动物，建起那么多上了铁锁的动物园，他们并不是要表示对动物的热爱，他们只是要表现他们做人的优越罢了；他们不能把人关在笼子里，他们才把动物关在笼子里。梁晨的道理匪夷所思，大老董不能理解。短尾巴猴子坐在窗台上叽叽叫了两声，朝着梁晨点点头。

梁晨说："你看，它都听懂了。"

大老董恼羞成怒，像主子被奴才揭发了无能，他朝着短尾巴猴子瞪眼呵斥："你少说话!"

梁晨想为猴子争取说话的权利，大老董伸出一只巴掌摆一下，他巨大的巴掌像装了沙土的蒲包，能堵住最激烈的语言洪流。他叫梁晨把剩下的话留到小学教室的课堂上，给小学生说去，他反正要留下来，创建金崮林家的动物园。他倒不在意那个动物园园长的位子，他是舍不得颠沛半生跑遍世界才来到的吃饭地方。说实话，就是不让他当动物园园长，只叫他当动物园饲养员，他能在喂动物的时候，用同样的饲料把自己喂饱就行。他向梁晨保证，等动物园的第一个笼子造起来，他就把短尾巴猴子脖子上的绳子解开，用锣槌当作给动物拌食的搅棒，把铜锣砸碎，不再敲打着，吓唬短尾巴猴子戴上乌纱帽，拉一辆架子车，惹领导干部心烦。

紧急三老会

大老董的保证，天亮后失去了全部意义。短尾巴猴子不等待第一只笼子造起来，去做动物园里的基本动物，自己跑出了人住的房子。它显然发挥了猴子才会有的优势，它不走人要走的路径，舍弃了门口不用，从天窗出走。闲置的房子做过集体的厨房，总部大楼没有盖起来的时候，村子里在此烹饪，宴请各方来宾。天窗的一扇玻璃窗户开着透气，此时正好做了猴子出逃的通道。看了天窗上，灰尘被人手摸过似的痕迹，大老董知道，那是猴子攀援的印记，非人所为，大老董高大的身躯立直，把手伸起来，要摸到那块地方，还需要再长上一只手臂高呢。大老董不能从天窗走出去，跟踪猴子，他从门口走出来，人行的路上没有猴子的踪迹。他先着急，然后怨恨。都怪那个叫梁晨的小学教师，夜里来跟他说那些怪怪的话，他听了没往心里去，猴子倒记住了，短尾巴猴子肯定往没有笼子的地方跑了。它只要跑到没有笼子的地方，就会叫人给它解下脖颈上的绳子。大老董不敢像猴子一样逃走，也不敢像人一样留下来。他要是像猴子一样逃走，离开这个村子，他失去了猴子，就失去了谋生的手段，他不知道依仗什么挣饭吃；他要是像人一样留下来，他没有猴子，失去了创建动物园的资本，他不喂猴子，也不会有喂他的饲料。他此生注定了要跟猴子共生存，死倒不一定非要死在一起。

像大老董一样死活不定委决不下的，是副总郭立志。短尾巴猴子出走，把一个巨大的难题摆在了他面前。用不着大老董报告，郭立志也知道猴子跑了。在黎明的曙光还未照到村子的时候，夜间巡逻队强光手电筒一闪，照到了一个躬腰跑出村口的身影。看那弱小的身影像一个小孩，可是小孩要是还用四条腿走路，就不应该跑得那么快，于是他们断定是一只大个头的狸猫，没有在意。后来，有一位白天看过那场耍猴的治安员，断定那是猴子，而且他知道，老总安得林要耍猴的留下来建动物园，觉得夜里跑了猴子，像跑了人一样重要。可是要把猴子抓回来，已经不可能了。猴子一跑出村子，跑进夜色弥漫的大山，就不再是人力可及了。黑衣巡逻队只好把情况报告治安主任郭才，准备挨骂。郭才倒没有骂他们，他认为，一只猴子，跑了就跑了呗，他只怪巡逻队没用警棒打猴子，猴子触电，肯定比人触电更有意思，会叫出不同的声音，巡逻队不应该失去战斗的机会。骂巡逻队的，是副总郭立志，他一听说猴子跑了，就破口大骂，骂的完全不像思想工作者的话，经典的思想书籍思想报告中全都没有。胆子大一些的治安员咕哝着问他，用这样的话骂人，什么意思？郭立志说：

“你问我什么意思？那么我问你，安总什么意思？”

治安员说：“什么安总什么意思？”

郭立志的声音更加大起来：“他是要猴子，还是要人？”

令郭立志琢磨不透的，就是这个问题。白天里，在耍猴现场，安得林让耍猴的大老董留下来，建一个动物园，他可没说过让猴子跑掉。当然啦，他也没说过让猴子不跑掉。他既然没说过让猴子跑掉，也没说过让猴子不跑掉，那么你就不敢断定，猴子到底应该不应该跑掉。再说啦，安得林是看了耍猴，才让大老董留下来建动物园，他也没说，他是看中了大老董的短尾巴猴子，才起意要建动物园，还是看中了大老董耍猴的手艺，才要建个动物园，发展这门艺术，对于短尾巴猴子戴着乌纱帽拉车，他可表示了赞赏，他说，“我们领导干部，就是要为人民拉车，当牛作马。”退一步说吧，建起动物园来，自然可以买进大群猴子，可是要驯出能戴上乌纱帽拉车的猴子，却非一日之功。再说啦，哪个村子，哪一座山上，还会有一只猴子的尾巴那么短，差不多像人一样退掉了呢？这样复杂的一些问题，在郭立志的脑子里旋转，他的思想工作经历，生活经验，都不能提供明晰准确的答案，要向安得林本人请示，安得林坐着白兔一样的轿车，跑到了远处，夜未归宿。安得林就是在跟前，郭立志也不能问，他的职能和本分，就是对安得林的意思心领神会，他的位置不容他冥顽不化，他难得的可不是糊涂，而是聪明，聪明到雀儿一翘尾巴，就知道它要往什么地方屙屎。

三老会成员被紧急召集起来开会。开会的时间一改惯例，由晚上挪到了早晨，林家明不吃饭就来了，他家里早晨的饭再好，也没有顾上吃。好几个跟他差不多的三老会成员，也是饿着肚子就来开会了。他们把老脑子集中起来，思考郭立志一个人的脑子想不明白的问题，就是安得林到底是要猴子，还是要人。他们咳嗽、吐痰，像讨论修建新型厕所到底用不用金子做便盆一样，莫衷一是，容易激动，会像孩子斗嘴一样吵架。林家明被打碎了便盆，仍然没有查出是谁家的孩子扔石头，他一开始发言，就不谈猴子问题，扯到了人的身上。他说三岁带着吃老的食，从小看大，你不给他把手剁去，他早晚会把石头扔到你家灶上，给你把锅砸碎。建议用金子做便盆的三老会成员，比郭立志更早地表示了不耐烦，他气哼哼地打断林家明的话，说：

“那么我说用金子做便盆，你还不同意！”

林家明即刻气哼哼地反驳：“我说不同意啦？我是没说同意！”

对方说：“这就对啦，你不说同意，也不说不同意，你就是不同意嘛！”

林家明一下子戳到会议的主题上：“叫你这么说，咱老总没说要猴子，也没说不要猴子，他就是不要猴子啦？”

对方像打架一样站起来，向前逼近，说：“谁叫你说要猴子不要猴子啦，是叫你说说要猴子还是要人!”

林家明把老脊背往椅子背上仰一仰，以便说话更得意：“我说的就是嘛，就是人的毛病，三岁带着吃老的食，你不给他把手剁去……”

郭立志不容林家明回到开头的地方，再说一遍同样的话，一摆手把他的废话堵回去，让大家集中讨论，到底是要猴子还是要人。

没有人敢断定，到底是要猴子，还是要人，倒不是不敢说话，是谁说的话也不能得到赞同。大家都是三老会成员，不是老党员，也是老干部，不是老干部，也是老矿工，政治生涯和生活经历一样老，阅尽人生，满腹经纶。你要是说要猴子，立刻就会有人说，猴子爬竿，是听了人打锣，还有人会熟练地背诵一段毛主席语录，就是“人是最宝贵的”那一段。你要是说要人不要猴子，反驳的人更多，他们说现在最不缺的东西就是人，金崮林家更是如此，他们如果愿意要人，去城里的大街上，一抓一大把，城里的下岗职工没饭吃的多了，还有人会说出计划生育之类的话，语涉淫秽，与那么大的年龄颇不相称。在没有结果的讨论中，郭立志焦躁难耐。看着越升越高的太阳，他知道猴子正在奔向光明的地方，再不作出决断，你就是想要猴子，也没有那么长的鞭子了。他看林海山一直没参加大家的争论，希望不说话的肚子里，会有拿定的主意，他叫“林海山同志”，像做思想工作的老专家一样称呼，他叫过了同志以后，又叫“二大爷”，他说：

“二大爷你说说。”

二大爷林海山同志等大家都不说话了，才说，有一座山上有一群猴子，老猴子摘桃吃，一群猴子也摘桃吃，老猴子上树摘了桃子往地上摔，一群猴子也上树摘了桃子往地上摔。后来老猴子死了，又有一只猴子老了，这只老猴子摘桃吃，一群猴子也摘桃吃……

郭立志不等林海山把话说完，就着急地说：“二大爷你是说要猴子?”

林海山不说要猴子，也不说不要猴子，他说：“猴有猴性，人有人性。”

郭立志又不耐烦了，说：“你到底是说要猴子，还是要人?”

林海山叹息一样说："猴通人性。"

郭立志一拍大腿，作出决断："先把猴子抓起来再说!"

人猴大战

抓猴子的战斗即刻打响，由人组成的篦子刮过每一个山头。太阳升得很高，天气已经很热，成群治安员依然穿着黑色的衣服，治安主任郭才相信，看了治安员的黑衣服，猴子也会像人一样害怕。从矿井里上来的夜班矿工不睡觉，加入了抓猴子的大军，他们极少见到阳光，在满山的灿烂阳光下眯着眼睛，很令人担心，他们会让猴子从眼皮底下溜走，别看他们脱了衣服，一会儿就把膀子晒红了，好像士气很旺。穿便衣的金崮林家村民，男女都有，看姹紫嫣红的轻薄衣料闪晃在山林间，就知道有不少花姑娘，猴子要是意志不坚强，可就高兴啦，它会兴高采烈地从树上跳下来，自动上钩。大家凭经验断定，猴子会在树上。所有人都把脸仰着，往树上瞅，一直瞅遍每一棵松树和刺槐。后来有人提醒，猴子像人一样怕痛，它不会爬到有棘针扎人的刺槐树上，大家才专门盯着松树看，不再理会长满棘针的刺槐树了。扫荡大军也不放过能够藏人的岩洞和石罅，他们坚信，猴子在树上呆累了，也会像人一样，蹲到洞里歇歇脚。大网从金崮林家矿井附近拉过的时候，稍稍加快了一点速度，矿井口提升机隆隆响，铁栏的罐笼拉上矿石，又装进人去，降落到看不见底的地底下，估计猴子看到这种情景，会远远地跑开，它既然不想被人关进笼子里放在地上，关进笼子里送到地底下，它会更加害怕。拉过金崮顶前坡，大网没有收拢，继续向后坡拉过去。后坡是金崮许家的地界。在猴子眼里，肯定没有疆域界限，它只知道哪里没有笼子就往哪里跑。在金崮许家矿井附近，大网像在金崮林家矿井跟前一样，快速拉过，金崮许家的矿井，还没有打出含金量可观的矿石，罐笼不像金崮林家矿井那样频繁起降，会让猴子害怕，可是他们的矿井底下，正在连连响炮，猴子断然不敢在炮声连天的地方逗留，它长的仍然是猴儿的胆子，它只要还没把尾巴全部退掉，它就缺乏人的勇敢。扫荡大军正准备蜿蜒逶迤，把大网朝着国营金矿占据的打锣山拉过去，这时候锣响了。

铜锣镗镗响，像把大片大片碎铜摔到满山遍野的石头上，令好多人想起了美丽而又可怕的传说。公元五世纪，此地最初淘金，地底下全是富矿，含金丰富，金片像苞米楂子晃人眼睛。有一天大家正在金洞子里挖矿，忽然听见山间响起了镗镗锣声，好多人爬上矿洞来看，看见一面巨大的铜锣挂在山顶，一根巨大的锣槌，被一只看不见的大手握着，急急地敲打铜锣。有一个美丽的少妇，穿白纱衣服骑白马，在山岭间驰骋，如腾云驾雾。她穿的衣服太轻薄，好像什么也没有穿，忘记了淘金的人呆呆地看她，不再听见锣声。也有人被金子耀花了眼睛，听见了锣声也不出来，继续在金洞子里掏挖。这时候地动山摇，发生了大地震，要金子和要美女唯独不听锣声的人，被埋葬在同一个地方。锣声是上天的儆戒，白衣白马的少妇是另一种诱惑。儆戒和诱惑一起到来，拯救和毁灭同时到达。打锣山金矿在此后的岁月里数度易主，官家，私营，日本人，中国人，国营大矿，东方第一大矿，产出的金子和沧桑一样多。白衣白马的少妇不再骑马，改乘人能发明出来的各种交通工具，以人力和物力推动走路的轮子，换穿各种花色各种款式的衣服。铜锣变小，被看不见的大手从打锣山上摘下，交到耍猴的大老董手里，让他在满世界大大小小的场子上敲响。现在，就在大网要向打锣山拉去的时候，把那面铜锣镗镗敲响的正是他。

大老董自然是大军的同谋，他像个汉奸，最知道猴子会藏在什么地方，也知道猴子最怕的东西是什么，那自然就是锣声和鞭子喽。可惜他只要一只手里不抓住猴子脖颈上系的绳子，他另一只手里的鞭子再长也没有用，猴子的屁股再红，他的鞭子也不能让猴子屁股流出真的血来。大军扫荡了半天，他没有打锣，他担心猴子害怕锣声，会在锣声中跑得更远，一直跑到人手抓不到的地方。他是扫荡大军忠实的汉奸，殚精竭虑，他运用人才会有的智慧想到，猴子的害怕，跟人的害怕不一样，人害怕，会钻进洞子里躲藏不出来，猴子害怕，会惊慌失措，从躲藏的地方跑出来，满山乱窜，他于是镗镗地敲响了铜锣，锣声仍像耍猴，可是比赶着猴子爬竿的时候紧急，带了更多恐怖意味。公元五世纪，打锣山上，看不见的大手敲响儆戒锣声，后来的年月里，无数次大洪水暴发，雨水泡湿的锣槌敲响报警锣声，都是这样。满山遍野的扫荡大军被锣声惊动，却没有害怕，好多人还在渴望出现白衣少妇骑着白马飞驰，被大风剥掉衣服呢。猴子可害怕了，它果然从躲藏的洞子里跑出来，让人看见了它跟人不一样的屁股。它肯定是吓破了胆，不知道利用自己的优势。它的优势是爬树，而不是登山。它要是爬到人上不去的树梢上，人就是把树团团围住，也抓不到它。人要是想把树砍倒，摔下它来，它不等到人把树砍倒，纵身一跃，就会跳到另一棵树的树梢上。它还可以利用没有完全退掉的尾巴，缠到树枝上固定身体，人就是摇晃树干，它也掉不下来。吓破了胆的猴子，等到被人追赶得没有力气了，才想到了爬树，它还没有爬上人上不去的树梢，就被人抓住了脖子上系的绳子。它的尾巴还没有完全退掉，也就没有长出人一样的手来，解不开人手在它脖子上强加的束缚。

抓住猴子的还不是大老董，而是一个穿黑衣服的治安员。治安员抓住了猴子脖颈上的绳子，就解开了自己黑衣服上的扣子，天气太热，他需要凉快凉快。治安主任郭才气喘吁吁地接过绳子，让治安员到一边凉快去。郭才一只手用力一拽，把猴子从树上拽下，不等摔到地上的猴子爬起来，另一只大手里的警棒已经触到了猴子身上，让猴子发出了非人的惨叫。郭才说：

“我叫你猴爬竿越爬越欢!”

说着，就要把警棒往猴子身上触第二下，副总郭立志赶到跟前，止住他：

“别把它打死。”

扫荡大军满山遍野围上来，要用武力代替思想，震天动地齐呐喊：“打死它!”

郭立志从郭才手上要过拴猴子的绳子，把它交到一手拿锣一手拿鞭子的大老董手上，得出了百思不解终于找到的结论：“猴子要，人也要。”

治安主任郭才乱挥警棒，一时找不到合适的物体发泄愤怒，把警棒狠狠地触到猴子刚刚爬过的树干上，刷刷刷击落一地树叶。大老董要代他惩治猴子，擎起了手中的鞭子，他的鞭子还没有落下，又一场战斗的警报拉响了：金崮林家金矿向北伸去的洞子，被金崮许家打穿了。边界上的战争关系着人的命运，与猴子无关。

第二章

先烧炕再拿金子

比巨大的铜锣敲响、白衣白马的少妇在山间驰骋还要早上许多年，金崮许家穷人的爹娘被十二月的严寒冻坏了。姓许的孩子上山拾草，准备回家把炕烧热，让爹娘暖暖和和地睡觉。他刚刚把搂草的竹子小筢打到地上，搂了一下，脚下的山石轰隆隆震响，裂开了一个石门，石门往后退，把他往石门里边拉，他紧紧地把住石门框，才没有被关进里边去。石门里边的财富多得令人害怕，堆的垛的全是金子。姓许的孩子稳下心来，退出石门，他想先拾回草去，给爹娘把炕烧热，再回来拿金子，他担心拿着金子去买草的时间，会把爹娘冻坏。他还想回去叫着乡亲们，一起来拿金子，他不愿意自己先富起来，让大家还饿肚皮。他专心搂草，身旁石门里的金子璀璨夺目，发出了哧啦哧啦的响声，那是财富燃烧的声音，能把人心烧焦。姓许的孩子身上暖烘烘的，心静如水，等到他把大篓子拾满草，背回家去，给爹娘把炕烧热，再叫上乡亲们来到山上，石门已经关闭，连打开过的痕迹都没有留下。

自古至今，财富从不怜悯穷人，不管穷人的心地如何善良，财富是富人脑满肠肥的饱嗝，八十岁老头的性欲，一百岁老妇也不想死的最直接原因。穷人的首领金崮许家的许启民，往往会产生这样的思想。他是远古拾草的许姓孩子的后代，比先祖更加聪睿透脱，具备了现代人的智慧，他金子和草想都要，让爹娘暖暖和和睡觉的同时，也滋生富人的一些欲望，渴望着多活几年。金崮林家在金崮顶的身前，固然阳光普照的时候多，金崮许家在金崮顶的背后，固然常被阴影笼罩，可是两个村子的人既然都退掉了猴子的尾巴，就应该享受同样多的人间幸福。现实的情景却远不是这样。金崮林家人在村歌奏响的夏天，能够兴致勃勃地看一场耍猴，金崮许家连自己的村歌还没有；金崮林家人组成扫荡大军满山拉网，抓一只短尾巴猴子，为不是人的事情操心，金崮许家却顾不得管动物的事情，他们连人的提留和集资都没有办法筹措。

夏天的集资，仍然是为了修县城向西通去的公路，集资通告和数额直接来自县里。由县政府大楼门前起始，向西通去的公路，八年前初次动工，八年后依然是动工状态。其间也曾有过完成的时候，先铺过水泥，又铺过沥青。两种铺路材料，都不必等待过多的车辆辗过，就残破不全了。铺水泥的路面下过第一场雨后，就发生了大面积断裂，断裂的地方像秋天里沙滩上晒的地瓜干，可以用搂草的小筢搂起，聚拢成堆，混了太多的砂子。铺沥青的路面不能用小筢搂起来，夏天的太阳一晒，用脚跟就能粘起来带走，剩在路上的依然是砂子。大家不怀疑水泥和沥青的质量，怀疑数量，大家说水泥和沥青都被人吃了。吃水泥和沥青最多的，是原来的一个副县长，他管修道，把工程包给了他的一个小舅子，小舅子再往下包。用水泥铺路面，用沥青铺路面，两次工程承包，是同样的程序。那个副县长已经在京都的一家医院里胀破了肚子，从肚子里割出来的瘤子，正是水泥和沥青混合的颜色。历时八年，路已苍老，好多人不再记得它最早用集资打扮起来的模样了，只记得它一次次开膛破肚，像长了瘤子的人躺在手术台上一样，要康复，也需要往上一捆一捆扔钱，那是富人才有资格延长的生命，穷人却跟着一起遭罪。金崮许家的集资，过了规定的期限收不上来，镇里的领导紧逼不舍，准备让派出所的人前来协助，穷人的首领许启民慌乱地摆手，婉言谢绝了。

许启民真的不敢叫派出所的人来帮着收集资，他才知道，有些人民警察为人民的方式有多么丰富多样呢。要是答应了让他们来帮着收集资，他们倒不一定就能收上钱来，收上人来他们肯定能做到。他们把收上来的人装到警车斗子里拉走，铐到派出所小楼的楼梯栏杆上，一趟拉不完，再拉一趟，汽油钱让村里开销。

许启民不敢让派出所的警察来帮着收集资，还不是心疼汽油钱，他是心疼自己的乡亲。他像先拾草后捡金子的先祖一样，不想让亲人受苦，夏天固然不冷，铐到手腕上的铁器也不是凉得受不了，可是拴到派出所小楼的楼梯栏杆上，无法睡觉，只一夜，就会把心冷透。他知道，乡亲们要是有钱，用不着派出所的警察拿着全套警具来吓唬，也会乖乖地交上。乡亲们自然不愿把血汗钱拿出去，买了水泥和沥青，再胀破一个县长的肚子，他们也没有那么远的妄想，沿着县政府大楼门前通过的公路走，会一直走到天堂，他们有一条坚信不疑的生活信条，从种地的先辈那里一代一代传下来，就是"民不抗法"，就是"民随王法草随风"，就是皇粮国税要缴纳，至于一次又一次集资算不算皇粮国税，他们就不去追究了。就连穷村子的首领许启民，也没有能力追究，这一次又一次修路集资是否违法。他卖了房子，交上了这笔集资。房子是村委大院的南屋，买主是安徽来的个体矿主衣为全。衣为全把买到手的房子做了矿工宿舍，东头两间做伙房，不开天窗，他雇来的廉价矿工，不是上面下来的干部，吃饭时满屋子蒸汽弥漫，没有关系。

送你一条毛毯

十二年前，衣为全来三河县淘金，是光溜溜的一个人。为了躲避一场官司，衣为全独自一人跑出来。他来自凤阳，却不会打花鼓，只会用另一种鼓槌，在女人肚子上敲打。他也不会讲他的家乡出了一个皇帝的故事，他满肚子的故事只涉风流，不关皇权。他要是能当皇帝，就是又一个乾隆，猎艳故事像一条滚滚长江，大洪水发作时胡乱决口，让白牙红口去两岸戏说。他正当盛年的一个雨天，买了一斤猪头肉去王家。王的老婆把猪头肉切成小指头样，用盘子盛了，让衣为全和自己的男人喝酒。衣为全让王喝白酒，他喝红酒。王说红酒是女人喝的，白酒才是男人喝的，衣为全让王的老婆说说，他到底是女人还是男人，王的老婆把身子一扭，就不理他了。他等到王喝得像一摊烂泥了，才叫王的老婆重新理他。他可不像女人一样忸怩，他一下子就让王的老婆看到他男人的本色。他壮健的大身体，使王的老婆害羞，又是欢喜又是害怕。他还叫王的老婆说说，他到底是女人还是男人，王的老婆就害羞地打他一下。他们到另一铺炕上去，留出喝酒吃猪头肉的炕，给大醉不醒的男人睡觉。此时王的女儿正在厢房里绣花。绣花姑娘专心致志，绣出花心里不可能有的露水，没有听见什么。

到了又一个下雨的日子，衣为全才拿同样的话来问姑娘。江南的梅雨季节，天生适合做爱，那是多么淫湿润滑的气候啊。衣为全连猪头肉带酒一块儿拿去了。王的老婆不再害羞回避，她和自己拥有的两个男人一起喝，同时分享两个人给她的爱情，幸福无比。她可受不了两个男人加在一起给她的爱情，她比自己法定的男人早一会儿醉过去，她的男人用一根指头点着她的脑袋瓜傻笑，嘲笑她不胜酒力。衣为全等到嘲笑女人的男人也醉倒过去，再行动。他走到厢房里，告诉绣花的姑娘："你妈叫我来找你。"姑娘不相信别人口里转述的话，她要听她妈亲口说。衣为全告诉她，那不可能了，因为她妈已经喝醉。姑娘用怀疑的目光打量衣为全，衣为全知道，姑娘是不相信他的酒量，就以身示范，让姑娘看他又清醒又壮健的样子，姑娘立刻相信了。直到姑娘怀了他的孩子，他也没告诉姑娘，他在带来的酒里放了蒙汗药，他自己在家里先服了解药。出皇帝的地方也出强盗，那种开人肉饭店的强盗，使用的药方一直流传，与之对抗的解药像防疫针一样，扎上一针，就能管用。

衣为全却找不到有效的药物，流下姑娘腹中的孩子。他亲自为姑娘动手术，用的是最具中国特色的吃饭工具，就是筷子。他打碎细瓷饭碗，用锐利的瓷片把筷子削尖，不动铁器，免得姑娘中毒。他下手准确，如探囊取物，直接捅到了胎儿头上。他一逮住，便用力搅动，让姑娘叫出了分娩一样的大声。姑娘敢于放开声音大叫，是因为她已经不需要保密，她父母已经跟衣为全达成了协议，姑娘出嫁时，衣为全需要送她一条毛毯。衣为全觉得代价沉重，也被迫答应了。孩子流下以后，姑娘只花了一点等待伤口痊愈的耐心，就匆匆地出嫁了。可是衣为全却赖掉了一床毛毯，没有按协议送给姑娘。姑娘就此把衣为全告上了法庭，拿出了不容置疑的证据：就是流下的胎儿。她把胎儿用盐腌好，保存起来，像多年前人肉饭店的老板腌制人肉一样，方法是姑娘的母亲提供的。经验丰富的母亲，倒没想到衣为全会赖掉一条毛毯，她只怪衣为全不该嫌她老，要留下男人负心的证据。

接到法庭传票，翌日开庭，当天夜里，衣为全撕掉传票，从后窗逃离，不走前门。他不是担心门口会有人监视，他是把门关住，就不准备再打开了，关严大门的房子交给蛀虫处置，还是交给梅雨腐蚀，他都不再牵挂。他远走高飞，一直走到遍地黄金的地方。他要挖出足够多的金子，能够买下所有他需要的毛毯，让他喜欢的女人无忧无虑地生下他的孩子，不必动用原始的流产器具筷子，也不必使用现代化刀剪，每生下一个，他就送一床毛毯，让大人孩子都能够毛茸茸暖柔柔地躺下。十二年过后，他的目的已经基本达到了。

慷慨而又吝啬的三河大地，雍容而又势利的三河大地，它地底下深藏的金子，创造着一个世纪末叶的人间神话，也制造着天下一切能够具有的人世荒唐。人性的种种形貌在金子的闪光中叠印，天使折断了翅膀，魔鬼戴上了花环。就在衣为全把用金子换来的毛毯送给他的一个又一个女人的时候，金崮许家的首领许启民还在为找不到金子而发愁。

金子藏在人看不见的地方。它自然是在大山的肚子里，可是它却不能像女人肚子里的孩子那样，能够用吃饭的筷子，探囊取物，轻易流出。也不就是因为大山的肚子太大，不容易逮到目标，根本原因在于，男人种下了孩子，他自然知道孩子会在什么地方，金子不是哪一个人种下的，谁也不知道它会在什么地方长大。种金子的是老天爷，老天爷却不告诉你。老天无语，以万物为刍狗，刍狗一样的万物不能跟老天爷对话。老天爷故意拿它种下的金子来摆布人类，人把这种摆布叫做“命运”。在命运中，人被分成富人和穷人，富人和穷人的标志，就在于手上是否拿着金子。播种金子的老天爷，比江南淫雨天气里的衣为全更加荒唐无轨。他是皇帝，以大地为嫔妃，他不选天气，随意播撒，播撒到哪里，连他自己也不知道，就像他记不住自己什么时候高兴什么时候不高兴一样。人在这样的命运摆布中，寻找金子，就像在寻找老天爷荒唐淫欲的证据。也不是完全无迹可寻，有时候会在山崖上，发现红色的“熏头”，那是被金子的热气烧红的山石，像皇帝兴致高时，丢在妃子床头上的红布腰带。扯着皇帝的腰带头寻找，也许会找到妃子分娩的炕上，庄稼人说，这叫“抓着笼头要驴”。可是更多的时候，驴是戴着笼头跑了，皇帝收拾好裤子，系好腰带，宫娥打着灯笼，收拾起皇帝宠幸的痕迹，像什么事情也没有发生过一样，只有疲倦的妃子本人知道，皇帝不会白来一趟的，老百姓可不知道，皇帝在哪儿高兴过了。他们要按图索骥，手上却没有矿图。矿图是地质队钻探的资料，他们在一座座大山上，安下高大的井架，往大山的肚子里钻进，获取的就是皇帝高兴的踪迹，绘到纸上。没有矿图的老百姓盲人瞎马，胡冲乱撞，他们知道，有人在一座座山上挖出了金子，他们在同一座山上打井挖洞子，挖出的石头不比别人少，付出的牛马力比别人更多，别人的眼睛都被金子耀花了，他们却还在黑暗中摸索，长长地叹息。老天爷却听不见人的叹息，他住的地方太高了，一个人的叹息他听不见，好多人合在一起的叹息，他也听不见。命运如果就是大山前面的人高高兴兴地大唱村歌，大山后面的人愁眉苦脸深长地叹息，那么，老天爷的荒唐，就不仅仅在他随意宠爱妃子播撒金子的时候，而且在此前此后，以至永远。

金崮许家的许启民带领着他的村民，在金崮顶底下找金子，集体的叹息像炮烟一样，从矿井里升起来，在天空飘散，到达不了天庭，得不到悲悯的回声。他们眼看着大山那面，金崮林家盖起了总部大楼，大楼顶上架起探照灯，把黑夜里行走的人照得睁不开眼睛，他们却把村委大院的南屋卖掉，交上了修道的集资，黑夜的金崮许家街道上黑乎乎的，要凭问话的声音判断，对面走过来的是不是敌人。他们倒没把金崮林家当作自己的仇敌，他们在对方挖金子的同一座山上，安下矿井，也不是要去抢对方手里的元宝，他们的行为基于这样原始素朴的信念：大山肚子里的金子，是老天爷的财富，赐给了普天下苍生，不只属于太阳光先照到的那一部分人。他们的行为还基于这样的现代理性观念：矿山资源属于国家所有，这个国家的每一个公民都有权开采，只要你办出了采矿许可证。他们更为有力的现实理由是，自古至今，金崮顶前坡属于金崮林家，后坡属于金崮许家，金崮林家人从金崮顶前坡砍柴做饭，金崮许家人砍柴做饭，上金崮顶后坡，自从先拾草后捡金子的许家先人那个时候开始，就是这样。

地底下没有界限，也没有太阳照耀，看不清楚，金崮许家的矿洞与金崮林家的矿洞一打穿，双方就成了敌人。战斗在地下打响，很快转到了地上，迅疾进入白热化状态。金崮林家一开战，就动用了警棒这种武器，治安主任郭才指挥治安队，每人都持了黑色的棍子，他们学警察的样子，把大盖帽子的帽带兜到下巴上，也是黑色。其实，警棒这种武器，只是对付束手待毙的敌人有效，对方要是敢于反抗，它还不如一根木棒有力。金崮许家人不穿黑色制服，穿杂乱的衣服，举起一片木头棒子，像最原始的农民起义，揭竿而起，金崮林家的警棒就没有发挥威力，像匕首对抗大刀，金崮许家的木棒比金崮林家的警棒长，不等到警棒触到身上，发出电的效力，长长的木棒一抡，就把黑棒子击落在地上了，阳光辉耀，它连点火花都没有迸放。金崮林家迷信现代化武器，他们学防暴警察施放催泪瓦斯，用喷粉器向对方喷放“六六六”药粉。金崮许家人呛得咳嗽流泪，他们顾不上蘸湿毛巾，掩住口鼻，把矿井口往洞子里吹风的鼓风机搬上来，管子口对向“六六六”粉喷来的方向，巨大的风力把漫天毒粉吹回去，让对方流下更多的眼泪，扔掉喷粉器专心咳嗽。战斗激烈时，金崮林家的治安员扯开了黑色制服的衣扣，身上冒着一缕白烟冲上去，导火索在手上哧哧冒火星，白烟一缕升上去，金崮许家人慌忙四散。炸药包一扔出，郭才瞪着眼大喊：

“炸！炸！”

炸药包躺在地上没有响。

治安员龇牙笑笑，告诉急红了眼的郭才：“假的，吓唬吓唬他们。”

郭才把机智的治安员一脚踹倒，不是怪他没有胆量扔出真的炸药包，是恨他想出个怪招欺骗指挥员。

金崮许家人却被金崮林家的假炸药包激怒了，他们向对方扔出了真的。他们没有扔向对方人群，而是扔到了金崮林家街上没有人的地方。巨大的爆炸声比地底下挖金子的爆炸更真切，更有力，在金崮林家水泥铺好的大街上炸出了一个大坑。安得林坐着白色轿车归来，被迫在大坑的外面下车，徒步行走，从大坑的一边绕过去。安得林向着金崮许家愤怒地宣战：

“不给你们把井封了，我就不是安得林！”

金崮许家人齐声骂他：“小旦的儿子，唱戏去吧！”

抢小旦

在金崮许家人齐声的叫骂中，历史往后退，让人看戏。戏台子上的历史涂抹了更多的脂粉，满足人好色的欲望，让人在哼哼唧唧的吟唱中贪欢，忘记历史的血腥。不仅如此，看戏的人还会忘记，戏台子上风情万种的妃子原本是男人，不是真的女人。其实近处的人只要用心看一看，脂粉盖住的嘴巴下面是青铮铮的底子，就该明白，皇帝的妃子柔若无骨的样子是装出来的，他跟皇帝的骨头一样是硬邦邦的，只不过他在假装的皇宫里不敢硬起来罢了。在三河县大大小小的土台子上，安小旦倾倒了无数男人和女人。男人把他当成了自己永远不可能拥有的女人，倒不是因为他成了皇帝一个人的妃子，不敢随便染指，而是因为他不能把女人的事情做到底，戏里戏外一个样。女人可不像男人那么傻，她们从实际出发，倾倒热爱，都指向一个根本的目标，即便没有看见脂粉底下青铮铮的底子，她们也知道皇帝的妃子长了胡子，看他上楼的步态就能知道，真的女人扮小旦上楼，两条腿之间能夹住一个铜钱，这个人夹不住的。戏台子底下，无数女人言之凿凿，恨不能用指头去指证那个人不是女人的地方，真正把它付诸实施的，却只有两个女人，她们都很年轻，是一对姑嫂。她们把他活生生劫持了。

芦苇丛中的劫持，不像戏台子上一样还要打锣，她们呕呀哼啊地开口就唱，连过门都不等，耳边的河水哗哗流动，好像拉琴，她们根本就没有听见。皇帝的妃子脸上，脂粉还没有洗去，她们用饱满的汁液为小旦卸妆，用不着伸一根指头去指证，火辣辣痛楚的地方告诉她们，皇帝的妃子胡子茬确凿无疑是硬邦邦的，她们在戏台子底下大胆的猜想，起誓指天的断定，全都没有错。芦苇丛中，黑夜的劫持没有让她们产生分赃不均的矛盾，忙忙乱乱时，捡到筐里的萝卜就是菜，她们顾不得分辨萝卜上沾了哪个坑的泥多。矛盾产生在此后从容的时日里。她们两个人分享一个假女人的爱情，僧多粥少——倒过来还差不多，用不着争得打仗。按名分，嫂子也许应该得到的更多，她的男人远出经商，遇了真正的强盗，死在异乡，连尸骨都没有埋进林姓坟地，以她的名义招进一个皇帝的假妃子，林家就是改朝换代的皇帝，长久睡在龙床上的应该是她；至于其他人，只不过是皇宫里的宫女罢了，皇帝高兴了，才让她挤在炕角上睡一回。小姑却不这么想，她以处女的资本，当作持久能用的武器，一再质问跟她争宠的妃子，皇帝会不会娶一个别人的老婆做正宫娘娘。嫂子冷笑，让缺少经验的姑娘明白，皇帝其实是最不讲究的男人，他们有时候就是喜欢别人用过的女人，贪图别的男人教化出来的便利。她问小姑，戏台子上喝醉了酒的贵妃是谁？小姑说，就是姑嫂两人正在争的安小旦嘛。嫂子说不对，她是皇帝的儿媳妇，盼皇帝来睡觉，急得喝醉了酒。这一来轮到小姑冷笑了，她说，你可不是皇帝的儿媳妇，你就是喝得醉死，也不能死在皇帝的炕上……她们就这样争执不休，让皇帝的假妃子渔翁得利，一个人专宠。她们是好人家的女人，不会让炕上的争执变成需要外人插进来调解的战争，她们自己就达成了协议：一切等生下了儿子再说，像皇宫里规矩一样，哪一个先生下了皇帝的儿子，就由妃子的地位往上升；另一个同样得到儿子的补偿，儿子管她也叫妈。

那个河滩上砍光了芦苇的夜晚，儿子出生了。生他的是嫂子，小姑却清楚地记得，芦苇丛中的劫持，她得到的更多，此后也大致如此。自然了，戏子的眷顾，根本不像他在戏台子上那样有板有眼，角色转换会让他有时候乱了章法，孩子肯定降临在敲错了一锣的那个时刻。名分的确定，其实好多时候都是这样，是一些将错就错的把戏，人们只是不容易将它戳穿罢了。虽然在名分确定之后的日子里，两个人还会有炕头炕尾的争执，像不甘心服输的所有妃子一样，可是在一个问题上，他们却达成了完全的一致，就是孩子不跟着唱戏的小旦姓安，也不随母姓，而随了那个遭遇了真强盗死在异乡的男人，其实也是随了小姑，姓林，叫林得安。无论对于死去的男人，还是没有得到名分的小姑，这样的名字都是一种安慰，像别人吃过了糖块，他（她）捡到了一张糖纸一样。

林得安生身的母亲死于另一次分娩。她并没有打算再生一个儿子，让自己的地位还往上升，反正她竞争的对手注定了不会生育，像她注定了还要有再一次致命的怀孕一样，人说了不算。死亡带给这个奇异之家的不光是恐惧和悲伤，还有庆幸和欣喜。不过，剩下来的女人，倒没指望老天爷用这样的办法，让她专擅专宠，分娩的流血，两个人的死亡，未免太吓人了。要是知道她此后的心境会大大改变，她还会祈祷老天爷，保佑她争宠的对手活得像她一样长呢。这是真的。没有了那些嫉妒和等待，没有了那些挖空心思的献媚小伎俩，没有了那些隔墙听声的撩拨和难耐，一个人吃的饭菜，渐渐地变得没有滋味了，像一盘摆在桌上的鸡骨头，反正知道那是为一个人准备的，早吃晚吃一个样，一时不吃，也不会急得受不了。她明白皇帝为什么要那么多妃子了，那并不是因为皇帝的能力大，需要那么多妃子才能消受，也不是皇帝需要那么多妃子喂他，他才能吃饱，其实，一千个女人给一个男人的东西加起来，跟一个女人给的东西一样多。不同的就是，皇帝让那么多妃子在一个地方住着等待，就是为了让她们争风吃醋，把摆在桌上的鸡骨头，当成吃不到的猪头肉，皇帝才由此变得高贵了，妃子们也因此饥不择食，抢到碗里就是肉，吃萝卜连泥不洗，汤水浑浊，美不胜收。

参透了皇宫里男女大关的女人，让戏子给她演一回真的皇帝，不光在家中的炕上，也在乡间的戏台子上。戏子说，他唱惯了妃子陪皇帝睡觉，再要倒过来睡，他不知道皇帝是脱了衣服再上炕，还是光溜溜的就进了妃子的屋子。女人叫他回忆无数次走进来的情景。他的回忆发生了难以澄清的混乱，他说那个妃子没死的时候，他是走进去脱了衣服再上炕，只剩下一个妃子的时候，他是光溜溜的就进了妃子的屋子。他的回忆让女人记起了如画的情景，她又一次吃到了众多妃子争抢的一块肉，吃着，她还昏迷不清地问戏子到底是男人还是女人。上了台的皇帝很快就证明，他衣服底下藏的不是男人的骨头。他演一个长了很长胡子的刘备，到江东去娶可以做他女儿的姑娘做妃子。他刚一下船，踏上梅雨连绵的土地，他就像小旦一样走路了。只有他的侍卫赵云知道，他为什么蹒跚得像个女人，就劝他快快离开虎狼之地。他不听劝，沉湎于甘露寺的淫雨之中，两只手摆理长长的胡子。赵云急了，说皇上，你这么大岁数了，身子骨不行啦！他像凡人一样懂得“劝赌不劝嫖”的道理，他不允许侍卫来管他床上的事情，他就是累得胡子像头发一样掉光，上了船要像女人一样走路，他也要在连绵淫雨的寺里住下去，让住和尚的寺里寺外全是甘露，漂杵浮船。他绝不用小旦的细嗓，用花脸才会有的男人的大嗓门大喊：“大——胆！”他只一声就喊破了嗓子，吐出了鲜血。他大口喷吐，鲜血如虹，身子往后倒，他新纳的妃子吓破了胆，没敢扶他，让他直接倒在不下雨的台子上。

要是知道，皇帝会在另一个妃子那里累垮了身子，吐血而亡，未亡人才不会让他去硬充男人，把命搭上哩。幸亏皇帝的骨血还抱在怀里，会一天天长大，没有吃她一天奶，却妈呀妈呀喊她，要不，她真的不知道还靠什么支撑，才能活下去。还要再过些年月，孩子才会有不凡的抱负，她的誓愿，却在戏子吐血而亡的那一刻就形成了。她还没有清醒的目标，打算叫孩子去干什么，她却发誓不让孩子再当戏子了。孩子就是天资高超，能用两条腿夹住一个铜钱，提着裙子上楼，她也不让孩子去剃光胡子当妃子，孩子夹不住铜钱，会把两条腿叉开，迈着方步走路，她也不让孩子把胡子留长，去演一个身子骨不行的皇帝，被狐媚妖冶的小妃子榨出血来，孩子要当，就该去当真皇帝，老天爷只要发善心，能让她活到皇帝的老太后那么老，她就会看到，孩子有一天坐到皇帝的宝座上。王侯将相没有种，当皇帝的，可有放牛的孩子。

她的孩子十二岁放猪，手中握的鞭子能像放牛的鞭子甩得一样响。她爱看孩子一柄大鞭子在猪头攒动的上方挥动，赶着猪群上山，猪群乱叫，有时会把孩子甩出的鞭声压住听不见，她也高兴。她爱看孩子手握大鞭的样子，那样子很像个大男人了，她看着，有时候会忍不住害羞。她却不改变家庭起居的一贯做法。戏台子上的皇帝死前死后，她都跟孩子一铺炕睡觉，光着身子，孩子握着鞭子放猪了，还是这样。她从来就没有像戏子那样犹豫徘徊，在先脱衣服再上炕还是光溜溜走进屋子之间踌躇不定，她是想睡觉了就脱衣服，把灯亮着，免得解衣扣时摸摸索索的不方便。她自然也有摸摸索索的时候，她摸到的却不是衣扣，她摸到的物体比她想象中来得大多了，她简直吓了一跳。混乱就此发生了。睡下时她躺在孩子的外边，免得孩子睡梦中打滚儿，滚到炕下去，睡了一觉醒来，孩子光溜溜的身体却躺在她的外边，像个大男人一样护卫着她，她不记得孩子是什么时候躺到外边去了。朦胧中好像有过两个人身体的滚动，滚来滚去的，上下难分，里外不清，胳膊和腿胡乱纠缠，胡乱打架，变得那么多，分不清哪一条胳膊腿长在哪一个身体上。她点亮灯下炕尿尿，从孩子的身上跨过去。横跨过孩子身体的时候，她看见孩子的眼睛睁着，她假装没有看见，免得孩子难为情。尿完以后返回来，她走同样的路线，成心还回孩子的里边去，让孩子尽他大男人的职责。孩子却不容她跨过来跨过去，把一个男人的身体不当一回事儿，他大睁着眼睛，不再假装睡觉，目光如炬，看穿她身体最深邃的隐秘，怒不可遏，一跃而起，像她对付他的身体一样，跨到她的身上也不当一回事儿，他却不跨过来跨过去游移不定，他紧紧铆住，坚定不移，像壁虎死死地扒住一段朽木。她离彻底烂掉还很远，她迷糊而又清醒，是同谋又是敌手，推拒而又迎合，她不知道怎样处置自己的身体才好，她只顾得慌乱地提醒对方：

“小兔崽子，我是你妈!”

来自上面的打击冷酷却让人兴奋：“算了吧，谁都知道，你是婊子她妈!”

她骂出喃喃一串脏话：“得安，得安，你个驴下的鳖养的……”

身体上面严正宣告：“从今以后，我叫安得林!”

打击沉重，一击紧跟着一击，她几乎昏死过去，沮丧极了。她倒不那么计较，到底是哪一个得到了哪一个，她只想到，儿子的皇帝注定当不成了，皇帝都是找比他年轻的女人做妃子，越是老白了胡子，老光了头发，找的妃子越是比他年轻得多，戏里戏外，没有哪一个皇帝找的妃子，可以做他的妈。

超车

要是那铺炕上的女人能看见，安得林坐着白兔一样的轿车跑得比皇帝快，能在一夜之间，跑到皇帝的大轿做梦也到不了的地方，她也就不至于那么沮丧了。安得林不在意金崮许家人骂他“小旦的儿子”，他即便没有一个唱戏的父亲，他也知道，最好的戏不是唱在戏台子上让大家看的，而是唱在好多人看不见的地方。两个村子为争金崮顶底下的金矿而开打，是戏台子上锣鼓家伙乱响的武戏，看上去热热闹闹的，却不能决定最后的胜败，稳操胜券的那一方，往往并不需要大叫大嚷。他止住了愤怒的郭才，穿黑衣服的治安队。他们知道自己的首领是小旦的儿子，就像知道皇帝的裤子底下也有不好看的东西一样，可是不准有人把皇帝的裤子扯下来。他们要向金崮许家人发起最猛烈的攻击，让对方给安得林穿上裤子，恢复名誉。安得林制止他们攻击，最不能忍受的就是治安主任郭才，他朝着安得林大叫：

“你没听见他们骂你什么?”

安得林脸色冷得像矿井底下水泡的石头，不说什么。

郭才害怕安得林听不见，用比对方叫骂时更大的声音，擎着一根指头再骂一遍：“他们骂你小旦的儿子!”

金崮许家人像合唱团听到了领唱，齐着声音又喊：“小旦的儿子，小旦的儿子，王八戏子鳖吹手!”

安得林不等他们骂出更新的内容，倒回身去，绕过炸药包炸出的坑子，坐进白色的轿车，一直跑向了大家看不见的地方。

没有人看见安得林在秘密的台子上怎样唱戏。他两条腿夹不住铜钱，他肯定不会像妃子一样陪皇帝睡觉。他要是像皇帝一样，叉开两条腿，迈着四方步走路，他手上肯定持了金子铸的大印。安得林坐着白色轿车跑出村子，好像引发了一场车来车往的传染病，安得林的白色轿车不再出现，跑进跑出的大小车子颜色驳杂，型号混乱，有各种行业性标志，不仅用了中文，还夹杂了外文，那样子就像要准备走出国门，维持秩序，平息纠纷。乘坐各种车子的人穿不同的服装，都是用公家的钱统一制作，种类繁多，需要有专门的本子画下图样，一一对照，才能指认出他们都是干什么吃的。他们不惧炎热，好多人大盖帽子一直戴在头上，汗水从大盖帽子的边沿往下流。只有少数穿便衣，才比较舒服，用白手绢直接擦掉脑袋瓜上的汗，手绢上印了各家酒店的名字和电话号码，字迹润湿，却掉不下来。他们在总部大楼下面的荫凉里吃西瓜，喝汽水，把西瓜皮和汽水瓶子丢在一起。大院里雕像的棚子里，传出叮当响声，好多人发生了兴趣，想进去看看，棚子门口警戒的治安员绝不通融，严格阻止，他们就退回原来的荫凉里，再吃一个西瓜。他们到村子新建的餐厅里吃饭，餐厅的半截墙壁贴了瓷砖，他们视而不见，好多人不用手绢和手纸擦手，直接把手上沾的鱼刺鸡油抹到墙上。他们不等把饭吃完，就开始上餐厅外面不大的公共厕所，好多人等不及，就在厕所外面解决。只有少数讲究礼仪的人，才另找地方，跑到邻近住户的家里，动用人家舍不得用的新型厕所。其中有个别女性，得到男性的尊重，优先使用，等到男性随后进去，冲过水的便盆里也是啤酒味，像男人尿的一样。等到真的开始执行公务了，女人就明显不行了，她们简直是白喝了人家的啤酒。

他们执行的公务，就是安得林向金崮许家人愤怒宣布的那一种：给你们把井封了。这不容易做到。女人们固然是白喝了人家的啤酒，男人们喝的啤酒也像是一片泡沫。金崮许家人的反抗太顽强，太不顾一切了，那是烈性的酒精，太阳底下，不用点火就会爆炸的。执行公务的人带的警棒根本不敢用，他们把警棒在头顶挥舞，立刻就会挺上来一片胸膛，扯开了衣扣，他们只要往上一触，就会引起巨大的爆炸，把金崮顶整个炸平，谁也挖不出金子。他们根本冲不到金崮许家矿井跟前，他们想冲上去，强行拉下电闸，扯断电线，矿井口立刻被躺倒的身体围起来，层层叠叠，围了四层，他们要想摸到电线，需要踏着一颗颗白花花的头颅，才能完成。他们鸣响警笛，想用凄厉的鸣叫吓住对方，警笛的鸣叫突然中断，冲上来的人像海潮滚滚，他们根本没有看清，是哪个人扯断了警笛电线。他们开来了推土机，推土机的履带咔咔响，在山石上辗出钢錾才能打下的白印。推土机在废石堆前铲起废石，在距离矿井口五个人头脚相接躺倒那么远的地方停下来，机器前头，真的躺了那么多的人，躺在最前面的是妇女和小孩。他们的公务被强硬地妨碍，不能执行，他们要想抓起个人来带走，却不能做到，他们来的车子虽然很多，也装不下金崮许家整个村子的村民。他们不得不回到金崮林家，再吃西瓜，再喝啤酒，使用人家舍不得用的新型厕所，女人让男人先进去，不是因为男人执行公务的功劳大，是因为男人们更憋不住了，一般说来，男人比女人更不能盛尿，因为有前列腺问题。

各种型号各种颜色各种标志的车子天黑离村，准备开亮以后再来。他们开出金崮林家水泥的街道，基本没有遭遇什么障碍，炸药包炸出的坑子已经填平夯实，铺上了新的水泥。天亮后，各种车子组成的车队还要过一会儿才能集合起来，驶向执行公务的地点，有一辆灰色的轿车已经向县城跑去了。北岭镇党委书记曲秀川奉召进县，不走直径，走了一条弯路。直通县城的公路需要等收齐集资，才能进行二期工程，挖开的路面上到处堆了沙石和土丘，曲秀川就是满心焦急，想早点赶到县里去，他也要避免一路颠簸。去金崮林家执行公务的车队来来往往，走的也是这条弯路。曲秀川没有在同一条路上遇到他们，还以为他们会不怕颠簸，走了那条需要集上资来才能修起的破路呢。他让司机把车开快一点儿，赶上一辆车，就毫不留情超过去。在一辆米色轿车后头，司机鸣了两声喇叭，犹豫了一下，不知道应不应该超过去。看车尾巴上的车号，是县委大院的车，可是不知道里面坐的是哪位领导，司机让曲秀川判断。曲秀川即刻断定，那不是县委书记，也不是县长。原来的县委书记喜欢跟他的部下开玩笑，故意不用 1 号，而用了较大的号码。他已调走，还没有新的书记上任，不会再有哪一位书记和县长故意不用非 1 号非 2 号的车号。曲秀川有力地把手挥一下，说：

“超！”

司机不敢便超，钉一句：“超？”

曲秀川不容置疑：“超！”

灰色轿车箭一样从米色轿车旁边蹿过去，曲秀川的心里一慌，才发觉大约犯了一个错误，擦身而过的时候，他斜眼一瞥，看到的好像是县长温廷礼。他让司机帮助他判断，他看到的到底是不是县长。他很希望司机说“不是”，他又怕司机说“不是”，进一步犯错误。司机不像他希望的那样说“不是”，司机说“是”，这一来他更加心慌意乱了。他不让司机看出他心里不踏实，他强硬地说司机看得不对，车子里坐的要是县长，车尾巴上的号码就应该是 2 号。司机说，县长要是学县委书记的样子，故意用个大号呢？曲秀川一下子察觉到，司机常开车去县委大院，已经学得无比聪明了。曲秀川被县长坐的车子号码弄糊涂了，他叫司机把车子开到路边停下，一直等到米色轿车开上来，超过去。等到看不见米色轿车尾巴上的号码是大是小了，他才让司机重新发动车子。他就是停在路边，等那辆大号的车子开过去，也无法改变他曾经把那辆车超过去的事实。他停在路边，心慌意乱地看清了，坐在那辆车里的，真的是县长温廷礼。

镇党委书记曲秀川不计较任何从他旁边超过去的车子，他连嘣嘣的拖拉机也让过去，雍容大度。他给县长留出足够的时间，驱除被人超过去的不快。等他走进县长的办公室，县长已经坐在沙发上梳了一遍头发，安得林坐在旁边喝茶。

曲秀川等县长再梳一遍头发，他再自己为自己倒茶，喝上一口。他坐到另一张沙发上，坐得比安得林离县长远一点儿。他知道县长愿意坐得离安得林近一些，他就是没有坐着灰色轿车把县长超过去，也是这样。他听见，县城西边车站上的大钟奏响了乐曲，像人拖着腔说话一样打点报时，过一会儿，又听见县城中间银行大厦顶上的大钟奏响了乐曲，像同一个人拖腔说话一样打点报时，报告同一个时间。他端起茶杯再喝一口茶，把一口水含在嘴里，像千篇一律的大钟乐曲一样徐徐下咽，还没有咽完，就听见县长说他来得真快。他知道，县长是在说他坐的车子超过了县长，他连忙咽下剩下的半口水，用比大钟乐曲快得多的速度，隐瞒了重要的事实，解释说他的司机没有看出是县长。县长问他看见了什么车，曲秀川说出米色车的号码。县长牙齿缝里嗤一声，说的话令曲秀川惊愕不止：

“我根本就没有坐过什么车。”

曲秀川还在发愣，县长叫安得林为他做证明。安得林说：“不错，我和县长一直坐在这儿喝茶。”

曲秀川很愿意相信，县长和安得林说的不是假话，他们要是真的一直坐在这儿喝茶，那么，米色的大号车里，坐的就应该是司机的儿子，可是那个儿子不应该这么快长大，千篇一律的报时大钟乐曲响得多么缓慢拖沓啊！要是县长和安得林真的一直坐在这儿喝茶，那么县长说他来得真快，其实是嫌他来得晚啦。他无法为自己的迟到解释，他要是说自己原本跑得很快，超过了县长的车子，县长和安得林却一直坐在这里喝茶，他要是说他是等下来，让县长过去了他再走，他分明刚刚说过，他没有看出是县长。他快慢不是，早晚不对。他端起茶杯，不知道是再喝上一口慢慢咽下，还是捧着茶杯不喝也不放下。县长偏偏在这个时候问他：

“你说怎么办吧？”

捧着茶杯怔了半天，曲秀川才明白，县长是问他，金崮林家和金崮许家争矿冲突怎么解决，这正是他被紧急召来的重要使命。他不说他听县里的意见，县里的意见很明确，那些各种型号各种颜色各种标志的车子来来往往，就把县里的意见说得很明白了。他也不说金崮顶地上和地下的界限，两国的边界上打起仗来，即便有树起的界碑，也挡不住一发炮弹。他倒想说说金崮许家卖掉房子交集资的情况，担心县长会怀疑他暗指前任县长胀破肚子，那种事比超车更让人受不了，他也就没有说。他有心说说那个姓许的孩子先拾草后捡金子的故事，年代久远，显然离迫在眉睫的危急局面太遥远，他也没有说。他说他想听听安总的意见，安得林便拿出了矿图。

矿图像一份地契，标明的却是人眼看不见的边界。三河县大小山头，村前屋后，多年来立起过无数井架，隆隆钻探，钻探得出的结果，画到纸上就是它。它曾经是秘密材料，藏在国家的档案柜里，是一个国家专有的财富。有权在三河县钻探画图的地质队，到了很多人手握黄金的年代，没有钱给钻探机上润滑油了，他们开始出卖矿图。他们不是从国家的档案柜里把矿图拿出来卖钱，那些矿图被巨大的铁锁锁住，他们拿不出来。他们做先交钱后交图的买卖，跟把图交给国家不一样。安得林拿出来的就是这样的一张图。这样的图，金崮许家的首领许启民注定了拿不出来，他要是能拿出这样一张图，他就会彻底违背先祖的做法，先捡金子，再拾草回家把爹娘的炕烧热，不必把房子卖掉，交修路的集资。安得林持图在手，连抖三抖，县长再一次问曲秀川怎么办，曲秀川说封井封不了，安总有什么好办法？安得林把图收起来，说：

“擒贼先擒王嘛!”

曲秀川连忙说，可不敢把许启民抓起来。

县长说：“你还怕金崮许家人造反?”

曲秀川忘记了不敢超车的恐惧，大着胆子说一句格言：“众怒难犯。”

县长说：“讲究一下策略嘛。”

曲秀川看着县长，期待县长指点。

县长说：“你可以请他吃饭。”

安得林愤愤地说：“便宜了他。”又说，“革命真的成了请客吃饭。”

曲秀川把许启民秘密请来。他很想让县长亲自请许启民吃饭，想一想他把县长坐的车子超过去的时候，县长却和安得林坐在一起喝茶，许启民更加认不出县长的车子号码，他就自己请了。他避开白天，选择了黑夜。白天里金崮顶上相持不下的对峙仍在进行，他要是那时候请走许启民，金崮许家所有村民都会跟着来，镇里显然没有那么大的饭桌。他诚心诚意请许启民吃饭，连作陪的人都不用。他让许启民喝白酒，他喝红酒，许启民拒绝了白酒，他就让许启民和他一样喝红酒。喝着红酒，他说，镇村两级头脑都变成女人啦。许启民成心让他的酒话落空，他刚刚接触到金崮顶争矿问题，许启民就硬邦邦地说，曲书记你一请我吃饭，我就看出了你的心思。曲秀川问，什么心思？许启民把杯子一推说：

“你想叫我当叛徒！”

曲秀川使了使劲，才笑出声来，说：“你把我当徐鹏飞，你是许云峰啊？”

许启民不笑，说：“你就是想叫我背叛金崮许家老百姓的利益！”

曲秀川不笑了，他叫许启民服从县里的决定，从金崮顶底下的矿井撤出来。许启民气鼓鼓地说，我要是不撤呢？曲秀川说，你要是不撤，就不用再回去吃饭了。许启民问镇党委书记，你准备了多少口大锅做饭？曲秀川说，不多，一口小灶，够你吃的了。许启民说，那不行，你得准备八十口大锅，金崮许家全体老百姓都来吃。曲秀川说，你敢聚众造反哪？许启民说，老百姓要造反，谁也没有办法。曲秀川急了，大声问许启民：

“你还让不让我吃这碗饭啦？”

许启民用同样大的声音说：“我想叫金崮许家老百姓全都吃上饭！”

曲秀川把桌子狠狠一拍，把一杯酒震到地上，摔碎了杯子，好像流血，声色俱厉地说：“你还是不是个共产党员？”

许启民没有被对方的气势吓住，却被对方的语言震住了，他不敢说不是，他点着头喃喃地承认：“是，我是，我是共产党员。”

他说着话，转过身去往外走，快要走到门口了，身子摇晃了两摇晃，他扶着墙壁站住，不让自己倒下去，他挣破了嗓子啸叫，好像要喊出血来：

“可惜我不会打桥牌啊！”

打桥牌

现任县长温廷礼最早去京城镀金，学会了打桥牌，那时候他还是北岭镇党委书记，不会将一把小梳子装在衣兜里，时常掏出来梳梳头发，打扑克也只会“吊主”、“吹牛皮”，极简单的乡下玩法，原始而又土气。新时代的劲风从京都往下吹，组成坚硬风头的却不是扑克牌，而是文凭，比扑克牌的纸张更大，能变成船只，让大小官员在茫茫宦海里乘坐。这是新造的船只，没有它，自然也可以搭乘别的更安全的航船，有了它，却可以乘风破浪跑得更快。温廷礼得风气之先，最早去京都深造两年，取得合法文凭。那时候还没有普及不挂牌的妓院，没有未来年月里到处都有的娱乐场所。时常站在学院的大门口，看着对面不远处，一队女兵排队走过来，个个手里拿着领饭的搪瓷小盆和小勺，过一会儿又排队走回去，手中的小盆仍是空的。温廷礼不知道那一队女兵敢不敢吃饱肚子。乡下的戏子和吹手的经验是“饱吹饿唱”。距离稍稍嫌远，他认不出一队女兵里，哪一个是吹的，哪一个是唱的。上了台他才明白，那都是跳的，是一群舞女。台子上的舞女，穿台子下边所有女人都不敢穿的衣服，把只能让一个男人看的地方，露给所有的男人看，肚脐眼洗得干干净净，腋毛没有全部拔光。温廷礼明白了，乡下的戏子和吹手“饱吹饿唱”的经验是不管用的，霓裳羽衣的肚子无论饥饱，都能够折戟沉沙，把人打垮。温廷礼深深遗憾了，带着工资官衔上学好是好，但就是不能带着老婆。其实他这样的体会，仅过了几年，就被证明了不是真理，后来的年月里，无数去京城或者省城镀金的大小官员，最大的幸福就是上学两年，可以离开老婆，戏台子上的舞女已经遍及台下，不登台，也把肚脐眼露给所有的男人看，把头发染成洋腋毛的颜色，金丝飘飘。温廷礼倒不后悔最早在职上学，他只怨台子上的舞女走到台下，竟然需要一个小孩长大那么长时间，害他要用一把梳子不断地梳头败火。他的头发根一根根发硬，扎得他头皮疼，他不得不买一把小梳子装到衣兜里，时常掏出来，狠狠地梳一会儿头发，他把头皮刮疼，头发根才不那么硬了。他用这样的办法处置他自己的身体，好像惩罚，渐渐地竟成了一种美容习惯。离开京都，回到了三河县，他也把小梳子装在衣兜里。出于同样的败火目的，给用不了的精力安排去处，他在京都学习了打桥牌。

桥牌可真不含糊，只有京都，才会把扑克牌这样玩法。乡下人打扑克，像乡下人打架的方式一样，大喊大叫，虚张声势，吹胡子瞪眼，显山露水，把扑克牌摔得比文凭还响。京都人打扑克，像准备博士论文，把文凭摸过来摸过去，轻易不发，要发就是大个的，一批一批。那是真正用脑子打仗，不露声色，运筹帷幄，咬人的狗不露齿，明修栈道暗度陈仓，和风细雨深藏杀机。牌桌上不像坦克大炮轰轰隆隆的战场，像卧了铁狮子更漏滴残的宫廷，越是皇帝垂危的时候，越是能听到苟延残喘中，刀剑出鞘，杀气萧萧。为了给用不了的精力安排个去处，免得把头皮用梳子刮破，温廷礼迷上了打桥牌，还不是要把打桥牌的机关用到政治生涯中，说实在的，在三河县这块瓢大的地方，真的用不了那么高深的心术，三河遍地黄金，也只需要钢铁钻头就行了。事情真的是这样。两年过后，温廷礼拿着比扑克牌大的文凭，离开京都回故乡，蓦然发现，三河人居然不会打桥牌！他在这块出产黄金的地方为官多年，竟然没有发现它是如此落后。金玉其外，败絮其内，富裕可真的不等于进步。

那一次党委会开过之后，收拾起文件和报告，温廷礼教镇党委委员们打第一场桥牌。他要在北岭镇培养出第一批桥牌手，然后打进县城去，让扑克场上京风劲吹。他的部下比他想象的笨多了，他们是“拱猪”的好手，却是桥牌的笨蛋，连做钉子钉桥板的资格都不够，他们根本就缺乏打桥牌的分量。打桥牌的分量就体现在单手执牌，纹丝不动，他们却一抓牌就犯了“爬墙头”毛病，根本不懂得，桥牌的机关就藏在对敌对友一无所知之中，游戏规则中严格规定，不准偷看别人的牌。他们把乡下的打牌习惯带进了桥牌中，把牌摔得啪啪响，完全不能领略，桥牌的妙处就在于蹑手蹑脚像偷东西一样，年轻牌手像老人一样出牌，并不是到了要死的年龄行将就木，而是慢慢地体味置人于死地的乐趣，笑在心里，脸上却不让人看出来。他们还挤鼻子弄眼，抓耳挠腮，用红眼珠子表示黑桃，把嘴一咧像个方块，对方没有理会，他们就把脏话骂出来，殊不知桥牌的骂人是在骨子里，并不让人听见，肚子里是一把刀，脸上也是一把刀，内外都是阴冷的。而且他们打上一百遍桥牌，也不能把规则完全记住，老是要问：“那个，怎么的啦?”愚蠢至极，根本不可能搞政治，令人恼火。

令温廷礼为之一振满心欣喜的桥牌手终于出现了。那个不下雨的星期三，安得林来了。他是金崮林家的会计，不是北岭镇党委委员，他不参加镇党委的会议，只在镇党委会议结束之后出现。此时，扑克牌刚刚洗好，放在了收拾起文件和报告的地方。安得林在温廷礼的对面坐下，不管旁边站着的是哪一位委员，他说：

"我来算一个。"

温廷礼用审视的目光看他，不说什么。

旁边的委员显然瞧不起他，说："我们打的是桥牌。"

安得林从容不迫，说："我就是来打桥牌。"

还有委员要表示不屑，温廷礼作出了决定："让他打。"

第三章

SOS

跟温廷礼不一样，梁晨上大学没有学会打桥牌，他养成了早晨跑步的习惯。倒不是因为他读书的学校不在京都，而是因为他读书的学校旁边，是一座军营。军营里，士兵吃饭不吃饭的时候，都穿着同一身衣服，就是像草地一样的颜色，青山一样的质地。那种衣服裹住的身体，真的像军事一样坚硬，不会让人产生柔软的幻想。坚硬的士兵在军营里跑步呼号，大学生梁晨隔着军营的砖墙跑去，不呼号，也能合上他们把地踩响的节奏。梁晨倒不是那么喜欢，当兵的人把被子叠得像刀裁一样的规矩，他喜欢不跳舞的士兵不随便弯腰屈体的精神。他其实十分希望，世界上永远没有穿了一色衣服的士兵。他这种厌兵情绪，不完全是从大学的书上学来，而是来自于一位伟大父亲的感染。那位伟大的父亲是奥地利人霍夫曼·格迈纳尔。

在SOS儿童村的院子里，有那位永远的父亲笑容满面的雕像。从他的身旁，走过了一代又一代儿女，没有哪一个儿女从他那里直接继承了血缘，只从他那里接过了精神遗传，那就是和平、自由与博爱。奥地利人霍夫曼·格迈纳尔，面对第二次世界大战二十亿人卷入战火、无数家庭毁灭、成千上万孤儿无助，他自己终身不娶，不生子嗣，却创建了儿童村，收养孤儿，奔走呼号，以海难呼救的信号“SOS”命名，遍及世界。在一次空难中失去了父母的梁晨，被这位伟大的父亲收养，他只见过这位父亲大理石的雕像，温和慈祥。他看见过从瑞士儿童村总部来的人，代表那位伟大的父亲，来看望他的孩子们，模样也像父亲。梁晨和他的无数兄弟姊妹知道，他们吃饭穿衣，包括住的房子，所有花费全部来自总部。总部像地方政府，总部的人却不像政府的人那样，下来检查工作，到大酒店里喝酒吃饭，他们到儿童村的食堂里领饭吃，和管理员一样。梁晨八岁懂得了心疼妈妈。妈妈像他上学的第一个女老师一样年轻，女老师下班以后，有一个男人骑着摩托车接她回家，妈妈却孤身一人，没有男人爱她。妈妈按照儿童村的规定，不结婚嫁人，一个人抚养八个孩子。梁晨不知道妈妈曾经有过什么样的心灵创痛，他只知道，妈妈要为孩子的幸福奉献她的一生了。她此生永远拒绝了爱情，好像出家，她却没有斩断人间情怀，她的“出家”，不是冷冰冰的抛却尘世，而是舍弃自己的另一种拥抱，充满温情，好像大海的两面，一面是黑色的，另一面是蓝色的，黑色的一面冷了，蓝色的一面就热了。从儿童村到小学，再到大学，梁晨一直没有离开过那座海滨城市。他读书也读大海，他慢慢地读懂了，大海有多么浩瀚，爱的海洋就有多么博大，当然，那种爱不是借助了喇叭筒喊出来的星星飞唾，而是一点一滴挤出来的心汁。爱是不会计较的，爱是宽宏的。可是，等到梁晨拥有了自己的爱情，他却感到深深地欠了妈妈，好像是他把妈妈的爱情剥夺了。似乎，他要对得起妈妈，他也应该像妈妈一样牺牲爱情，奉献终身，但是，却没有这样的事业和场所；出家当和尚，他是不干的，那种冷冰冰地面对人世，回过头去，实在违背他的至情至性。

爱情像海流汹涌而至，让人没有坚固的堤坝阻挡。梁晨被周小佳击中的时刻，就是山上的野花带着露水的那个早晨；其实，为了那个早晨的到来，梁晨从雕了父亲石像的儿童村起步，向着一个看不见但却在心头闪耀的目标整整跑了二十多年，他才相遇了，被一花击中了。

梁晨光荣挂花，幸福倒地，得益于他从大学开始的早晨跑步。没有士兵的呼号，他踏着自己心灵的节奏。金崮林家的治安巡逻队不像正规士兵那样操练，他们早晨不出操，巡逻到天亮就睡觉了。小学教师梁晨早晨跑步，没有引起巡逻队阻拦，他只是被一个人跟踪了几天，此人是三老会成员林家明，距爱情甚远。

金崮林家用黄金铺起了黑乎乎的水泥街道，已经用上了新型厕所，洁白的便盆会被石头打碎，三老会成员林家明还是不能接受小学老师大清早起来往山上跑。他本人够了进三老会的资格，不需要睡那么多觉了，他早早起来，也就是在村子里溜达溜达，像村子里的街道没用水泥铺就的年月一样，看看有没有狗随便屙尿，过去不必在意，现在就把狗赶开，让狗像人用新型厕所一样，去人看不见的地方解决。小学老师一大早起来，不在学校院子里溜达，也不到大街上溜达，撒腿就往山上跑，林家明很不放心。他跟踪而去，老腿脚赶不上年轻的步伐，他抄了一条近路。他从果园中间的小路插上去。他能在果园小房前，看见从大路跑上去的梁晨，梁晨却看不见他。他不担心梁晨会听见他呼呼的喘气，拚命喘出夜里没来得及喘完的老空气，等他快到山腰了，梁晨也刚刚跑到了山腰路口平坦的地方。梁晨没有可怕的喊叫，没有做林家明老迈的想象里预想的什么事情，他伸胳膊弯腰，打拳踢脚，练了一套功法，功法熟练，令林家明眼花缭乱，不知道做的是什么功。做完功后，不在山上逗留，沓沓地跑下山去，跑的速度比上山快，林家明没有再近的道路可抄，能够追上他。梁晨在林家明看不见的时刻洗漱，林家明再看到他的时候，他已经在课堂上给小学生讲课了。他讲的什么，林家明听不懂，可是林家明知道，那是书上的东西，没有出错。林家明连续跟踪三天，都是这样。第四天，他想看得更清楚一些，趁着梁晨练功的时刻，秘密靠近。没想到，他的老脊背不能弯到理想的那么低，他鬼鬼祟祟的样子被梁晨发现了。他老朽的秘密窥视令梁晨惊异，梁晨顿时收住功法，警觉地问一声：

“你看什么?”

林家明把腰直起来，吞吞吐吐：“我看你……练武。”

梁晨嗤地一笑，纠正对方：“我不是练武，是做操。”

林家明立刻像土匪头子一样机敏凌厉了：“做的什么操?”

梁晨随即答道：“做的广播操。”

林家明紧紧追问：“哪个国的广播操?”

梁晨说：“它的名字叫中国。”

林家明又问：“练好了能不能打人?”

梁晨叫他放心：“做操为了强身，不为打人。”

林家明松了一口气，说：“我放心了。”

梁晨吃惊地瞪大眼睛：“你怕我做操打人哪?”

林家明说：“我怕你……这个……”他用一根指头点自己的脑袋瓜，“我怕你脑子出了毛病。”

梁晨几乎喊叫起来：“你以为我是精神病?”

林家明说一句三河俗语：“都说痴了往山上跑。”

林家明的跟踪，成了梁晨来到金崮林家的第一个阴影，阴影罩在心灵上，没有多少实际重量，却能影响心灵的节奏，他自己都觉得跑步的调子不对了。他的脚底下，依然装了青春的弹簧，沓沓地弹击着路面，可他老是忍不住要时而回头看看，他担心有人窥视，倒变成了像窥视别人。即便一连几天未发现有人跟踪，他也不再能够眼睛一直看着前方，一往无前地跑去了。有一天他改变了方向，不再向西，让初升的曙光洒到他的背上，而是迎着曙光跑去，脸上慢慢地明媚起来。只向东跑了一天，他就又往原来的方向跑了。向东跑没有山，也许不会被人跟踪窥视，可是他选择了逃避和退缩，让他因此瞧不起自己。其实，他心灵的节奏在西方和东方都会出错，需要有一道明丽的阳光驱散他心上的阴影，才能复原。这道阳光出现在他猝不及防的时候。

那时候他仍然在时常回头，看看有没有人跟踪窥视他。他的眼前忽然一亮，不是让人忐忑，让人警惕，让人不放心，而是振奋愉悦，还有些慌乱，慌乱得却不难受。就在他每天早晨做操的地方，有一个人已经在练功了。那可是真正的练功，像跳舞一样舒展身姿，却不使用戏台子上舞女胡乱使用的武器，穿的是袖口裤角扎住的服装，腰部也严密束住。像杂技一样劈腿屈腰，却不露出节外生枝的取宠媚笑，一招一式中，倒真的有一种刚劲，打人的时候可用。旁若无人，白鹤亮翅，风掠苇草，惊鸿一瞥。梁晨在刹那间收住脚步，忘记了自己，把心搁在一块地方不动，等练功的人收式站定，他才用猜测的口气，说出确凿的判断：

“你是周老师。”

对方也毫无猜测意味，断定说：“你肯定是梁老师。”

双方都好像是早已认识了一百年，没有男女间惯常的试探，假装羞涩，虚与委蛇，欲擒故纵，等等。

梁晨心灵上笼罩的阴影就这样清除了。此后的早晨，从校园门口一起步，就知道西山的高处有一道阳光在那里照耀，他便一直看着亮丽的前方，不再回头，即便后面还有一百个人跟踪窥视，他有了前头的一个人光明灿烂，就能抵挡背后山一样的阴暗。他故意不提前上山，为的是让那一团光明始终悬在他前头，他只要一起步，就注定了是跑向明丽。他这样处心积虑，肯定会失眠，他前半宿睡不过去，后半夜睡过去以后，不到天亮又醒了。他有意试一试，提前上山会是什么样子。他知道自己跑在前头，山上的阳光还没有出现，可是他照样不再回头看身后有没有人跟踪，眼睛一直向前看，看到的地方依然大放光明。到了山顶做操的地方，练功的人真的在那里练功了，差不多练到了往常快要收式那一节。他自己跑步，风雨不误，下雨时穿着雨衣跑。夜里的雨延续到白天，他忘了穿上雨衣。夜雨正在减弱雨势，跑到衣服差不多快要淋透的时候，就看见练功的人比他的衣服淋得更湿，一缕头发粘在脸上。他说：

“下雨，我以为你不能来了呢。”

对方把脸上粘的头发抹回去，说："我可知道你一定能来。"

他承认刚才是说了假话，他纠正说："我也知道你肯定能来。"

为了惩罚他说了假话，对方让他把淋湿的身体抱住取暖。他发现对方的湿身体比他热，能把两个人的湿衣服一起烤干，他就说，他是抱住了一个小火炉子。他自己的湿衣服从里边先冒起热气来，他就不清楚，自己的火是不是烧得更旺了。有一个问题，像到底谁的火烧得更旺一样，他们终究也没有分辨清楚，那就是，他们为什么选择了同一块地方做操练功。地点自然是梁晨最先选定的，可是他并没有告诉对方，他一口猜出对方是"周老师"的时候，还是第一次看见她，在此之前，他只听说幼儿园来了个老师叫周小佳。周小佳说，她一口认定对方是"梁老师"，可不是瞎猜的，她一来就听说了，小学教师梁晨每天早晨跑步上西山。梁晨抓住周小佳的坦白，说：

"清楚了，是我看中的地方，你又看中了。"

周小佳仰起脸来辩解："谁说我看中地方啦？我看中的是地方吗？"

梁晨不免有些骄傲了，说："我明白了，是我往哪儿跑，你也往哪儿跑。"

周小佳又反击回来："是谁先上去的？每天早晨，谁先上去的？"

梁晨没有理由再骄傲了，他可不能抹煞了周小佳的功劳，他心灵的节奏走向了正轨，正是靠了每天早晨西山高处早早照耀的这道阳光。有了这道阳光在前头闪耀，才排除了心头笼罩的阴影，不再担心被人跟踪窥视了。

唐王征东

被跟踪被窥视的危险，其实并不仅仅在早晨跑步的时候，金崮林家的恋爱跟别处相反。夜里，总部大楼顶上的探照灯会照亮隐蔽的角落，不适宜爱情的花朵悄然开放，治安巡逻队的强光手电筒会突然射穿夜色的隐蔽，令紧紧相拥的恋人来不及分开，像做了丑事一样被曝光。爱情的乐观只在早晨出现，随着夜幕降临，探照灯亮起，它也就倏然消失了。梁晨躲开探照灯锐光照射，避开巡逻队排队巡逻，去废弃的伙房里，跟耍猴的大老董谈话，劝对方离开金崮林家，不要在这里建动物园，把短尾巴猴子放回山林。他心头完全没有了爱情的愉悦，他被另一种性质不同的爱的感情所折磨，像捧了沙子去堵决堤的大洪水。他没有想到，他对人说的话，人不理睬，却被猴子听懂。短尾巴猴子觉醒潜逃，引发了一场人捉猴子的大战。大老董到底带着短尾巴猴子留下来，上了村南的大旗山，准备在那里，以短尾巴猴子为基本动物，建一座城里才有的动物园。

时局动荡，人与猴子的战争刚刚结束，人与人争夺黄金的战争又打响了。小学教师梁晨连一只猴子的事情都不能如愿办好，对于人与人之间的争斗，更加无能为力。在炸药包把村子的街道炸出大坑的爆炸声里，他拼命讲课，让小学生的心灵拒绝炮烟侵蚀，不被碎石壅塞。他恨不能让一节课的时间，从早晨一直延长到夜晚，只要一下课，他就不敢保证，战争的声浪不往小学生耳朵里灌了，小学生加入呐喊，他也管不住。只有总部大楼跟前雕像的雕工，不受黄金大战的影响，就在炸药包把街道炸出坑来的时候，他们也没有停工，锤錾的叮当声顽强地穿透严密的棚布，不息地传出来。与其说他们能够忍住，不为世风所动，倒不如说他们失去了关心人间事务的自由，无可奈何，棚子门口警戒的治安员，在黄金大战最激烈的时刻，也没有离开，两个雕工只有在石头上用力，才能平息心上的躁动。他们秘密雕刻，人能够听见，不能看见，没有人知道他们雕的是人是兽。好多地方正在把飞禽走兽雕得比真物还大，立在城市和乡村显要的位置，成为新的图腾。金崮林家的图腾会是什么，没有人能够猜到，它的历史中生不出可能预见的胚胎。看了大棚子门口严密的警戒，梁晨常常会想起另一处戒备森严的地方。在他读书的学院东面，有一座大山，有一条路从上山的路口岔出去，伸向了一个山凹。星期天他和同学上山，刚一拐上那条岔道，一个小兵从树丛中钻出，把他们拦住，不让通行，说前面是军事禁地。小兵肩上没有挎着带刺刀的枪械，像前面山洼里分外葱绿茂密的树木一样，是和平模样，你根本想不到，大山的深处也许就藏了导弹。金崮林家雕像的棚子门口，警戒的治安员白天黑夜都带着武器，黑色警棒吊在穿黑裤子的屁股旁边，看上去，比军事禁地的小兵警戒的目标更重要，更让人害怕，能打赢二十场唐王征东那样的战争。

公元六世纪，唐王李世民东征高丽，途经此地，安营扎寨，准备住两夜，再从东面的海口渡海打仗。北风强劲，营门口架不住唐王的大旗，大旗刚一树起，旗杆就被大风吹断了。大将张亮害愁找不到架旗的地方，想叫大唐皇帝下一道圣旨，命老天爷停风。李世民用马鞭一指南面的大山，叫张亮到山顶架旗。南山很远，张亮看不见山上刮风的样子，他没有听见皇帝向老天爷下旨，就断定山上的风会更大。李世民说，山上没有风，你看山顶坐着下棋的两个老头，白胡子一动不动。张亮看不见山上下棋的老头，他只知道山叫下棋山。大将张亮打马上山，命十八个士兵抬了旗杆，一个兵拿了大旗。到了山顶，他依然没有看见下棋的老头，他自己的胡子尚短，看不出胡子有没有风吹。他命士兵架旗试验，树起来的旗杆，比十八个抬它的人接起来还高，大旗却飘不起来。大将张亮没有佩服皇帝的眼力能看见没有影的老头下棋，他相信，皇帝是用假话骗他，趁他打马上山的时候，偷偷地给老天爷下了一道停风的圣旨，皇帝跟天上的对话，不允许凡人听见。

其实，凡人跟老天爷的对话一直在秘密进行，他们只不过采用的方式跟皇帝不同罢了。皇帝是用假话把手下的大将骗开，给老天爷下一道圣旨，凡人是跪下去祈求老天爷，帮助实现他们的愿望。他们跟上天的对话更真诚，有时候用一点贿赂的小手段，也只是表明，他们想要实现的愿望实在太强烈，并没有欺骗。这样的对话往往发生在夜间，不仅因为夜里能够比较容易地避开一些耳目，也因为到了夜里，老天爷不再经常打盹儿，能听见凡人的祈求；谁都知道，老天爷越是太阳亮华华的时候，他越容易打盹儿，听不见凡人的呼叫。金崮林家，这样的一次对话也是在夜里发生了，等到大家发现，说话的人已经走了，留下了一堆纸灰和一个纸人，纸人的心口扎了钢针。

凭纸灰的余温，无法断定它烧化的准确时间。治安主任郭才抓起一把来握握，握碎的纸灰从他少了一根指头的缝隙往外漏，他说还热，这只能说明他自己的心里发烧罢了。夜里发生的每一次凡人与上天的对话，只要治安主任没有听见，他就想再剁断自己的一根指头。纸灰显然是凡人贿赂上天的证据，凭证据却抓不到行贿的人。行贿人机警敏捷，居然躲过了两架探照灯的搜查照射，也躲过了巡逻队彻夜不止的巡逻。奇怪的是，巡逻队居然没有发现冥资燃烧的火光。或许行贿人会用衣服的大襟把火光遮住，可是那样焚烧，躲过了巡逻队的眼睛，远在九重天外的老天爷也会看不见，烧了也是白烧。纸人的心口扎了钢针，显然是行贿人的愿望，锐利的大针从心口窝扎进去，从后背穿出来，需要比天高比地厚的深仇大恨，才会下手这么狠，想不出什么人心中会埋下这么多仇恨。谁都明白，要是能知道被钢针扎透的那个人是谁，顺藤摸瓜，好比去抓打牌的对手，也能把下手的人找出来。巨大的困难接踵而来，看纸人的模样，找不出一个相像的人来，它也就是一件普普通通的民间艺术品，纸扎的衣服里装了稻草，用同样的稻草勒出脖子和头的形状，用墨笔画了眉眼。作者显然缺乏雕工的精湛技术，不能够雕什么像什么。说实在的，看了那傻瓜似的纸人模样，要不是事关严肃，好多人都要忍不住笑出来了。困惑重重，疑虑纷纷，没有人能把钢针扎透的人认出来。老总安得林也被惊动，来到了现场，他也照样认不出来。铁幕封住一样的现场，因为来了安得林，更加紧张得让人透不过气来。治安主任郭才说出一句话，让人透过了一口气，他打破沉闷紧张，突然说：

"我认出来了。"

副总郭立志不喘气地问他："是谁？"

郭才把手指向安得林："就是咱老总嘛。"

所有人的目光刷地投向安得林，像一齐掷出无数钢针，安得林脸色顿时变得煞白。

郭立志朝着郭才大喝："你胡说！"

郭才的声音更大："这是谁都知道的，不会是别人！"

郭立志又喝一声"你胡说"，却想不出别的话来，推翻郭才的断言。

一个女人的声音像莺啼，在最合适的时候鸣叫，帮助副总，把治安主任的断言推翻，她说：

"才不会是咱老总呢。"

她只向安得林瞥去一眼，就不再看他了。她像千娇百媚的小旦，回眸一瞥叫一声板，接下来大唱，只面对看戏的人，可是她心里明白，安得林会一直听她唱。她唱一段快板，情势紧急情绪激昂，不容她慢条斯理，把一个字的拖腔拉直了扭弯再拉直，一直拖得人家不耐烦。她口齿伶俐，字正腔圆，节奏顿挫，灵舌翻转，能让人听清她唱出的每一个音符。她的演唱，像很久以前大家经常会听到的一种报告，就是忆苦思甜，她却不用大锅熬一些地瓜叶，叫大家吃苦，她只是历数没有金子的年月，每一个人都会经历的穷苦，

听上去好像她经历了沧桑，其实谁都知道，她嫁到金崮林家之际，三老会已经在讨论修建新型厕所了。她不把黄金建筑的生活跟厕所联系起来，她有更干净的东西让大家品味，大旗山上即将建起动物园，就是最现成的例子。她问大家，整个三河县，整个半岛省，整个全中国，有哪一个村子建起了动物园？没有人能够回答。其实她完全不需要什么人来回答，她也不让大家思考，动物园的最基本动物，那只短尾巴猴子是怎样跑走了，又抓回来。饮水思源，最直接的答案她一口气说下来，她不用好看但却无力的兰花指，伸一根利指，劲俏地指向胸口扎了钢针的纸人，说：

“就这样，他怎么能会是咱老总呢？”

她紧接着又斩钉截铁地下一个结论：“一千个不是一万个不是！”

她的语气太坚定了，态度太强硬了，不仅治安主任郭才想不出什么理由来反驳她，连副总郭立志也说不出什么话来赞同她。说实在的，跟她一泻千里的人唱比起来，郭立志做了多年的思想，充其量只是小丑的两句念白罢了，她才是思想的天才，天生适合做思想。在她的大唱中，安得林脸色变红，不再是纸人一样的颜色，倒像是没有经验的男人见了大胆的女人害羞了。安得林只向她匆匆地看了一眼，没有看清她脸上的茸毛像金子一样发亮，也没有看清她长了十七岁男人一样淡淡的小胡子，就分开人群走了。

此时，安得林还不知道她叫孙玉娇，是矿井里的小工头郭宝贵的媳妇，三个月前嫁到了金崮林家。

面试

结婚之类的工作，属郭立志分管，老总安得林不知道女人的姓名也是应该的，他要知道，那是以后的事情。女人嫁到金崮林家来，像嫁到另一个国家，签证需要郭立志颁发。好多人完全具备了做新娘的资格，因为过不了郭立志的关口，便被拒于金崮林家大门之外了。郭立志倒不行施医生的职权，逼非处女修复处女膜作假，他是做主考，让考生通不过。好多人通过了面试，却在笔试的关口败下阵来，她们真的答不出那些题目。金崮林家的村规民约绝不像穷村子那样，只是简单的几条，用标语纸写出来，贴在村委办公室的墙上。金崮林家还需要再造六座办公大楼，才能有足够多的墙壁，把所有的村规民约全部贴上。如此浩繁的村规民约，就是意图嫁到金崮林家来的姑娘需要面对的考试题目，面试和笔试的考题全部出自其中。副总郭立志并不故意为难大家，只要金崮林家达到婚龄的男性公民按照规定，提出申请，报上了女方姓名，郭立志就把教材发下，是一本印得很大很厚的书，内容涉及政治、经济、文化和卫生，从婚丧嫁娶到养猪喂鸡，无所不包。好多人没看具体内容，就在厚厚的大书面前退却了。有那些生性多疑的姑娘，不相信这样的考试科目会出自村一级政府的头脑，怀疑是男方变了卦，故意找一个借口为难她，就赌气把大书撕掉，无论里面包容的是文化还是政治，统统扔进猪圈里让猪糟践，发誓永远不嫁这样的村子，铮铮断言，有坏男人的村子，踏着金子上炕也是凉的。有勇敢一些的姑娘，不肯在纸筑的关隘前认输，拼命应试，她们绝没有想到，一个考官监视一个考生的考场，根本不能让你的智力正常发挥。没有那么多考生一起来参加考试，一个人坐在一张桌子的后头，能听见另一个人在对面喘气，喘气不如女考生粗的，就是副总郭立志本人。近在咫尺，寸步不离，你会把养猪的规定答成了养鸡的，罚款项目也会答错。村规民约中规定，家中存放现金超过了500元，如果被盗，报案的话，不但不解决，还要罚款500元。你忘记了，这是报喜不报忧的最基本思想原则，错认为发案理应报告，就会答成不报案罚款500元。这样的题目答错，涉及严肃的思想准则，你就是别的题目全部答对，也不能及格了。副总郭立志一夫当关，守住金岗林家大门，你看中的无论是好男人，还是好村子，都不能轻易进来。金岗林家用这样的考试制度，维护着村子的纯洁，几年中外村的姑娘极少嫁进来，村子里的光棍倒还没有产生，他们娶了自己村的姑娘，不像肥水不流外人田，是肥田不流外人水，像一种极其原始的经济方式，自产自销。

孙玉娇勇敢应试，通过了险要关卡，成功地嫁进了金岗林家，显示了她过人的才华。在她面前，副总郭立志不再是监考，而是敌手，她用思想对付思想，招招应对，戟来剑往，身手敏捷，把郭立志打败了。跟小学生、中学生集体坐在一个屋子的考场上，她还没有过如此杰出的考试记录。她自然做了充分准备，把副总发过去的大书反复把摸，像抚摸一个有型男人的身体，引起一阵阵心灵的战栗，不是激情涌动，而是抑制不住的惊奇：天底下的人脑子，居然能发明出如此庞大的思想体系，来约束一个村子的村民！应考的人要想在这样严峻浩繁的考题面前过关，需要有同样的脑子，发明出隐形的电脑，把它装进去才行，隐形电脑不接外部电源，通过血液流动充电，免得监考的副总发现作弊。孙玉娇可没有时间等待这样的机器发明出来，她凭直觉，就达到了老中医熬白了胡子才能达到的境界，像按住蛇的七寸，抓住了“以毒攻毒”的思想精髓。她把金岗林家的大书用手抚摸，一页一页抚摸到底，千言万语从手掌底下滑过去，触觉模糊，只有两个字时常让掌心刺痛一下，像不小心扎进了棘针似的，那两个字就是“惩治”。这就很简单了，掌心里扎进了棘针，还要用针挑出来，扎得越深，越要用大针来挑，扎透皮肉挑出血来，才可罢休。具体到考试题目上，你只要掌握这样一条原则就行了：无论遇到什么样的情况，你尽管把心狠下来，想出最凶残的惩治办法，惩治标准达到了人不能忍受的程度，你就得到了满分。孙玉娇用这样的基本原则，以不变应万变，考题像虫蛀的树叶，噼里啪啦落下来，她只用一把扫帚赶扫，她通过的路上平平坦坦光光滑滑的。像“开村民大会迟到了怎么办”、“骂两委成员一声怎么办”这样的考题，孙玉娇抿嘴一笑，就想出了惩治办法，效果往往会比规定的答案更好，因为更让人无法忍受。郭立志严格监考，看了她抿嘴一笑的样子，虽然想到了“最毒妇人心”，也不能接受她从容妩媚的姿态，她未免把思想工作做得太轻松太随便了，这不能不让郭立志嫉妒。副总想在最后的关头打败她，对她进行面试。

面试题目是临时想出来的，副总随手抓到就算一个，谁都没有准备的时间。郭立志带孙玉娇到林海山家里，让她面对复杂的考题，问她怎么办。

三老会成员林海山的孙子吃大面，家里正在请客。三河县古属东夷，齐鲁之邦西风东渐，渐渐地也重婚丧嫁娶之仪了。那些繁复的礼仪，其实是在对生命表示不厌其烦的膜拜和尊崇。丧葬的生命告别自不必说，就是嫁娶，也直接指向生命的传承，而与性欲远离，不鼓励纵欲淫奢。婚嫁最简明的结果生育，三河人也忘不了隆重的庆典。吃大面，是孩子生下十二天之后的一种仪式，就是要用长长的面条把孩子缠住，愿他长生，表达的仍然是生命不息的祈愿，它比吹灭蜡烛的生日仪式更简捷，更明了，不必人转个弯，费力去思考蜡烛灭与人不死的相反含义。孙玉娇要回答的问题，不属于文化传统的范畴，只与现实的思想有关。要回答文化问题，她肯定不能及格；是思想，她就绰绰有余了。一进林海山的家门，她不看门旁系的红布，也不看产妇娘家带来的红皮鸡蛋，打眼就看家里摆的酒席，屋子里摆了三桌，两桌妇女，一桌男人，院子里摆了一张饭桌，是长条的矮矮的那种，如今已经很少有人家使用了，围着饭桌，小板凳上坐了五个孩子。副总郭立志要问她的，就是这五个孩子怎么办。按照金崮林家村规民约规定，凡结婚、生小孩、孩子看家，请客一律不准超过三桌，谁想要心眼，利用早、中、晚三顿分开也不行，办一件喜事一共三桌，超过一桌，罚款三百元。孙玉娇把五个小孩用的饭桌再看一眼，那里刚刚端上了四喜丸子，是三河县喜宴中的一道传统名菜，流行于民间。孙玉娇等五个孩子把四个丸子用乱筷子叉开，所有人都得不到囫囵一个的时候，对郭立志说出答案：

“叫他们拿钱吧！”

郭立志问她为什么。

她简单解释：“有一头，算一尾。”

接下来，考官考生互换。三老会成员林海山跟孙玉娇对抗，尽力维护自己的利益，免得被罚款。他说屋子里坐不下，他才在院子里摆了一张饭桌，让孩子们坐下。孙玉娇用手指着这个事实，说：

“这还用你说吗？秃子头上的虱子明摆着。”

林海山说，孩子们本来可以坐到他们各人的妈妈身旁，他是嫌太挤了，才又摆了一张饭桌。

孙玉娇表示同情说：“你要是让他们挤挤就好啦。”

林海山说，五个孩子也不能算一桌。

孙玉娇向五个孩子围着的饭桌走近一些，伸出的手指头不指孩子，穿过孩子的空隙指向饭桌，问林海山：“这是什么？”

林海山承认那是饭桌。

孙玉娇把手指收回来说：“这不就行啦？”

林海山辩解说，正儿八经安桌摆酒席，没有人再用这样的桌子。

孙玉娇再一次伸出指头指向五个孩子，问林海山：“他们在干什么？”

五个孩子已经开始吃面条，用这个日子特定的吃饭方式，表示他们对更小的生命美好的祝福。林海山说，他们干什么，你自己能看见。

孙玉娇反问林海山："不是喂猪吧?"

林海山气愤至极，他把手指向孙玉娇的鼻子，问她是从哪里来的臭嘴。

孙玉娇咧嘴一笑，露出白灿灿的牙齿，得意洋洋宣告："我就要成为金崮林家的公民郭宝贵的媳妇啦!"

她真的很快就做了金矿小工头郭宝贵的媳妇。她出众的思想才华，令专职思想干部郭立志眼红，可是，副总没有理由把她拒于金崮林家大门之外。郭立志当然还可以随手抓来一些猝不及防的题目，面试孙玉娇，那样做，只不过是为孙玉娇提供更多展示才华的机会罢了。孙玉娇与林海山的反复驳难，其实倒恰恰暴露了《村规民约》的漏洞，那么厚厚的一本大书，居然没有写明"嫌挤的孩子围着一张现在不用的饭桌，也算一桌"，"有一头算一尾"的精髓，就在于是桌子就算。还有，孙玉娇与林海山后来的争论更加深入，暴露了条约的不严密不周详，在以后的修订中还应补充写明，所谓摆酒席，不一定就是喝酒，只要你摆开桌子，饭桌旁坐下的，不光是你自己家里的人，你就是喝白水，也算一桌，这仍然是"有一头算一尾"的本质含义。郭立志由孙玉娇的思想天才受得启发，层层发掘自己的思想才能，像会御女的道家高人探幽烛微，阴沉沉发掘女人身体的奥秘，含英咀华，吸摄吮纳，取得补养。到了金矿小工头郭宝贵把孙玉娇娶进门来，郭立志才在闹洞房的明晃晃灯光下发现，孙玉娇长了十七岁男人一样淡淡的小胡子，这倒是郭立志面试她的时候没有注意的。

好豆腐啊

郭立志自己却没有男人应该有的一副好胡子。他也不是像太监一样，长了一个光溜溜的嘴巴，要是真的长成那样，他倒称心如意了，他根本不需要准备任何类型的剃刀，无论是古老的用手执了木把的一种，还是充了电的现代玩艺儿。他的胡子像三河流域没有耐心的女人做的面塑，她们用白面揉出人头，在嘴巴上用大针扎眼，稀稀拉拉地栽上几根猪毛，那就是副总郭立志的胡子模样。郭立志原本也能够长出一副男人的好胡子，是他自己忍痛拔掉了。他十七岁嘴巴上的茸毛开始变黑，听学校里的女老师讲课，女老师嘴巴光洁白净，令人羡慕。女老师用大家舍不得用的白玉牙膏刷牙，唇红齿白，漱口水吐在别人看不见的地方。郭立志在女老师的几何课上，看着女老师背后的墙，上面挂了一排导师图像，他不明白，外国导师留大大的胡子，是不是贪图省力，其实他们省了剃须的工夫，却增添了别的麻烦，他们需要用梳头发一样的梳子梳理胡须，还要按时洗涤才行，否则，他们的胡子真的会像反革命分子说的那样，长了虱子。其时，一个耍巧嘴的反革命分子因为公开说导师的大胡子会长虱子，正在被革命群众拉着到处示众，一示众，就被两条大汉扭着胳膊飞跑上台，一绊子撂倒，鼻口抢地，流出血来，嘴巴上的胡子来不及长出，就被连皮擦掉了。郭立志在有胡子和没有胡子的导师之间游移不定，他不知道应该学习哪一个导师，要不要胡子。他心窍迷塞，去留不定，两只手指捏住夹纸的铁夹子，贴到了自己的嘴巴上，稀里糊涂拔掉了第一根能长成好胡子的茸毛。拔毛的痛楚像一帖清醒剂，贴在他的脑袋瓜上，令他心智清明，他顿然醒悟：跟定距离最近的领袖，修理出一个不长胡子的嘴巴，不需要用梳子梳理按时洗涤，也不必三天两头拿刀子来剃。拔胡子不像真的革命那样，需要流血，疼痛倒是一样的。郭立志在自己的嘴巴上进行连根拔起的革命，忍住了不叫痛，讲课的女老师没予关注，他的父亲倒受不了啦。

“你把个嘴巴拔得光溜溜的，打算唱小旦哪？”

父亲的斥责未免抬高了艺术的地位，戏台子上的艺术从来不伤及皮肉，那些呼天抢地的痛苦都是假的，渗透了白绸子衣衫的鲜血，跟抹在戏子脸上的是同一种油彩；只有政治的创痛是真的皮开肉绽，断胳膊掉头，是真的大刀片砍下去。父亲只要稍微用一点心想一想，就不会说出这种糊涂话来，难道他忘了，安小旦名震三河的演出并没有拔光胡子？有时候偷工减料的安小旦来不及剃胡子，嘴巴上抹的粉老厚，还盖不住青铮铮的底子呢。那时候父亲在台子的一角打小锣，一根指头挑了黄铜小锣边儿，一只手拿了一把刀子似的木片，“台台”地敲打，他应该把小旦的嘴巴看得最清楚。这是真的，父亲的艺术生涯伴着一面小锣度过，长胡子的男人上台，听不见他的敲打，只有不长胡子的角色登台，才听见他敲出“台台”的声音。他“台台”的敲打专门侍候女人和太监，太监的胡子不是长出来拔掉，而是没有能力长出来。儿子用两只手捏住一个铁夹子，把刚刚变黑的胡子拔掉，父亲想到了小旦，却想不到太监，他艺术的眼光根本缺乏政治的远见。

等到郭立志在新的历史时期到来之初，办起豆腐坊卖豆腐了，父亲才明白了，儿子早早地拔掉胡子，是多么有远见，胡子只有稀稀朗朗的几根，嘴巴光溜溜地卖豆腐，看上去干干净净的，叫人放心。女人们真的喜欢郭立志的豆腐，看看他光溜溜的嘴巴，就敢相信，他的豆腐里不会落进别的毛发和秽物，尽管他做的豆腐比别人做的更软，女人们还是愿意买他的，只要他敲响梆子，女人们就闻声而来。他使用自己抠出的梆子，敲出的声音跟别人的不一样。女人们听见他的梆子声，就兴奋，就围过来。他不认为是他拔掉胡子，嘴巴光溜溜的，能让人放心他的豆腐，他归功于他的梆子声，好像他的父亲敲一面小锣，“台台”的声音一响，不长胡子的小旦就花枝招展走上来，脚底下流水，像摇着一床子豆腐。

郭立志的豆腐大受女人们欢迎，小旦的儿子安得林还是从自己的老婆刁金凤那里知道的。刁金凤像金崮林家大多数女人一样，吃郭立志每天做出的第一床子豆腐，第二床子豆腐郭立志推到外村去卖。老总吃出了郭立志的豆腐更软的本质，不明白老婆为什么会热衷于这种硬不起来的东西，刁金凤天性喜好放荡，本不该如此。安得林把他的疑惑说给老婆听，刁金凤不说豆腐硬软，是否会讨女人喜欢，也不说梆子的声音是否像小锣一样，适合女人，她说一个大家都会看见的事实，用女诗人的抒情口气：

“你看看他那嘴巴光溜溜的，多干净啊！”

安得林不相信这是真正的理由，女人们的嘴巴往往与真正的心思并不一致，她们喜欢的是货色，却要把原因推到牌面上。安得林深入调查，要弄清郭立志的豆腐本质上的优秀，他问郭立志，为什么会把豆腐做得比别人的更软。郭立志大为惊讶，老总居然不懂得如此普通的道理，他说话的语调都变得好像惊讶了：

“很简单哪！掺水多嘛！”

在郭立志好像惊讶一样的语调里，安得林呆了一会儿，拿起郭立志的梆子，梆梆地敲了两下，敲出的声音很大，能传出很远，他问郭立志的梆子为什么敲出的声音比别人更大，听上去不一样，郭立志用同样好像惊讶的口气说：

“更简单哪！中间抠得空嘛！”

安得林不再发呆，他把郭立志的梆子放到豆腐上，压塌了一方割下来还没有卖出去的豆腐，说："你别卖豆腐了。"

郭立志害怕了，他意识到因为得意，说出了老总不懂的话，他吞吞吐吐，怯怯地要求安得林原谅他，让他继续卖豆腐，挣碗饭吃。安得林的脸像刚刚割下的豆腐一样，方方正正，棱角分明，他让郭立志做别的货色挣饭吃。郭立志几乎要哭出来，他摊开沾了豆腐汤的两只手，说：

"我除了做豆腐，还能做什么？"

安得林指着郭立志光溜溜的嘴巴说："你给我当副总，做思想。"

副总郭立志上任以后，恪尽职守，短时间内，就把思想技巧发挥到了极致，像他做豆腐的技艺一样好。他软硬兼施，虚实并重，留下剩余的胡子不再拔掉，那就是他的思想里坚硬的部分。他力主使用能够打碎的瓷盆修新型厕所，冲刷的水管用大号的铁管，以便冲水，做豆腐的经验和理论拿过来，做进一步天才的发挥。他主持制订厚厚的大书那么多的《村规民约》，做豆腐的方法不能完全套用。压豆腐固然需要重压，挤出水来，可是为了做得更软，掺进更多的水，施加压力必须适度；村规民约就不同喽，那是榨油的道理，有多少压力，都要全部加上去才行。耍猴的大老董牵着一只短尾巴猴子进村，是对郭立志思想生涯的第一次严峻考验，他没有把胡子全部拔光，猜不透安得林是看中了猴子短了半截尾巴，还是看中了猴子红红的屁股——猴子屁股其实都是一样的，把毛磨光，长出了茧子。金崮顶后面的金崮许家，显然没有一个像郭立志一样称职的副总。在两个村子争矿的战斗中，金崮许家人扔出炸药包，把金崮林家的水泥街道砸出了一个大坑，就让郭立志深深地瞧不起：他们要是有一个做豆腐的高手做思想，就会把爆破手鼓动起来，把炸药包直接扔到总部大楼上，那才是敌人的指挥部，街道只是革命的道路，为了建两委成员先住的小楼，扒掉旧房，拓宽大街，取了直线。

选妃

像对手投过来的蔑视一样，金崮许家的首领许启民也认为，自己白长了一副男人的胡子，他要是把胡子拔光，倒可以躲到床上，像个女人一样叫人侍候。他并不遗憾，自己没有一个像郭立志那样的做豆腐高手做思想，要是他的村民真的被鼓动起来，把炸药包扔到金崮林家总部大楼上，他躺的床就不再是安在医院里，而是在别的地方了。由金子引发的战争，关系到金崮许家父老把炕烧热，暖暖和和地睡觉，他却不愿意拾回来的草上加了血浆，作助燃的油料。遥远的一个叫海湾的地方，为油流血已经够多了，用不着大山两边的村子再为金子流血，这是生命的思想，不容含糊。镇党委书记曲秀川请他赴宴，想用酒精把战争的火焰扑灭，没有奏效，镇党委书记使用了另一种灭火器，那种灭火器叫组织原则，许启民一下子就被扑灭了。许启民不后悔自己加入了组织，好像脑袋上加了金箍，怕念咒语，他就是不戴金箍，他也没有一杆金箍棒，能打上天庭。他仰天呼叫不会打桥牌，倒是痛彻心肺的觉悟，可是即便给他足够多的时间，他也没有够用的心机，玩那种奥秘的牌法。金崮许家矿工从金崮顶底下的矿井里撤出，像没被打败的大军离开前线，扔下叫苦连天的老百姓不管，不是大军不敢打仗，是接到了上峰撤退的命令。事情也非完全如此，并没有人给大军下这样一道命令，许启民大叫了不会打桥牌之后，硬撑着，没有倒在镇党委书记请他喝酒的屋子里，他倒在回家的半路上。三军无帅，临阵折将，金崮许家的大军不战而退。穿了各种制服的人，从金崮林家总部大楼前出发，开上金崮顶，把金崮许家的矿井封掉，然后再回金崮林家吃饭，使用金崮林家新型厕所。金崮许家的首领许启民躺到医院的病床上抢救治疗，由他的女儿珍珍侍候他。

珍珍美貌，绝色的盛名传遍三河流域。她是穷人家的女儿，开在山野的鲜花，她越是不事修饰，天然的美丽越是楚楚动人。她的美丽常常令人叹息，好多人惋惜她晚生了一个时代，她要是早生二十年，她就会被副统帅的儿子选了妃子。有人为这种惋惜找到了补偿的途径，说她生在新的时代，也能当成妃子，没有人公开下来选美不要紧，可以走一条“曲线成妃”的道路，就是先上县城的温泉宾馆当服务员。县城温泉宾馆就是三河县的颐和园，修了曲径回廊，栽了垂柳，挖了人工湖放进凉水，人要洗澡，就到放了热水的池子里泡。宾馆外面的鸭子在人洗过的水里洗澡，水仍然很热，洗澡的鸭子全都烫掉了脚蹼。温泉宾馆的服务员负责浴池开关，把热水勾兑成温水，准备好洗澡的香波，捧着浴衣侍候。她们品貌端庄，明眸皓齿，全部由宾馆经理亲自过目，从三河县北半部濒海的乡镇挑来，南半部山区乡镇无一人中选。宾馆经理根本就不到南部去。他用男人的眼光，挑选海水海物淘洗滋养的身材和面貌，副经理使用女人的眼睛，探察男人不许看的地方。温泉宾馆服务员个个赏心悦目，令人满意。某一年一位高官来疗养半个月，临走时便带走了两个。大家为两个三河美女被选了妃子而自豪，豪情还没有退落，此二人又在温泉宾馆出现了，穿了原来就穿的服务员制服，看样子是原封未动退回来了。有人言之凿凿地说，她们是被人动过了，不再是没有启封的两瓶酒。竭力维护姑娘贞操的人就坚持说，她们肯定还是原来的样子，理由是，高官的年龄像他的官位一样高，失去了启封的能力。反对的人急红了眼问，那么他要了干什么？对方义正词严回答：摸摸也快活啊！这样的选妃途径迂回曲折，而且稀里糊涂，缺乏名分，最终的结果往往也莫名其妙，珍珍自从知道了自己美貌的价值那一天，就坚决拒绝了。她倒不是没有耐心把漫长的道路走完，她是讨厌陌生男人们的脚臭，她无法把无数男人的洗脚水倒掉。就这样，她尽管具备了当妃子的充分条件，她也坚持不去应试，任凭她美貌绝色的盛名在三河流域空传。

空气里充满来苏水气味的上午，有人公开选妃，来到了医院，先向珍珍，然后向许启民说明他的意旨。他是大东公司保安科科长左龙，来替他的主人，也就是大东公司总经理巴东提亲，让许启民把女儿嫁给巴总，不是做妃子，而是做正宫娘娘，明媒正娶的夫人。左龙毛发旺盛，看他的嘴巴，就知道他的胸膛不必粘假毛骗人。他的胡子是刚刚留起的样子，能把最粗糙的人脖子扎痛。他不说太多的话，大东公司总经理巴东的盛名绝不在珍珍之下，不必详细陈说，对方也该知晓。他不像一般的媒人那样撒谎，把狗尾巴草说成鲜花，把茅草屋说成金銮殿，他相信，大东公司和总经理的一切，大家都是知道的。他不露笑脸，不用请求的口气说话，他像长了胡子的太监，来下一道圣旨，把民间美女选进宫去，他说话的声音却一点儿都没有变细。许启民等他把要说的话说完，想也不想就告诉他：

“回去告诉你们巴总，我死也不会把闺女嫁给他。”

左龙的胡子像儿马勒缰一样立起来，他忍住了不发作，问许启民说的是真话还是假话。

许启民指着病床旁边输液架上装了药水的玻璃瓶子问左龙，玻璃瓶子是不是真的。

左龙反问：“你想叫我打碎了试试?”

许启民不说话，等他动手。

左龙咬一咬牙，没有打碎药瓶，他问珍珍：“姑娘的意思呢?”

珍珍用两个指头转动输液管上的塑料小轮子，让滴进父亲脉管里的药液走得慢一点儿，免得父亲生起气来受不了，她说：“你再问问我爸吧。”

左龙再问许启民一遍，许启民闭上眼睛不回答了。

左龙点着头，说：“好，你等着。”

他走到门口，又回过头来，说：“我回去报告巴总。”

巴东是大东公司真正的皇帝，总部设在三河县城的东面。他一根棒子打天下，像宋朝开国的皇帝赵匡胤，他却没有千里送京娘的经历，他就近采花，绝不忍受遥远旅途的折腾。他棒法精到，锐不可当，别人要想打他，却不是那么容易。他的保安队，不像金崮林家治安员那样穿黑色制服，穿了绿色，操练武功时，改穿迷彩服，像大片的树叶被狂风吹着，满场翻滚，看上去更像正规部队，让人害怕。他在打锣山国营金矿附近的山上打下矿井，山头上有日本鬼子的炮楼。他不在炮楼里驻军，让保安队驻在总部大楼里，只在心情好的时候，带一两个花姑娘到炮楼里耍耍。他的矿井里不管有没有金子，一直在放炮，国营大矿能听见他的炮声来自历史的深处，像日本鬼子在炮楼里开炮往外打。国营大矿曾经被日本鬼子霸占，炮楼打炮，是抵挡八路来夺金子。巴东不向国营大矿伸手，三河县星罗棋布的矿山，瘌痢疮一样多的矿井，到处都是他的用武之地。他采金犹如采花。三河美女的盛名像含金丰富的矿井名声一样传布，他一根大棒开路，多深的井，他都能够探囊取宝。对待金崮许家首领许启民的女儿珍珍，倒成了一个例外。留胡子的保安科长左龙把许启民“死也不嫁”的原话向他报告，他听了，咬一会儿牙，又把牙松开了。左龙不明白，巴总为什么不把牙一直咬下去，把硬骨头咔地咬开。巴东什么话不说，看着左龙毛茸茸的嘴巴，问他为什么留起了胡子。左龙踌躇了一会儿才回答，他说：

“自然是为了工作啦。”

巴东不露声色地看他。

左龙进一步解释说：“为了叫敌人看了害怕。”

巴东的话像刀子一样锋利：“算了吧！你是为了讨女人喜欢。”

左龙的脸开始发红，胡子根的颜色也有了变化。

巴东把话说得更加明确：“你是看上米晓雯啦！”

左龙心里发慌，公司的会计，原本是总经理桌上的瓜子，伸手拈来，权利只属于老板一个人，保安科长觊觎美色，也应该到野外采花。他心慌意乱地嗫嚅着，要是巴总喜欢，他绝不伸手。巴东把他言不由衷的表白打断，给他上一堂关于女人的课。他告诉左龙，一个女人是否喜欢这个男人，不在于这个男人长不长胡子，胡子是一把毛，不是硬件，你不要指望用一把胡子去赢得女人欢心。男人长了胡子，是给自己看的，不管你留着还是剃去，你都能看见自己的嘴巴底下有毛，那些毛是从你男人的骨头上长出来的。男人的骨头才是硬件，硬邦邦的像一柱天，顶天立地，刀按在脖子上不低头，脑袋掉下来碗大的疤，为朋友两肋插刀，白刀子进去红刀子出来。左龙听巴东说到这里，以为总经理又要用他带上保安队，去为金子拼命，就说，为了公司利益，赴汤蹈火，在所不辞，巴东再一次把他打断，仍然说胡子。他指着左龙的嘴巴说：

“你是误解。”

左龙不明白总经理指的是什么。

巴东让他明白：“你以为女人看见你的胡子，就会喜欢你能干，你错了！”

巴东毫不含糊地指明，有一种观点认为，男人胡子大，表明性欲旺盛，其实是一个错误，有些男人胡子没有几根，可是更能干，你看看戏台子上的皇帝，没有一个戴着大花脸一样的大胡子，皇帝却三宫六院七十二妃，一个人对付千军万马。皇帝依仗的不是胡子，而是比胡子硬的东西。要是胡子大就能干，世界上早就没有中国了，中国人的胡子比外国鬼子差远啦。全世界的男人，平均每年和女人干九十六次，美国男人排在第一位，远远超出了平均数，他们是每年一百三十二次。排在美国人后边的是俄罗斯男人、法国男人、希腊男人，他们分别是每年一百二十二次、一百二十一次、一百一十五次，香港人排在第二十一位。美国人十六岁多一点点，就开始干啦，那时候中国人的鸟儿还没有出窝。这一些问题说明什么？巴东向左龙伸出一只手，叫喊一声：

“金子！”

他把伸出的手紧紧握住，庄严宣告："金子才能让你的家伙硬起来！"

他接着告诉左龙，美国人在第二次世界大战之后，储存的金子占金世界的三分之二，中国的皇帝坐在金銮殿上办公，干过以后，用金子做的脸盆洗鸡巴，这就是美国人干了天下第一，皇帝一个人干遍天下的根本原因。左龙在巴东滔滔不绝的演说中醍醐灌顶，目瞪口呆，他愣愣地站了一会儿，从腰间刷地拔出刀子，锋刃雪亮，逼向了自己的嘴巴，说：

"我割了这没用的东西。"

巴东抬手止住他："留着吧，吓唬人或许有点用处。"

左龙的胡子果真把一个女人吓住了。三河县城正走红的歌女小香君一曲唱罢，左龙捧着一束塑料假花献给她，假花用真金手链束住，小香君不敢接受。左龙的胡子，在歌厅迷离的灯光里看上去更多更凶猛，小香君打眼一看就害怕了，她不敢把金手链束住的塑料花退回去，就为献花的先生再唱一支歌，歌名就叫《逍遥自在》。

左龙代人献花，逍遥自在的却是老板。左龙送给女人束花的金子不是他的，是巴东的，无论硬软，与他无关，他只要能用凶巴巴的毛发把女人吓住就行了。

第四章

风钻手

地底下的掘进，依仗的绝不是胡子之类的毛发，而是旋转不止的钻头。山石坚硬，遇上更坚硬的钻头，它依然变成了软的。有时候也能打出水来，打不出水来的时候，还需要加水润湿呢；不加水，猛旋的钻头噌噌地冒火星，一会儿就会败了钢火。金崮林家金矿矿长林定邦并不亲自抱着风钻打眼放炮，他也不常下矿井，他只要下了矿井，看旋转的钢钻打出水来，他就会觉得他的老婆真的老了。

老婆曾经多么年轻，害林定邦狂恋不止，像美国人一样能干，虽然他身上并没有揣着坚硬的金子。那时候他在打锣山国营金矿上班，抱了一架锐利的风钻，他白天在没有太阳的地方打出水来，到了黑夜，亮着灯，仍然能打得波涛汹涌。他当然不光是白班，或者夜班，金矿上倒班，他家里的班也跟着倒，白天黑夜都是一样。他是不知疲倦的风钻手，让大地发抖，两个儿子都不是足月出生。他学蜗牛，学乌龟，学没有出息的男人给女人双膝跪倒，免得伤及胎儿，小孩子还是受不了大地震一般的震动，提前降生了。他幸福至极，乐极生悲，在幸福的巅峰被人踹了一脚，朝着落不到底的深谷往下掉，像自家的饭桌上来了一只鸡，用臭嘴啄了一口——他怀疑他年轻的老婆跟一个孤老头子有染。

事情依然跟金子有关。林定邦在打锣山国营金矿挖金子，固然不能揣到自己的腰包里，国家却按月给他能像金子一样使人硬起来的钱，他能干，老婆也不示弱。老婆不像别人家的女人那样，需要到生产队的地里干活，她只需要到了年底，把他挣回来的工资交给生产队一小部分，就能买回一家人的口粮。她赌吃坐穿，养得白胖，经常嘎嘎发笑，她只在秋天生产队分地瓜的地里哭过，因为她不会推小车，不能把地瓜拿回家里。等到林定邦在打锣山矿井里干完了白班，亮起灯来，老婆已经擦干了眼泪，重新用水洗过，新鲜无比了。老婆用这样的姿态对付他，他乐此不疲，亢奋有加，有时候还会感到力不从心呢。他不能白天黑夜守在家里，随时迎接老婆嘎嘎的笑声。他不知道他不在家时，老婆笑给什么人听，于是他发现了，老婆隔着窗户，跟一个孤老头子说话。

他家的窗户后面临街，打开窗户，就会看见一个孤老头子坐在那里，孤老头子背倚着自家的屋墙，坐着小凳，小凳上垫了苞米皮编成的垫子，看他把自己打坐的小凳装备得如此舒服，就知道他准备长时间坐在那里。他果真如此。林定邦家的窗户自然会有关闭的时候，可是只要一打开，就会看见孤老头子坐在那里眨巴眼睛，脸上的肌肉按时抖动一下。他坐的小凳不够高，也许看不见林定邦家饭桌上吃的什么，可是他肯定能听见林定邦年轻的老婆嘎嘎的笑声，比笑声更让人坐不住的，是别的声音。孤老头子却稳坐如山，像他年纪轻轻死了老婆却不再娶一样，能够守住。林定邦倒不在乎他幸福的声音被别人听了去，他宽宏大量，愿意让人家分享他的精神幸福，他绝不捂着肚子假装挨饿，让人家可怜他，他吃饱了就大声地打嗝，谁听见他都不怕，可是他不允许年轻的老婆隔着窗户跟一个孤老头子说话，老婆从屋子里走出去，跟孤老头子说话，没有窗户隔着，他更不能容忍。

持久的战争就这样开始了，这是一场逮不住敌手的战争。仇恨的目标显然是孤老头子，单凭他隔着窗户跟你老婆说话，你却不能打他，要打他，你需要先把你老婆的嘴封住。老婆的嘴封不住，当然可恨，她是战争的对手，却不是真正的敌人，你刚刚在她身上擂了一拳，她就扑到你的怀里撒野，叫你打死她，你跟她扭着拉着翻着滚着，软硬交加铺金错玉，战争的性质很快就改变了，另一种战争的结果，是两个人都打得死去活来，战争的过程让人分不清对方到底是敌人还是同谋。尔后开始的新的一轮战争，也是重复上一轮的所有步骤，凶狠的程度是一样的。的确如此，林定邦越是嫉恨坐在窗户外面的孤老头子，他越是要像美国人一样拼命干，不管腰里揣的金子有没有美国人那样多。他明知老婆的肚子里没有胎儿了，不怕伤害，他也双膝跪倒，他采用这样的姿势，就是为了比孤老头子坐的小板凳更矮。他白天里不开窗户，不让孤老头子看见他大吃的饭桌，他大声地说脏话，故意让孤老头子听见，逼迫老婆叫出比黑夜里更大的声音，让孤老头子着急。老婆如果像要死了一样呼叫，他就更加高兴，他让老婆用这样的说话，隔着窗户告诉孤老头子：只有矿井里抱了风钻打眼的矿工，才能让女人叫出如此幸福的声音。他要把窗户牢牢关住，白天黑夜都不打开。老婆要想走出屋子，不隔窗户，直接跟孤老头子说话，他就把老婆的腿紧紧拴住，他扔掉了打锣山金矿的风钻，回到家里，当一名专职的炕上风钻手。这时候新的历史时期来到了。

某一个关了窗户的安静之夜，林定邦料定，孤老头子已经搬了小板凳回家了，他暂时解除了疑虑，准备放心睡觉，这时候新任老总安得林来找他。安得林要他重新抱起风钻，往地上戳窟窿，从金崮顶底下挖出金子来。安得林重视他在打锣山国营金矿的采金经验，要他当师傅带班。老婆已经脱了衣服躺下，把被头往脖子底下掖一掖，露出嘴来跟安得林说话。林定邦不愿意让别的男人看见老婆脱了衣服躺着的样子，盖了一层被子，女人的轮廓也很诱人，他让安得林有话到院子里去说。安得林腰里还没有揣上足够的金子，硬不起来，他忍受了林定邦让他站在院子里说话，看不清人的模样。夜色如黛，星光晦暗，林定邦问安得林为什么要淘金。安得林不说答案，只说，这个你是知道的。林定邦在黑暗中龇牙笑笑，说：

"自然是为了吃饭喽。"

安得林不予否认。

林定邦说："那么你去找别人吧，我有饭吃。"

安得林说，挖出金子，是为了吃的饭更好。

林定邦把声音提高，不怕躺在家里的老婆听见："那么老婆呢?"

安得林说："挖出金子来，就能叫老婆更舒服。"

林定邦说，他的老婆已经够舒服了，他想的可不光是这个。

安得林说："你想叫别人的老婆舒服也行。"他在黑暗中给林定邦展开光辉前景，说，"我们挖金子，就是要让金崮林家的男人像美国男人那么棒。"

林定邦并不佩服美国的男人，只要有一个孤老头子，搬了小板凳在他的窗户外面坐着，他就能打败天下男人无敌手。老总远大的目标打动不了他，他关心眼下的事情。他问安得林，他去金崮顶上抱了风钻打眼，撂下他老婆怎么办？安得林让他放心，矿井里的风钻，不用他白天黑夜抱着，只要他的力气用不完，他照样是家里的风钻手，公私可以兼顾。林定邦急了，说：

"谁能管住她隔着窗户，跟一个孤老头子说话?"

安得林一下子明白了。林定邦的老婆隔着窗户跟孤老头子说话，他没有听见，孤老头子一天到头坐在林定邦的窗户后面，却是金崮林家一道固定的风景，大家都看见的。他问林定邦，他的老婆要是跟孤老头子说话，不隔着窗户行不行？林定邦问他什么意思。安得林说：

"她要是跟孤老头子说话，不隔着窗户也不行，你给她把舌头割去；她要是跟老头子说话，不隔着窗户就行了，这个好办。"

林定邦问老总有什么办法。

安得林说："好办极了，不准孤老头子坐到窗户外面就行啦。"

老总上任以来，第一次行施绝对权威，第二天，孤老头子就从林定邦的窗户后面消失了。早晨起来，孤老头子搬了小凳，还往原来的地方走，他往日安放小板凳的地方已经站了一个民兵，手里持了木棒。孤老头子刚刚把小板凳安下，民兵就用木棒把他的小板凳挑起来，远远地扔出去。孤老头子走过去，捡起小板凳，看看没有碎，想走到离民兵三四步远的地方安下，民兵再一次用木棒挑起他的小板凳，没有再摔到远处，挑到一个破门里丢下，破门里边，就是孤老头子家的院子。孤老头子跟在民兵后头，走到小板凳躺倒的地方，已经累得喘息不迭了，他就此坐到小板凳上，不再出来。民兵站到了原来的地方不动，林定邦的老婆打开窗户，看见民兵手持木棒站着，面目可憎，就没有跟他说话。民兵就一直站在那里，成为金嵛林家治安队的原始种子，他叫郭才，后来当了治安主任。

君要臣死

郭才可不像林定邦那样，担心老婆跟一个孤老头子说话，只要他喝醉了酒，老婆能搂住他睡觉，老婆就是跟能干的美国男人说话，他也不在乎。他的父亲倒曾经像林定邦一样，不准许自己的女人跟别的男人随便说话。父亲当年用一条铁丝把女人拴住，铁丝从脚后跟穿过去，不用锥子扎眼，直接用铁丝扎透，原因就是女人在井上打水，一个过路的陌生男人要喝点水，叫了声“大嫂”，女人答应了。父亲担心陌生男人再叫两声大嫂，女人继续答应，那就超过了民谚规定的极限，三河俗语说“叫上三声大嫂脱不迭裤子了”，就是儆戒这种软心肠的善良女人。父亲用铁丝一端穿透女人的脚后跟，另一端系到门槛上，长度适中，女人能走到水缸跟前舀水，到灶上做饭。要去井上打水时，父亲就把系在门槛上的一端解开，握在手里，让女人挑了水桶走在前头，他跟在后头牵着铁丝，铁丝的中间部分在地上拖出一道带血的痕迹。女人走到井台跟前，不往井里放水桶，自己一头扎下去。郭才的父亲一看井台跟前没有了女人，赶紧把铁丝握紧，他手上的铁丝一下子变得很轻，听到扑通一声响，把铁丝拔上来，铁丝一端的扣子完好无损，带了几片腐肉，女人的脚后跟腐烂得担不起她自己的身体了。

郭才在没有母爱的家庭环境里长大，十分渴望女人的怀抱，成年后把老婆当成母亲对待。他嗜酒贪杯，经常喝醉，喝醉后需要老婆赶紧把他搂住睡觉，搂得晚了，他就会跑出去跟人打架。他睡在老婆的怀里就安静了，他把老婆的臂膀当枕头枕了，一只手捂住老婆的一只乳房，睡沉时，巨大的乳头从他少了一根指头的空隙漏出来，他也浑然不察，像人家的指缝里漏掉小石头一样，不加珍惜。他的一根指头被他自己砍掉，原因是他没有拿到大个头的西瓜。生产队分最后一次西瓜的时候，他还是个孩子，父亲拿回来的西瓜，还没有他十多年后娶到的老婆乳房大，这样的西瓜皮厚肉少，汁液不足，他一刀劈开，一星汁液飞溅到他的嘴边，他尝也不尝，拿了西瓜回去换大的，手上的菜刀没有放下。生产队的西瓜已经分完，生产队长看了他手持菜刀的样子，满心害怕，想给他大的也没有了。他气得叫出野兽一样的声音，没有人知道他喊叫的是什么。他根本没有耐心长时间叫下去发泄气愤，他把一只手放到会计摊了账本的桌子上，一只手挥起菜刀，一刀剁下了自己的一根手指。生产队会计安得林把账本收起，放进抽屉里，用两根指头捏起郭才剁掉的手指还给他，叫他趁热安上，用胶布粘牢，等到胶布被汗水泡掉了，指头还掉不下来，就可以像好指头一样接着用。郭才不要自己剁掉的手指头，他把指头从安得林手上打掉，打掉手指的同时，手上的血也洒到地上，他紧跟着踏上一只脚去，像碾死树上掉下来的虫子，他连自己的骨头都碾烂了。

少了一根指头的手，照样能握成打人的拳头。睡觉时，宽大的指缝能漏掉老婆巨大的乳头，要打架，再大的棒子也漏不出去。郭才不练武功，凭力气和胆量跟人打架。论力气，也许他不是某些人的对手，可是谁都怕他敢拼命的劲头，他缺了一根指头，像一面招牌，比卖假货的广告货真价实，更让人信服。任用他当治安主任的时候，两委成员中，有人稍稍表示了一点犹豫，安得林就用那砍掉的指头做资本，说服大家，他说：

"能砍下自己的指头，就敢砍下别人的头。"

要想实现这个预言，安得林需要给治安主任更顺手的刀子才行。日本鬼子当年在打锣山对面的山头上修了炮楼，抢夺中国人的金子，他们用柳叶刀砍头，要是用刺刀，就把人刺死，不砍脑袋，刀不同，杀人的方式也就不一样了。金崮林家的夏天，不像日本鬼子占领时期那么凉爽，空气中有郁闷的玉米花香味。与金崮许家争夺金矿的战争已经取得决定性胜利，短暂的和平时期，郭才又一次喝醉了酒回家，老婆正在刷碗，就让他等一会儿，等她把碗刷完，把刷碗水泼掉，再搂着他睡觉。天气闷热，酒力发作，郭才需要赶快在老婆的怀抱里再蒸一会儿睡过去，才能安静。他急不可耐地走出去，遇上一个人，就跟人借钱。金崮林家淘金暴富，已经用上了新型厕所，治安主任郭才身为两委成员，挣二等工资，只在安得林一人之下，他可不缺钱花。他喝醉了酒，等不及老婆刷完碗再搂着他睡觉，走上大街，遇上一个人就跟人借钱，只不过是找个借口跟人打架罢了。对方果然说出了他不会缺钱花这样的话，他不等对方把不借的话说出来，先用五指齐全的手握成拳，一拳打去，再用少了一根指头的手握成拳，跟上一击。对方挣扎着，爬起来想要还手，他就掏出了刀子，刀子尖利，不像日本鬼子的柳叶刀，能砍下人的头来，像日本鬼子的刺刀，略见短小，他持刀直刺，向对方的身体连刺几刀，没有砍头。

男人的身体里喷出来的鲜血，比老婆暖热的臂窝更能醒酒，郭才不需要睡一觉，如注的鲜血往他脸上一喷，他就清醒了。鸣着喇叭的车子把冒血的人体往医院里送，郭才也坐到了车子上。在医院的小窗口跟前，郭才把少了一根手指的胳膊擎到漂漂亮亮的小护士胸前，样子吓人，要求为他亲手捅倒的人输血。三老会成员林家明老泪纵横地拒绝他，林家明不愿意儿子的身体里流进凶手的血液，儿子就是需要骨髓活命，他也宁肯豁上自己的一把老骨头，凶手的骨头和血肉，交给更合适的地方去处置好了。林家明根本没有回心转意的时间，他即便不等第二串老泪流下来，就改变主意，同意让郭才给儿子输血，儿子也不需要了，凝固的血管，无论亲人还是敌人，什么人的血都流不进去。

最后悔的人不是郭才，而是他的老婆。郭才再后悔，他也不能不喝酒，喝醉了酒，只要不赶快让老婆搂着睡觉，他就不能不跟人打架。老婆的后悔就在这里，要是知道男人会在她刷碗的工夫，去拿刀子把人捅死，她就会先搂着男人睡一觉起来再刷碗。林家明倒不那么后悔没用郭才给他的儿子输血，要是儿子的血管里流着郭才的血活着，他就不知道儿子会不会成了郭才的儿子，连郭才给他当儿子他都不愿意，让自己的儿子变成郭才的儿子，他就更不高兴了。

三老会成员林家明真的不能接受郭才给他当儿子。他这个人多疑胆小，不能接受突然降下来的事物，不管这种事物能不能带来好处。他的新型厕所白瓷便盆被人扔了石头打碎，治安主任郭才用心破案，终无结果，他没有地方索要赔款，自己掏腰包花钱，买一个新的安上。他倒不怨恨郭才破案的能力不够，他怀疑谁家的孩子是受了大人唆使，扔了石头，这样的大人不是跟他有仇，就是对三老会作出的决议不满，从心底不愿意修建新型厕所。小学教师梁晨清早起来往山上跑，他秘密跟踪，用心探察。他就是知道城里人的习惯跟乡下人不一样——城里像他这把年纪的老头子，跑不动了，早晨起来，还甩打着两只胳膊，在大道上挪蹭，把一条腿搭到树杈上，跟小树较劲呢——看见了梁晨睡醒起来就往山上跑，他也要怀疑教书人的脑子出了毛病，道理很简单：你要是脑子没有毛病，你喜欢像城里人那样，早晨起来痴跑一顿，你就应该留在城里，不应该跑到乡下来。他不让郭才给儿子输血，不是怀疑凶手的血液不能让儿子活命，他是担心，活过来的儿子不再是原来的那一个了，儿子的血管里流着郭才的血，儿子是管他叫爹呢，还是反过来，他管儿子叫爹呢？现实完全朝着林家明想不到的方向发展，把他的怀疑彻底粉碎，扫除干净。在总部大楼的最高层，老总安得林叫林家明坐在一把椅子上，椅子跟前摆了一块四四方方的小毯子，毯子红色，没有绣花，城里人把它放在厕所里当脚垫，出出进进，擦干净鞋底。安得林等林家明坐好，他就向门外说一声：

“进来吧。”

郭才拿着刀子走进来，把刀子往旁边一扔，在水泥地板上击出当啷一声，两腿一屈，跪在林家明身前红色的小毯子上，叫一声：“爹。”

林家明吓得站起来，他不害怕郭才扔掉的刀子，害怕郭才叫他爹，他惊惶惶地说：“这是干什么？”

安得林代郭才回答：“叫他给你当儿子。”

安得林随即把一切安排讲清楚，免得林家明多疑的老心灵陷进疑虑重重的迷宫，走不出来。安得林说情势紧急，来不及召开三老会讨论了，他自己先作个主张执行，然后再让三老会认定，形成文件。文件将写明，从今以后，郭才给林家明当儿子，永不反悔，为防他不孝，让他先付给林家明二十万元钱。有了二十万元现金，林家明可以保证幸福地活到老死。林家明的义务很简单，他既然做了郭才的爹，就不要追究郭才的刑事责任了。安得林给林家

明解释得清清楚楚，林家明还是走进了多疑的谜团。他问安得林，让郭才做他的儿子，他自己的儿子怎么办？安得林说，他不是不在了吗？林家明说，就是嘛。语焉不详，安得林想不出什么话来应对他。林家明还提出了另一重疑虑，要是让郭才做了他的儿子，他的儿媳妇怎么办？他的儿媳妇要是带着孩子改嫁，他已经有了儿子，儿媳妇要是带着孩子留下来，她又没有个男人照料。他身为三老会成员，思想解放，并不保守，他可不忍心看着儿媳妇守活寡。郭才一直跪在红色小毯子上，听到这里站起来，他叫林家明把儿媳妇的事情放下，他说：

“你放心吧，我再喝醉了酒，叫她搂着睡觉。”

林家明冷冷地拒绝：“我就是死了，也不会让你踏进我的家门。”

林家明冷冷的拒绝令郭才生气，他差一点重新拾起扔在红色小毯上的刀子，砍掉自己另一只手上的一根指头，以便喝醉了酒，让林家明的儿媳妇搂着睡觉的时候，跟他老婆不一样的乳头从不同的指缝漏出来。安得林也为林家明的拒绝生气了，三老会成员拒绝的实在不是一个儿子，而是一个决定，儿子能用刀子捅死，决定可不是随随便便的武器能够杀死的。他神情严峻，问林家明，不让郭才当他的儿子，他是不是打算叫整个金崮林家给他当儿子？林家明说正是。林家明把意思说得更明确一些，让安得林听明白，他站起来，情绪激昂地说：

“我有金崮林家给我养老，我怕什么？”

这一来轮到安得林高兴了，他一拍大腿站起来，说：“就是嘛！”

用不着安得林再做副总郭立志分内的工作，林家明就把自己的思想做了。他家新型厕所的便盆被人打碎，没有查出案犯，追不到罚款，让人生气，他忍着不说；小学教师梁晨把城里人的生活习惯带到乡下来，让人生疑，他想不明白，也不提起，他只想让人看看，他现在一天三顿吃的什么。郭才插嘴说，这是大家都看见的。他摆一下老手，叫郭才休要打岔，他吃得再好，也不会忘记仇恨。一句话，又让郭才失去了希望，连安得林也没有耐心再听他

乱扯了。安得林问他，到底想不想执行将要由三老会确认的决议？林家明说：

“家有家规，国有国法。”

这分明要把郭才送给法律处置了。

林家明又说：“皇帝说话，金口玉牙。”

在场的两个人，谁也不明白他到底打算干什么。

林家明往郭才跟前走，郭才以为林家明要打他，赶紧弯腰，抓起他扔掉的刀子。林家明却不理他，在郭才刚刚跪过的红色小毯子上扑通跪下，凄怆地大叫：

“君要臣死，臣不得不死啊！”

握刀在手的郭才还在发愣，安得林已经被深深感动了，他伸出两只手，把林家明拉起，要他还到椅子上坐下。林家明坐到椅子上，老泪纵横，浑身颤抖。安得林感谢他顾全大局。他颤抖着说，这是三岁孩子都该明白的道理。安得林看着他的昏花老眼，等他把最浅显的道理说出来，他抹一把老泪，说：

“家丑不可外扬啊。”

马桂花上访

并不是所有用上了新型厕所的农民，都会有三老会成员林家明那样的觉悟，为了维护金崮林家黄金铸起来的荣誉，把人的性命搭进去，也不计较。也怨女人心眼小，境界不高，两年来马桂花一直在上访，天气最热的时候也不停止。

三河县信访办公室安在县委县政府大楼对面，只隔了一条街。信访办公室和县委县政府离得这么近，并不是为了县委书记和县长体察民情方便，而是找不到一个更合适的地方，安排这样一个大喊大叫哭哭啼啼的部门。信访办公室的老房子，原本是县城的文庙，大殿里安放过圣人的塑像。上世纪初叶，爆发了一场红枪会农民起义，不尊孔，头包红巾的会众把圣人像推倒，扔到东流河里，任伏天的河水把圣人的泥身泡成原来的物体模样，泥沙混杂，镀金的衣服化为碎皮，沉入河底，缓慢移动，成为多年后两岸农民疯狂淘金的原始矿物，含了博大深厚的民族文化因子。荡然一空的圣人殿，曾经做过红枪会膜拜教祖的场所，他们诵念咒语，喝下刀枪不入的符箓，再去跟操了洋枪的敌人作战，丢掉性命。到了上世纪末年，文化馆在圣人殿排戏，吹拉弹唱，让死去的无数魂灵不得安宁，却把信访办公室里的喊叫哭啼遮掩住了。一街之隔的县委县政府大楼里，公务员坐着喝茶，只听见丝竹管弦伴奏的歌唱，铜制响器的敲打，上访女人的哭声便听不见了，艺术就这样近距离实现了它的粉饰功能，变成了一种真正管用的工具。信访办公室曾经安在县委办公大楼后面的平房里，上访女人的哭声不仅能穿过办公大楼的玻璃窗，让喝茶的人听见，大胆一些的女人还会直接走进楼里去，从一楼开始敲门，寻找青天大老爷。要是不用强制手段把她们扭出楼去，她们就会把大楼五层所有的门全部敲遍，不管门口挂了什么样的牌子——不挂牌子也不放过，她们知道，最大的老爷往往坐在没有牌子的门里边。某一个三月的县委常委办公会议上，还是副县长为信访办公室设想了这个合适的去处，一位见多识广的常委稍有异议，他说，走遍世界，还没有见过一家信访办公室，跟文化馆在同一片房子里。副县长的话不容反驳：我们从事的，正是独一无二的伟大事业！

信访办公室住西面的房子，文化馆住东面的房子，一个月亮门通向红砖矮墙的厕所，两家共用。一眼水井在信访办公室的房子门口，文化馆的人也按了铁把子水泵汲水，刷碗洗衣服，把脏水泼进水泥池子里，再流到看不见的地方。上访女和唱戏的女人从同一个大门里走进来，开始异曲同工的演唱，各人怀了不同的心事。天气炎热，唱戏的人在做过圣人殿的大屋子里闷得透不过气来，趁着太阳快要落下去了，搬到院子里排演，他们用更大的嗓门演唱，免得听见上访女人的哭声。哭声和歌声互为伴奏，各干各的。等到信访办主任吼叫起来，唱戏的人才不得不停止演唱。他们往往自视甚高，以为自己是全县嗓门的尖子，可是，只要信访办主任一亮开嗓门，他们骄傲的气焰就被完全打下去了。不光主任，信访办公室所有的人全是好嗓门，就连最年轻的打字员也不含糊，他是县剧团的花脸，剧团精简时，用不了那么多花脸在台子上大叫，就叫他来信访办公室打字，偶尔也练练嗓子。信访办主任面皮白净，镶了一颗金牙。没有人来上访时，他在井台边坐了马扎择韭菜，上访的人来了，他也等按了水泵汲上水来，把韭菜洗净再接访。上访的大都是老户，不用听他们诉说，主任就知道他们还是那一套老话。金崮林家上访女人马桂花，自己也省略了大段诉说，反反复复只强调一句话：

“俺男人不能白死了。”

过一会儿，再加一点强调的语气：“反正俺男人不能白死了。”

信访办主任往往并不理她。主任把洗好的韭菜放进提篮里，提篮底下垫了一个塑料袋，顶上盖一张没看的报纸。主任把盛了干净韭菜的提篮拎到院子一边的阴凉里，挂到自行车把上，准备下班后带回家去吃。文化馆排戏的导演问他买的韭菜多少钱，他笑嘻嘻回答价格，露出一颗亮灿灿的金牙，说完以后想到，等待下班的时间里，屋墙遮住的阴凉还会变短，就把韭菜提回屋里去了。上访的马桂花看他放好韭菜，又重复一遍那句老话，主任这才开始吼叫了。主任要是没有买到便宜的韭菜，心里不高兴，他就一直不吼叫，看也不看马桂花一眼。信访办公室还有三个副主任、两个科长、四个接待员、一个打字员，哪一个高兴了，都会代替主任，朝马桂花吼叫，反正他们都有一副好嗓子，不吃喉宝也哑不了，具备了吼叫的最基本素质和资格，谁吼都是一样的。当然啦，他们吼叫的结果是不一样的，马桂花有时候会在吼叫声中哭起来，哭声跟他们叫的声音一样大，有时候，马桂花只在吼叫声中默默地流眼泪。要是轮到剧团精简下来的花脸打字员吼叫，马桂花眼圈都不红一下，按年龄，花脸打字员差不多可以做她的儿子，嘴巴上的毛刚刚变黑，还吼不出她的委屈和冤枉呢。

马桂花满腹心酸，不屈上访，她只在该哭的时候才哭，严格挑剔倾诉对象。在她眼里，越是白了胡子的人，越能叫她流泪，因为，她的男人原本也应该活到胡子白那么大年纪。她不在花脸打字员面前流泪，也不全是因为对方可以做她的儿子，没有资格看她哭，而是因为她在两年的上访过程中，积累了经验，明白了一个道理，那就是人越年轻，心肠越硬，你的眼泪再多，也泡不软他石头做的心肠。时间往前走得越快，人越年轻越富裕，心肠越硬，等到人的心肠全都用金子做成，就不再会有人流泪了，因为眼泪已经完全成了自己的东西，只配流进自己的肚子里变尿，撒到新型厕所里，不必流给外人看。马桂花在信访办主任洗韭菜的井上，按着水泵汲上水来，用一只手撩了，洗掉自己的满脸泪痕，用两只手捧着喝几口，走出信访办公室和文化馆共用的大门。信访办主任已经把洗净的韭菜挂到自行车把上，带着回家了；花脸打字员把门锁上，拿着搪瓷小盆，去县委大院的食堂里领饭吃；马桂花暂时离开信访办公室，准备改日再来。一街之隔的县委大院，她走不进去，她就是知道两座大楼的某一个房间里，坐着青天大老爷，她也走不到门口去敲门，大院的大铁门旁站着岗哨，跟她要出入证，她拿不出来。岗哨穿了跟金崮林家治安队样子差不多的制服，也是黑色，大沿帽子的黑带绷在下巴上，站岗也像打仗的样子，令马桂花想起她男人死的惨状，她不流泪，也不敢去硬闯。她需要再上访十六年，才能培养出拦轿喊冤的胆量，到那时候，青天大老爷坐够了跑得太快的轿车，就会思念人抬的轿子慢悠悠的滋味，让八个人的肩膀变成汽车的轮子。

小香君觉悟

20世纪末的人还是喜欢汽车轮子没有尽头的滚动，能在短时间内满足人滚遍世界的欲望。县城百货大楼举行促销活动，设了大奖，头等奖就是轿车，一共十辆，排在体育场椭圆形的跑道上。三河县体育场修建的时候，新时期的黄金开采还刚刚起步，财政困难，资金短缺，椭圆形跑道铺沥青，像县城向西通去的公路一样，铺得很薄，夏天的青草从斑驳断裂的跑道上生出来。每天早晨，体校学生像秋天的小雨似的沥沥拉拉跑步，踩不灭青草，他们按时在下午不跑步的时间，拔掉它们。体校学生不练跑步练拔草的训练，让县委政工书记感慨万端，像世界上只有一个信访办公室跟文化馆住同一处房子一样，世界上也只有一所体校的学生在跑道上拔草。要是体育场晚修十五年，政工书记就会建议，用金子铺体育场的跑道，学生训练累了，可以就地坐下，用标枪揭下一块金子，用铅球砸着，锤成奖章，奏响国歌，自己挂到脖子上。真的是这样，三河县采金暴富，不光金崮林家用上了新型厕所，县委大院跑进跑出的轿车也频繁更换着牌子，令镇党委书记认不出县长的车来，不小心就超了过去。东面那个没有金子的穷县，县长跑出来借钱，回去给机关公务员发工资，找到的第一个债主就是三河县。三河县，只有到了地底下全部挖空的那一天，县委县政府的两座大楼全都塌进地里去，县长才会去跟阎王爷借钱发工资。三河县在县城扒房子拆楼，把不够宽的街道改成大街，以便有多少对开的轿车也能够跑开，只要认清车牌，不怕犯超车的错误，想超车，尽可以放心超过去。如果能够再找到一处房子，能同时容下信访办公室和文化馆，那座红枪会当年没有扒掉的圣人殿，也早就扒了，县委县政府的大门前，需要最宽的街道跑车，全县最好的轿车都要从这条街道上跑过，不包括体育场椭圆形跑道上停的那十辆。那十辆归属未定，只是假富裕的幌子，百货大楼成堆的牙刷卖不出去，才把它们摆到体育场上，作一块最大的诱饵。体育场上钓鱼，也是“愿者上钩”，钓鱼人却不静悄悄的，他们把锣鼓敲得震天响，彩旗飘舞，大红绶带披挂在女人身上。夏天的汗水湿透了女人披红挂花的身体，生起痱子，男人倒比较干爽。男人把扩音喇叭对到嘴上喊话，嗓子都喊哑了。他们嘴对了喇叭喊话的样子，很像战争年代的思想工作，喊哑了嗓子的同志嘴上了对了铁皮喇叭，朝着敌人大喊：“投降吧!”攻势强大，投降的人一批又一批，乱纷纷的。他们用一只手举着钱走来，用另一只手举着牙刷走去。最死心塌地投降的人，用两只手举着钱来，离开时一手举了一把牙刷，一手举了一盒火柴，他就用火柴点燃牙刷，像举起一支火把。披挂绶带的女人即刻挺起长痱子的胸脯，站成红彤彤一排，让他恶狠狠的目光看不见轿车，免得他举起火把，将轿车排着点燃。

到了太阳像火一样照耀的时候，体育场上的一排轿车有了一个归宿。并没有什么人下一道命令，像一把刀从天上往下落，落到中间，把海水一样的人群分开。左龙陪着巴东往里走，后边跟着四个穿了大树叶一样衣服的保安队员。左龙的胡子已经长得能叫人害怕了，即便没有穿着大树叶衣服的保安队员跟在后头，守了彩票箱的人，也不敢像对待一般“投降”的人那样说话。好多拍电影拍电视的导演留胡子，才真的是为了叫女演员相信他们能干。左龙从总经理巴东那里明白了，令男人能干的是金子，他还不把胡子剃掉，照旧留起来，就纯粹是为了吓人了。他吓人的胡子封住嘴巴，站在巴东身旁，一只手叉在腰间。巴东朝着彩票箱努一下嘴巴，问守箱子的人，里面是不是真的有轿车？守箱人看一眼左龙的胡子，作一个肯定的回答，声音发颤。巴东安慰他不用害怕，伸出一只手，指一下包了红纸的彩票箱，说：

"我全包了。"

守箱人抖抖索索地叫他拿钱。

巴东把手指向一排轿车，说："那不是钱吗？"他又对着彩票箱问，"轿车全在里边吧？"

守箱人回答了是。

巴东便果决地说："我把轿车先卖给你。"

守箱人不敢说不要轿车，他只说，这样抓彩票，程序不对。巴东微微一笑，说：

"你的意思是要钱喽。"他把头向左龙摆一下，说，"给他钱。"

左龙不叉腰的一只手抬起来，把一个小黑皮包重重地丢到桌子上，突地打开拉锁。被天上落刀分开的人潮又合起来，往上涌，后面的人看不见，眼睛被一片光芒耀花，急得往前挤，前面的人避开万道光芒，看清了小提包里装的东西，那正是能让男人硬起来的金子，一条一条整齐排列。守着彩票箱的人眼花缭乱，不敢说不要，他就是说要，也来不及收起来，留胡子的左龙把拉锁突地拉上，从腰间拔出一把匕首，插到了彩票箱顶上。四个穿大树叶衣服的保安员同时动手，各人拔出自己的匕首，砰砰砰插到桌子上，彩票箱四周，一边插了一把。五把刀子架住的彩票箱，像被押赴刑场的死囚，穿了监斩官才准许穿的大红衣服，一身红色的沮丧。左龙先把手伸进箱子，抓出一把，四个保安员紧跟着伸手，一把把彩票在他们手上展开，朗读："一把牙刷！""又一把牙刷！"五只手乱纷纷抛出彩票，像树叶满天飞舞，他们身上穿的大树叶衣服顿失光彩。他们可没有耐心，把所有的牙刷全部从口中吐出，只有出现一盒火柴，他们才有兴致再朗读一声，有牙刷和没有牙刷，什么东西也没有的彩票，统统当树叶抛掉。彩票箱一个口子，容不下五个人的手同时摸彩，左龙按住插在彩票箱顶的匕首往下划，让彩票箱打开更大的口子，五彩缤纷的彩票像决堤的河水往桌子上流，五个人的手根本忙不过来。巴东让满体育场的人帮着拆彩票，桌子上四把刀子明晃晃立着，没有人敢动手。巴东从桌子上拿起战时好做思想工作的电声喇叭喊话，大声承诺，谁拆出轿车是谁的。他把同样的承诺连喊三遍，大家这才一拥而上，从刀丛中抢了彩票拆起来。没有人肯放弃堆在手边的财富，盛产黄金的地方，也出产勇敢和疯狂。剩下最后几张没拆的彩票，握在一个把头发染成金色的姑娘手中。她根本没有机会拆开了，围逼上来的人群像饿虎扑食。她把三张彩票揉成一团，塞进嘴里，想先吞进肚子里，以后再找机会割开肚皮，取出轿车。立刻有个人扑上去，掐住她的脖子，另一个人从她嘴里抠出彩票，彩票上写的仍然是牙刷。巴东冷冷地逼问守箱人，轿车在哪里？用不着等待回答，他自己指向轿车停的地方，下达命令：

“全是假的，先把它砸了，再告他诈骗罪！”

披挂绶带的女郎不敢再用长痱子的胸脯组成一道红墙，保卫轿车。穿了大树叶衣服的人从屁股后头解下警棒，身披红彩的女人知道，这样的过电滋味不好受，她们惊叫着闪开，让手持警棒的人顺利到达轿车跟前。黑色的棒子擎起来，落下去，轿车的玻璃哗啦啦碎了。碎玻璃像打碎的阳光四处飞撒，闪耀的光芒和破碎的声音让人着急，体育场上居然很难找到石头。这就是贫困的局限哪！要是体育场在富裕的今天修建，用金子铺了跑道，大家就可以揭下跑道上的金子，来砸轿车的玻璃。好多人急得跺脚，无数男人的厚底皮鞋，无数女人的高跟皮鞋，气冲冲脱下来，一齐飞向轿车，像扔出了无数黑石头。在轿车玻璃哗啦哗啦的破碎声里，大东公司总经理巴东哈哈大笑。他用不着留胡子，灵感一动，便导演了一场比好多拙劣的影视剧更好看的大戏。他才华横溢，比挖空心思的导演更能够按住这个时代的七寸，这条时代巨蛇的七寸，就在咽喉那里卡着，是一块坚硬的金子，只要吞不进肚子里，就能够叫人疯狂。

巴东能准确地按住这个时代的七寸，也不是完全依仗天赋，他靠的是每天蛇的滋养。他早晨用蛇血冲进水里，再兑进温水漱口，漱完口喝下，再刷牙，蛇胆用牙签刺穿，绿色的胆汁用白酒稀释了，留到中午和晚上喝。他的蛇全是剧毒，由人专门从蛇市上买来，价格不菲。装蛇的铁笼子放在厨房外边的墙根底下，下雨时不加遮挡，一群蛇盘绕在一起淋雨，有时候会自相残杀，把同类咬死。死蛇，巴东就不用了，血已凝固，胆已萎缩，他命人扔到河里去。为巴东杀蛇取胆的人专业而不固定，他跟哪个女人燕好，就由哪个女人为他杀蛇。

轮到小香君为巴东杀蛇取胆的时候，小香君宁肯自己变成一条蛇，白天黑夜缠在巴东身上，她也不敢杀蛇。她是歌女，很会唱歌，她也会在迷离的灯光底下，把一只话筒对到嘴上，像蛇一样扭动了歌唱，她把同样的本事用到床上，美丽的歌词就成了动听的脏话，多情的曲调就成了疯狂的呻唤，扭动则是一样的，她只不过把话筒换一个地方举着罢了。穿着衣服唱歌的时候，左龙用一把胡子吓人，害她收下了用金手链束着的鲜花；不穿衣服的时候，她才发现，真正叫人害怕的不是胡子，而是蛇，金蛇狂舞，蛇入草丛，光着身子淋雨，蜷回去又伸出来，蛇信子一撩一撩的，小香君不敢握它。留胡子的左龙带她参观，让她看餐厅师傅如何杀蛇。小香君把眼睛闭上，睁开眼时，蛇血已经滴进碗里，师傅把死蛇递到她手上，让她握一握。她再一次闭上眼睛，刚刚握到凉飕飕滑溜溜的蛇身子，就尖叫一声扔掉了。她不脱衣服向巴东提出要求，她可以学最好的蛇，扭动出万般身段，唱出一万种歌儿，让巴东高兴，就是不要叫她杀蛇。巴东叫她脱了衣服说话。脱掉衣服，小香君就知道她说了大话，她固然能兑现她的承诺，扭出蛇一样的身段，歌声不断，她唱的还是老歌，没有新的创作。巴东倒没有不高兴，不过最高兴的还是她。巴东是主宰是导演是主唱是首席，小香君充其量只是不错的配角罢了。巴东英武豪壮，抽空子问她喜欢不喜欢，小香君顾不得说话，点点头。巴东下一道果决的命令，说：

“那你就给我杀蛇。”

小香君不明白，这一道命令为什么要在床上下达。

巴东解释说：“取之于民，用之于民。”

小香君稀里糊涂接受了。她真的不明白巴东做思想一样的床上指令。她的歌女生涯不长，她演唱的歌曲，大都属于“逍遥自在”一族，没有如此宏大的主题。她的艺术经验不够用，只能凭本能领悟：巴东吃了她杀的蛇胆，就把蛇还给她，就像吃什么屙什么一样。

孙玉娇守备

要是知道，唱歌的人会把深奥的思想看得像吃喝拉撒一样简单，孙玉娇简直会笑死。唱歌的人把一只话筒对到嘴上，乱扭身体，看上去激动死了，其实他们睁着眼唱闭着眼唱，都是一样的，就是“商女不知亡国恨”，哭笑都是假的，不着痛痒。孙玉娇从来就不唱歌，她有什么心思直接说出来，才不拖腔拉调哼哼呀呀，说了不算算了不说，不说还想说呢。村头上的纸人胸口扎一根钢针，跟前烧了一堆纸灰，要是叫唱歌的人看见，他们肯定要把话筒对到嘴上，睁一会儿眼闭一会儿眼，唱了天唱地，唱了国唱家，瞎唱半天，也不知道他们究竟要说什么。孙玉娇就不这样，她连话筒也不拿，张口就说。她说“绝不是咱老总”，就让安得林听见，听得明明白白。她睁着眼不看，也知道安得林的脸一下子就红了。孙玉娇眼睛明亮，长一点淡淡的小胡子，做了金崮林家总部办公室主任。如果不是自己把胡子拔得只剩下稀稀朗朗几根的郭立志已经在副总的位子上坐了多年，孙玉娇即刻就会取代他。孙玉娇上任不久，从安得林那里接受的最重要的工作，就是督办总部大楼前的雕像工程。

自从安得林生日那天奏响村歌，开始了雕像，工程就在既公开又秘密的状态中进行，金崮林家和金崮许家为了争夺地底下的金子爆发战争期间，也没有停止。没有人看见雕工怎样展示艺术手段，听了叮叮当当的锤錾声，就知道他们一直在干活。送饭的人用提篮盛了饭菜，交给黑棚子门口的警卫，警卫朝着门口连击三下掌，里面的人伸出手来，接过篮子，另一只手把塑料桶递出来，塑料桶上盖了盖子。大家看了这样的传递程序，不担心雕工会把棚子里变成金崮林家已经消失的古老厕所，只担心他们的头发会长得太长，把女人的辫子比下去。雕像的工作原本由郭立志分管，孙玉娇当了办公室主任以后，情况发生了一点变化。郭立志分管的时候，副总本人也不走进棚子里面去，他站在棚子门外面，朝里面喊话，为了让里面的雕工听清他的话，他手上拿了电声喇叭。他把喇叭对到嘴上，喊得哇啦哇啦响，里面的雕工也许能听见他的指令，或者要求，外面的人却不大容易听清，他的思想，被现代喇叭扩大得失去了本来面目，不像战争年代对敌喊话，原始喇叭尽管也能把声音放大，却保住了家常情感。孙玉娇就不是这样，她不带喇叭，徒手空口，走进棚子里跟雕工讲话，棚子门口的警卫也拦不住她。没有人知道，她在棚子里头跟雕工交待了什么，听见棚子里锤錾的声音停止了一会儿，又响起来，就知道她的话没有白说，锤錾声听上去不一样啦。她走出棚子的时候，用手绢往脸上扇风，人人都知道雕像的棚子像一座六月的产房，不扇风，产妇的大腿根会起痱子，分娩不易。

孙玉娇从郭立志手上接过的工作，不光是督办雕像，她还负责接待。她是金崮林家的又一座城门，城门前挂了吊桥，挖了壕沟，能不能通行，就看她是不是放下吊桥，架到壕沟上。她剪短发，用塑料梳子梳头，坐在办公室里接电话，用男人的姿势叉腰站着，等到有人来了，她就坐下了，她看准了需要站起来的时候，再站起来。她上身穿男人的衣衫，下身穿女人的裙子，她坐着跟人说话，像男人一样不可亲近，她站起来跟人握手，裙裾一飘，就风情万种了。她只要放下了吊桥，壕沟里的水不再吓人，叫人蹚不过去，你就登堂入室，可以吃饭了，她把你安排到合适的房间去，每个房间的服务员都穿了裙子服务，供应酒水，兼及其他。

安徽籍的淘金个体户衣为全一来，孙玉娇就发现，他不光想留下来吃饭，他还想睡觉，他把睡觉的朦胧目光径直射向了孙玉娇。他目光不清，孙玉娇也把那双眼睛看透了。在男女情场上，孙玉娇还混沌未开呢，可是她凭本能，就看穿了衣为全落花流水的馋相。江南水乡的衣为全，因为赖掉了应诺给情人的一条毯子吃官司，背井离乡，来到盛产黄金的三河县，谋求发展，决心让他爱的女人生下他全部的孩子，生一个孩子，送一床毛毯。他由不怕死的矿工做起，一直做到死不了的矿主。他专门挑着人家不敢干的危险矿井干，像他当年那样不怕死的矿工源源不断，却无人再有他那么多的豪情爱女人。好多人，没有来得及给生下孩子的女人送上毯子，自己就被破毯子裹身送走了；有一些，连裹尸的毯子都不用，在哪里死，就埋在哪里。要是葬身的地方还有金矿石要挖，就扒出来，扔到老洞子里去。老洞子积满了千年古水，能让人很快超度。衣为全用不怕死的矿工尸骨，在县城里盖起了小楼，小楼白色的墙壁，到夜里会发出磷火一样的光亮。来小楼睡觉的女人用不着亮灯，凭墙壁的光亮，辨认衣为全被幸福扭曲的面孔。她们轮流生下衣为全的孩子，就搬到别的地方去住了，衣为全为她们各自安排了去处，互不相扰。一看见孙玉娇裙裾一摆扭动臀部的样子，衣为全就断定，有这样的好臀，定能生出好孩子，他愿意为此送上两条毛毯。

江南的小桥流水，无疑大大地局限了衣为全的眼光，他还需要在齐鲁大地厚重的情场上周旋一百年，才能看透孙玉娇藏金纳玉的博奥胸怀，到那个时候，他才会明白，孙玉娇这样的女人，睡觉不铺毯子，她就是铺毯子，也不用金子纺线织成。在三河县这块地面上，能用金子织毯子做被子的人太多了，她可不想跟那么多人铺金子睡觉。她根本不允许衣为全把送毯子的承诺说出来，她跟衣为全站起来握手，对方还想再握一会儿，她已经把手抽回去了。她裙裾一摆，刚刚让衣为全看到了好臀扭动，对方还要再看看，她已经坐下去了。她就此坐着说话，不再站起来，冷冷地问衣为全来干什么。衣为全这才想起，他来此地，并不是为了再找个可爱的女人，生下他的孩子，他是要把已经长大的孩子送到金崮林家的幼儿园，先送来三个，三个一样大，出生在同一年的五月份。

虽然，孙玉娇已经把吊桥高高地扯起来，不准备让衣为全吃饭了，她也知道了，衣为全为什么要把孩子送到金崮林家幼儿园，她还是让衣为全把好听的话再说一遍。她像坏警察诱供，说，你在金崮许家买了房子，为什么还要把孩子送到金崮林家来呀？衣为全说，自然是为了孩子受好的教育啦。孙玉娇接着说，县里的幼儿园就很好嘛。衣为全立刻顺着竿子爬上来，说，金崮林家的幼儿园更好。孙玉娇不给衣为全再说好话的机会了，她叫衣为全背诵金崮林家的《村规民约》给她听。衣为全愣愣地站了一会儿，抬头看墙上，以为金崮林家办公室的墙上，会像别的村子一样，挂了村规民约。他找不到，只好老老实实地说不会。孙玉娇立刻作出一个判断，她说：

“这么说，你的孩子肯定也不会背啦。”

衣为全承认，他们三个都不会背。

孙玉娇说："你先回去把他们教会了，再来。"

衣为全向她讨要村规民约的文本。

孙玉娇不说话，打开抽屉，拿出厚厚的一大本。

衣为全拿到手上一翻，惊叫起来："等孩子背下来，就好上养老院啦!"

孙玉娇斩钉截铁地说："要进金崮林家的门，上养老院也得背。"

衣为全把村规民约丢到桌子上，摇着头往外走，不再想把孩子送到金崮林家幼儿园，接受好的教育了，也不再想跟孙玉娇铺着毯子睡觉，让她生下肯定会好的孩子了，他担心孙玉娇用村规民约卡他，等他背下村规民约，他就没有力气爬上孙玉娇的床了。上床耗力，背书泄精，后者却不给人快活。他宁肯去爱一千个没有村规民约捆住的女人，活活累死，也绝不背书!

仓皇出门的衣为全，差一点撞到郭立志的怀里。郭立志看着衣为全离去的身影，问孙玉娇，这个人来干什么？孙玉娇坐着说：

"癞蛤蟆想吃天鹅肉。"

人的祖先更加顽固地保留着那种劣根性，在地上跑着，想望天上的吃物。猴子的情欲像人一样也会泛滥，它们可不意淫，要淫就是真的。它们不周旋，不试探，不假装害羞，并不是因为它们不会像人一样脸红，只会屁股红，而是因为它们不穿衣服，用不着麻烦。短尾巴猴子的尾巴没有完全退掉，要猴的大老董给它穿上裤子，当大官拉车，也是开裆的，等它被关进大旗山的铁笼子里，做了动物园最基本的动物，大老董就给它把裤子彻底脱掉，再就没有穿上。猴儿的裤子做了人的抹布，大老董用来擦干净他做饭的锅台，用过以后，就塞在门后不干净的地方。短尾巴猴子要是能像人活得那么长久，在漫长的岁月中，它会让退短的尾巴再长得长起来，高兴了就像一面旗帜，在红屁股后头招摇。不再穿上衣服，戴上大官的帽子拉车，短尾巴猴子当牛作马的意识彻底丢掉，开始当官做老爷了。它在铁笼子里不穿衣服，饭来张口，大老董打开铁门，把食物送给它，有时候连门不开，就从铁栏杆的空隙丢进去，它捡起来就吃，吃相不雅，神情诡秘而又警觉，好像吃得不那么理直气壮似的，比某些穿了衣服当官的人，更多了一份人性的自觉。

一群同类，在短尾巴猴子赡吃坐穿的中午来到，关进同一个铁笼子里，大旗山动物园初具规模，耍猴的大老董住进了新建的房子里，成为动物园真正的管理员，把耍猴用的铜锣装进破破烂烂的箱子底下，不准备再用，上面压了短尾巴猴子穿过的衣服，戴过的大官帽子。新来的一群猴子，是村子里花钱买进，它们来自遥远的峨嵋山。它们在那座山上出生，在那座山上长大，跟吃斋念佛的和尚做邻居。它们却没有像好和尚那样，根绝了七情六欲，正相反，它们的性欲像修行不好的坏和尚一样旺盛，不好好念经，只想一件事情。它们比和尚更大胆，更无耻。和尚看中了进香的女人，顶多会把击磬的棒槌击错地方，它们却公开手淫，只要总部办公室主任孙玉娇来到铁笼子跟前，它们就把孙玉娇当成集体的情人，人人可淫的对象，朝着孙玉娇一齐坦白，集体展示它们野泉水一样咕咕乱冒的欲望，手忙脚乱，又难忍又快活，龇牙咧嘴，叽哇乱叫。它们无耻勃勃的样子不让孙玉娇害怕，却令她害羞，她红着脸命令大老董管好猴子，大老董为难地把两只手张开，愁眉苦脸地说：

“它们喜欢你，我有什么办法?”

孙玉娇也没有办法，让猴子不喜欢她。可是她实在不愿意，让猴子隔着一架铁笼子集体爱她，鞭长莫及，她就把动物园重新交给郭立志分管，不再上山。她上任之初，动物园、雕像，原本一起分到了她的辖下。

没有了孙玉娇按时上山，到铁笼子外面摆动裙裾扭动臀部走一遭，猴子们失去了热恋的集体情人，变得十分狂躁。郭立志一上山，还没有走得像孙玉娇离它们那么近，它们就认出了，郭立志不是它们的梦中情人，胡子拔得只剩下几根，也不是。雌猴们也不动情，它们看出了，郭立志剩下的几根胡子也是软的，值不得它们奉献爱情。

猴子们同类之间争夺异性，爆发大战，差不多就从孙玉娇在笼子外边消失、郭立志上山的时候开始了。从和尚多的山上来的猴子，女性也少，就是多，猴子们也不知道遵守公平分配的法则，它们像人类的早期，奉行一个野蛮的原则，就是称王称霸，占有的女人也多。按资格，短尾巴猴子也许可以做铁笼子里的皇帝，它退短了尾巴，智慧也够用的，可是它只要尾巴不能再长得像别的猴子一样长，它就没有能力，争到能让它成就帝业那么多的异性。它是孤男，受到的压抑比峨嵋山上来的猴子更多。孙玉娇上山，唤起了它积久的情欲，大家隔着笼子，朝孙玉娇集体手淫，它也没有示弱。可是，同类间争夺异性的大战一开始，它的劣势就显出来了，它的尾巴垂下去的时候，还差强人意，要是树起来招摇，就远远不如别人树得高，这让它自惭形秽，信心不足。别人在那里争雄逞胜，争风吃醋，旗杆一片，中原逐鹿，它蹲在一边眼睁睁看着，把一截短尾巴藏在屁股底下。可怜巴巴的时候，大老董帮助了它。

大老董像严厉的警察，专门在嫖客得意的时候出现，等到得手的猴子刚刚露出快活模样，他就挥出了打人的鞭子。他原本把鞭子和铜锣一起放进了箱子里，短尾巴猴子争不到异性的情况出现不久，他就把鞭子重新取出来了。他把鞭子隔着铁笼挥动，鞭梢像长蛇，直取得意的猴子耳后，猴子尖叫着从快活的巅峰往下掉，大老董紧接着挥出第二鞭，让猴子招摇的旗杆倒下去，不敢再树。短尾巴猴子趁机出动，占据别人刚刚掉下来的位置。大老董不放下手中的鞭子，他变成了忠实的警卫，守在旁边，保卫着短尾巴猴子恣意作乐。没有人敢向短尾巴猴子发起攻击，外来的猴子尾巴再长，也不敢树起来招摇，一条条全都垂在屁股后头，像败军溃退，倒拖一片长矛。短尾巴猴子依仗大老董的鞭子，登上猴王的宝座，把笼子里所有女性全部淫遍，据为己有。它得意洋洋，很想唱歌，小学教师梁晨上山，来到笼子跟前，它忘记了梁晨曾经给它启迪，让它逃走，朝着梁晨叽叽地叫两声，不从母猴身上下来。

梁晨面对猴子的淫秽，扭过头去，说一声：“沐猴而冠。”

大老董紧握鞭子，守候在旁边，听不懂他的话，问他：“什么?”

梁晨又说：“山中无老虎，猴子称大王。”

这一次大老董听明白了。他告诉梁晨，按照村里的计划，老虎不久就会买来。

梁晨盯着大老董手上的鞭子摇摇头，又牢牢地盯住那根鞭子，说：“我恨你的鞭子。”

第五章

人是猴子变的

梁晨重重的心事不能用爱情排解。他早晨跑上山，被三老会成员林家明跟踪窥探，周小佳阳光一照，背后的阴影就像山顶的云雾一样消散了。林家明的儿子被治安主任郭才用刀子捅死，林家明跑到一块城里人铺在厕所门口擦鞋底的小毯子上，大呼几声放过去，梁晨却不能释怀。人人都知道，林家明接受了郭才的二十万元钱，不要他做儿子，可是人人都说，林家明的儿子是喝醉了酒，捅了自己几刀。副总郭立志不把这样的说法在开大会的时候说，也不在大喇叭里广播，他安排穿黑衣服的治安员，挨家挨户走进去交代，连小学校和幼儿园也不放过。金崮林家和金崮许家争夺金矿，先用战争的手段解决，喷粉器喷出的“六六六”粉硝烟刚散，炸药包在街道上炸出的坑子刚刚填平，抹上了新的水泥，富人就把穷人打败了。穷人的天下再打下来，需要一轮新的革命，新的革命武器仍然是黄金，穷人必须先富起来，可是穷人的矿井已经被严严地封住了。耍猴的大老董听不进劝告，不仅不肯带着短尾巴猴子离开，把猴子放回山林，反而助纣为虐，帮助短尾巴猴子登上猴王宝座，用一根鞭子，保卫短尾巴猴子性欲的权利，当了一名性交警察。手握一根鞭子的大老董，在人类优越论的道路上越走越远，以猴子为原始动物，建起了初级动物园，还准备用鞭子驯化老虎。他注定了不会接受万物平等的观点，不能相信老虎也有爱情，鸟儿也有亲戚，草木也有性灵，再要劝告他打开铁笼子，把猴子放走，无异于让公鸡生下蛋来。总部大楼前雕像的棚子，像一座巨大的坟墓埋住了一个秘密，秘不示人的地方正在加紧生产，谁都不知道，从坟墓中生出来的会是什么。马桂花持续上访，从小学校大院门前走过，去时不哭，回来时脸上带了没有洗掉的泪痕，梁晨知道她定有冤情，可是他没有机会接近马桂花，听她倾诉，马桂花只要一进村子，穿黑衣服的治安员就把她盯紧了。她要往外走，倒没有人用一根铁丝，把她的脚后跟穿透，系到门槛上。金崮林家的空气，好像一匹绷紧的大帆布，用针尖划一个口子，就会漏出折断旗杆的风来，可是没有人拿起针来，瞄准大布，只把一根钢针扎在一个纸人的胸口上，把话说给天听。苍天无语，连头都不点一下。凭直觉，梁晨猜到马桂花的丈夫死于非命，他不胡乱打听，他问三老会成员林海山，林海山也不告诉他，却给他讲一段与此无关的故事。

故事里的小姑娘像梁晨本人一样，也失去了父母，她却不像梁晨那样，又有了一个伟大的奥地利父亲。小姑娘失去父母的时候，第二次世界大战还没有爆发。小姑娘落到了她的二奶奶手里。二奶奶抽烟的烟袋杆像男人用的一样长，每天从嘴里拔出来，又插进嘴里，烟袋杆一端总是湿漉漉的。二奶奶嘴含了烟袋杆抽烟，白烟滔滔，从两个鼻孔冒出来，冒烟的鼻孔像她的脾气一样暴烈。她脾气发作时，往往等不及找到更顺手的打人家伙，从嘴里拔出烟袋杆，就把烟袋锅敲到小姑娘头上。小姑娘的头皮被铜制的烟袋锅磕破，流出血来，没有熄灭的烟末便烧焦一缕头发，两种灰烬一起敷到伤处止血。血止不住，顺着额头往下流，小姑娘赶紧把头往后仰，怕血滴到她织的花边上。小姑娘织花边，双手灵巧，跟前堆了一堆棒槌连了线，丢过来丢过去，你两眼紧盯着她，也看不出她抓起的是哪一根棒槌，丢下的又是哪一根棒槌。她这样织出花边，挂在她不认识的富人窗上，搭在富人睡觉的枕头套上。她双手灵动，腿脚不便，她的双脚十根趾头，被二奶奶用更大的棒槌捶断，包在脚掌底下。二奶奶脾气暴躁，没有耐心使用裹脚布，把小姑娘的脚趾慢慢弯下去裹住，采取了最简捷的办法。二奶奶不甘寂寞，二爷爷死了不久，她便把不知姓名的男人让到自家炕上抽烟，她把湿漉漉的烟袋杆从嘴上拔下，插进不知姓名的男人嘴里，男人反过来再插给她，来来回回都是湿漉漉的。他们这样颠三倒四，插过来插过去，没有把炕捣塌，倒把一扇木棂子窗户震下来了。按说挨砸的应该是男人，结果却砸在了违背常规的二奶奶身上。二奶奶受了一点轻微的皮肉伤，健旺如初，不知姓名的男人却当场死掉，他受不了天上掉下来的惊吓。二奶奶思念不知姓名的男人给她莫可名状的快活，操起了皮肉生意，接待数不清的陌生男人，以十当一，长长的烟袋杆沾了身份不明的无数唾液，只当是被一个人用过。小姑娘身前的棒槌越堆越多，丢过来丢过去，织出了更大的花边，图案更加复杂，二奶奶逼她接客了。小姑娘愿一辈子拾起被线牵住的棒槌，丢过来丢过去，在跟前守着，她不肯让无数陌生的男人来了又走了，连一抹疲乏的记忆图案都留不下，她拒不接客。二奶奶把她的两只胳膊绑起来，吊到结实的窗棂上，把她脱成准备接客的样子。二奶奶不让她这副样子，满足陌生男人奇异的癖好，二奶奶自己享用。二奶奶把麦秸草绑成一把一把，在手里握着，她的嘴里已经插上了烟袋秆，她就把麦秸草一把一把派别的用场，她引火点燃，触到小姑娘腿间，让小姑娘比接客更痛。小姑娘烧焦的皮肉刚刚结痂，二奶奶用锐利的指甲把痂抓掉，流出的血比处女之血更红，更违背自然法则。

林海山讲述的故事年代久远，触手可摸，好像就发生在金崮林家的昨天。

林海山告诉梁晨，世间万物，人折磨人是最狠的。梁晨点头表示相信，他动用文化，从生物进化的大链条上，寻找野蛮的源头，直接找到了根子上，他说：

"一点儿不错，因为人是猴子变的。"

林海山说："人可比猴子有办法。"

梁晨说："对，因为人有了智慧。"

他立刻陷入了悲观绝望的深渊，如果人生了智慧，就是为了能够想出折磨摧残同类的法子，人就不应该从树上下来，退掉尾巴。他担心，被人摧残的小姑娘会失去做人的最基本生理条件，林海山告诉他，小姑娘被一个陌生的男人买走了。陌生男人把小姑娘养大嫁人，做人妻，为人母，她的儿子也早已当了爷爷。林海山两颗老泪滚落下来，梁晨心头一颤猜到：

"小姑娘……是您的……母亲？"

林海山没有否认。

梁晨喃喃说："原来大爷也是苦出身。"

林海山长长地叹息一声："世上原本苦人多啊。"

梁晨明白了，他为什么会跟林海山一见如故，不仅没有"代沟"，别的什么沟也没有。每天早晨，他从小学校里跑出来，跑上西山，被林家明跟踪，林海山就不怀疑他。在金崮林家，能起大早的三老会成员，可不光是林家明自己，林海山也到了睡觉少的年龄，愿意早早起来溜达溜达。林海山看见梁晨从小学校出来，一直跑上西山，就没有怀疑梁晨的脑子出了毛病。在他眼里，梁晨就像一棵苞米苗，从一块地里，移到另一块地里，大雨落下来，他的叶子发出的声音不大一样，说真的，你要是不用心上的耳朵去听，还听不出两样呢。就是凭着林海山跟林家明不同的做法，梁晨断定，他可以向林海山询问，马桂花的丈夫到底是怎么死的，林海山不给他讲明真相，却给他讲一个人折磨人最残忍最有法子的故事，让他思考的问题更深远，远涉到人性的本质，牵扯到猴子的尾巴。

改造他

治安主任郭才，让梁晨的探索有了一点线索，可以把捉。被林家明拒绝了做儿子，郭才仍然嗜酒。他要是真的做了林家明的儿子，林家明老是让他看看一天三顿吃的什么，他看得肚子里饱撑撑的，剩不下肚皮装酒，就很难受了。交给林家明的二十万元现金，有一多半先从金矿会计那里垫付，即便全部让郭才掏腰包拿上，他也不害愁，他可以喝醉酒以后，去跟人借钱，反正有一块城里人铺在厕所门口擦鞋底的小红毯子，让人跪下去喊天，君要臣死，他永无愁肠。他喝醉酒以后，需要借钱，他却用不着借钱喝酒。金崮林家的酒局，像地底下的金子一样丰富，只要他想醉，不管醉倒在哪里，屁股后头的警棒也吊在原来的地方。老婆臂窝里出汗的酸味，仍然是他醒酒的妙物。老婆不敢再懈怠，只要他喝醉了回来，别说是刷碗，就是在洗身体，也赶紧把水泼掉，把汗酸的气味留住，让他枕着胳膊睡过去。他自然会有喝醉了来不及回家的时候，也没有人遇上，供他打架，他暴烈的脾气就发作了，忍不住回忆打架的往事，来满足他现实的渴望。他摘下屁股后头的警棒，指着看不见的人影喝问，你老婆是不是叫马桂花？对方不回答，他就把警棒狠狠地往前一触，临街的屋墙溅出一片火星。他把警棒的一端顶到自己的小肚子上，不让自己往前倒，告诉对方，咱老总没看上你老婆，看上你老婆的是这个。他拍拍肚子上顶的警棒，身子一仰拿起来，再一次狠狠地触到墙上，喝令对方，夹住了！你给我夹住了！你夹住了，省得你老婆遭罪！他的身子左右摇晃，小肚子顶住警棒一端往前压，把自己的肚子顶痛了，他觉不出来，眼前火星直冒，闻到了烧焦皮肉的味道，他这才扑通躺下去，像闻到了他老婆臂窝的汗酸味一样，呼呼地睡过去。

郭才醉后，找不到人打架，胡乱发作，不仅让梁晨联想起人折磨人的古老手法，也活现了现代化手段的进步场景，不寒而栗。副总郭立志比梁晨更加惶恐不安，他倒不担心郭才会把烂醉不醒的警棒抵到他的腿间，逼他夹住，反正他的胡子拔得只剩下了稀稀朗朗几根，他顶多再烧出另一副模样就是了，他害怕郭才带了酒的警棒，会把大墙捅穿一个窟窿，点起扑不灭的大火。一个纸人胸口扎了钢针，一沓烧纸燃起小火，早晨的露水一浇就灭了；捅穿墙壁，烧起大火，可不是吐口思想唾沫就能浇灭的。原因不是别的，就因为捅穿的窟窿透风，能助火势。危险的前景单靠思想力量阻挡，好比拿了炕席去挡大洪水，实实在在的险情像大石头随着大水滚动，不容务虚。郭立志向安得林汇报情况。安得林摸着嘴巴，默默思索三分钟。老总刚刚刮过了胡子，摸不出什么来，看着副总稀稀朗朗的几根胡子，说：

“改造他。”

郭立志立刻想到了能让人脱胎换骨的地方，说：“把他打发到矿井里去？”

安得林没有首肯，反问说：“治安谁负责？”

郭立志嗫嚅着表达他的主张，可以另找个人当治安主任。

安得林并不问郭立志想出了什么合适的人选，像念一句咒语似的说：

“做思想他不如你，搞治安他比你强。”

如果退回去一个时代，副总或许会念出另一句话，就是“政治是统帅是灵魂是一切经济工作的生命线”，现在他不敢念了。他深深知道，就是给他一把郭才持的那种刀子，喝醉了酒，他也只敢捅到自己身上，他要杀别人，只能用软刀子，不敢动硬。安得林拿他的软刀子，跟郭才的硬刀子比武，他败下阵来，再就想不出改造郭才的办法啦。他用指甲掐住自己的一根胡子，想拔下来却做不到，他愁眉苦脸地看着安得林。安得林不耐烦地说：

“你不愿要胡子，剃掉不就行啦?”

郭立志知道，安得林不是烦他的胡子，而是嫌他想不出改造郭才的办法。他放过自己的一根胡子，把手从嘴巴上拿下来，说：“我马上召开三老会研究。”

安得林把手一摆说：“算啦！那些老脑筋，想不出新办法来!”

郭立志分明知道，安得林已经有了改造郭才的办法，他也要逼着自己，挖空心思，来想招数，直到他走投无路的时候，再等安得林拿出高招来。他想到什么办法，就说什么办法，连自己都知道不行的办法，他也往外说。好多办法说出来，不等安得林否定，他自己就连连摇头说不行。他想到一个最好的办法，假装兴奋得不得了，就是以毒攻毒，把治安主任交给治安队去改造，治安队的小屋子，比地底深处的矿井更能让人脱胎换骨。他假装出来的兴奋劲头还很大，自己又说不行了，不行的理由很简单，治安队里最有办法改造人的人，就是治安主任郭才本人，他没有办法再分出一个郭才来，改造郭才自己。郭立志倒想到了“请君入瓮”的成语和故事，他担心安得林想到的，也是在同一个大瓮外边烧火，再把郭才装进去，办法雷同，从他的嘴里说出来，就不合适了。他眼巴巴地瞅着安得林的嘴巴，等老总说出那个把人皮肉烤焦的办法，安得林说出来的办法却不是火攻，而是水浇，安得林说：

“给他洗洗脑子。”

副总郭立志沿着自己的思路往前走，一再犯错误，安得林的办法一施行，郭立志就发现自己又错了。他从做思想的经验出发，以为洗脑子就是学习村规民约，只要郭才脑袋瓜子里塞满厚厚的一本大书，他的脑子就是大水漫过的河滩了；可是河滩上再有野草生出来，仍然是原来留下的种子，这又是郭立志深深忧虑的。安得林的办法是把野草的种子挖出来，像外科医生动一种手术，却不使用刀子，他就是让郭才睡觉。能让一匹骡子睡过去的安眠药研成粉末，和进酒里让郭才喝下去，郭立志就明白了，安得林是从争金子的敌手金崮许家学来了经验。金崮许家的穷人，曾经在二十多年前演过打倒富人的戏。富极了的地主天气一冷就戴上了能让人出汗的帽子，帽子的黑毛像二十年后富人家的女人钉在袖口上的差不多一样。戴毛帽子的地主拄了棍子走路，用同一根棍子打人，狗腿子跟在后头说："白菜心海蜇皮加蒜一拌。"狗地主喝酒拌凉菜，没用真的海蜇皮，用豆腐皮代替，白菜心倒是真的。受压迫的穷人掀翻桌子，把白菜心倒在地上，夺过了地主手里的棍子。后来的戏就乱了。不演戏的狗腿子不知道为了什么原因自杀，吃下子大把安眠药。抢救过来以后，变成了一个呆子，不上台，也学地主的样子拄着棍子走路，不再记得曾经当过地主的狗腿子了。郭立志相信，郭才用安眠药洗过的脑子不再会生出野草，可是也怕他从此把警棒当成棍子拄着，像那个不上台的狗腿子一样，不再能履行治安主任的职责。

郭立志不敢说出自己的担心，他可以忧虑办法带来的结果，他可不能怀疑办法。他在自己错误的思路上继续往前走，想把喝了酒的郭才送到老婆的臂窝里去睡觉，根本没有想到，女人身体的汗酸味跟安眠药物会犯冲，使他的忧虑更快地成为事实。安得林叫他挂电话，请镇卫生院的医生来监控，带足所有抢救械具和药品，他才稍稍放心了，相信郭才昏睡过后，不会留下那个下台狗腿子一样的后遗症，治安主任仍然能把警棒挥在手上，不当无用的棍子拄着。等待的过程无限漫长，洗脑子的手术，听不见刷子刷出咯吱咯吱的声音，只听见郭才鼾声像打雷，震得床板直发抖。郭才浑身的衣服只留下了腰间的一点布，没有脱光，免得在场的孙玉娇看了害羞。医生护士倒不在乎，她们即便是处女的眼睛，看见的男人身体也比郭才大多了，才不会为一根警棒陪衬的身体害羞呢——为了洗脑方便，安得林吩咐郭立志，把郭才的警棒从屁股后头摘下，放在他半裸的身体旁边。医生护士穿了白大褂监控，在郭才的身体上安装各种各样的器械，长长短短的导管以郭才的身体为起点，向四面八方伸延，接通电源，有一些端点就握在医生护士手里。郭才不知道他一个人睡觉被好多人控制，以为他获得了最大的贪睡自由，大睡不醒。渐渐地，鼾声不再响亮，床板不再发抖，医护首领向安得林请示：

“开始吧？”

安得林点一下头同意了。

要把郭才唤醒，比让他睡过去难多了。医生护士把各种药剂混合，兑成自然界没有的一种颜色，像现代派画家画出的世界上生不出来的花一样丑陋，浑浊不堪。他们用大号针管吸进药剂，推进郭才的身体里，粗大的针头根部出血，他们拔出针头，用棉花球使劲一按，像医治一匹牲口似的，以为对方不知道疼痛。郭才的身体真的一动不动。他们在郭才的鼻孔插上粗大的管子，管子一头连接了炮弹一样大的氧气筒，帮助郭才呼吸。管子中间连接了玻璃瓶，咕噜咕噜冒了好久气泡，郭才的大嘴张了一下，才重新打起鼾来，床板又过了一会儿才抖动。郭才重新打鼾，自然不是醒过来的标志，只是表明他开始了又一轮大睡，等他的鼻孔插着管子也打不出鼾声，他就永远不会醒来了。医生要试试他到底睡到了多么深，命小护士用留了漂亮指甲的手挠他的脚心，两只脚心全都挠过了，他一动不动。医生亲自挠他，不用手指，用夹棉花球的镊子，在他的脚心划圈，左划三圈右划三圈，他的脚仍然不动。医生急了，把镊子丢进白瓷盘子上，击出响亮的声音，夺下小护士手上的大号针管，不吸进药剂，在他的脚心狠狠地扎一下，他的脚腿猛地一抖，蜷起来，又砰地放下，睁开了眼睛。医生趁他眨动眼皮的时候，把扎疼他的针管交回小护士手上。

郭才带着浑身的导管躺着，一动不动，眼皮眨过一阵以后，也定定地不动了，看起来就是一副死不瞑目的模样。医生把一只手像扇子一样，在他的眼前扇过来扇过去，他额前的头发扇得飘起来，他的眼皮却没有动静。医生把手伸过他的身体，要拿警棒触他，他忽然眨动眼睛，想起了什么。他抬起手来，摸自己的屁股后头，摸一把又摸一把，都是光溜溜的，他开始着急了。他一着急，氧气筒上串连的玻璃瓶里，气泡就一串串变得又大又急了，医生怕炮弹一样的氧气筒盛不了他肚子里的气，想救他，却没有备下会从肚子里往外抽气的械具，医生护士便有些手足无措了。安得林站在旁边冷静地指挥，说：

“给他。”

没有人明白，给他什么东西才能救他。老总惜语如金，不肯多说，副总郭立志也猜不出来。面面相觑时，办公室主任孙玉娇摆动裙裾往前走，医生护士往两边闪，给她让开路，让她一直走到床跟前，一边让路一边想不通，老总给的会是她。医务人员也是情势紧迫急糊涂了，他们稍一清醒，看一看郭才裆间一点布遮盖的萎靡样子，就会明白女人的救命方法用不上。等到孙玉娇走到郭才躺的床跟前，抓起郭才身旁的警棒，搁到他的手上，大家这才明白了，女人是要对方用带电的棒子击她。郭才把带电的棒子摸住握了握，眼皮眨动两下，没看孙玉娇。

郭立志最先看出了，郭才对女人不感兴趣，要是治安主任再喝醉了酒，不需要枕着老婆的胳膊，也能睡过去，他就只会把警棒当拐棍拄着走路了。郭立志要验证一下自己失望的预想，朝着孙玉娇，大声地喊一个女人的名字试验治安主任，郭立志大叫：

“马桂花！”

郭立志把孙玉娇和安得林都叫愣了，过了半天才明白，郭立志是在继承战争年代的思想工作传统，就是叫着敌人的名字，激励战士冲锋。可是战士躺在床上没有动，眼睛往上看，一动不动，把敌人的名字完全忘记了。

郭立志失望地叹息一声，用大针狠扎郭才脚心的医生成心提供更大的刺激，把一只手抬起来，指向安得林，大胆地骂一句谁也不敢骂的话，骂得咬牙切齿，好像真的有什么仇恨似的，他骂道：

“安得林你是个王八蛋!”

医生的大骂石破天惊，猝不及防，像突然发生的大地震，把郭才躺的床狠狠地摇晃了两下，安得林的脸色还没有来得及变白，大家的心被一只大手捏紧了，还没有松开怦怦地跳快，郭才几乎全裸的身体像一条冻鱼突然解冻蹦起来，他剧烈的动作把身上的导管砰砰啪啪地挣开，鼻子里插的导管被胶布粘住，挣开的速度不如他蹦起来的速度快，小护士赶紧抱住氧气筒，才没有引起大爆炸。蹦起来的郭才手疾眼快，完全没有人家刚刚睡醒的朦胧样子，他紧握警棒，准确打开，迅疾地触到医生身上，让医生即刻倒在地上打滚惨叫，没用医生再骂出第二声来刺激他。

花姑娘又叫「哥呕」

安得林洗过了郭才的脑子以后，让孙玉娇给老总本人洗性器。天未大冷，使用温水，兑进了人喝的矿泉水，免得带菌，不用金子做的脸盆，孙玉娇嫌沉。给郭才洗脑子之前，他们已经完成了第一次交欢，进入的过程快极了，简单极了，没有使用好多偷情人惯用的手段，不是不会，是根本用不着。他们在安得林办公室的内室做，不开窗户，打开空调器调节温度，内室的大床弹性极佳，有效地配合了他们不错的技术。完成以后，安得林有些惊奇，事情进行得未免过于简单，他们甚至连话都没用说，只需要脱下衣服就行了。孙玉娇倒坦然如初，她认为，这种事情，唯一的麻烦也就是脱掉衣服。安得林从对方的态度里，看出了随便的影子像不穿衣服的女人一样晃动，以为他得到的是马马虎虎的东西，有些生气，孙玉娇安慰他，说：

“我只是说你呀。”

她让安得林进一步明白简单的道理，她说：“金崮林家的女人，都是你的妃子。”

安得林刚刚喘了一口舒服的气，孙玉娇又不高兴了，她把身子往安得林的怀里偎一偎，用一只手抓住对方胸膛上的肉，说：

“我可不愿意你吃了所有的妃子。”

她接着就告诉安得林，有情有意的皇帝从来不宠幸所有的妃子，唐明皇就只爱杨贵妃一个人，皇宫里老白了头发，没见皇帝一面的妃子多极了。安得林问她，杨贵妃爱不爱别的男人？孙玉娇知道杨贵妃跟干儿子安禄山睡过觉，可是她不说，她说妃子不敢。安得林问她，妃子跟不跟自己的男人睡觉？她不说睡，也不说不睡，反问安得林，皇帝跟不跟正宫娘娘睡觉？安得林烦烦地说：

“我讨厌她的大脚。”

芦苇丛中劫持了小旦的姑嫂其实都是三寸金莲。放猪少年在改了名字的那天夜里，就把一对小脚握在掌心，爱不释手了。此后，安得林放下小脚的时候，依然叫妈，握起小脚来，就换了称呼，把能够想到的世界上最脏的名字喊遍，一对小脚便好像受了鼓励似的，又蹬又踢，像挨宰的羊的蹄子。脚比脸，比身体的其他地方，更容易苍老，每天用长长的带子裹紧也不行，岁月的刻刀穿透布巾来蚀刻。等到有一天，安得林发现枕头上朝他仰起来的脸布满了皱纹，他才发现小脚的皱纹更深密，不堪把握，他一举扔掉，不再拾起，像丢掉了两块不值得爱惜的干羊角似的。他盛年完婚，新婚之夜过后的第二天，为母发丧，披麻戴孝，跪在一对小脚蹬不到的地方，孝服下系了新婚的红布腰带。另一铺炕上新婚的样子想象出来，死者尚能忍受，可是她受不了新人的大脚击炕，扑通扑通的声音太大了，一脚又一脚好像踹在心口窝上。安得林喜欢脚大有力，能在炕上击出打鼓一样的声音，他正当盛年，用不着鼓舞，也是热热闹闹的更好。等他发现了大脚不好把玩，他就找不到一双小脚，能像女人的脸一样年轻了。他从孙玉娇年轻的脸上往下摸，不放过一寸年轻的肌肤，到后来双手停在不小的脚上，呼呼喘息，表达他不能满足的愿望，孙玉娇诚心诚意地说：

“你给我把脚捏小吧。”

他果真在手上用力，把孙玉娇捏痛，孙玉娇忍着不叫出声来。等到安得林捏累了，把手松开，孙玉娇就叹一口气，表示遗憾，看着自己由白变红的一双脚说，你要是能给我捏成三寸金莲就好了，那样，我就穿一双金子做的小鞋，跳舞给你看。安得林叹息一声，表示同样的遗憾，把孙玉娇的脚重新抓到手里，感叹他就是有再多的金子，也不能铸一座莲花台子，让孙玉娇穿着小鞋上去跳舞了。孙玉娇抓起他一把花白的头发安慰他，说他至少可以让金崮林家的女人再包起脚来，从幼儿园的娃娃抓起，到了他头发变黑的那一天，他的群妃，就可以穿着金子做的小鞋，集体跳舞了，不过，他需要有更多的金子铸造莲花台，免得妃子们手舞足蹈跳不开，为争台子打架。安得林豪壮地宣称，金崮顶底下的金子，足够铸起世界上最大的莲花台。孙玉娇的忧虑立刻又来了，她担心，那么多金子，筑起来的台子太大了，她的舞步再美，跳得再好，安得林也会看不见。她问安得林，准备让她在台子的哪个莲花瓣上跳舞，安得林不回答她，把脸一沉，问她为什么会嫁给郭宝贵。

金崮顶矿井里的小工头郭宝贵，十二岁时看母牛下小牛，整整看了一宿，此后他嗜睡恋炕，就把病根推到了看母牛下小牛的那个晚上。他不睡觉，坚持看一场牲畜的艰难生育，不含色情，也不具有生物科学的探索精神，他只是要看一看，一个小牛从母牛的肚子里拱出来，浑身湿漉漉的样子。小牛身上的皮毛还没有干透，他就大睡不起，把又一个夜晚和白日用睡觉连接起来，天昏地暗。此后他就不敢往炕跟前走了，只要往炕跟前一站，就想躺下，躺下就会呼呼地睡过去，睡过去就需要有人揪着他的耳朵把他揪疼，他才能醒来。你要是说他贪睡，他就会把原因推到看母牛下小牛的那个晚上，知情人以为大概也是如此。他躺下能睡，站着却睡不过去，天生适合当工头做监工，监督别人干活。只要在矿井里站着，他就像看母牛下小牛的那个晚上一样，不打瞌睡了。矿工们在大山的肚子里挖金子，比母牛下小牛还要艰难，漫长的过程没有趣味，但是有好看的理由。

自从第一次看见郭宝贵在太阳光照着的地方眯起眼睛看人，孙玉娇就看出了，那是一双监督别人干活的眼睛，那种眼睛在没有太阳的地方睁大，在有太阳的地方眯着，习惯了黑暗，拒绝光明，跟平常人不一样的。孙玉娇以天赋的思想才华，通过了郭立志设下的重重关隘，嫁进金崮林家，第一夜就发现，郭宝贵比预想的更糟糕，他一挨枕头就睡觉，连句让人高兴的脏话都不说，呼噜倒打得比别人响。他不睡觉的时候就是站着了，站着能让孙玉娇高兴的办法，他又不会；孙玉娇会，可是不愿意教他。孙玉娇倒不害怕教了他办法，他要追问孙玉娇，办法是从哪里学来的，孙玉娇是担心他得陇望蜀，会了站的办法，又想学跪的，她可没有那么多耐心一一教他。孙玉娇把所有的耐心省下，往安得林的身上用，对方根本不需要她教，她也摆出一切都会的样子，好像她是天才的做爱大师似的。安得林问到了令她讨厌的人，她也用最大的耐心回答，她为什么会嫁给这样一个人。她不直接回答，先耐心地讲一个故事。她说，有一个姑娘嫁给了一个美国老头，还没有出国，就把老头家里的照片给人看，美国老头的儿子领着两个孩子，牵着小狗玩，姑娘还需要再过十三年，她生的孩子，才会有美国小狗旁边的孩子大。她的故事还没有讲完，安得林就说，这样的故事多啦。安得林把孙玉娇的一条腿拉到自己的肚子上，摸了两把，狠狠地击一掌，义愤填膺地说：

“美国鬼子干了我们多少花姑娘！”

孙玉娇纠正他说，美国鬼子不叫“花姑娘”，叫“哥呕”，叫花姑娘的是日本鬼子。

安得林仍然气冲冲的：“日本鬼子干的也不少！”

孙玉娇问他，为什么时代不同了，中国的花姑娘还要叫鬼子糟蹋？

安得林说，日本鬼子过去拿着刺刀强奸中国花姑娘，美国鬼子今大拿着金子干，孙玉娇说不对。安得林问她，那么美国鬼子拿着什么？孙玉娇说出另一种东西：

“绿卡。”

她一口气为复杂的故事作出简单的结论：“嫁一个老头得一张绿卡，得一张绿卡就是美国公民啦。”

安得林点头称是，他一边把孙玉娇的一条腿从肚子上拿下来，搬上另一条腿去，一边用手摸着证实，她的“户口”，早已经从西面那个穷村子迁来，落到了金崮林家，他一边把孙玉娇淡淡的小胡子舔得湿漉漉的，像刚生下的小牛亮亮湿湿的茸毛，一边赞赏孙玉娇深谋远虑，吃小亏占大便宜，是一个很大的阴谋家。他捏住孙玉娇的鼻子，板起脸来问：

“你会篡政吧？”

孙玉娇的声音比所有会撒娇的女人捏得都细，说：“贱妾不敢。”

安得林放开她的鼻子，她才用不撒娇的声音提醒安得林，真的要提防有人篡政。安得林脸朝上躺着，问谁会篡政。孙玉娇叫他想一想，朝廷上篡政的都会是什么人。安得林一下子想到了宰相，孙玉娇摇摇头告诉他：

“才不是呢，是太监。”

安得林立刻想到了，电视上好多男人拿一把蝇甩子，不赶苍蝇，蹑着脚走路。可是他想不出，他手下的人哪一个不长胡子，副总郭立志的胡子没有拔光，根本不够格。他再舔一遍孙玉娇淡淡的小胡子，叫她不要多虑，尽职尽责，做好她分内的工作。孙玉娇调动起内内外外的热情，积极配合，她叫安得林坐着，她也坐着，像打一副牌，啪啪摔打时，她真的大叫说：

“我和你打牌！”

孙玉娇别出心裁的大叫令安得林亢奋有加，他想到的不是牌戏的娱乐，而是权力的残酷，做爱正是打仗。不过他很难让对方屈服，他光着身子执掌的权柄没有庄严感，让人死过去的是它，一转眼让人活过来的还是它，翻过来覆过去，滑稽死了。权力可不是这样，权力的杀伐才是赤裸裸的不穿衣服呢，它置人于死地，再就不会活过来，没有娱乐，只有残酷。孙玉娇和他面对面坐着，倒真的像打一副桥牌，真正打起来，就不按牌法了，没有猜测，没有阴谋，没有警惕和防备，只有一张牌抽出来插进去，来来回回是同一副样子。他当年买了一本桥牌入门书，暗中用力学了大半年，才敢推开镇党委书记温廷礼的门，果断地把一张牌打出去，由牌场走上政坛。他初掌权柄那几年，镇党委书记温廷礼常常会把电话挂到金崮林家，有时候说“三缺一了”，有时候什么行话也不说，只说“你过来”。要是镇党委书记等得着急了，还会把车派到金崮林家来接他。镇党委书记检查工作，只要来到金崮林家，就不用拿下车上准备的扑克牌了，安得林有上好的扑克牌放在抽屉里，常备不懈。村子里还没有淘金暴富，一贫如洗的年代，扑克牌的质量也是上乘。有一副牌走了很远的路，辗转多日，来自境外，他们用的时间最久，发牌的错误出得最多，扑克牌上的女人，脱得像打牌的孙玉娇一个样子，他们往往会乱了牌法，不知道用什么样的手段，才能将对手打败。安得林就是在那个时候生出了白发。

孙玉娇教安得林用梳头发的膏油染头发，膏油涂在梳子上，只要一下又一下把头发梳遍，头发就染黑了。方法如此简单，安得林却不使用。他甚至有一些不高兴了，他问孙玉娇是不是嫌他老，孙玉娇把他不老的权柄握在手里爱抚，不必说话，就让他明白，女人爱的不是头发。安得林一时还高兴不起来，他阴沉沉的样子像一个霜打的茄子模样，说：

“你要是想叫我的头发变黑，我就叫你把脚包小。”

孙玉娇把脸贴到手握的权柄上，再撒一回娇，说：“不干工作啦?”

大罢工

孙玉娇权柄在握，工作繁忙，她把矿工李起的老婆安排到村子西头一所空房子里去睡觉，就是大老董带着短尾巴猴子曾经住过的厨房。

金崮顶矿井里推矿车的矿工李起，跟衣为全同一个故乡，李起没有因为一床毯子吃官司，他也就没有远大理想，让他爱的女人全都生下他的孩子。他渡过长江，北上三河，只是为了挣一点钱，养活自己的老婆孩子。在矿井里，他一个人推动别人需要两个人推的矿车，吃饭倒不比别人多吃，他拼的不是力气，而是命。他大口喘气，把矿井里的粉尘吸进肺里。他浑身冒汗，不知道他的肺一天天变硬了。和他一起渡江而来，在金崮林家矿井里做工的同乡很多，大家领到的劳保用品都是一顶安全帽，一双雨靴，没有防尘面罩。他们在集体伙房吃饭，在集体宿舍睡觉。没有女人的一个个孤寂的夜晚，他们互相承诺，谁要是找到女人，不用献出来让大家共享，大家全都搬到屋子外头睡觉，把宿舍倒给他一个人享用，在外面睡不着觉，就给他站岗，绝不乱打唿哨。哪一个的老婆来了，也是这样。他们倒没有想到，村子里会安排得比他们打算的更周到，李起的老婆一来，办公室主任孙玉娇就把她安排到一个空屋子里去，没有任何人会干扰她，她的男人金矿矿工李起也不准进去。《村规民约》中有一条规定，不针对金崮林家村民，只适用外来打工的矿工：外地矿工家属来探亲，不准住在一起，免得金矿的矿石受损失。外地矿工尚不知，三河地区采金历史悠久，矿井里矿工偷金子的手段像采金历史一样传统悠久，用袜子底踩矿石，往头发里搓矿粉，回家后从头洗到脚，都能淘出金子来。不过那是富矿。到了需要用风钻打眼放炮，用破碎机大口大口吞食矿石，用浮选法淘金子的贫矿时代，再用古老的手段偷金子，男人即便长了女人那么多的头发，梳起辫子，辫子里藏矿粉，也淘不出头发梢大的金子了。金崮林家订起《村规民约》，厚厚的一本大书里夹住了无所不包的警惕，防范着外地矿工还想不出来的偷金技巧，像夹住了还没有长出来的树叶一样，等到看不见的树叶变成书签，打开《村规民约》的手指就会更加便捷，一下子就翻到了提高警惕的地方，执掌权柄的女人就可以放心把脚包小啦。

安徽矿工李起找不到跟女人燕好的场合。江南的女人在金崮林家水泥抹平的街道上一出现，空气中就布满了警戒的眼睛。李起第一回扭头看看，身后并没有人跟着。心慌意乱，脚底下一绊，再一扭头，就有一双眼睛牢牢地盯着他，人在哪里藏着，他却看不见。空气中布满的眼睛有时候会碰撞，会交叉，还会互相闪避。他刚刚被身后的眼睛射中了，抬头一看前边，前头的眼睛骨碌一转，就被一堵短墙遮住了。凭那些眼睛警惕的样子，李起猜到，大约都是穿黑衣服的治安员。低下头去，躲过了前头的眼睛，再一回头，后面的眼睛却穿着女人的衣服，不仅像穿黑衣服的治安员同样警觉，而且带了女人才会有的敌意，那种敌意像天然的矿物，又被财富镀了金，是一种自己吃饱了肚子，不管别人挨饿的富人病，会增殖的，越是富裕，增殖越快。跟李起一块来的穷矿工，倒有意为他们夫妻提供场所，准备兑现承诺，把集体宿舍让出来。李起要是在矿井里干夜班，跟他同一个班次的矿工，就帮他把宿舍窗户用破纸箱纸板挡起来，再躲到看不见窗户的树荫底下去睡觉。可是他们没有机会踏出宿舍门槛，穿黑衣服的治安员站在门口，把他们堵回去，让他们好好休息，恢复体力，矿井里风钻很大很重，需要好力气才能抱起来掘进。不抱风钻的李起倒可以走出去，大白天，沿着金崮林家水泥抹平的街道往西走，一直走到大老董和短尾巴猴子曾经住过的房子门口。穿了黑衣服的治安员在此站岗，是一个流动哨，手上握着大号手电筒，差不多像屁股后头的警棒一样长，能射出让人睁不开眼睛的强光。他比李起先行一步，走进屋子里，把警棒从屁股后头解下来，放到炕上，手电筒握在手里不放，按时揿动电门，照亮房子角落的蛛网，蛛网上有被粘住翅膀的飞虫，活的和死的都飞不出去。安徽矿工有意把吃饭时间让出来，一个个在集体伙房领了饭，端到屋子外头去吃，让李起夫妻能在一张桌子上喝稀饭，可是谁都知道，一个贞洁贤惠的妻子，单单为了喝稀饭，根本用不着从江南跑到江北来，她渡过的长江，能熬出世界上最大的一锅稀饭。

安徽矿工罢工了。他们的罢工不像斗争，倒像是练一门气功，他们不拉汽笛，不吹哨子，连吃饭的小盆都不敲打，他们就是安安静静地坐在集体宿舍的床板上，手里也没有纸裁的三角小旗，写了口号。他们不绝食，肚子饿了，就集体走到伙房去用餐，吃完饭照样抽劣质的纸烟。他们从矿井里爬上来的时候，穿了雨靴，戴了安全帽，那是矿上发给他们个人的东西，他们舍不得被水淹没，风钻和矿车，他们没有带上来，地下水能让一切铁器很快长锈，那正好遂了他们的心愿。安徽矿工并不是金崮顶矿工的全部，他们像一个人的一只手一条腿，少了这只手这条腿，这个人离着瘫痪也就不远了。最先感觉到腿脚不灵便的，是金矿矿长林定邦。林定邦曾经怀疑老婆跟一个孤老头子有染，神经敏感，矿井底下的一排炮到了该响的时候没有响，他就知道大水灭顶的灾难快到了。工人们却不派代表跟他谈判。他派小工头郭宝贵去喊工人下井干活，郭宝贵到集体宿舍门口，站着跟工人们说话，没有犯困睡过去，工人们却坐在铁架子床上打哈欠了。矿工们睡的铁架子床两层叠起来，充分利用了房子里的空间，林定邦要工人们派代表谈判，铁架子床的下层和上层，都有工人跳下来，一齐走出集体宿舍，林定邦看不出睡在高处的人和睡在低处的人，哪一个更像罢工领袖。副总郭立志也认不出来。罢工属于政治斗争，发生在淘金时代，性质变化了，郭立志需要把胡子拔光，戴上金丝做的新潮胡子，才能分辨。办公室主任孙玉娇用女人的敏锐，一眼看穿，李起尽管不像罢工领袖，罢工的原因却在于他的老婆渡江了。她颇为遗憾地说：

“把他劁了就好了。”

郭立志摸着几根胡子的嘴巴说：“你是说把他送去结扎？”

孙玉娇不屑地说：“结扎了，还不照样长胡子？”她愤愤地作个结论，“他只要还长胡子，就不能老实。”

安徽矿工大罢工的原因，当然被孙玉娇看得很准，他们跟孙玉娇集体谈判，复工的条件就很简单。他们没有要求矿上，发给他们的劳保用品中增加防尘面罩，也没有要求工资按月发，像以往一样，三个月发一回，甚至拖得更久也不要紧，新工人来了，三个月不给工资，只发给生活费，他们也不计较，他们只有一个要求，允许李起和渡江而来的老婆一个屋子睡觉，此后，别人的老婆来了，也不要把一根警棒放到人家床上。孙玉娇微微冷笑着答应了。

郭立志不允许有人向《村规民约》挑战，孙玉娇向罢工的矿工妥协，就意味着要修改一本厚厚大书里重要的条款，这需要三老会讨论。孙玉娇让他看看金矿矿长林定邦的脸，几天之内就快要进三老会了，等到白了胡子的三老会讨论出结果来，金崮顶矿井里的水就会漫上来，淹了村子。郭立志说，等不及三老会讨论，至少要向安得林汇报。孙玉娇把电话按住，告诉郭立志，安总回来，她会及时汇报的。郭立志深深嫉恨，孙玉娇上任不久，就占据了向安得林汇报的最便捷位置，便把一肚子怨恨撒向渡江而来的矿工老婆，骂出来的话远离思想，直触性事，好像他洞悉了孙玉娇和安得林的秘密似的：

“一个女人想挨日，找谁不能干？”

孙玉娇深谋远虑地说：“有他干不动的时候。”

画蝴蝶

大东公司总经理巴东以坚硬的金子撑腰，永远能干。歌女小香君刚刚敢睁着眼，把一条蛇握在手上玩玩儿一样杀死，巴东又让另一个女人杀蛇了。新来的杀蛇女不会拿着一只话筒唱歌，她是舞女，床上的舞步跟舞厅里的舞步同样娴熟，舞姿倒不一样。巴东不跳舞，他才用不着换一种步伐走路，绕过来绕过去，半天走不到床上去呢，他要上床，就踩着金子直接走过去，把两只手叉在垫了金子的腰上。他不跳舞，却不反对看人家跳舞，他让舞女一个人跳给他看。他让舞女先沐浴，后跳舞，不要擦掉身上的水珠。舞女浑身湿淋淋的，像一根旋转的水晶，他看得高兴了不鼓掌，就用巴掌拍在晶莹闪亮的他方。舞女跳舞的身体还会湿透，他不出汗，也有办法让舞女水淋淋的。这样的舞蹈不用音乐伴奏，唱歌的小香君在另一个屋子里，也能用一只音乐的耳朵听见舞曲。小香君听见舞曲，就能看见跳舞的样子，她杀蛇多日，一条蛇什么样的舞动没有见过？她会听音乐的耳朵越是灵敏，越是能把那个屋子里舞的样子看得清清楚楚，她越是把那个屋子里的跳舞看得清清楚楚，她越是不能忍受。不是嫉妒，不是怨恨——她自从接受了巴东的金手链，开始为巴东杀蛇取胆，她就没有打算专擅专宠，一个人占定巴东的大床，她才知道用金手链束花献给歌女的男人，大床上能装下多少女人呢，巴东又是那么多蛇胆蛇血滋养起来的——小香君就是受不了别人饫甘餍肥，恣得跳舞，她在旁边饿肚子。她越是能用音乐的耳朵看见别人大吃大喝，她越是受不了饿肚子的滋味，小香君铤而走险，自己去找吃的。

小香君轻车熟路，一下子就摸到了话筒，她绝不开口就唱，把歌洒在声音器乱的地方。从歌厅到床上，她唱的是同一首歌，就是《逍遥自在》。她对着一只话筒唱的声音大极了，门被突然撞开，她几乎来不及放下话筒。大东公司保安科长左龙，一把胡子掩住嘴巴下命令，让保安员在吓破了胆的男人身上作记号。保安员把跪在地上的男人身子翻过来，用脚踩住，像阉一头猪，在大腿根部下刀，照小香君唇膏残破的样子刻划，让他永远思念对着话筒唱歌的歌女，可望而不可即。小香君不盖被子，做一个尽职的模特，让保安员照葫芦画瓢，身上刻了记号的男人看了她半卧在床上不动的样子，还以为她是警察的奸细呢：经验丰富的嫖客知道，有一些妓女被某些警察收买，专门配合警察捉嫖客创收，警察拿罚款收入的小部分，赏给她们作提成。要是嫖客不被警察吓破胆，他看了为首便衣的嘴被胡子遮住，他就该知道，警察的命令都是露出嘴来下达，赤裸裸的，用不着假扮成地痞遮盖的样子。小香君被带回大东公司处置，左龙站在巴东的门外汇报，此时总经理已经让舞女沐浴一过，准备看她像一根水晶旋转跳舞了。巴东说：

“照老规矩。”

舞女跳出了新花样，像一条身体会发光的蛇。

巴东又吩咐一声：“都得付钱。”

小香君躺到了铁架子床上。保安队的集体宿舍在大楼后面的平房里，像金崮林家安徽矿工睡的床一样，两层叠起来。小香君躺在下层，睁开眼睛，能看见上层铁窗横竖交叉着铁条，像一个牢固的笼子。小香君不是关在笼子里的金丝鸟，她拿不拿话筒，都已经唱不出歌来了。她是一堆没有灵魂的肉，被生龙活虎糟蹋。保安队员全都练过武功，他们在白天的院子里站桩，绷直身子硬邦邦地冒汗，腾跃翻滚，打拳踢脚，连声呼号。他们把这样的功夫用到铁架子床上，小香君就是两只手都拿了话筒，她也唱不出逍遥自在的歌了。

幸亏练武的人用的是铁架子床，他们无论怎样折腾，也压不垮。只有比较讲究的武夫进来，才换一换床单和垫子，性格急躁的武林高手根本就不更换，不动手，只用身体绞扭，就把湿淋淋的床单拧干了，拧干了紧接着再湿透。谁都是带了钱来，临走时把钱擎起来，往枕头上方一抛，像丢下一片树叶，也有硬币，把铁架子床击得当啷一响。都是一元。小香君不收起，连看都不看，她不是嫌少，是没有力气捡钱了。

保安科长左龙没有上场，他是这场戏真正的导演，没有白留胡子。他留了一大把性欲旺盛的胡子，却不参战，不是他不喜欢女演员，他是嫌铁架子床上演戏，被太多的人演成了俗套，他自编自导自演，要独辟蹊径。他刚刚留着胡子把一场大戏导演完了，又剃掉了胡子，嘴巴光溜溜的像个太监了。只有巴东知道，他并不想演个太监戏，他剃掉了胡子，仍然是为了女人。巴东冷冷地问他：

“米晓雯叫你把胡子剃啦?”

左龙没有否认，他也不好承认。他留起一把胡子来，倒真的已经被巴东说中过，是要让女人以为他能干，要讨大东公司会计米晓雯喜欢。他把胡子留得像最好的头发一样茂密一样长了，米晓雯没有多看他的脸一眼，冷冷地看了看他的胡子，只给了他一句简单的评价，与性无关。米晓雯说他像一只野兽。人自然不会喜欢野兽啦，他一举剃掉胡子，恢复人的模样，米晓雯看了他光溜溜的巨大的下巴，扑哧笑了，笑着说，他留了胡子像个动物，剃掉了胡子，就像个植物了，他巨大的光溜溜的下巴像一只长把瓢。米晓雯带笑的想象，令左龙沮丧，他无法向总经理承认，他剃掉胡子就是米晓雯的意愿。不过，他剃掉胡子的样子，能把米晓雯逗笑，他也高兴，米晓雯给他的一直是冷脸，他留着胡子能把自己的脸捂热，也贴不上去。巴东没有看见米晓雯笑左龙的样子，可是能听见米晓雯笑的声音不对头，他告诉左龙，米晓雯不是秋香，左龙也不是唐伯虎。唐伯虎脱了裤子，用屁股画蝴蝶，蘸了墨一坐一只，蝴蝶还有头，拿到集上，就能卖五百两金子。秋香看着他一笑二笑三笑，看中的就是他能卖金子的屁股，你行吗？你把嘴巴刮得再光溜，也画不出有头的蝴蝶来，米晓雯对你五笑六笑八笑，笑破了肚子，你也点不上她。米晓雯也不是潘金莲，潘金莲找不上能打死老虎的武二郎，她才找了会两手拳脚的西门庆，你那三拳两脚，不能打得米晓雯高兴。米晓雯是没有生病的林黛玉，她看上的宝哥哥，嘴里含着块玉，还在娘肚子里趴着呢。米晓雯是水中月镜中花，可望而不可即，你硬要伸手去摸伸手去捞，只能落得两手空空凉冰冰的。左龙被巴东的凉水从头浇到脚，他心慌意乱地叫一声：

“大哥……”

再就什么话也说不出来了。

巴东把凉水继续浇下去，他说，在女人这个课堂上，你大哥是个博士，你充其量只是个中学生。女人这本书比男人更难读，男人是小画册，粗粗拉拉的，一目了然，女人是大书是古书是 English 书，你得用心去读才行。你要是不服，我给你这个权力，你可以把胡子再留起来，像个导演，你也可以一天刮一遍，一天到头光溜溜的像个太监，你去追她，你要是能把米晓雯追到手，大哥为你举行三河县最豪华的婚礼，用金子给你打一个皇冠，新婚之夜，你给她戴上，绝不用电视上选美用的假金冠。巴东为左龙设计了金光灿烂的前景，把脸一沉，要他遵守现实阴沉沉的规范：

“你可不准随便动她。”

巴东强调一遍左龙也知道的理由：“别忘了，她是温廷礼的外甥女。”

左龙不说米晓雯和温廷礼的关系不是那么亲密的，那样的关系，巴东比他更明白，需要用什么样的警备保卫贞操。他把胡子留起来又剃掉，翻来覆去，只在可有可无的毛发上兜圈子，始终没有使用他惯用的利爪，向关键部位作有效的一搏，倒不是米晓雯跟县长拐了一点弯的亲缘关系阻碍了他，他像总经理巴东一样，想找一个压寨夫人，明媒正娶。巴东金蛇狂舞，窜遍三河大地的山林和草丛，是一个性霸王所向披靡，也拿出了异样的耐心，等待金崮许家的珍珍自己走过来，容忍了美女的父亲许启民，用穷人的首领不屈的态度说话。左龙奉巴东指派，又去提过一次亲，穷人的首领仍然说一句老话：

“你告诉巴东，我不会把闺女嫁给他的。”

乌托邦

好了病的许启民离死亡的距离又远了一些，他不再以死起誓，话语中的坚定意味，却仍然能用手碰触到。他带领自己的村民，跟金崮林家争夺金崮顶底下的金矿失败了，他守不住一块埋藏了金子的阵地，他就把女儿当金子守住，他相信情场不是官场，也不是牌场，没有那样的桥牌高手，会用扑克牌架起一座大桥，让娶亲的花轿走过去。等他连女儿这块金子也守不住了，整个天下就成了一座牌场，谁会玩谁就是赢家，用不着再从地底深处挖金子了。那一天只要还不到来，他就不死心，他就要追着许姓先人的步子往前走，做一个拾草的现代儿子，让穷人的爹娘躺在热炕上，梦里有金子陪着睡觉。他找到了新上任的县委书记于明。

于明是从上面派下来的县委书记，不会打牌。不会打牌的县委书记，像一株不服水土的树，是狮子堆里的梅花鹿，摇晃着头顶美丽的角，四条长腿撩呀撩的，跑一阵，又跑回狮子堆里，惊异地看着他周围拉开一桌又一桌牌场，抬起头来茫然失措。于明夏天穿不印字的文化衫，左胸口用同样颜色的线绣两片小树叶，像一个稚嫩的标记。他冬天不穿流行的“干部大袄”，那种两排扣子或者一排扣子的干部大袄，差不多都是同样穿法，好多时候，是披在肩膀上讲话，大袄从肩膀上往下滑落，就抖一抖肩膀抖上去。于明穿一件米黄色的面包服，像一个大学生。他不打牌，不穿干部大袄，像一个异类，他一到任，就批评县委县政府大院大门的开法。三河县委县政府大院，抹了水泥的院墙，一个人伸了手摸不到墙顶，修了两座大门，分别通向党、政两座大楼。当然了，从政府的大门走进大院，也能走到三河县委的核心去，反过来也一样，大院里面，并没有再砌一道大墙隔开。政府大门的旁边修了传达室，穿了黑衣服的警卫在门旁站岗，换下班去的警卫到传达室里喝茶。县委大门的旁边没修传达室，大门就用大号铁锁锁住，形同虚设。新任县委书记于明批评的，就是这种不开的大门，他说，你如果打算用锁锁住不打开，就不该设它，设了大门不开，聋子的耳朵白搭，就是劳民伤财，修这样一座大门，四十万元拿不下来。于明还没有说到“政务公开”、“透明度”、“密切联系群众”这样一些话，行管科就拿出大钥匙，打开了生锈的大铁锁，哗啦哗啦推开了大铁门。新打开的大铁门旁边没有传达室，穿黑衣服的警卫不过去站岗，只远远地瞭望。金崮许家首领许启民，就是通过这座新开的大门，走进了县委书记的办公室，没有经过警卫的盘查。

天气还没有冷下来，许启民还看不见新来的县委书记穿了面包服的大学生样子，他只听说新任县委书记不打牌，他就敢找上门来了。打牌的县委书记，或许也会是穷人的书记，从牌桌上赢了钱，捐给贫困山区建希望小学，可是那需要县委书记牌场得意，情场失意，只有一个老婆伸着手要钱花。不打牌的县委书记，或许也会是富人的书记，喜欢富人家里的新型厕所撒尿舒服，可是他只要不由酒场走上牌场，他憋急了，就会随便找个地方尿了，不再挑剔，至少，他不会像喜欢打牌的县长温廷礼那样，跟会打桥牌的安得林坐到一张牌桌上，当一对赌棍，赢了钱，还要逼输家剁下一根指头来给他。县委书记于明的办公室开着窗户，屋子里一阵阵飘进杂花的芬芳，县委县政府大院有专业花工培植花草，用大剪刀把冬青带剪成方方正正的一个模样，在花坛里种植各色鲜花。许启民不给县委书记讲许姓先人拾草的传说，县委书记置身于万花丛中，大约不会喜欢古老的贫穷故事。他给县委书记讲现实的贫穷，那是县委书记应该关心的，不管他打不打牌。许启民不再激愤地呼叫可惜他不会打桥牌了，他怕不打牌的县委书记听了他的呼叫，触动了什么心事，也去学了打牌。他只给县委书记汇报牌场下面的举动，让县委书记明白，矿井里争夺金子，比牌场更不公平，最可恨的是，矿井紧连着牌场，输赢不在手气，不在命运，而只在于有人用大腿发牌，有人用胳膊发牌，大腿远远地粗过了胳膊。县委书记不插话，静静地听他诉说，眉头皱着，不得舒解，像大学生认真地听一堂课，听他说到不再说的时候，问他一句话，很像法官，却不故作威严叫人害怕：

“你说的句句属实？”

许启民又以死起誓了：“有一句假的，天打五雷轰。”

县委书记说：“那好，我派人去调查。”

县委县政府大院的专业花工不辍修剪，围着两座大楼的冬青带，他都剪成此类大院都有的一个模样，再浇水。县委书记派出的调查组还未出发，金崮林家老总安得林乘坐的白色轿车驶进了大院，矮个子花工刚刚放下大剪子，拿起了水管。安得林不走新打开的大门，白色轿车驶过有警卫站岗的大门，没有减速，警卫穿的衣服跟金崮林家的治安队是同一种黑色，他们不查白色的轿车。没有人看见，安得林在县委书记办公室说话什么样子，只能听见说话的声音很大，那么大的声音，肯定是站着发出来的。县委书记说话的声音听不出来，他大约仍然是大学生在课堂上的样子，他说话的时候，也许会用两根指头捏一捏文化衫上胸口绣的两片叶子。安得林没有在县委书记的办公室里停留多长时间，他很快地走下楼来，走出楼门，站到了他的白色轿车跟前。他拉开车门，准备坐进去，扭过头去，又朝楼上开着的一扇窗户大喊：

“于明，你是个昏君！”

两座大楼有人办公的房间，窗户都在十月的上午打开着，安得林的喊声传进每一个窗户里，让三河县的心脏停止跳动三分钟，所有人都停止了办公，直到白色轿车在大院里围着两个花坛转了两个圈，跑出去。

就在同一个时间里，金崮林家小学教师梁晨，走进了远离三河三百里的滨海城市师范学院书店。书店在学院的大院里边，掩映了树荫。梁晨趁国庆节放假时间，回儿童村看望他的妈妈，妈妈刚刚送走了一个考上大学的孩子，又接收了一个孩子，孩子只有八个月大，父母死于一次液化气罐大爆炸。居民楼的一层有人租了门头房，挂一个液化气站的牌子做此买卖。做买卖的大军，不光涌入能够燃烧爆炸的行业中，更多的在经营口腹之欲。学院附近的农贸市场上，支起了盛化肥的塑料袋做棚子，办起一个又一个小吃摊，大学生男男女女，手上擎着麻辣串公开恋爱，来不及擦掉嘴上的油腻，就吻到了一起，共同体验火辣辣的口腹滋味。梁晨走进学院书店的时候，年轻的经理正在跟店员把一堆堆书打起包来，准备退回出版社。在学院读书四年，梁晨已经跟书店经理成了朋友，年轻经理经营的学院书店，是这座城市最好的书店。看了书架上摆的书，梁晨仍然忍不住赞叹：

“你的书店还是全市最好的。”

年轻经理把一包捆好的书丢在一边，愤愤地说：“好有什么用！”

梁晨看看从书店门外走过的一群群大学生，他就明白了经理愤愤的原因。大学生成群结队，热情地走向农贸市场小吃摊，却不肯多看书店一眼。要让大学生像走进饭堂一样，走进书店，大约需要等到看不见书的世纪到来了。梁晨不由想到了一本书的名字，他问经理有没有那本书，经理问他什么书，他说：

“《乌托邦》。”

年轻的经理略一沉吟，把摞在一起的几包书搬开，提起最底下的一包，放到高处，解开捆扎的塑料绳子，拆开包装的皮纸，像伸手取出一件熟识极了的宝物，把书抽出，递到梁晨手上。梁晨一只手拿书，一只手拂掉积久的灰尘，就在掌心上打开，随意翻看，展开乌托邦美丽的景观：

乌托邦岛中部最宽，延伸到二百哩，全岛大部分不亚于这样的宽度，只是两头逐渐尖削。从一头到另一头周围五百哩，使全岛呈新月状，两角间有大约十一哩的海峡，展开一片汪洋大水。由于到处陆地环绕，不受风的侵袭，海湾如同一个巨湖，平静无波……

乌托邦人酷爱自己的花园，园中种有葡萄、各种果树及花花草草，栽培得法，郁郁葱葱……

第六章

老猴王

金崮林家的荆棘生在环村四周的山上，大旗山最为茂密。金崮顶挖金子的大炮令鸟儿不敢落到树上，荆棘倒不大在乎，它们照样能够生长。它们比较害怕炮烟，炮烟像人一样稠密起来，野棘慢慢地就少了。大旗山不被挖金子的大炮惊动，安静得好像蛮荒时期，荆棘遍布，正好适合猴子居住。老虎还没有买来，耍猴的大老董用鞭子驯老虎的日子，还在将来的某一天，动物园的铁笼子里依然只关着原始的基本动物——猴子。短尾巴猴子的王位已经确定，不必大老董整天拿着一杆鞭子，在旁边保卫，它想宠幸哪一个妃子，就爬到哪一只猴子身上，恣意弄欢。其他猴子只好学人的样子，把欲望藏在心里，在一边眼睁睁地看着。大老董无论是否出现在铁笼子外面，它们都害怕一杆鞭子会抽到身上，无形的鞭子打人也出血。这一天它们心静如水，迎来了第一批参观的客人。

客人显然来自有动物园的城市，他们最初提出的要求，不是到山上参观只具雏形的动物园，而是到总部大楼前边，看棚子里还没有完成的雕像。安得林以雕像尚未完成为理由拒绝了。客人们看看棚子门口戒备森严，也就没有执意冲破人家的禁区。客人们想知道棚子里雕的是什么，安得林提前发出邀请，等雕刻完成以后，请他们来参加揭幕典礼。慧心灵透的客人猜到雕的是大佛，只有佛像才需要如此严密的封锁，等到开光的时候，才拆掉棚子，让人看见真面目，老总安得林笑而不答，带领大家去看动物园。走下总部大楼，看见孙玉娇从雕像的棚子里走出来，客人们还没有看清孙玉娇淡淡的小胡子，就怀疑棚子里雕的也许不是佛像，新时代到处都在开光的佛像，自然不能谢绝红男绿女参观，可是秘密的棚子里出入的女人，至少不应该把裙子穿得这么短。天气渐冷，孙玉娇穿了皮裙御寒，皮裙下的长腿倒不怕冷，穿了高弹力长筒袜，好像什么东西没穿似的。安得林叫她把手头的工作放一放，陪同客人一起上山。

跟孙玉娇又像怕冷又像怕热的样子不同，最尊贵的客人怕冷就是怕冷，他来自海边的城市，已经提前穿上了干部大袄，两个扣子系着，一只扣子不系，两个衣襟有时候摆动，有时候不摆动。他是市里的领导，由县委书记于明陪同前来。于明不穿干部大袄，穿一件夹克衫，系了领带，不像旅行也不像赴宴。他已经提前来过一次金崮林家。安得林在县委大院大骂昏君，白色轿车围着花坛转了两个圈离去。白色轿车还没有回到它出发的地方，县委书记挨骂的传说已经乘着灰色的翅膀，飞遍了三河县所有角落。于明不想办法折断灰色的翅膀，消灭传说搭载的工具，他也不把计划中的工作组派下去，他亲自到金崮林家，问安得林，想不想叫县委书记在这里吃碗饭。安得林叫他放心，只要金崮林家地底下还有金子，县委书记捧的就是金饭碗，安得林说明理由：

“我骂你昏不假，可我还承认你是君嘛。”

于明要当场验证，他捧的饭碗到底是不是金子做的，他要求安得林捐款，在西部贫困山区建一座希望小学，不是以金崮林家的名义，而是以三河县委的名义。安得林即刻拿起电话，要通会计。于明等安得林把拨款的指示下达

以后，再告诉他，捐款单位仍然注明金崮林家，捐建的小学就叫“金崮希望小学”。安得林则慷慨表示，只要于明愿意，小学的名字完全可以叫“于明希望小学”。于明笑着拒绝了，他说他要是早生五十年，做了汉奸，在日本国开饭店发了财，他回家乡建一所小学，再用自己的名字命名也不迟——三河腹地的中流河边，有一所学校就是这样办理的。于明激昂起来，大发书生情怀：

“历史这个小姑娘，就这样被随意糟蹋啊！”

安得林比县委书记通达，平静地说：“三十年河东，三十年河西。”

于明纠正他说：“不对，自古至今都是如此。”

安得林问他，是不是要说“有钱能使鬼推磨”，县委书记如果把金崮林家捐建的希望小学，看成培养腐败的地方，他立刻把款撤回来，请书记派人来调查金崮顶金矿争矿事件。于明说算了，他尊重前任领导。说完以后，不吃饭就走了。

安得林可没有想到，县委书记会返回来得这么快。金崮林家捐建的希望小学，还没在西部山区铺下第一块基石，县委书记于明就陪市里的领导来了。市领导穿着干部大袄，不掩饰欣喜的心情，一见面就表扬安得林关心教育，捐建希望小学，为三河县带了一个好头。三河县可以用金子铺体育场的跑道，用金子铸造新型厕所的便盆，可是没有为希望工程添一块金砖。三河县淘金暴富的村子，在村口修建巨大的牌坊，两条龙中间的珠子用真金子打造，中间架设电缆，秘密地接通高压电防盗，可是没有人铸一根金子的电线，送给贫困山区的希望小学通电照明。三河县淘金暴富的个体户慷慨掏钱，给好多也穿了“干部大袄”的作家买书号，出一些没人看的书，纸张优良，图片精美，可是没有人给贫困山区的孩子掏钱，买非读不可的课本。三河县的金子，是土财主坐在太师椅上咕噜咕噜抽的水烟袋，不是穿了背带裤子的富豪叼在嘴上比脚指头还粗的雪茄，那种雪茄镶了金箔纸的箍子，金箍子印了洋字，一看就有文化。三河县没有文化的金子，令大学生一样的县委书记脸上无光，安得林捐出第一笔援助希望工程的钱，市里的领导才说，三河县的金子里有黄金文化，值得发掘。于明便告诉市领导，三河县采金历史悠久，始于春秋，盛于宋代，明清以降，蔚为大观，至于民国，打锣山金矿矿主用了六个奶妈，专门供他喝奶，推大磨女工，一盘大磨才用五个人。市里的领导问，日本鬼子占领时期，打锣山金矿是不是还土法淘金，用女工推大磨？于明告诉他，日本鬼子是土洋并举。市里的领导关心女工的命运，忧心忡忡地说，那就很危险喽。于明让市领导看见用数字写下的黄金历史：日本鬼子从打锣山金矿掠走了黄金十八万两，为天皇塑了一个金像。市里的领导破颜一笑，问安得林：

“你那棚子里雕的到底是个啥？”

安得林笑而不答，再一次发出邀请，等雕像完成的时候，务必请市里的领导来揭幕。市领导解开身上“干部大袄”中间的一个扣子，只剩下一个扣子系着，两个大襟大幅度摆动起来。随行的秘书担心，山野的荆棘挂住了“干部大袄”摆动的衣襟，影响了领导披荆斩棘的步伐，就随手折一根树棍握着，不时把路旁的荆棘推挡回去，有时候还用力挥动，击打一下，击打得碎叶纷纷落地，像城里的警察挥动警棒为领导开路似的。安得林微微一笑，叫他放心扔掉棍子，告诉他，金崮林家的棘子是不长倒钩的，你只要往前走，长了多少刺的棘子也拉不住你，因为不长倒钩的棘子，再多的刺，也是顺着你往前走的心意长。大学生一样的县委书记于明惊奇这种生物现象，安得林把一页发黄的历史交给副总郭立志翻开，历史的主体是人物，而非植物。

一千三百年前，唐王征东，用骗人的谎话哄大将张亮在下棋山架起大旗以后，唐王骑马上山。荆棘茂密，够不到骑在马上的皇帝，却把马腿剐出血来。随行的卫士用杀人的大砍刀开路，砍倒荆棘，让皇帝骑的马不必用特制的皮兜保护睾丸。卫士的大砍刀沾满鲜血，并不是从战场下来没有擦干，是砍倒的荆棘本来就像人一样流血。可是卫士们并不能为唐王开出一条没有障碍的路，砍倒的荆棘刚刚被马蹄踩碎叶子，又有新的同类从原来的地方长出来。皇帝又不短打，而穿长袍，能剐破马腿的荆棘，自然也会危及皇帝的身体，他的衣服不是皮制的，而是刺绣的龙袍，一根棘子的倒钩就“哧啦”一声，把皇帝的龙袍剐破了一个口子。唐王大怒，喝道：“不准长倒钩！”奇迹立刻发生了。荆棘依然从卫士的大砍刀砍倒的地方长出来，长出来的棘刺，却顺着皇帝走的方向往前长，没有砍倒的荆棘，所有的倒钩变直了，像被一只看不见的手指理顺了一样。副总郭立志还没有说到“从此以后金崮林家的棘子就不长倒钩了”，市领导的“干部大袄”飘动一只衣襟，被一根棘子倒钩剐住，走不动了。没有人说金崮林家的棘子原来也长倒钩，市里的领导要是不穿“干部大袄”，改穿一件谁也看不见的衣服，像某一位皇帝一样，什么样的棘子倒钩也剐不住他。当然也没有人说，市里的领导不该穿干部大袄，市领导既然不是皇帝，他就不能穿谁也看不见的衣服，他非穿“干部大袄”不可，你不能让他没有两只大襟摆呀摆的。随行秘书弯下腰去，帮市领导摘下剐住一只大襟的倒钩，把棍子放在自己腿边，他并没有听说了过去的故事，就把棍子丢掉。孙玉娇也弯下身去帮助，女性的细心，更有利于整理衣服上的麻烦，她长了一点淡淡的小胡子也无妨。在两个人为市领导摘下剐在衣服上的倒钩的时候，县委书记于明看看天空说，风大了。郭立志和好多人附和着说，就是。市领导等衣襟上的倒钩被两个人摘掉，看看满山荆棘，说一句与天气没有关系的话，他说：

“过去的黄历不好用了。”

安得林看着市领导身上“干部大袄”中间的扣子，说：“你不该解开那个扣子。”

孙玉娇流露出更多一些关切，说：“天儿挺冷的。”

市领导看一眼孙玉娇皮裙下面只穿了一层丝袜的长腿，对青春年少钦佩有加，没有说天气冷暖的话，不系上“干部大袄”的扣子，继续往前走，小心躲避，再没有被棘子的倒钩剐住。

金崮林家初级动物园，因为只有猴子这种最基本动物，它就像幼儿园一样，没有多少深奥的内容。读过了城市里大学一样的动物园，再看大老董一杆鞭子管出来的猴子，铁笼子里的猴子屁股即便比山上的猴子屁股更红，也没有人会看出那是害羞的结果，仍然会想到，那不过是坐的时间更长罢了。倒是一只猴子比别的猴子尾巴短，坐在那里像人一样露不出来，引起了客人们的兴趣。郭立志不告诉客人，短尾巴猴子曾经被人耍过，也曾经耍人，引起过一场人猴大战，成心让客人们运用人才具有的文化知识，思考一部进化史，在一座像幼儿园一样浅陋的初级动物园里，阅读大学课程，兴趣盎然。有人坚信，上帝如果给短尾巴猴子足够的时间，终有一天，它会彻底退掉尾巴，穿上人的衣服，只要他的身体比尾巴死得晚。有人像大学生一样的县委书记于明一样，有一种书生情怀，认为短尾巴猴子永远不再会有变成人的造化了，原因倒不在于人已经太多，构成了地球上最大的一个物类，不需要短尾巴猴子再进化，生成人的又一个异类，而是因为，它一只猴子的尾巴太短了，别的猴子还拖着长长的尾巴，“木秀于林风必摧之”，反过来，你自己短了也不行。这个人硬要大老董承认，短尾巴猴子的尾巴是人帮他弄短了，并不是它自己固有的优势。根本用不着大老董说话，短尾巴猴子即刻显示它至高无上的优越地位，爬到一只猴子身上，晃动它短短的尾巴，当众交媾，得意洋洋，无耻极了。尾巴长的猴子都在旁边眼巴巴看着，连一丝嫉妒的样子也没有。忽然，平静的局面被打破，像在猴子堆里扔了一颗炸弹，炸飞的猴子却不往四周散开，全都涌向一个方向，就是铁笼子朝着客人的这一面。它们知道打不破笼子，跑不出来，就用一只手抓住铁栏杆，一只手开始手淫，连短尾巴猴子也丢下交欢的猴子跑过来，跟尾巴长的猴子一起，向着同一个目标施爱：孙玉娇在距离尚远的地方，扭动着皮裙裹住的圆臀，晃动着好像什么也没穿的长腿。她担心引起猴子骚乱，没有走到铁笼子跟前，被大老董一杆鞭子禁欲的猴子，还是远远地把她瞄准了。

安得林抚遍孙玉娇的每一寸肌肤安慰她，把她淡淡的小胡子舔得亮晶晶的。其实安得林比孙玉娇更生气，尊贵的客人刚走，他就大发雷霆，批评郭立志的工作没有做好，金崮林家的猴子，至少应该像人一样懂得礼貌。郭立志揪断了两根胡子苦思，想出的唯一办法，就是把无耻的猴子阉掉，可是他不知道给不给短尾巴猴子动刀，地位优越的猴子当众交欢，市里的领导看着也很有趣，并没有拂袖而去。安得林对孙玉娇的表现也不满意，她既然知道猴子也会像人一样，“癞蛤蟆想吃天鹅肉”，她就不该到大旗山上去。孙玉娇满腹委屈地反驳他，说：

“你叫我去，我能不去呀?”

安得林气哼哼地说：“我又不知道猴子喜欢你!”

安得林紧接着就批评孙玉娇不如实汇报情况，动物园交给她分管，她又推给了副总，显然是怕误了她穿裙子，而不是其他原因。孙玉娇把嘴一撅告诉他，不穿裙子也不行。安得林又变得气哼哼的了，他责问孙玉娇，如此困难重重，为什么不如实给他说?孙玉娇往安得林的怀里一偎说：

“人家还不是怕你生气。”

安得林一只大手在孙玉娇光光的背上拍打，说：“我生什么气?”

孙玉娇破涕一笑，用一根指头点着安得林的鼻子尖，说：“你这个老猴王。”

大雨洗嘴

安得林可真的不能不生气，他下令刨掉金崮林家所有长倒钩的棘子。大旗山动物园的猴子原样保留，不阉割，以便有人参观的时候，照样可以引发尊贵客人的兴趣，猴子们出格的失礼举动，交给大老董的鞭子处理。参观动物园，固然有好几条道路可以上山，可是要准备城里来的客人有奇趣，不走人走惯的大路，偏要从猴子才能走的途径上山，体验野趣，所以要把大旗山人不走的地方也找遍，所有长倒钩的棘子全部刨光，免得剐住客人的衣服。有人地位显赫，身份高贵，也许并不穿“干部大袄”，可是眼见得女人的衣服像头发一样越来越短，谁知道男人的衣服会不会像头发一样越来越长呢？事关消灭一个物种，老总安得林并不武断，他下了令，也交给三老会集体讨论，再作出决定来执行，然后再写进《村规民约》，从此后不允许长倒钩的棘子生在金崮林家地面上。

在三老会集体讨论过的问题中，刨掉长倒钩的棘子绝不是大事情，它远远没有修建新型厕所那样重大。修建新型厕所，用金子做便盆，还是用白瓷便盆，这类问题令三老会犹豫不定兜圈子，刨掉长倒钩的棘子，没有人会提议用金子铸造镢头，使用新的工具，谁都明白，用原来刨苞米秸的镢头足够了。当然啦，有些人家，春天刨了棘子，插在菜园的篱笆墙上挡鸡，长了倒钩的棘子能剐住人的衣服，让人走不动，也就能剐住鸡的翅子，让鸡飞不进去。这样的问题一旦有人提出来，也会引发一些老脑筋难以想通的争论，有人会提出，用金子打制网篱，做上尖利的倒钩，安到菜园的篱笆墙上，像圈起一块军事禁地一样。这样的建议一旦有人提出来，解决的办法就很简单了，你在菜园里种金子长金子，就不用担心穷人会偷你金子做的网篱，他要偷金子，直接跳进菜园里，拔金子好啦！用金子做网篱的好处就在这儿，他要跳进菜园里偷金子，网篱上金子打制了倒钩，就会剐住他的衣服，叫他跳不进去。如此简单的解决办法，就在不远的道路那头等着，像一块黑石头，弯下腰拾起来就是了，可是大家却被一个人啰里啰唆的意见挡住了，走不过去。三老会成员林家明从会议一开始就发言，他一发言就开始忆苦，苦难的年代离着刨掉长倒钩的棘子十分遥远，没有人能插上一句话，把遥远的距离接起来。

在林家明絮絮叨叨的述说中，遥远年代的故事历历如画，伸一只手就能拿过来，放到眼前摸一摸。那个故事里有一个贤惠的儿媳妇，饥荒年月，把磨坊里梁头上的灰扫下来做馒头吃了。年久日深的磨坊梁头上积了陈年老灰，箩面时像烟一样飞起的面粉也沾在灰里，做出的馒头灰灰的，像要死的人脸上一片灰蒙蒙的死气。她让男人和婆婆吃麸子和野菜做的菜团子，她自己偷偷地吃灰馒头。她偷吃的举动被婆婆发现了，婆婆告诉儿子，说媳妇偷嘴吃。婆婆的儿子当然就是媳妇的男人啦——林家明给大家解释。不容任何人插嘴说不用解释大家也明白，林家明紧接着又问，你猜怎么着？他不给任何人猜测的时间，就告诉三老会所有成员说，儿子把媳妇好揍一顿。媳妇没有劲反抗，等男人揍累了，才拿出馒头叫男人尝尝，男人咽不下去，问，这是什么？媳妇领男人到磨坊去看，两个梁头只剩下一个没有扫。林家明说到这里喘口气，运足气力大声说：

“看看我现在一天三顿吃的什么！”

他仍然不给任何人一点时间，大家就是有心要看看他现在一天三顿吃的什么，也没有丝毫机会。紧接着，他就说到了与厕所有关的问题上。他不说他现在用上了新型厕所，也不说白瓷便盆被人打碎了，查不出来，又自己掏钱换上了新的，他说他老婆吃梁头上的灰，干涩困难，得他用棍子做厕所。老婆当年不生育，肯定与棍子的伤害有关。等他丢掉棍子，又过了若干年，老婆滑润了，才给他生下了儿子。他的儿子喝醉了酒，没有个女人搂着睡觉，拿把刀子，自己把自己捅死了不假，可是他不能要一个不相干的仇人做儿子。家法大于国法，家丑不可外扬，吐下口唾沫砸出个坑来，他不能叫儿子杀了，反过来他杀了儿子也不行。儿子喝醉了酒，就得老婆搂着睡觉，他连老婆都没有了，什么人能搂住他？当然啦，要是不相干的仇人做了他的儿子，会把自己的老婆带过来，那个老婆能从梁头上扫下灰来吃啦？林家明说到这里又喘一口气，运足气力气哼哼地说：

“她不吃灰，叫哪个王八蛋吃灰？”

一口气不喘紧接着又说：“看看我一天三顿吃的什么！”

没有人打断林家明的发言，先是没有机会，到后来看到了插嘴的空隙，也不敢说什么，林家明气冲冲的样子，你要是把他打断，他就会跟你拼了老命，不管你是不是他的儿子。三老会会议长长地拖下去，金崮林家的棘子有时间长出新的倒钩，为参观的客人增加新的危险，让副总唐王征东的传说讲不下去——县里组成了以县委书记于明为挂名主编的写作班子，要编写一本叫做《黄金宝地三河》的书，崇尚浪漫，落脚扎实，要沿着嘴上的历史一路写下来，一直写到用金子做便盆，修建新型厕所，正准备到金崮林家来采访。三老会夜里的会议，一直开到老头子们都打起哈欠来，林家明一个人说话，仍然兴致勃勃。等到主持会议的郭立志不顾一切打断林家明的话，提出讨论刨掉长倒钩的棘子，已经没有人还能提起老迈的精神说话了。林家明倒精力不减，健旺如初，他站起来，朝着郭立志迈一大步，大声说：

“看看我一天三顿吃的什么！”

于是他从头开始，再讲一遍，有一个女人把磨坊梁头上的灰扫下来吃了，生不出儿子，不吃灰以后，生出个儿子喝醉了酒，还要老婆搂着睡觉，老婆刷碗的工夫，没有把他搂住，他就拿刀子把自己捅死了，拿刀子的手少了一根指头，也是他自己剁掉的。

林家明的话，有一些是郭立志派人一家一家挨着教会的，他要是没有添上一些吃灰的内容，干干净净的，郭立志倒可以忍受他再讲两夜，让长倒钩的棘子把倒钩再长得长一些，让皇帝骑马下山的时候，棘子倒钩再把龙袍剐一个口子，反正皇帝的后宫里，有上千女工专为皇帝绣龙袍，征战途中，整箱龙袍用马驮着。安得林自然不会有剐破衣服的危险，天气再冷一点，即便他也穿上“干部大袄”，他知道金崮林家山上的棘子也会长出倒钩，他别解开扣子，把大襟提起来上山就行了，戏台子上的小旦上楼，就是小锣“台台”地打着，提着裙子走上去，那种走法，两条腿中间夹一个铜钱，富死了。郭立志由卖豆腐起步，走上思想生涯，他能在豆腐里搀进更多的水，比所有人做的豆腐都软，看上去更白净，可是他没有办法让三老会成员林家明不说吃灰的话。他把困难如实呈报安得林，安得林一听，就有了办法，好像他是做豆腐的行家，专门做那种“水里来水里去”的软货似的，他说：

“给他把嘴洗洗。”

给治安主任洗脑子，郭立志已经见识了药物和器械，他抓起电话就要拨号。安得林问他干什么，他如实说出了抄袭的方法：

“我叫医生来。”

安得林叫他放下电话，说：“不用手术。”

郭立志的思想生涯，需要到了他退光胡子那一天，才能想出不动手术洗嘴的办法，把三老会成员林家明的嘴，洗成治安主任郭才的脑子那个样。他用指甲掐住两根胡子，拔不下来，不敢看安得林怪他无能的脸色。

安得林说：“你的法宝呢？”

郭立志丢开胡子，想起了《村规民约》。给郭才洗脑子的时候，他曾经想使用《村规民约》，被安得林拒绝以后，他就是知道厚厚的一本大书会把一个人的脑子洗干净，嘴比脑子更不抗洗，他也不敢再想使用了，倒不是害怕洗不出郭才那个样子，是担心用厚厚的大书洗嘴巴，找不出合适的地方连接那么多管子。

郭立志还是想办法用上了器械，他使用了一个录音机，接通了专用电源，包了黑色塑胶电线，从窗口拉进去，大喇叭绑在梁头上。录音机播放《村规民约》，一条条一款款，从门口窗口都能传出来，也能从废弃的天窗传出去。耍猴的大老董被留下来，创建初级动物园，安徽矿工李起的老婆渡江而来，不准与男人一个屋子睡觉，都是住在这里。这所曾经做过小伙房的屋子，临时改作给三老会成员林家明的洗嘴场所，不动烟火。林家明吃饭，有人打开窗户，递进去给他。郭立志并没有把厚厚的一本大书都用上，录音机的小壳子，可塞不进那么厚一本大书。黑壳子录音机里，只装了一男一女两个伶牙俐齿的干净嘴巴就够了。他们是三河电视台最优秀的播音员，看他们在四四方方的电视上播音的模样，好像怯生生的，看不见模样的声音，却绝对不含糊。他们一男一女配搭起来，像卖假药的广告一样，声势浩大，虚情假意，你念一句，我念一句，念完一句再喝一声："念!"像看不见面的老师教小学生唱歌似的，他们却带了命令的口气，容不得你爱唱不唱。他们都得过播音比赛大奖，大奖的奖牌由个人出钱做购买资金，他们用好多播音员都会用的表情，哭声哭腔念一篇别人写的文章参赛。他们合伙念诵金崮林家的《村规民约》，共同接受产金大户金灿灿的酬金，郭立志让他们当场戴到手指上，硬邦邦地捧了厚厚的大书，他们的声音就成了不含人情的金属，叫人哭不出来了。

三老会成员林家明却泪流不止。他一走进这个屋子，就看见了黑乎乎的大梁，梁头上的陈年老灰他扫不下来。他就是有一把笤帚，能踏上炕头上的半截壁子，扫下梁头上的灰来，他也没有时间做成咽不下去吐不出来的灰馒头。他连说一说的机会都没有。他还没有走进屋子，录音机已经开响，他刚一进门，一男一女两个人的声音就劈头盖脸朝他砸来，声音从高处往下砸，林家明连抱头鼠窜的山沟都没有，一男一女两个人的声音无孔不入。林家明倒可以拼了老命，大讲吃灰的女人，喝醉了酒自己捅死自己的儿子，可是他的腿脚却远远不如那对狗男女灵便，他爬不到有灰的梁头上，站得比他们还高，他嗓门再大，也是从山底下往山顶上扔石头，他打不到人家，扔出的石头倒把自己打了，像他喝醉了酒的儿子，没有老婆搂着睡觉，自己捅死了自己。而且那一对狗男女站在高处，可以像知了一样，吃风喝风叫唤不止，用不着吃一些需要用手拿的东西，他们四只手，就可以一刻不停地扔石头。林家明不行，他既然爬不到梁头上，扫下灰来，用眼泪和着揉成馒头吃，有人从窗口递进饭来，他就得用两只手接了吃。饭食远不如他在家里一天三顿吃的那么好，他也顾不得从窗口扔出去。站在高处的男女成心不让他吃安稳，大石头一块紧接着一块，往他的碗上砸，他能咽下不怎么好的饭里搀进了沙子，可是他不允许有人把他的饭碗砸碎，他捡起对方扔下来的石头就往回扔，站在高处的知了不吃饭，砸不碎它们的饭碗，能把它们吓飞也不错。复仇的快意像大火一样燃烧，把林家明的眼泪很快烧干了。他两只眼睛红彤彤的，盯着大喇叭里看不见的一对狗男女，他们一唱一和，不管扔下多么大的石头，他都用一只手接起来，即刻扔回去，接男人的石头用左手，接女人的石头用右手，遵循阳间和阴间通用的男左女右原则，阴间的夫妻埋葬，阳间的男女媾和，都是这样机械，站在高处的狗男女也需要如此对待。

金崮林家山上，长倒钩的棘子比林家明难刨。长倒钩的棘子扎根山石，继承了唐朝以前不屈的血脉，它们剐破了唐王的龙袍，不能把皇帝拉下马来，它们就一代代长出倒钩，让传说中的皇帝圣旨下了也白下。也许在李世民骑马上山的那一刻，它们真的把所有的倒钩直起来，朝着皇帝马头的方向了。然而直起来的棘刺也能刺破马的眼睛，只要它们的根部接透了深层的土壤，能长得像皇帝的大马那样高。东征高丽的皇帝要想保证行路安全，他就应该下一道圣旨，让万千士兵用打仗的大刀刨棘子，斩草除根，像在地球上灭绝一个民族一样。野性难驯，种根不灭的棘子，一千多年以后仍然长出了倒钩，能刚破市里领导的“干部大袄”，让副总的故事讲不下去，根本原因就在于，大唐皇帝兴师动众，长途跋涉，只去征服一个并不强大的民族，而不痛下狠心灭绝一个物种。

大唐皇帝把巨大的困难留给了后人。物种比人种难灭，他选择了容易的。人头砍掉了长不出来，棘子连根刨了还会发芽。最初，大家实在是小看了这种野生的东西。当然了，大家差不多都有过刨棘子挡篱笆墙的经验，知道棘刺会把人的手扎破，不长倒钩的棘子，刨起来也要小心；不过，戴着皮子做的手套也就行了。有人春天里挡篱笆墙的时候，用钳子夹着棘子往上插，不像庄稼人的样子，刨棘子，他们就不带钳子上山了。从总部大楼传出号令，要把长倒钩的棘子刨光，没有人知道这个决议是不是三老会最后讨论决定的。自从三老会成员林家明走进一个屋子，让一男一女两个人轮番洗嘴，大家就明白，三老会所有的老眼睛全部锐亮，无比年轻了，他们不上山，就能看清哪一棵棘子是长了倒钩的，明察秋毫。大家可没有他们那样的好眼睛，提了大镢转悠，走到棘棵跟前，看半天，有时候也看不出到底是不是长了倒钩。长倒钩的棘子往往长了很好的伪装，像不露齿咬人的狗一样，你分明看见它一树棘刺全都顺了长，你刚要放心走开，裤角却被牢牢剐住，走不动了，你得小心地顺着它的钩转弯，才能把裤角摘下来。你当然也会有看对的时候，把身子弯得像不高的棘子那么矮，细细辨认。这样做就很危险了，你得提防着自己的眼睛受伤，顺着长的棘刺也会扎人。最好的办法还是“宁错杀一千，不放过一个”，让一千三百多年前的皇帝口谕等于没说，把所有棘子都当成长了倒钩的，挥动大镢，挨着刨去，一棵也不留下。这样做，就把挡篱笆墙的材料彻底灭绝了。可是，没有人为此担心，谁都知道，没有了长刺的棘子挡篱笆墙，村子里就会办起一个新的加工厂，用经验丰富技术精良的银匠当师傅，用金子打制网篱，用小锤子敲出金子的利刺，顺刺和倒钩都有。三河县的民间银匠，祖传的技艺在新的历史时期大放光芒，他们在县城和乡间的屋子里，戴着高度数的眼镜，把金子锤打成耳环和项链，项链的扣子比

棘子的倒钩更细致，更精巧，大白天，他们也打开灼亮的电灯照明，把小砧上散落的金粉用枯干的兔子蹄扫起来，交还主人，恪守行规，不尚贪欲，跟一些偷金的金矿师傅不一样。刨棘子的人员都是金崮林家不下矿井的村民，不用外籍矿工。他们要为自己整修出一个没有倒钩棘子的家园，摸上去像金子一样光滑，惹人喜爱。

下雪的季节到了。忽然降下了一场大雨。大雨到来得很突然，似乎就在一柄大镢头把金崮林家地面上最后一棵不长倒钩的棘子连根刨起的那一刻，一颗大雨点像一颗成熟的饱满的大葡萄，落在刨起棘子的坑里砸碎了，紧接着，大雨就铺天盖地降下来。大雨过后，大镢头的主人多次把大镢头拿到街上比划着，说他从来没有见过那么大的雨点，跌不碎的时候像镢脑袋一样大，没有人信他。可是下雪时节降下的大雨人人看见，雨柱子比镢柄还粗，那是雨柱子和雨柱子绑在一起，一捆一捆从天上扔下来的，你硬要分开，说它像一根一根镢柄那么粗，就像要把长倒钩的棘子从棘丛中分出来一样困难。下大雨的时间里，大家顾不得像知识人一样思辨。下错了季节的大雨，令人想不起防雨工具放在哪里。还没有扒掉的旧房院子里，新型厕所得到了第一次大规模冲刷，大水从院子里直接灌进去，又从院墙外边冒出来。两委成员已经住进的小楼边角上，两只手握不过来的管子一齐往下流水，淌不及的大水从管子中间挣裂射出去，像防暴警察的高压水枪，把小楼的玻璃射碎，让先住上小楼的两委成员，接受天上的警察不可违抗的威力。金崮林家矿井增添了两台高压水泵抽水，金矿矿长林定邦的告急电话仍然打进了总部大楼里，天上的大水灌进地下，从深不见底的矿井往上冒，铁轱辘车不装上矿石压着，就会浮到水面上来。

不合时令的大雨只有两个人不害怕，他们就是躲在录音机壳子里站在高处喊话的狗男女。他们的声音里，连一丝恐慌的颤抖都没有，声音略有不稳，也是他们喊“念”的时候命令的口气太大了。大雨开始不久，屋子外面穿黑衣服的治安员就撤走了，他们知道，没有人看守，大雨也会把门封住，屋子里的人跑不出去。穿黑衣服的人，其实完全不能看透三老会成员林家明清清白白的心灵，他困守大雨中的老屋子，不是服从天上的律令，而是遵从人间的法则，他奉命洗嘴，就不能跑到大雨里去，天上的水再大，只要不带着刀子往下落，能湿透了人的整个身子，也会把嘴留下。天上的水从屋子门口漫进来，湿了林家明的裤腿，他不在意，他把脸仰着，把嘴朝着梁头上的大喇叭，大喇叭里的男女说什么，他说什么，已经没有最初抓起高处砸下来的石头扔回去那种复仇的快感了，只剩下一个信念不可动摇，就是别让天上的大水把胡子洗了；他花白的胡子已经很长，一沾水沉重无比，压住他的嘴巴，他就跟不上站在高处不沾水的男女那毛发轻快的说话了。大水没到了林家明的膝盖，他站到炕上去，等到大水把炕泡塌，他爬不到梁头上，不能站得跟录音机壳子里的男女一样高，他再想不让天上的大水洗嘴，也办不到了。老天爷不让林家明的愁绪长得像他的胡子一样长，林家明正在为大水洗胡子的危险步步迫近而害愁，一道闪电像一把刀子，在屋子外头一亮，随后咔啦一声巨响，把站在高处的男女两张嘴一齐割掉，包了黑色塑胶的电线断成两截，飘荡在半空，大雨就在这个时候突然停了，像同一把刀子把雨柱子齐斩斩割断一样。

满山香菜

没有人怀疑，下雪季节的大雨密密麻麻的雨柱子比镢柄还粗，可是人人都不相信，会有一把刀子能把那么粗的雨柱子一刀斩断，能够断水的利刃自然会有，可是没有一把刀子会像天那么大，把浑天的大水拦腰割断。大雨过后，太阳比以前的日子凉，好多人提前穿上了棉袄。最先走出村子上山的人，发现满山遍野生出了一种新的植物，看样子就是跟大雨降落同时降生的，雨停后新生的东西不会长到那么大。最先发现的人又惊又喜跑回村子，告诉大家：

“好了，满山遍野都是香菜！”

它真的像是香菜的样子，又嫩又绿的，好像弱不禁风，金崮林家地域的山上都有。不合时令的大雨带来了满山香菜，让人又高兴又害愁，金崮林家正要用金子做便盆修建新型厕所，容纳高贵的粪便，马上又要被满山香菜散发的芬芳包围了，大家可真的受不了那么富有。急性子的人要闻一闻新生的香菜，会不会像原来的香菜那么香，一伸手拔起一棵，举到鼻子跟前，闻不到香味，摇摇头，在鼻子上揉碎了闻，仍然闻不到香味，就想把它扔掉，没有香味的香菜却挂在鼻子上掉不下来，像老头的胡子愁绿了一样——原来它不是香菜，是新生的棘子，一出生就长了倒钩。

下雪季节的大雨，已经把新刨的棘子坑窝冲填一平，看不出人的行为留下的痕迹了，好多人还是认出了新生的棘子仍然长在原来的地方，有棘子旁边大雨冲不走的山石为证。刨掉了什么，还长出什么，自然界的规律就是如此，并不奇怪。令人不解的是，新生棘子的倒钩，比原来的长得更早。原来的棘子，要等到枝干长得站一只麻雀压不倒了，再长出倒钩来，新生的棘子，却一出土就带了倒钩，倒钩跟茎叶一样颜色，显然是在土地母亲的肚子里，跟身体一起孕生的。它既然像香菜的样子，却又不能把金崮林家包裹在化不开的香气里，它就不该在下雪季节随着一场大雨生出来，它应该跟满山遍野的野草一起生长，引不起人的警觉。用不着副总郭立志主持，三老会的会场已经自发地挪到了山上，讨论这种异常的自然现象了。三老会成员从人生道路上无比漫长地走过来，他们差不多已经阅尽人生，见识过人间的各种怪异事端，母牛生下的小牛长了三条腿，女人生下的孩子长了两个脑袋，他们都不再会吃惊了。可是他们眼睛再老，也看不遍地老天荒，没有见过下雪季节下这么大的雨，随大雨一起降生的棘子一出生就长了倒钩，倒不是不该长倒钩，是长的时令不对。有一位三老会成员从悠悠的历史中寻找佐证，说武则天曾经下旨，命洛阳的牡丹冬天开花，牡丹果然在洛阳的冬天开花了。就是这位三老会成员，曾经在讨论修建新型厕所的会议上，提议用金子做便盆，遭到了林海山拂袖而去的反对，这一次反驳他的仍然是林海山。林海山先说母鸡打鸣，又说武则天本来是皇帝老爹的妃子，又跟了皇帝儿子，她占了皇帝的宝座，自然会叫牡丹在不该开花的冬天开花。金崮林家是男人当家，并没有妈跟了儿子睡觉的丑事，带钩的棘子在不该出生的季节生出来，是老天爷不让刨带倒钩的棘子。天气已冷，被反驳的三老会成员不能像伏天里一样把衣襟一扯，像年轻人一样把胸膛露出来，他往林海山跟前迈一步，刚刚说一句，刨棘子是三老会讨论决定的，旁边一个三老会成员扯着他的衣袖往后拉，举起一只手来，指一指他不看的方向。大家看清了，老总安得林，正陪着三老会成员林家明，一步一步走过来。

林家明没有把他长得很长的花白胡子剪短。大雨已停，他不再担心胡子被水湿了，沉重压嘴，说话不便。他就是想着走快一点。他知道，挪到山上的三老会会议已经开始了。不用听见什么人说话，看一看想用金子做便盆的三老会成员往前一跨的样子，他就知道会议开得不顺利，需要他来发言了。可是他不知道大家讨论的是什么问题，他看着郭立志，抖动胡子眨眨眼。郭立志看看安得林，安得林点点头。郭立志指着新生的棘子，问林家明：

“大爷爷你看看这是什么？”

林家明打眼一看，断然说：“香菜。”

郭立志叫他好好看一看。

林家明目不转睛地再看一会儿，斩钉截铁地说：“就是香菜嘛。”

紧接着，他连大气都不喘一下，念诵出《村规民约》中还没有写进去的一条：“第五百三十六条，金崮林家的棘子不准长倒钩，长倒钩的棘子要变成香菜……”

林家明念诵《村规民约》新条款，被浩浩荡荡的军乐打断了，铜鼓洋号动地吹打，像穿过大山的肚子传过来，比一个老头子干巴巴地念诵《村规民约》好听，来自金崮林家的那一边，穷人的村子金崮许家，热烈喜庆，又凶巴巴的，震得大地直发抖。

丢车保帅

大东公司总经理巴东迎娶新娘许珍珍，起用了他自己的军乐队。军乐队穿绿色制服，披大红绶带，制服的袖口和胸前都飘缀了复杂的缨穗。他们乘大卡车进村，进了村就下车，列队走到新娘家门口，不停止吹奏，踏着军乐的节奏行进。他们把一杆长号在嘴上推进去拉出来，变长变短，都像金子一样光灿灿的。他们把一盘圆号套在身上，盘绕的管子像巨蛇金鳞闪烁，巨蛇的大口张在下面，一只手凑空子进去摸一把，甩甩手滴下能够拉长的液涎来。有个人把一杆带了缨穗的枪头子往上一举一举，走在军乐队的最前头，走到贴了大红“喜”字的门口，又往旁边一闪不走了。两个人往街道中间撒鲜花，花瓣上带了温暖地区的露水，三河地域下雪的季节开不出来。大东公司总经理巴东脚踏花径往前走，脚底下碾碎的那类花朵，在胸口插了一枝。他不下令让军乐队指挥用枪头子往前刺，把门打开，他亲自打门，一扬手，朝紧闭的大门里边扔进一个纸包，也不担心红纸包的金子会把人的头打破。看热闹的穷人刚刚来得及惊叫一声，大门豁然打开，走出了倾国倾城的许珍珍——她头戴花冠，身穿婚纱，勇敢抵抗下雪季节的寒冷，走进巴东揣了金子的坚硬怀抱里。

在穷人家里度过了青春期的珍珍，姑娘时光又美丽又暧昧，有时候她自已也说不清，她到底向往什么。进入了青春期不久，她穿上了母亲特地为她做的束胸小袄，年龄稍长，她便丢掉，大衣服里面什么也不穿了。她知道富人家的姑娘在用海绵作假，她真实坦荡，比不过她们，她也毫不沮丧，她只希望有一种药物，像广告里说的那样能促进生长，她买不起，也让那些用海绵作假的姑娘多一份担忧。她当然并不萎缩，她让人看见的面貌有多么美丽，她不让人看的内容就有多么可观。有一段时间，她相信按摩会比药物见效，她试了不多日子就放弃了，见效是明显的，危险也随之而来，她害怕抵挡不住一种欲望，她老想着自己的手不是自己的了，是哪一个人的手，却说不清楚。她的向往就这样朦胧暧昧，像在有云彩的夜里，看一只不圆的月亮似的。

珍珍最后一次拒绝巴东求婚，仍然是在医院里。医院的品性依旧，来苏味像巴东第一次派人来求婚的时候一样浓，求婚的使者依然是左龙。左龙剃掉了胡子，胸膛上的毛发也不露出。珍珍用说过多次的话答复他："你再问问我爸吧。"她这样说话，就等于是拒绝了，父亲的态度从来就没有改变，躺在病床上和不躺在病床上，都是一样的。金崮许家首领许启民已经懒得回答了，他睁眼看看左龙，再把眼睛闭上，就等于说了毫不动摇的话。大东公司总经理巴东求婚热情如初，耐心不减，许启民以死起誓粗暴拒绝的脾性已经没有了。

穷人的首领许启民到了下雪季节，更加渴望拾回草来给爹娘烧热土炕，草篓子底下同时装上两块金砖，捎回来让爹娘当枕头枕了睡觉。新来的县委书记比他年轻，他以为年轻人的性子会比他更急。调查组没有像县委书记说的那样快来到金崮顶，他以为，大学生一样的县委书记不打牌的晚上，也许会看书，看书看累了脑子，会把书里不写的一些事情忘掉，他赶回县城去提醒县委书记。他避开有穿了黑衣服的保安员站岗的大门，要从上一次通过的大铁门往里走，大铁门已经像新的县委书记没来的时候一样锁上了。他退回来，走有人站岗的大门，保安员伸出一只黑色的胳膊把他挡住。保安员问他是什么人，他不说他是金崮许家的首领，保安员穿的衣服像金崮林家的治安员一样，他知道真实身份一暴露，他就是自投罗网。他说一个假身份也不行，保安员叫他拿出身份证来看看。身份证更不管用，千篇一律的身份证，没有特地为他注明他是大大的良民，身份证上，所有的人头被同样密密麻麻的网络封住，像麻雀一样飞不进县委大院。他如实说，他是一个村子的首领，来找县委书记。保安员冷笑一声告诉他，他既然能越过镇书记，来找县委书记，他就应该再越过两级，找更大的书记，像一跺脚跳过两重大铁门一样。许启民被保安员的冷笑激怒了。他叫保安员明白，他不跳过两重大铁门，去找更大的书记，倒不是怕给更大的书记添麻烦，因为书记再大，也天生就是为老百姓解决麻烦的，而是因为他大喊一声，就能叫县委书记听见，麻烦解决得会更迅速。他这样说着，立刻就实施了，他两只手抓住大铁门的一根铁栏杆，朝着东面的那座楼大喊：

“于书记！我来找你！”

他怕县委书记听不出他是谁，就提醒一句，照样是大喊：“于书记，你把应下的事情忘啦？”

他叫喊的声音太大了，一点儿也不比安得林在院子里大骂于明昏君的声音小，两座大楼的好多窗户被打开，好多人头探出来，拦住他不让他通行的保安员吓坏了，还没有想出用什么办法拦住他，在传达室里喝茶的两个保安员一齐冲出来，手忙脚乱把他扭住往外推，推了几步又拉回来。许启民挣扎着又喊一声：

“于书记，我信了你不会打牌呀！”

许启民的大喊，将唤起他自己新的一种觉醒，从此后他将明白，不打牌的县委书记，即便情场也失意，只有老婆一个女人伸出手来要钱，他也会忘了给穷人的书记应下的许诺，因为他的脑子要装下更难懂的牌法：官场是一座更大的牌场。麻将牌想方设法不让上家和牌，也不让下家和牌，各人顾各人，只想自己得满贯的打法，桥牌勾搭起来，一致对外，挖空心思打败敌手的牌法，都需要大学生一样的县委书记拿出比读书更多的心力来学习。即便

最通俗的牌局，像“找朋友”、“抓特务”之类，也需要心怀鬼胎，才能够搞清楚“谁是敌人谁是朋友”这个革命的首要问题。只有围棋场上的县委书记，能够在下棋的时候，顾得想起给穷人的首领应下的许诺，因为拿在他手上的棋子，没有标明“小三”、“老 K”、“八万”、“二饼”之类尊卑贵贱的身份，大家都是一样的分量，县委书记用不着费掂量。县委书记不下围棋，也不要紧，就怕他迷上中国象棋，先“丢卒保车”，再“丢车保帅”，丢来丢去，只为了保住那个迈着四方步走不远的老将，穷人的爹娘没有草烧炕，冻得睡不过去，他倒不放在心上。许启民又一次大病躺倒，梦里的县委书记穿上了“干部大袄”，他很难认出来了。穿了“干部大袄”的县委书记从一个牌场走到另一个牌场，是牌就打，倒不下棋。不打牌的首领许启民，看不懂县委书记练的究竟是哪一种牌法，他大喊大叫，要求县委书记告诉他，免得他乱闯黑衣服老 K 把守的大门，冲乱了县里的牌局。又剃了一遍胡子，嘴巴光溜溜的左龙走进医院，再一次代总经理求婚，许启民还在迷宫一样的牌场上，闭着眼摸索，迷宫的中间和外口都站着县委书记，他跌跌撞撞，走不到跟前去。陪在病床旁边的珍珍学影视剧中这种情形里姑娘都会的手势，把一根指头压在自己嘴上，蹑着脚走出病房。在来苏水气味依旧很浓的医院走廊上，珍珍用力呼出灌进身体里不好闻的药味，答应了大东公司总经理的求婚，她告诉左龙：

“告诉你们总经理，他打算要我，就快来娶我。”

一箱皮鞋

一座金崮顶相隔，安得林没有看见巴东打了铁钉的皮鞋把冷天的鲜花踩碎，同样能把鲜花碾碎的军乐他听见了，那是金属之声，能穿透大山，比金崮顶矿井里的风钻更锐利，让人受不了。很明显，金崮许家的矿井被封住，他们的风钻穿不到大山这边来，他们才雇用了比风钻锐利的军乐队，这样的武器，金崮林家还没有。安得林怪郭立志，居然没有想到军乐队也能做打仗的武器，就不再叫他主持召开三老会讨论，直接下令，迅速建立一支军乐队。就算没有人一年三百六十日来金崮林家娶亲，每天练一练，让惊天动地的金属声穿到金崮顶那一边也好。

天上飘着雪花的上午，能够配备起一支强大军乐队的乐器运到了，铜鼓洋号全都装在箱子里，箱子边角打了铁钉，包了铁皮，不怕在最恶劣的山地环境里拿来拿去。急性子的乐手什么曲子也不会吹，就打开了箱子，最长的喇叭和最大的喇叭，都不是在人嘴上推进去拉出来的样子，拆卸开装箱，垫了金丝绒布，雪花落上去就化了。有一个方方的箱子，打开来一看，所有乐手都说吹不响，那是一箱皮鞋，全是女式。办公室主任孙玉娇吩咐，好好封起箱子，派两个人抬着，送到老总安得林家里。那是安得林为他老婆特地定做的一箱皮鞋，和军乐器一起运到了。

安得林的老婆刁金凤真的长了一双大脚，她就是有现代化的裹脚布包脚，也很难包出一双粽子样的小脚，穿上金子做的小鞋，在金子做的莲花台上跳舞，像孙玉娇对安得林真心许诺的那样。她脚大力气也大，自然能把土炕敲得比小脚敲得更响，她要想玩别的花样，就不行了，她怎么也不能把一双大脚放进安得林的腰眼里去，她知道，小脚女人会跟男人这样玩法。她有很好的腿功，也能把脚翘得像小脚女人一样高，可惜男人的腰眼没有那么大。小时候，她穿哥哥丢下不穿的鞋，哥哥想起来又要穿的时候，她已经穿不下去了。她的母亲有一双值得自豪的小脚，给她做鞋的时候便常常叹息，倒不担心没有男人要她，只害愁没有人专门给她做鞋穿，有人有心专门做大鞋，可是没有女人的大脚摆在跟前做样子。母亲忧愁的预言很快就成了现实的愁肠。金崮林家还没有淘金暴富的时候，刁金凤买男人穿的布鞋就行了，她只不过比别的女人少一根指头宽的带子，从脚背上拉过去罢了，必要时，她在炕沿上仰着躺着就能蹬掉，她倒比别的女人省事多了呢。金崮林家能用金子铺小楼的地板，需要穿了皮鞋才能踩出响来，刁金凤就不愿穿男人的皮鞋了。男人的皮鞋，比女人的皮鞋带子更复杂，倒不是那么要紧，反正她和安得林都不会那么着急，连解带子脱鞋都顾不上了，男人的皮鞋带子再长，也有的是时间解开，她嫌男人的皮鞋在金子铺的地板上踩出的声音不好听，她一个人在家里，需要听她自己穿了女人的皮鞋，在小楼里踩出咯噔咯噔的声音来解闷儿。下雪的天气，她把安得林为她定做的一箱皮鞋挨着穿遍，穿上一双，在自家的小楼里咯噔咯噔走出一种声音，然后在院子的雪地上走一圈，踩出模样别致的脚印。后来她穿上最后一双皮鞋，不再脱下来，走出院子，走上村子水泥抹平的街道，走进总部大楼。她把鞋底上沾的雪留在楼梯的一层台阶上慢慢融化，不脱鞋，走进安得林铺了大红地毯的办公室，走进铺了同样地毯的里面一间，没有踏出一点声音，安得林未被惊动，正在办公，光着身子，要在孙玉娇光光的肚皮上写字盖章，把新组建的军乐队交给办公室主任分管，保证锐利的武器穿透大山。刁金凤把手放到离电暖器二指远的地方烤一烤，说：

“还真热。”

又关照在床上办公的男人：“你先忙吧。”

笔迹模糊，签署的文件稀里糊涂的。安得林让孙玉娇穿好衣服，怀揣文件到另一个屋子里去体会，刁金凤没有强行把办公室主任留下来讨论。刁金凤把窗户哗地拉开，又哗的一拉关严了，她说：

“你给我一下子做一箱皮鞋，我就明白了，你是嫌我脚大死得慢了。”

安得林说，我是想叫你这辈子不缺鞋穿。

刁金凤说：“才不是呢，你想叫我一天穿完一辈子的鞋。”

她微微冷笑着告诉安得林，她已经这样做了，从此后，所有的皮鞋都不再是新鞋，什么样的脚都可以穿上，她的大脚既然能穿起所有男人的布鞋，什么样的男人大脚穿她的皮鞋也会合适，不松不紧还挺舒服呢。她走到离大床半步远站住，得意洋洋地宣称：

“那个婊子养的派人把鞋送来，我就知道你穿了那双破鞋啦！”

安得林露出怀疑的目光看她，不相信一箱皮鞋会当了奸细。

刁金凤说：“干干净净的男人，不会把老婆的大脚告诉不相干的女人。”

刁金凤站在大床旁边不离开，不让安得林有机会离开大床去办公。她叫安得林明白，她原本也有条件，裹出一双小脚放进男人的腰眼里，她没有那么做，不是社会往前走得太快，害怕脚小跟不上别人的步子，是她妈脚太小了，绊不住男人往花柳巷迈步的腿，有意让她长一双大脚，穿上男人的大鞋，跟男人赛跑。她妈的脚那可真叫小啊，那是穿着鞋睡觉保养出来的。妈怕脚长，黑夜里也穿着鞋睡觉。她白天里穿硬帮鞋，红底黑帮绣了花，黑夜里穿软帮鞋，红帮黑底也绣了花。她黑夜里穿着睡觉的小红鞋，令脚小得像个粽子的女人眼红。伏天里下大雨，一声巨雷打倒了一座山墙，一只大壁虎电光一闪往西跑，脚上穿着小红鞋，有一只掉下来，落到井旁边的马兰花丛里。小红鞋就是妈夜里睡觉穿的，已经遗失了十二年。你以为女人脚小得像个粽子，男人就会吃不够啦？才不呢！男人吃够了糯米粽子，他会想大脚扑塌扑塌的像个面鱼，反过来也一样！成了精的壁虎都看上了俺妈的小红鞋，俺爹倒嫌小啦，他寻花问柳，专拣大脚捏，像你一样，喜欢大脚扑通扑通砸炕响呢。男人的毛病，不光是他愿把自己当成贱骨头，见个母狗就上，他还往往会把女人看轻了，他不知道，女人的脚越小，下手越狠，能把自己的脚指头折断的女人，自然也能把男人的鸡巴掰断——刁金凤说到这里停一停，果真把手往安得林腿间一伸，握住一用力，让安得林叫出声来。她不松手接着说，寻花问柳的男人，倒把自己的家伙像根面扣保全了，他喝醉了酒回家睡觉，睡沉了以后，女人就往他胸口压砖，压上一个，他胸口一鼓一鼓喘气，像个青蛙，再压上一个，他胸口还像个青蛙，一鼓一鼓的，压到第四个，他老老实实躺着不出气了，脚小的女人再压上一只小红鞋。妈把睡觉穿的小红鞋脱下来，再也不穿了，从此后她不再担心睡觉的时候脚会长大，反正脚大脚小，都挡不住男人去啃陌生女人的臭脚。

安得林坐着喘出一口气，他要求女人松手。刁金凤把手松开，用一根指头挑起，不耐烦地挽一个花丢掉，叫安得林放心，她不在安得林的胸膛上压砖头，也不给他拧断。她不继承小脚女人的传统，倒不是因为她的脚大狠不下心来，而是因为安得林的身份不一样啦。安得林不相信，女人的胸怀会像她的大脚那么宽大，刁金凤问他一个问题：男人为什么愿意当皇帝？安得林想也不想就说：

“自然是为了权力啦。”

刁金凤说：“不对。”

安得林叫她说为什么。

刁金凤一根手指凌厉地指向他腿间，说：“他是为了日遍天下女人。”

安得林不同意，他相信有力量把亲哥杀了当皇帝的男人，不光李世民一个，还有好多男人有力量杀掉父亲，当上皇帝，可是没有一个当皇帝的男人能够日遍天下女人，原因不在别的，就在于杀父杀兄他可以借刀杀人，下一道令让别人动手，天下的女人，却需要他亲自动手剥掉衣服，他一个人的两只手忙不过来。

刁金凤又微微发笑了，她告诉安得林，不必为女人脱不下衣服害愁，女人脚大，可以穿上男人的布鞋，仰着躺着就能够蹬掉，脱衣服自然更容易。她收住微笑，板起脸来，让安得林放心：

“我给你这个权利。”

她紧接着正告对方：“就是不准你干外国女人。”

安得林说，他自然知道，他的国家也就是金崮林家这么大啦。

刁金凤说不是，她是怕安得林从黄头发女人那里带回病来，她忧心忡忡地说：“你要是把病带回来，我不就染上啦？我一染上，金崮林家全村人不就都染上啦？”

第七章

吃金子屙金子

林定邦为金凿林家打出了决定命运的一钻。他的老婆隔着窗户跟一个孤老头子说话，害他丢掉打锣山国营金矿的风钻回家，跟老婆打一场难分胜败的持久战，有了安得林干预，派一个持木棒的郭才，守在孤老头子门口，林定邦才放心地下了矿井，重操旧业，在沉埋千年的山石上打出水来。那个没有月亮的交欢之夜，孤老头子在隔了一条老街的旧房子里去世，嫁出去的女儿送葬的哭声隐约传来，不像丧父的悲哭，倒像哼哼唧唧的吟诗，林定邦一下子失去了兴趣，老婆像干涸的河床，遭到了严重的生态破坏，再也生不出能把船帮沾湿的水草了。林定邦痛悔莫及，早知道没有了一个孤老头子隔着窗户跟他老婆说话，他要在干枯的河床上行船，他就不会答应安得林，重新抱起风钻，让郭才持一根木棒，把孤老头子赶回家去，从此走上不归路。林定邦很想把孤老头子从死人世界叫回来，再坐到他家的房子后头，跟他老婆隔着窗户说话，能说多少年，就说多少年，他抱着一把风钻在地底下空转，打不出金子也不要紧，反正他不像美国男人那样，仗着金子壮腰。老总安得林想打出金子来，让金崮林家男人像美国男人一样能干，不过是小旦的儿子从唱戏的父亲那里学来的狭隘经验罢了，唱小旦的男人上楼，两条腿中间夹不住铜钱，他的儿子才拼命想打出金子来，叫女人夹住。

林定邦带了气打钻，不使用经验，气冲冲地，想在哪里戳窟窿，就把旋转的钻头对准哪里，选炮眼的根据全凭了看着顺眼不顺眼。他看着顺眼的不多，不顺眼的倒搭眼一看就能撞上。有一种石头布满了灿灿发亮的星点，戏台子上的小旦戴了花冠，满头闪闪烁烁的，就是那个样子，一看就知道是假金子的货色，戴上去骗人的。林定邦一眼看穿，分明知道不是金子，也打钻，就算能把假女人的身上穿出个窟窿也好，有一个钻出来的窟窿，他就能提着裙子上楼，两条腿夹住铜钱啦。有一些石头看上去很硬，其实是戏子发火，装出来的吓人模样。木头长矛戳不透的铠甲，风钻一转就能打穿，衣服盖住的女人身体还是软的，没夹金子。出水也是这样，看上去眼泪滔滔，冲垮了粉脸，其实是眼睛上抹上了香油，杀出来的难过样子，一炮轰开，流水的窟窿又没有了。孤老头子在死人的窗户后面，坐了小板凳不说话，打不出水来的风钻躺在一边。地底下钻洞，跟炕头上打架不一样，石头的模样龇牙咧嘴，都是没有心肠的戏子面孔，绝不像炕上的对手，鼻涕眼泪都是从心里流出来的东西，肩膀头上咬两口，是真痛的滋味。这是逮不到敌手的战斗，每天抱一架风钻掘进，看起来就是要对付石头，大炮响过以后，瞪了两只眼睛寻找，人仰马翻的石头却并没有放在眼里。这可不是河床上行船。河床上行船，一杆大橹撑着往前走，就能到达想去的地方，用不着大海捞针一样茫然。要是真的大海捞针又好了，大海捞针，还知道有一根针掉在海里；地底下找金子，根本就不知道老天爷是不是把金子丢在一座大山底下。三河县好多大山底下有金子。自古至今，挖金子的人前赴后继，并未把没有金子的大山全部挖空，只留下有金子的山。等到有一天，把没有金子的大山全部挖空，填到大海里，后来的淘金人就用不着抄杆大橹撑船了，他搭一块桥板，就能跑到有金子的山上去，用金子做一个小板凳，让一个孤老头子坐到窗户后面。林定邦怒气冲冲，不懈打钻，这一天钻头旋转的地方好像出血，流出红彤彤的水来，他一手抱钻，用另一只手的一根指头抹一点，放到舌尖上品尝，真的有一点咸咸的味道。他用同一根指头刮舌尖，指甲缝里夹了黄色的粉面。他一钻打到了鸡血红富矿上，深感诧异，他淘金经验丰富，知道鸡血红富矿要出红水，旋转的钻头真的被水染红，他又深深地不解了，他不明白，石头为什么也会像唱戏的小旦上楼一样，两条腿夹着金子出血。

林定邦用头发偷金子败露的那一天，他不怪自己指甲缝夹了从舌尖上刮下来的金子，受到了启发，他埋怨唱戏的小旦提着裙子上楼，两条腿中间夹一个铜钱，让人想到钱财的不干净来路。他不是女人，两条腿夹不住铜钱，他只好使用头发啦。他把手指插进富矿末里，再用手指梳头发，戴上帽子。他这样做法，要等到快下班的时候，不出汗了才实行。他要是抱着风钻打眼，大汗淋漓，他这样做，就会像打破了头一样，金子流进嘴里。他这样做了两天，每天带着一颗脏头，从矿井里上来回家。从家里再回来下矿井，头发已经洗得干干净净了。第三天上了矿井，安得林在那里等他，身旁放了一盆清水，叫他洗洗头再走。他说水凉受不了，他还说，下矿井之前，在家里跟老婆打钻出过汗，更受不了凉水浇头这一击。安得林当即叫人提一暖瓶热水来。温凉适宜，他把头洗了，一盆水顿时变红，好像杀羊的一盆血，兑了一点白面。安得林叫他先把头发擦一擦，再淘金。他就把盆子里的洗头水慢慢晃悠，像他头两天在家里做的一样。等到盆子底只剩下黄黄的一溜粉面，安得林叫他好好看看，然后叫他吃下去。他不吃。安得林劝他说：

“吃吧，干什么吃什么，吃金子屙金子。”

林定邦在心里说，小旦提着裙子上楼，两条腿夹一个铜钱，也不是为了吃的。

安得林看不透林定邦的心思，认定他用头发夹金子，就是为了吃的，道行高深的道士有了金子，就炼成丹丸吃。村子里建起了选厂，用现代浮选法淘金，只做到淘出精矿粉来这一步，化火炼金要送到县办冶炼厂去。林定邦要吃金子，就得吃散面，像用黄酒冲服捣碎的鳖盖一样。安得林叫林定邦就按此法吃金，林定邦一再拒绝，安得林大惑不解地说：

“你的温饱问题已经解决了，用不着拿金子当饭吃，你用头发夹金子干什么?”

林定邦有些吞吞吐吐，说：“我得……像美国人一样能干，这是你应下的。”

那个林定邦夫妻的安静之夜重回眼前，安得林想起了他的承诺，他强调说：“我是要挖出金子来，叫金崮林家所有男人都像美国男人一样能干，不是叫你自己把金子揣到腰里，一个人硬邦邦的。我们淘金，是为了共同能干!”

安得林为共同的性欲服务，不准许一个人怀揣金器。他叫人把林定邦剃成光头，不让他再有藏金子的头发。另一种惩罚方式，是在钢砧上用铁锤敲烂两根指头，旧时代的金洞子上，用这种方法处置偷金的矿工。安得林叫林定邦在保留头发和保留指头之间选择，林定邦选择了剃头。剃掉头发的当天晚上，林定邦举着一颗耻辱的光头，站在雪亮的电灯底下，接受安得林亲手颁发给他的一笔数目不小的奖金，获得了大张旗鼓的表彰，因为他打出了决定金崮林家金矿命运的那一钻。

跟屈辱一起到来的光荣，像洗脑子的药物和器械一样管用。头发剃掉了，还会长出来，光荣的帽子戴上去，就摘不掉了。安得林倒没有要求，林定邦从此以后不准再留长一点的头发，是他自己不让头发长了，刚刚长得能遮住挠头的指甲，他就让人剃度一次，像和尚一样，用刀子不用推剪，把头皮刮得亮光光的，抹上一滴风钻打出来的红水，就能看出来。他戴着帽子下矿井，一上矿井就把帽子摘下来，堂皇洁净，让所有人都看见。他真的成了一名优秀矿工，不思污秽，就是死人世界的孤老头子走回来，再坐到窗户后面，跟他老婆说话，他也不会扔掉矿上的风钻回家，专事打架了，他倒会打通后墙，让老婆跟孤老头子说话直来直去，不必隔一层窗户呢。想一想打锣山国营金矿的风钻，让一个孤老头子搅得停止了旋转，实在不是孤老头子像美国人一样有力气，把住了狂转的钻头，而是他自己的腰里没有别上金子，赶不上美国男人，他用头发夹金子偷窃，只不过想把头发染成黄色罢了。他剃光头发，光荣下井，像和尚一样，在无情的石头世界里修行，抱一架风钻，恶狠狠站着，打不出水来的地方火星哧楞哧楞冒，他剃光的头顶摸一把也能飞迸同样的火星。到了他硕大的头颅剃得更光，摸一把也不出火星的那一天，安得林让他当了矿长。

林定邦当了矿长，慢慢地留起了头发。他的头发不用染，也跟原来的颜色不一样了，还不是美国男人的金色，而是金矿上打翻了化银子的坩埚，掺进了焦炭的颜色，跟安得林差不多。他恪尽职守，不存妄想。坐了小板凳跟他老婆隔着窗户说话的孤老头子，已经成了一个远去的影子，怎么也抓不回来了，他不需要在自己的腰里揣上坚硬的金子，他就是把头发留得再长，也是没有用处的毛发，不再用它夹金子了。事实上，过去了最初的鸡血红富矿之后，后来的矿石品位急剧下降，他就是能把头发留成女人那么长，梳起令人钦佩的大辫子，他要用头发偷金子，也像用木头刀子杀人一样，把人急死了，也离光灿灿的目标很远。全仗了矿井底下风钻多，不管能不能打出水来，多放炮，就能多出矿石。现代化选厂一天吞下一百吨矿石，像吞下一座小山，金崮林家要用金子做便盆，修建新型厕所，从地底下挖出的山，要比立在村子四周的几座山峰大得多。金矿矿长林定邦头发灰白，技术精湛，一个人负责矿井和选厂全面工作，到年底拿出八万元奖金，奖励老总安得林，表彰他一年来为金矿发展做出的突出贡献，奖牌的框子镀了假金，中间的大字用真的金粉书写，写明“突出贡献奖”。林定邦把最新鲜的一块奖牌授予安得林的时候，眼前被更新鲜的物体照得一亮，他发现安得林染黑了头发。

在地球的肚子里发怨

安得林把头发染黑，是孙玉娇早就为他设计好的色调，一直等到他的老婆刁金凤给了他权利，他才实施了。刁金凤给了他皇帝一样的权利，只是担心染病，不准他干外国女人，他才把头发染成了黑色，不染成黄色。他不染黄色，不准备涉外，倒不是像刁金凤说的那样，担心全村人都染上脏病，刁金凤也许会有勇气，做一个中心病源，把全村染遍，金崮林家却肯定没有人那么大胆，让她浸染。安得林放心染发，手法简单，用梳子蘸了油膏，把头发挨着梳遍就行了，染过以后，跟孙玉娇的头发放到一个枕头上比较，绕过来缠过去，谁也分不清到底是谁的头发了。修行的道士却能一眼看出来，他们暮鼓晨钟，在道观里阅尽人间女色，烧香许愿的红男绿女跪在那里，他们能用世外的眼睛，一眼看穿不虔诚的淫秽心愿。安得林和孙玉娇在远离金崮林家八百里的道观跪下，四只手上香，一只手抽签，安得林把抽到的竹签交给留胡子的道士，道士把签看过，告诉他上上，大吉大利，把竹签丢进竹筒里，准备让后面的人再抽，又叮嘱安得林说：

“不过，要守住你的女人。”

安得林把手指向孙玉娇说：“你是说她?”

老道士一双眼睛朝孙玉娇懒懒地一抬，大殿昏暗，看不清孙玉娇淡淡的小胡子，他也毫不含糊地说：“不是她。”又看着安得林乌黑的头发说，“你的头发是染的。”

走出大殿，孙玉娇愤愤不平。她不说一根竹签不能决定男女命运，也不说道士批签不准，她说道士的眼神不对，出家人看女人的眼睛像坏男人一样邪道道的。多么淫荡的世纪啊，连庄严的经文都不能锁住出家人看女人的淫邪目光了，到处开起了性服务药店性服务柜台，怎么能不把诲淫的图画挂起来呢? 金甲武士头戴金盔骑马，手持一杆长矛立在药店门口，不识字的人也能看明白，店里卖的是什么药物。五十年前，小摊贩把同样的药物和香烟瓜子放在同一个木盒里，挂到脖子上兜售，他们在挂了红灯的巷子里叫卖，深夜里“金枪不倒丸”的喊声总会招来数不清的妓女集体咒骂，他们成心让妓女在单位时间里收入下降，是力气不够用的嫖客黑了心的同谋。性文化中西交流，比酒文化戏文化等等所有文化一点儿也不落后。假洋酒的瓶子上洋字码有错误，假洋药的盒子上，男女交颈图片却货真价实，都是金子一样颜色的头发，男人的胸膛上真的长毛，不是粘的。有一些器具真的来自外国，孙玉娇天性颖悟，也不懂怎么用法。她对一种类似于口罩凹进去的用具颇不以为然，她说只要有感情不嫌脏，根本不用。安得林知道她说的是实话，她真的不戴口罩那样做过。修复处女膜的广告贴在公交车玻璃站牌的另一面，安得林想不出，用什么样的塑胶，才能帮助不贞的女人作假，孙玉娇倒认为十分简单，如果安得林需要，她立刻按照广告上的指示，找地方去做给他看。安得林问她，新婚之夜，做给郭宝贵看的是什么样子？孙玉娇鄙夷不屑地说：

“他才不看呢。”

又说：“他只看母牛下小牛，一看一宿。”

安得林提出的问题让孙玉娇不高兴了。深山里修行的道士都能看出，安得林的头发是染黑的，金崮林家老总在人间执政，就应该看出，让他看的东西，跟叫别人看的不一样，不是东西会变，是心情变化带来了异样的形貌。孙玉娇慷慨激昂，大发脾气给他看，大作笑脸给他看，大张旗鼓给他看，大败涂地给他看，她毫不掩饰自己的才华和能力，能叫出多么大的声音，就叫出多么大的声音，成心为世纪的淫荡增添大地震一样的骚动，不在意会被不事淫乱的好人听见。金矿矿长林定邦到老总安得林的办公室汇报工作，希望老总再为金矿做一些突出贡献，还没有走进第一重门，孙玉娇疯狂的叫声穿过两重门板传出来。好像被矿井口上掉下来的一块石头击中了头顶，好像踏着冰过一道大河，冰块忽然裂开往下沉，好像孤老头子从死人世界走回来，又坐到房后隔着窗户跟他老婆说话，林定邦忘记了他要来做什么。他很想走进一重门，只隔着一道门缝看看，即便看不清床上的人脸，听见的声音能更大一些也好。可是他不伸手去推门，害怕一推门，结果不但里面的门缝关严了，什么也看不见，就连声音也彻底关回去。等到他破釜沉舟孤注一掷，抬手放到门上，门从里面嚯地打开了，孙玉娇面色潮红地走出来，用一只手梳拢头发，看见他站在那里僵僵的样子，知道外面的天气已经很冷了。孙玉娇吃惊地问：

“大冷的天儿，你站在这里干什么？”

林定邦有些吞吐说：“我……下井看看。”

林定邦不能说了不做。寒风还没把孙玉娇的满面春色吹成冬天的红色，林定邦已经站在罐笼里下了矿井。罐笼像大旗山动物园关猴子的笼子没有上锁，林定邦走出来，装满矿石的矿车推进去，抹了机油的钢缆往上走，提着罐笼上井口，林定邦听见的声音不像吱吱嘎嘎的缆车声，好像床板声，他没有认出推矿车的安徽矿工李起，没有想起李起的妻子渡江而来，不准跟丈夫一个屋子睡觉，引发了安徽矿工大罢工，等到他看见一个人站在巷道口上，不拿工具，屁股后头挂着一根警棒，看别人干活，他才认出了小工头郭宝贵，正在大睁着两只眼睛恪尽职守，像他一样。他拍拍郭宝贵的肩头，叫他坐下来歇一歇。两个人在不耽误矿工干活的巷道凹处坐下，林定邦长长地叹口气，说：

“地球肚皮上的人在寻欢作乐，像人一样活着，咱却在地球的肚子里做一个挖金子的机器，抱着一架冷冰冰的风钻……”

林定邦还要说出更精彩的话来，却被骤起的鼾声打断了，孙玉娇的男人看母牛下小牛整整看了一宿，落下了嗜睡症，只要不是站着，他就要两眼一闭大睡起来，孙玉娇当上了办公室主任，去总部大楼上班，他还是这样。

宁为玉碎

世界的变化比金矿矿长林定邦理解得还要深刻。他要是走出矿井，把门缝扒得更大一些，他就会看到，地球的肚皮正在被人写上过去没有的文字，有一只羊名字叫“多利”，出生在无比遥远的羊圈里，却与公羊母羊的寻欢作乐没有关系，它是人用手术刀子克隆出来的，产生于冷冰冰的科学。那个羊圈倒是普通的羊圈，远远没有那个国家搞圈羊运动的时候羊圈大。金子最多的美国，不再光把金子让男人揣在腰里坚硬能干，他们还要用金子织一架大网，把那个国家整个罩起来，把可能飞到那块国土上的所有导弹一一挡回去，像磕鸡蛋一样，在空中碰碎。用金子大网保护起来的国家，也有人不想活了，有一个大教主，不像和尚一样剃光头发，留了道士一样的长发，却不梳拢，任其披散在肩头，他带领五百名教徒集体自杀，看也不看孙玉娇这样有一点淡淡小胡子的女人，他们与东方庙宇里目光淫邪的出家人截然不同。地球最热的地方，女人仍在用头颅顶着箩筐装载物品，一只手扶着箩筐，一只手牵着孩子，孩子骨瘦如柴，肚皮鼓得很大，小鸡鸡快要晒焦了，女人的背上还背着同样一个孩子；地球最冷的地方，却架起了能够保暖的帐篷，走在前头的人类，想要钻透百丈深的坚冰，寻找比金子更贵重的金属，用它来制造飞得更快的飞机，装载杀伤力更加强大的炮弹，以便更大规模地杀人，让研制武器的专家得意洋洋。新式武器实验成功的消息刚刚发布，另一条消息也同时传遍了世界，要在限定的期限内，消灭地球上的脊髓灰质炎，让所有儿童不再用畸形的腿脚，步态怪怪地走路，方法就是在同一个时间里，给孩子吃一粒裹了药的糖球。县委书记于明在规定的时间里，选择了全县最好的农村幼儿园，到金嵛林家来喂孩子吃糖球，把机关幼儿园让给了县长温廷礼，电视台录像的记者各带一批，大炮一样的机器扛在记者的肩膀上。孩子的脸蛋上抹了大人用的膏油和胭脂，抱在幼儿园教师的怀里。县委书记于明用小勺舀了糖球，送进孩子嘴里，孩子眼珠一转咽下去，老总安得林带头鼓掌。掌声中，安得林认真地看看抱孩子的幼儿园教师，问了问名字，决定调她到总部办公室去当秘书。

幼儿园教师周小佳如果愿意当秘书，她有条件在铺了金羊毛地毯的办公室里端茶递水，把文件装进硬壳子文件夹里，首领不用的时候，再拿出来放进柜子里。她从县机关幼儿园辞职，来到金嵛林家村办幼儿园，很重要的一个原因，就是为了躲开一些当秘书的机会。县机关幼儿园不光要喂孩子吃裹了药的糖球，孩子们还要常常跳舞给人看。有一个舞蹈，一群孩子围着一条龙跳舞，纸扎的龙擎在一个大一些的孩子手上，孩子的额头眉间贴了金箔纸剪的斑点。舞蹈结束时，一群孩子全都身子朝后躺下去，只剩下一条龙在台子中间张牙舞爪地抖动。周小佳和四五个同事趁大幕拉上时，赶快跑上台，把孩子们一一扶起来。一条纸扎的龙被一个孩子擎在手上舞动，周小佳并不反对，她不愿意看那么多孩子舞了半天躺下去。她一再提议，修改这样的编导创意，做编导的幼儿园教师差不多快要接受了，却被园长严词拒绝了。园长不说理由，谁也不知道老处女园长是怎么想的。不是龙年的春节，县机关幼儿园的孩子们到京城的庙会去跳舞，撤下了有一条龙的舞蹈，孩子们穿了小背心，表演下河摸鱼。县属最大的金矿出资，为孩子们特制保暖背心，背心上印了金矿的名字，孩子的胳膊冻得像背心的镶边一样红。周小佳站在跳舞的孩子旁边，抱了一大堆棉衣等着，孩子们一摸上木头刻的鱼来，就赶快用棉衣把孩子捂起来，她的心里凄冷无比。她想不通，偏远县城的孩子们，为什么要千里迢迢，跑到京城的庙会上跳舞给京城的大人看，京城的大人爱看跳舞，有他们自己的孩子，他们的孩子如果也要数九寒天下河摸鱼，脱下身上鼓囊囊的鸭绒服，丢掉手上的糖葫芦，穿上背心就行了。当然了，京城的大人也到偏远的县城演戏给县里人看，他们不跳舞，只来两个男人说话。两个男人一人对了一架话筒，你说了我说，两个人说的话加起来，只有一个幼儿园教师在一堂课上说的那么多，他们拿走的钱，需要把县属金矿给孩子们特制的保暖背心两件叠来叠去摞起来，才有那么厚。他们只有两个人说话，还要县文化局找一个主持人为他们报幕，他们说完一段话不想再说了，要走下台去，主持人就张开两手把他们挡住。如果不是他们两个下了台以后说的话更难听，周小佳就会让他们早早滚下台去，绝不张开两手挡他们。他们看着周小佳，用县里人不使用的京腔说“酷”，说“特”，说“然后”，说“性感”，有一个还甜腻腻地叫周小佳“小妹妹”，如果不是看他牙齿强大，交错勾连，怕损伤了音响设备，周小佳就会用话筒把他的嘴牢牢堵上，叫他从此以后，台下台上都无法说话。连周小佳自己也不是那么清楚，也许她离开县城，来到金崮林家，并不光是为了躲开当秘书的机会，她也想远离不干净的嘴巴。不过，安得林说话，使用根深蒂固源远流长的三河土腔，要调她去当秘书，她也害怕听到像“酷”和“特”差不多同样秽乱的意思，她问她的恋人梁晨，怎么办？

梁晨也想不出办法，来躲避这个世纪的秽乱。如果早生五百年，他就可以带周小佳乘船渡海，到那个碧水环围的岛国去。乌托邦人洗嘴巴，不使用录音机匣子，把一男一女两个人装进去，站到梁头上大念《村规民约》，他们有天然的海水洗涤，能保证每个人的嘴巴都像出生时一样干干净净的，不涉秽乱。他们没有肮脏的嘴巴，令人厌恶，躲避不及，是因为他们没有两委成员先住到新建的小楼上去，他们住一样的房子，每家的前门都通向大街，后门通向花园，装的又是折门，用手一推就开了，然后自动关上。每个人要去大海里洗嘴巴，保持着同等的权利和方便。他们还每隔十年，就用抽签的方式调换房屋，让每个人走向海水的道路同样陌生和熟悉。他们洗嘴巴，用取之不竭的海水，就不会因为给一个三老会成员用录音机匣子洗嘴巴，引发一场下雪季节的大雨，催生出满山遍野香菜一样的棘子，一出生就长了倒钩。其实他们也有类似于“三老会”这样的组织，他们叫“议事会”。他们的议事会，不在某一个问题初次提出的当天就讨论，而是留到下次会议上，他们这样做，就会防止任何成员未经深思熟虑，便信口雌黄，硬要把长倒钩的棘子说成香菜。当然了，他们的岛子上并不生长棘子，他们有自己培植的花园，花园中种植葡萄，还有各种果树和花草。他们夏季的晚餐之后，到花园中娱乐，演奏音乐或者谈心消遣。桥牌、骰子之类游戏，他们不会，像金崮许家的首领许启民一样不上牌桌，他们却很富庶。他们没有在摔牌掷骰子的输赢中养成争斗之心，他们便极其憎恨战争，认为战争是唯一适宜于野兽的活动，可是任何一种野兽，都不能像人那样频繁地进行战争，最聪明的野兽，也造不出人能造出来的大规模杀伤同类的武器，而且为新式武器的发明得意洋洋，颁发奖励。他们跟所有国家的惯例都不一样，他们把在战争中所追求的光荣看成极不光荣。然而他们的男人和女人，都在固定的日子里刻苦参加军训，锻炼自己，唯恐一旦有战争强加到他们头上，他们却不能参战。他们当然决不会轻易地投入战争，他们憎恨战争，就不组织一个专门的写作班子，把战争镀上金子一样的光环，写进书里，像三河县正在做的一样。

因为下雪季节下了大雨，暂时延缓了《黄金宝地三河》一书的写作。大雨过后长出来的棘子，满山遍野的倒钩又能剐破皇帝的龙袍了，县里的写作班子就来了，他们来搜集唐王征东的传说，准备写进书里，让死了一千三百多年的皇帝在大旗山上复活，下一道圣旨，令棘子不长倒钩。他们请三老会成员讲故事，连反对修建新型厕所、不同意刨光棘子的林海山也讲了一个。他们的笔记本还没有记满，梁晨就走进他们采风的屋子，告诉他们，唐王征东，打的是一场侵略战争，不应该写进书里大肆颂扬。贞观一十九年，也就是公元六百四十五年，唐太宗亲率大军进攻高丽，分陆海两路。李世民在大旗山刚破龙袍，改走海路，乘坐艨艟大船，不害怕渤海湾的巨浪，乘木头小船的士兵却能被刮翻在海里。唐朝军队每攻一城，都要付出惨重代价，高丽人据城坚守，唐兵使用了巨大的攻城撞车，像后来的坦克一样。他们还使用抛车这种新式武器，能把三百多斤的巨石，从一里之外扔到城头上，像第二次世界大战中，德国军队在波兰的树林里发射世界上第一次使用的火箭。像希特勒一样，李世民侵略高丽的战争并没有获胜，因为他们打的都是非正义的战争。

梁晨还没有看到乌托邦人怎样恋爱，花园中谈心的图画有约翰·克莱门特、拉斐尔·希斯拉德、托马斯·莫尔和彼得·贾尔斯四个人在场，葡萄藤在头顶攀援纠葛，不像是爱情的联络，爱情的结果只能是一根葡萄藤串起两颗葡萄，是甜是酸，仅有两个人知道，不让第三个人分享。他不知道乌托邦人是否掌握了克隆技术，假如两个男人同时爱上了一个女人，就把同样的女人再造一个，以便消弭可能引发的战争。乌托邦人的房屋可以用抽签的方式，每十年调换一次，爱情的争端，大约不会使用同样的方法，因为心灵的房屋是天使营造的，各不一样。两个男人为争一个女人大打出手，肯定不合乌托邦的行为法则，把心爱的姑娘眼睁睁送到秽乱的嘴巴底下，也绝不会是乌托邦人情愿的。梁晨遵照心灵的法则，几乎想也不想地就说：

“不去。”

又说：“宁为玉碎，不为瓦全。”

周小佳还不想立刻把自己碰碎，她愁眉不展地问梁晨：“不去怎么办?”

梁晨怒气冲冲地说：“走!”

话刚出口，他就两手一张，把周小佳紧紧抱住了，好像周小佳真的会立刻飞走似的。巨大的矛盾就在这里，他要想让周小佳守身如玉，不去做安得林的秘书，不被秽乱的嘴巴玷污成瓦片，他就要冒着捧一把碎玉的危险，他要想让周小佳远走高飞，避开秽乱的嘴巴，玉藏深山，就连他自己也不能常常看见了。更大的困难是，哪里会有一座藏玉的深山，没有人专门愿找女秘书呢？连同皮鞋一起运到金崮林家来的军乐器，在寒冷的天气里每天都在吹响。有军乐队操练演奏的好多地方，都会有人寻找女秘书。金崮林家军乐队，从很大的城市里请了乐手来训练，乐手的头发像总部大楼前棚子里雕像的雕工第一次露面的时候一样长，此类乐手，一杆长号推进去拉出来，嘴巴也会肮脏，旋律不洁，军乐响彻的空间里，秽乱的音符会像没头苍蝇一样飞舞，防不胜防，身单形只的周小佳跑到深山，也会被撞上，还不如近在咫尺，触手可及，能把她时常抱在怀里保护一下，更放心一些呢。梁晨皱着眉头，叫周小佳采取一个“权宜之计”，先去给安得林当秘书。周小佳一听就不高兴了，她说：

“你把我往虎口里送？”

梁晨说：“他要是虎口，你给他把牙拔了。”

周小佳忧心忡忡地说：“他要是先把我吃了呢？”

梁晨说：“有人会救你。”

周小佳害怕时间来不及，说：“等你救我就晚了。”

梁晨说：“不是我救你。”

周小佳又生气又委屈，差不多都要哭出来了：“你不救我谁救我？”

梁晨说出一个人的名字：“孙玉娇。”

桥头堡

办公室主任孙玉娇不知道有人把她当成大救星，她在总部大楼的一层办公，坐在黑色老板台后面的皮转椅上，像抱着一杆机关枪，守住一个桥头堡，把要见安得林的女人一一挡回去，一女当关，万女莫开。她用浩大的风情织成密网，封不住安得林散射目光投出去寻找女秘书，却能够挡住雌性蚊子飞进去，安得林硬要喜欢另一只蚊子叮他，除非他本人用指头尖，把网子的扣眼扒得大一些，把他看中的蚊子放进去。县城的歌女小香君来找安得林，孙玉娇一眼看出，她不是当秘书的料，不会收拾大桌子上的文件，只会在床上盖章，孙玉娇也把她挡住了，不让她上楼见去安得林。小香君唱歌艺名大盛，孙玉娇早就听说过，她还抱怨过爹妈没给她一副唱歌的好嗓子呢，她可没有想到唱歌的嗓子会沙哑，再好的话筒对上，也不能开口就唱了。可是歌女嗓音破落，也许正好能满足安得林奇异的癖好呢，他听惯了小锣“台台”的声音，破锣“沙”地一敲，他会以为更不要命了。孙玉娇挡住小香君，不让她上楼，歌女上楼，两腿间不夹铜钱也危险，她们只要开口能唱，夹不夹铜钱，都能扭出婊子的花样，孙玉娇单凭天赋，不经艺术的训练，说不定就要吃败仗。她把小香君挡在楼下，不让歌女上楼去唱歌，就好比筑起了一道大堤，不让祸水冲进去。可惜她挡不住安得林迈着方步下楼，一条腿一抬，就跨过大堤迈进水里了。安得林站在孙玉娇办公室门口，问小香君找谁，好像他是特意下来接歌女上楼似的。小香君刚刚说了一声来找安总，安得林就朝她点一下头说：

“上来吧。”

孙玉娇根本来不及再阻拦。

小香君一上楼，就给安得林跪下了，地上铺了厚厚的地毯，她没有跪出吓人的声音，刚刚到任的秘书周小佳还是吓了一跳，她不知道女秘书应不应该给跪下去的女人倒杯水喝，安得林朝着门外向她摆摆手。其实就是周小佳不回避，小香君也会全部展览给人看。她在夏天的歌厅里，拿着一只话筒唱歌，穿的衣服单薄得好像什么也没有穿，她不害羞。在冬天的地毯上，她不拿着话筒哭诉，她就不在乎脱掉衣服，让人看她的遍体伤痕。屋子里温暖如春，她脱掉衣服的身体还是打了一个冷战，像被凉水激了一下似的，起了一层细细的米粒。她的伤痕，遍布在牙齿能够咬到的所有部位，姹紫嫣红，凭伤痕的形状，无法推断牙大牙小，新伤和旧伤套叠，也无法判断哪一副牙齿更锐利一些。这样的伤痕，不足以作为苦难的凭证，幸福的折磨也会如此，孙玉娇身上也时常保留，小香君的眼泪不能够打动安得林。如果有时间，有耐心，啮咬的同时涂上唾液，伤痕很快会平复，娇好的身材完美如初，任人受用，安得林慧眼识金，一眼就能看出来。小香君流着泪，让他看隐秘的地方，站起来褪下裤子，私处糜烂，像搁得过久的桃子。安得林皱着眉头，正要批评她污染环境，小香君声泪俱下地说：

“我就是大东公司的慰安妇啊！”

时间在小香君赤裸裸的身体上往回流，流回去再流回来，五十多年的时光水流，没有把糜烂的桃子洗成香瓜，安得林命小香君穿上衣服去上告。小香君不穿，她说世界上没有一个法院替慰安妇说话，把丧尽天良的日本鬼子治了罪，三河县也没有一个法庭为小香君做主，把横行霸道的巴东抓起来。她涕泗交流地说，只有安得林能够救她。安得林问她解救的办法，小香君抹一把眼泪说：

“你只要把我留下就行了。”

安得林问，留下她，她能做什么？

小香君光着身子回答：“扫个地打个水的都行啊。”她沙哑着嗓子又说，“需要娱乐的时候，我还能唱歌。”

从对方游移不定的目光中，小香君断定，安得林是担心她沙哑的嗓音不能让人快乐。她从唱歌的专业出发，说出一串安得林不知道的名字，男的女的都有，他们演唱的共同特点，就是嗓音沙哑，像有人专门把衣袖和裤角撕得像狗咬了一样，有人就是听了哑嗓子的吼叫如痴如醉。安总要是不喜欢沙哑的嗓音，她也有办法，把嗓子治得像原来一样好。她身体各处的创伤也是如此，她不必看电线杆上巴掌大的广告，县人民医院已经开设了专科，大广告牌子竖在医院大楼顶上，装了霓虹灯照明，黑夜里疲乏疼痛的嫖客，可以由宾馆直接走进医院，用不着问路，也能找到。她像唱歌一样一口气说下来，不拿话筒，已经没有了眼泪，在安得林的眼前，不穿衣服走过来走过去，像在歌厅的灯光底下一样。安得林坐在椅子上观赏，不鼓掌也不献花。他手边要是有一条金子项链，一抬手就能挂到小香君的乳头上，用不着拿来束花，借花献金。他不动声色，一只手的两根指头一翘一翘的，敲打皮椅坚硬的扶手，好像他在用心思考是不是留下小香君。其实他的决定早就作出了，他不过想让时间过得再慢一点，多看一会儿烂花罢了，免得它彻底腐烂以后，想抓也抓不起来。时间还是快得不让人有伸手的机会，办公室的门突然被打开，冲进了旋风一样的孙玉娇。孙玉娇看了小香君的样子，不看伤处，就怒不可遏，命对方滚出去。她愤怒的样子，不像办公室主任维持总部大楼的秩序，完全是家庭主妇维护厨房的卫生，她发现一只鸡跳进了饭橱里，还没有看清她的饭菜是否被鸡啄了，她就抓起身边的炊帚铲子打过去。她抓起小香君的衣服，一一摔到对方脸上，不给小香君穿上衣服的时间，抓起电话就要叫治安员。安得林压住电话，开恩说：

“叫她自己走吧。”

安得林把孙玉娇的身体差不多咬成小香君的样子，才把孙玉娇的满腹怨气抚平了。孙玉娇的胸怀，还没有安得林老婆刁金凤的胸怀大。刁金凤给了安得林皇帝一样的权利，只给他一条限制，就是不准他干外国女人，免得染上脏病传遍全村。小香君固然是有病的身体，可是谁也没听说还有看看也能染上的病，更何况小香君头发黑黑的，是自己的同胞，她不应该只做外国人的慰安妇，不给自己人安慰。孙玉娇当然不肯承认自己胸怀狭窄，装不下一个淫荡的世界。说实在的，五十多年以前，成千上万的慰安妇找不到法庭打官司，活人世界和死人世界都不开设这样的法庭，孙玉娇都不生气。五十多年以后，外国鬼子腰里别着金子，强硬地组成做爱联军，找到了世界上最大的席梦思大床，把喜滋滋的中国“哥呕”一群一群拉上床去，孙玉娇也能接受，不仅如此，她还常常遗憾，自己的手抓不到黄色的头发当金子揉搓呢。她教着安得林，把外国人造的膏油抹到梳子上，一下一下梳头发，安得林的头发越黑，离贵重的金属越远，孙玉娇需要把安得林的头发抓得能看到银白的根子，才会想起金子来。孙玉娇是办公室主任，疯狂的娼妇，她大权在握，倒不怕有人会把桥头堡的位置夺了去，她痛恨有人会避开桥头堡上楼，幼儿教师周小佳刚刚当了女秘书，给安得林整理桌子上的文件，唱歌的小香君就脱光衣服，要在身上盖章了——看看那红一块紫一块的身体，就知道她盖起章来没有够，像叠床架屋的臃肿机构签署文件一样。如疯如狂的孙玉娇像狗一样咆哮，呼呼喘息，不唱歌，就把嗓子喊得像小香君一样沙哑了，安得林把她的浑身也咬成了小香君的样子，她还不放过，一只手把着安得林的头往下按，想要安得林再咬出一个歌女有病糜烂的样子。电话铃在床头桌上及时响起来，解救了气喘吁吁的安得林，安得林拿起电话，叹息一样应了一声。金矿矿长林定邦慌乱的心情从电话的那一头传过来，他报告说，有一个女人从矿井口往下跳，在二百米深的地方落进了矿车里，提升的矿车把她和矿石一起拉上来，人已经死了。安得林长长地松了一口气，问林定邦：

“是马桂花吗?”

林定邦报告说，不是马桂花，马桂花常年上访，很少在金崮林家山上出现，她要想跳矿井，也不会找金崮顶金矿，是县城的歌女小香君，有人说她是巴东的人。林定邦通过电话线，表示了他颤颤悠悠的担心：巴东会不会来找麻烦？

安得林把孙玉娇闲不住的手握住，在她喜欢的地方压紧，叫林定邦放心。电话的那一头又表示了一点忧虑，安得林说：

“你干你的。天要下雨，娘要嫁人，由他去吧！”

放下电话，安得林便嘲笑林定邦，只知道不准老婆跟一个孤老头子隔着窗户说话，不懂得好男人不会为遍体伤痕的歌女复仇。孙玉娇一听又不高兴了，她把安得林压住的手抽出来，指着自己身上刚刚落下的伤痕说：

“我要是跳了矿井，也没有好男人为我报仇啦？”

安得林不说她不会跳矿井，用一只手摸着她的身体说，伤痕和伤痕不一样，孙玉娇身上的伤，是一个人的牙齿咬出来的，小香君身上的伤痕，来自数不清的牙齿。

孙玉娇用鼻子嗤一口气说，你看得还真仔细。她问安得林，是不是因为小香君被数不清的牙齿咬过，才不要她。

安得林说是，又说她还有病。

孙玉娇把安得林的一只手从自己身上拿下来，把小胡子淡淡的嘴皮一撇，又说：“才不是呢，你是怕巴东。”

不等安得林说出不服气的话来，孙玉娇一口气说出足够的理由，她说不管是好男人还是坏男人，都是贪心的猴子，他只要当了猴王，就要把笼子里的母猴全都当成他自己的，他吃腻了，想换换口味，会像扔掉香蕉皮一样，扔给笼子里的猴子去撕咬，笼子外面的猴子插嘴可不行。安得林猜到，孙玉娇是从大旗山初级动物园学来的经验，具有扎实的理论根基，就不反驳她。他只是从人类的规律出发，用手探路，触摸人生理论更纠结难辨更深奥幽秘的黑洞，把孙玉娇的身体摆成一个大大的“人”字，准备开始新的一轮较量，他自负地哼哼唧唧说：

“不是我怕他，是他怕我。”

人穷志短

连大东公司总经理巴东本人也不清楚，在一个淫荡的世纪里到底谁怕谁。他跟安得林不一样，他不用拿一把梳子蘸了膏油梳头发，他的头发也是黑的。只要有女人每天早晨为他杀蛇取胆，他就能让他爱的女人像蛇一样扭动，能扭出多少花样，就扭出多少花样。军乐浩荡，他把三河民间有名的美女许珍珍娶到新婚的床上。第二天早晨起来，他倒没用珍珍为他杀蛇。他不担心握到手里的蛇身子摆动，会吓坏新娘，他怕杀蛇的妻子心肠会一天天变狠。他苦心孤诣，不懈追求，把珍珍娶到家里，就是想要一个跟杀蛇女人不一样的姑娘做老婆，像坚硬的金条需要用温软的丝绒包起来。他把珍珍绒样的头发团在手里，又摊开贴在脸上，心满意足的样子好像得了江山又有美人的皇帝，很想把锦绣江山放到美人的胸脯上，他问珍珍要什么。珍珍不等到脸上被男人抚出的红潮退回去，就说出她要的一样东西，她说：

“我要金崮顶金矿。”

巴东差一点就把珍珍看轻了，原来民间美女也像县城的歌女一样，喜欢用金手链束住鲜花。他用新婚的喜悦压下隐隐的不快，满足珍珍的要求，叫她开列出首饰单子，如果能想出式样，也一并写上，把它交给左龙，再由左龙交给会计米晓雯去办。珍珍摇头，告诉巴东，她一个人的脖子手指和耳朵，每天都更换首饰，巴东为她备下的新婚金物，也够她半年换的了，她是要金崮许家的父老姐妹都不再为别人身上佩戴的金子眼花，他们不能把金子戴在脖子上，至少能在手掌心里握着，硬朗朗地站着，必要时把金子做成电线，把交不上电费被镇里的配电工掐断的电线接上，黑夜里不必摸黑睡觉，也不必退回去二十年，再点上油灯照着吃晚饭。珍珍从头诉说，告诉巴东，金崮许家的许姓先人最先发现了金子，想先拾回草来，给爹娘把炕烧热，再招呼大伙一起去捡金子。金崮许家和金崮林家争金崮顶金矿，大打出手，动用了喷洒“六六六”粉的喷粉器，扔了炸药包，县里派人下去解决争端，穿了各色制服，在金崮林家的树荫里吃西瓜。金崮林家的老总会打桥牌，县长让镇里的书记帮他说话，县委书记则直接跑到金崮林家的山上去看猴子，金崮许家的首领，也就是你老丈人，一次又一次躺在医院里爬不起来……珍珍说到这里就流泪了，巴东不给她擦掉眼泪，任凭她泪如雨下，落到他的胸膛上，他说：

“我明白了，你是要我去帮你爹夺回金矿。”

珍珍自己擦掉眼泪说是，她还说：“我知道，干这个你是行家。”

巴东咬着牙说：“这么说，你嫁给我，就是为了这个？”

珍珍不否认，但她又说：“可是我嫁了你，就打算真心跟你过一辈子。”

巴东把眼一瞪说：“不跟我一辈子，你还敢跑吗？”

其实，派剃光了胡子的左龙去医院，最后一次求婚获得了成功，巴东就应该想到会有更深刻的原因。成功自然在意料之中，金子攻不破的堡垒，都是穷极了的文人写出来安慰自己的戏文，只要有足够的金子，结成一根大绳，搭到小姐绣楼的阳台上，总能够手攀脚蹬爬上去，摘到那颗不酸的葡萄。叫人想不到的是，葡萄会突然熟透了，没有风吹，自己就往男人的手上掉，迫不及待的样子不像原来就生在高处的葡萄藤上，可望而不可即，倒像原本就长在菜园的篱笆墙边，自己把自己打扮成了心比天高的样子。这倒叫巴东猝不及防，甚至有些失望了。他当然不认为，永远吃不到的葡萄就是好葡萄，只有傻瓜蛋才会扯住一根梦里的葡萄藤不放。他把摘到手里的珍珍当成一颗好葡萄，甜酸自知，咂出水来，不在意她自己突然掉下来。他气恼的只是珍珍不该骗他，新娘子饱满的胸脯，装的原来并不全是纯洁的葡萄，而是嫣红欲滴带了复仇的血性。巴东气哼哼地问珍珍，是不是受了金崮许家首领的指派？珍珍说，父亲并不知道女儿的心思。

“他要是知道我为了夺回金矿嫁人，他更是死也不会答应。”珍珍说。

金崮许家的首领许启民，真的是在死亡的边缘上，接受了女儿嫁给巴东这个事实。军乐大作，他不能从病床上跳起来，砸碎金子一般光灿灿的喇叭，胸口的剧痛像一万把刀子穿扎，看不见流血，血都流回了肚子里。女儿不告诉他这桩婚姻的真实根基，他便一心以为，女儿就是看中了金子，像他得心病的原因一样，不同的是，他要继承许姓先人的传统，拾回草来给爹娘把炕烧热，招呼着大伙一起去捡金子，女儿是一个人跑到了金子堆里。女儿是天生的美人，他不反对女儿披金挂银，打扮成天仙模样，可是她身上披挂的金子，不应该带了血腥和肮脏。她贪图荣华富贵，投进巴东的怀抱，比去县城温泉宾馆殷勤待客，让人选了妃子更糟糕。这个金子横行霸道的世界呀！在金崮顶争矿的战争中，他被金子武装起来的安得林打败，他想守住最后一座矿山，不让胡乱旋转的风钻触到女儿身上，巴东金铠金甲冲过来，他又一败涂地了。他没有金子筑起的城堡，能把女儿关住，不让她走出去，紧闭城门，不再接纳女儿进来，他也做不到，他心头儿女情长的大门更容易被眼泪打破。女儿隔着一扇板门叫他爸，不看女儿的脸，听声音，他就知道女儿一直在流泪。他把门一打开，女婿就跟着女儿一起进来了。巴东来跟他谈判。

按照巴东的说法，许启民没有必要为了一个大家的目标，让自己一个人得病。上帝——他不说中国人信奉的老天爷——让每一个人都有自己的脑袋和身体，让每一个人的身体都会有病，就是要让每一个人生病，都是因为想自己的事情想得太苦。上帝如果打算让人为了大家的一个目标长病，就会让所有人的脑袋和身体长到一起，这就是大锅饭吃不下去，要分开单干的道理，也就是资本主义比社会主义富裕的道理。三河县县长住的房子，比所有局长住的房子都大，不是因为他家里人多，需要大房子铺床睡觉，是因为他一个人头上戴的纱帽翅，比所有局长的纱帽翅摞在一起还大；开会的时候，他一个人坐在台子上讲话，所有局长都坐在台子底下，这就是当局长的全都挖空心思，拼命想当上县长的原因。当然啦，你女婿和你闺女两个人住一座小楼，比两个县长加起来住的房子还大，原因不是别的，就是因为你女婿不为大家的目标长病。他要是想让三河县六十万人全住上小楼，他自己就得在一个鸡窝里趴下。奶奶的，人不为己，天诛地灭，老天爷都容不下为了别人的事情长病的人——巴东要说骂人的话，就像中国人一样叫老天爷了，中国的老天爷，哭天抢地的倾诉，咬牙切齿的谩骂，呼叫时都更加方便直接，用不着画一个迂回的“十”字。巴东骂过之后，发出邀请，请岳父出山，做大东公司的副总经理；岳父如果不愿操心，也可以去大东公司的办公大楼上赋闲，高兴了接接电话，不高兴了，电话铃响死，也不用管它。珍珍把巴东的话打断，吞吞吐吐，还想让巴东帮助父亲夺回金崮顶金矿，不用巴东拒绝，许启民就一口回绝了，他说：

“我用不着搬兵帮着打架。”

他还看着女儿脖子上挂的耳朵上戴的金物说：“你身上的金子，沾的血已经不少了，别叫我再闻见血腥味。”

尽管巴东的脸色已经变得不好看了，许启民还是用长辈的口气说话。他动用老丈人口气，就表明他已经接受了这桩事实上的婚姻。他不准备拒女儿于大门之外，女婿当然也可以跟着进来，不过他要求女婿金盆洗手，从此后干干净净地进门。他不反对女儿嫁给一个富人，可是他不允许女婿为富不仁。他不让女婿帮他夺回金崮顶金矿，也不准女婿去抢别人的矿石。正因为老天爷只给了每个人一个脑袋和身体，一个脑袋只要掉下来，身体就成了没有用的东西，掉下了脑袋，自然不会再想别人会生病，可是跟着他倒霉的人遭罪，也是真的。他当的是穷人的首领，还没有住上县长那么大的房子，他就知道破房子里的土炕更冷，需要拾回草来把炕烧热。老天爷让穷人的身体生得像富人一样知道冷热，就没有打算让他们注定了受冻。许家先人想先拾回草来，给爹娘把炕烧热，再招呼着大家一起去捡金子，就是因为老天爷给了每人一个脑袋，要叫人明白，天下穷人都是父母养的。穿皮袄的富人愿意守了各人的火炉烤火，衣不蔽体的穷人更愿意身子挨着身子，围着火堆取暖。讨饭的母亲，会把讨回来的一口饭省给孩子，暴富的儿子，往往把燕窝鱼翅自己吃了。不管什么主义，都要关注人的心肠问题。至于他，自然不会去给自己的女婿当副总经理，也不会去一个大楼上守着电话爱接不接，电话铃能不能响死由他的心情决定。在那样的大楼上，他的心情永远都不会好起来，倒不是因为他的女婿要对他发号施令，是因为他既然生了穷人的脑袋，就不能不想穷人的事情，穷人的事情想起来，常常叫人不高兴。巴东听许启民滔滔不绝地说到这里，忍不住插嘴说：

“我知道，县里修道又要集资了。”

许启民眼睛看着窗外寒冷的冰雪说：“不光修道集资，还有电网改造收钱。”许启民收回目光，看着自家房子黑黢黢的屋笆，无比凄怆地说，“我要是卖了房子能够，也好啊！”

巴东把两只手插进大衣口袋里，说：“我可以帮你交上这笔钱。”

不等父亲说话，珍珍无比欣喜，表示感谢，她说替金崮许家的老百姓谢谢巴总。

巴东不为珍珍的感谢露一丝笑容，他冷静地说，他可不是为金崮许家的老百姓雪中送炭，他是为一筹莫展的老丈人排忧解难。

许启民闭一会儿眼睛又睁开，说：“好吧，算我借你的。”

说完后不理巴东的阻拦，在桌边的笔记本上写下借条，撕下来交给巴东，又要回去按了手印，没有印泥，拔下大镜子框边上插的缝衣针来，扎破手指，仰天慨叹：

“人穷志短哪！”

头痛医脚

轰隆隆的炮声从金崮顶底下传过来，连所向无敌的巴东也觉得这样的大炮势不可挡，忍不住抬头往炮响的方向看了看。大东公司总经理的目光，需要像他腰里揣的金子一样硬，才能够穿透重重山岩，看到金崮顶底下矿井里的炮烟，比地面上大战的硝烟更难散去。吹风的管子比人的头粗，架在巷道边上，看索索抖动的样子，就知道一直在吹风。巷道顶上吊的灯泡像吹风的管子一样颤抖不止，放炮的气浪像海上的大潮，从巷道尽头往外涨，只有巷道顶上的大山不摇晃。炮烟还没有散尽，不戴口罩的矿工又开始干活了，他们把掌子面上炸下来的矿石铲进矿车里。出矿石的掌子面，真的像石头巨人张开了一只大巴掌，冷冰冰的，没有爱情的纹路。安徽矿工李起一个人推两辆矿车，干两个人的活，两只手把住比石头还凉的矿车，思念远在江南的妻子。他推着倒空的矿车快跑，听见妻子在一个空屋子里走来走去的迷离足音，门口有穿了黑衣服的治安员把守，妻子走不出来，他也走不进去。矿车里装满了矿石，他跑不快，用的力气却很大，浑身冒出汗来，他听见妻子又哀怨又心疼的叹息，一双手摸着他身上的汗说，你这是怎么啦你这是怎么啦？他把矿车推进罐笼，人往后退，抹了油的钢缆提着罐笼往上走，他的眼前一阵发黑，看见一个女人从井口往下掉，摔到他推的矿车上，像摔一个肉饼。他知道妻子想跟他在一个屋子里睡觉，被黑衣服的治安员挡住，走不过来，就是跳进矿井也不行。县城的歌女无人挡住，就往矿井里跳，他不知道歌女不在县城好好唱歌，跑到金崮林家来，要跟什么人睡觉，没有睡成想不开。他的心头郁结着重重云雾，像巷道里的炮烟，没有欢快的管道透出去。他的腿什么时候被矿石还是被乱石头撞伤了，他也不知道，等到小工头郭宝贵看见他的血从裤角底下流出来，他再要掩盖也晚了。

小工头郭宝贵在矿井里监工，主要的任务倒不是逼着矿工多干活，每个人的工作量都是定了额的，像钢錾钉进山石里，不可动摇，谁想少干也不行，他的主要职责是不准矿工受伤。受了伤不流血，他没看见，耽误不了干活，可以像没受伤一样，他要是看见了流血，就会在小本子上记一笔，到了开工资的时候，扣掉罚款。郭宝贵曾经看母牛下小牛整整看了一夜，灯光再昏暗，他也能看出流血和流水的区别，他只要在矿井里站着，不在巷道边上一坐睡过去，哪一个矿工想把流血当成流汗，也逃不过他的眼睛。李起当然知道，郭宝贵不睡觉的时候目光敏锐，郭宝贵一只手一指，大喊一声“血”，李起不承认是血，说是流汗，实在是他没有觉出痛来。郭宝贵把腰弯下去，但不坐下，用一根指头尖抹一下，举起来放到李起嘴上，叫他尝尝。李起咂咂嘴皮说，汗也是咸的。郭宝贵把指头举到李起的眼皮底下，叫他看看，汗里盐多还是血里盐多，李起着急地大叫：

“我真的一点儿不痛嘛！”

郭宝贵立刻就叫他痛起来，只一拳就让他嘴角出血，与流汗判然有别。

问题复杂，李起移交给洗过脑子的郭才处置。治安主任郭才洗脑以后，第一次处理矿工不承认受伤身上不痛的问题。这样的问题曾经有过，郭才处理的方式都很简单，也就是把“头痛医头脚痛医脚”的原理反过来，原本受伤在脚上，不觉得痛，就用绳子绑住两只手吊到梁上，绳子勒破手上的皮，血流下来，把腋下的毛染红就行了。要是伤在屁股不出血，木钝钝的，不说痛，就把头送到“老虎口”上。现代浮选法淘金，不像过去土法淘金用大磨磨矿石，从矿井里拉上来的矿石从“老虎口”喂进去，老虎肚子里像有一万把大锤轰隆隆敲打，牛头大的矿石也能砸成蝌蚪样的石子，粉碎成面粉，再淘出金子来。屁股受伤木钝钝的矿工，肩膀搁在“老虎口”的铁斗子沿上，头离矿石一只手远，喂不进老虎肚子里，脚脖子上绑了绳子，拴在钢轨上。等到脚脖子上绑的绳子快要磨断了，矿工的头就像受伤的屁股木钝钝的，有一种混沌的疼痛了。郭才最常用的方式自然还是电击，不管交到他手上的矿工伤在哪里不说受伤，他都不找受伤部位，用警棒随便触到哪里，强大的电流都会直通伤处，让人喊痛。他跟小工头郭宝贵的职责不一样，郭宝贵要负责矿井作业，不允许矿工受伤，他要管住金崮林家治安，受伤就说受伤。他和郭宝贵，是厚厚的一大本《村规民约》的两张牛皮纸封皮，中间包着老老实实的规矩，一页就是一页。李起的血从裤腿底下流出来，不说受伤，郭宝贵用指头抹了叫他尝尝。郭才洗过了脑子，却把问题想得更复杂，手持警棒问李起是不是女人，李起不敢说不是，他要是说不是，郭才就给他割个口子，让他不受伤按时流下血来；李起也不敢说是，他要是说是，郭才就叫他立刻兑现女人的模样，也是割个口子，按时流下血来；李起不敢说不是，也不敢说是，他要是先说不是，再说是，郭才就给他割两道口子，叫他按时流下双倍的血来，比不受伤的女人更不愿意说受伤。郭才从女人的角度出发，要李起受伤就说受伤，把李起关在村子西头那所空房子里。小工头郭宝贵刚把李起交到他手上的时候，他曾经想把李起送到“老虎口”上去，是办公室主任孙玉娇提醒他，想起了这个场所。耍猴的大老董带着短尾巴猴子，在这个屋子里度过了最初的一些金崮林家日子。李起的妻子渡江而来，不准跟男人住在一起，也是在这个屋子里一个人睡觉。安徽矿工为此大罢工，李起从矿工的集体宿舍，走进妻子睡觉的屋子里，孙玉娇曾经深谋远虑地说：“有他干不动的时候。”李起裤腿底下流出血来，不说受伤，按照孙玉娇的推断，让他住到曾经和女人住过的屋子里，更能够很容易想起痛来。郭才一时想不通其中的道理，把少了一根指头也不痛的手举起来，要求孙玉娇说明白，孙玉娇仍然说水，不说血，她说：

“远水不解近渴嘛。”

郭才不服气，他认为，男人只要进了曾经和女人睡觉的屋子，他就是遍体鳞伤，也会想起舒服的时候，所以世界上的监狱才不建在犯人的家里，集体的牢房也不把男人和女人关在一起。

孙玉娇不拿自己的男人郭宝贵做例子，说服郭才，郭宝贵就是一辈子在一所和女人睡觉的屋子里进进出出，他还是往炕上一躺，就会睡过去，身上不受伤，也想不起舒服的时候。安徽矿工李起没有看母牛下一夜小牛，也许进了和女人睡过觉的屋子，会不再想受伤的事情，可是孙玉娇也有办法，叫他想不起舒服的时候，孙玉娇握起一只拳头，抵到郭才腰上，用威胁的声音说：

“不许动。”

郭才摆脱了孙玉娇的拳头说：“你把我的腰弄痛了。”

孙玉娇说：“这么轻轻一拳，你就痛啦？”

她把拳头松开，告诉郭才，男人想舒服的时候，不是用脑子想，而是用腰想，只要他的腰一痛，就再想不起舒服的时候了。

郭才看着孙玉娇淡淡的小胡子，点点头，想不通女人为什么会长出一副男人才配有的小胡子。他想问问孙玉娇，女人想舒服的时候用什么，但李起的问题亟待处理，他没能顾得上。

第八章

鞭长莫及

迎着春天里第五场不暖和的春风，孙玉娇带领村民在村口列队，欢迎安得林访日归来。幼儿园的孩子们手里拿了真的鲜花，稍大一点的孩子腰里还系了红绸，红绸的两端捏在手里，男孩女孩都抹红了脸腮。下雪季节组建的军乐队，第一次为隆重的仪式服务，穿了胸前垂挂缨穗的服装，大小喇叭像真金子做的一样。安得林去日本访问，回程的飞机班次已定，什么时候进村却没有定下，大概就在太阳从东山后面升起来，到太阳从西山后面落下去这一个时段。趁着白色小轿车还没有从沥青路那一头出现，孙玉娇命腰里系红绸的孩子和手捧鲜花的孩子，把欢迎的仪式再排练一遍，由幼儿教师周小佳亲自指挥。军乐队同时奏响凯旋乐曲，一个人拿一杆顶端绑了红布的棒子在头顶一举一举，军乐随着吹打。军乐不归周小佳分管，她指挥的孩子跳跃欢呼，却要合上军乐的拍子。周小佳已经从秘书的岗位上离任，又回到了她原来教孩子跳舞的岗位上。周小佳按照梁晨的意思做，到虎口里去守身如玉，玉没有碎，也没有拔牙，危难时刻，果然是孙玉娇救了她。

周小佳到任不久，就显示了她不同凡响的秘书才华。她要是愿意，她真的可以到更大的楼上去当秘书，让更大的办公室主任嫉妒她。办公楼再大，只要铺了大理石地板，她都能踩出节奏均匀的声响，不像孙玉娇那样由着脾气来，杂乱无章，动听与否全凭走路时的心情而定。办公室要是铺了厚厚的地毯，她踩不出声音，也能走出跳舞一样的韵致，地毯厚厚的绒毛刚刚踩倒，她的脚跟一抬，又起来了，不像孙玉娇那样，一脚下去像发号施令一样，死死贴贴的，弹不起来。这是个女秘书越来越多的世纪，女秘书的职能范围，像到处建起的大楼一样扩大，却不是所有的女秘书都能够称职。有一些女秘书，趁着天气还很冷，提前穿上裙子，坐进车里，让老板的手放在腿上，当一个椅子扶手，提供木头椅子不能具备的温暖和柔软，不在意司机会从反光镜里看见。到了老板需要她更热一些的时候，她的腿却已经冻凉了。有一些女秘书，把嘴抹得像印章一样红，陪客人吃饭，也没有忘记像唱歌一样先摆好口型，再咬东西，可是她一喝酒，就忘记了杯子也会把口红沾了去，酒足饭饱以后，老板急着盖章，文件乱翻，她就是按不红。女秘书的工作千头万绪，办公地点常常是在歌舞厅。所有的女秘书都不怕跳舞，只要她自己的老板允许，她就用妓女的眼睛，看待所有男人的怀抱，解不解开领带，里边藏了什么味道，都是一样的。正是因为安得林不允许自己的女秘书跟别人跳舞，周小佳才避开了乱七八糟的男人怀抱，能够离那些比污秽的嘴巴更不干净的怀抱气味远远的。

安得林是不跳舞的，倒不是他的舞步不佳，他有小旦提着裙子两条腿夹一个铜钱上楼的艺术家传，稍加训练，就会比齐步走的大兵舞步更中看，他是从心里瞧不起这种男女调情的方式。他不认为，一个男人和一个女人抱在一起走来走去有什么意思。在他看来，那种隔着两个人的衣服不着边际的走步，摇来晃去，纯粹是有贼心没贼胆的娘娘腔男人发明出来的玩艺儿。男人只要一跳了舞，真刀真枪的男人骨头就没有了，看看电视上跳舞的男人吧，哪怕他们光了脊梁，拔光了胸膛上的毛，直翻跟头，举手投足还是女里女气的。安得林只差一层就能看透，跳舞的男人骨头变软，就是因为世界上的女秘书越来越多，逐渐取代了男人的地位。不光跳舞的，连唱歌的男人，也挤眉弄眼摇头晃脑扭捏弄姿，学会了女人的媚气，歌厅里好多男人也学这个路子。好像要故意反叛一下这个女性化的艺术潮流，安得林大唱革命歌曲。他不像唱小旦的父亲那样，捏细了嗓子装女人，他本色歌唱，像大山一样站着，拿一只话筒好像打仗，必要的时候像高呼口号。周小佳当了他的秘书，他才开始唱“树上的鸟儿成双对”，跟周小佳对唱，有了一些儿女情长。

周小佳的秘书才华，就是在歌厅里得到了充分的展示，令办公室主任孙玉娇眼红。其实孙玉娇有更多机会，在歌厅里唱歌，可是她从来没有跟安得林唱过“树上的鸟儿成双对”。她要是拿了话筒，跟安得林唱歌，就得离开树枝，从高处往下跌，跌到大家看不见的低处去。她在低处唱歌，人家听不见，她要是跳到树梢上唱歌，就会把大家吓坏，她连安得林呼号一样的革命歌曲都不会唱。她不唱歌，人家还会觉得她长了一点淡淡的小胡子，有一种别样的美丽，像一些美女，鼻梁上偏偏长了一点浅浅的雀斑一样，她一唱歌，人家就觉得，她凶得丑恶了，女人的嗓音，无论如何不应该像男人的胡子一样扎人。周小佳可不是这样，她不到天气热起来，就不穿裙子，她穿着粗布长裤，站在那里唱歌，凭歌声，人家就知道她温柔无比。她不跟人跳舞，再温柔，也像歌声一样把捉不住，可望而不可即。她也会唱《青藏高原》那样高处不胜寒的歌，让人觉得冷艳，又觉得高远，想走到跟前去抚摸，仍然极不容易，要想走近，得有一双不怕寒光的眼睛认路才行，冰川上到处都在放射刺眼的光芒。她跟安得林对唱“树上的鸟儿成双对”，站得比树上的鸟儿这一只和那一只离得远，安得林拿着话筒大唱，也顾不得向她走近。她不跟任何男人对唱“等到日头它落西山沟”，不是因为她没有学会，在县城幼儿园的时候，整个县城，大小商店门口会响的大匣子里，都有同一对男女“让你亲个够”，大肆调情，周小佳费了好大的劲，才制止了幼儿园的孩子，从看不见的老师那里学会过早的情色歌唱，她自己离开了幼儿园也不唱，就是想让心灵的世界洁净一些。歌厅里的男女却不肯放过她，等她和安得林唱完了“树上的鸟儿成双对”，还没把话筒放回去，就有人哄喊，叫唱“让你亲个够”，她坚决把话筒放到原来的地方去，安得林也把话筒放了。安得林唱歌，像唱戏的小旦一样，还有一些古典气，他不认为，男人和女人床上的哼唧也可以写成歌，用一只话筒放大了，让满世界的人都听见。孙玉娇反对他和周小佳唱歌，他就从这样的理由出发，劝解孙玉娇。孙玉娇在两个人的大床上说：

“那时候，就应该留下小香君当秘书。”

安得林说小香君当秘书不行，遍体伤痕，难以工作。

孙玉娇说：“她可比周小佳会唱歌。”

安得林说当然啦，她是歌女，专业就是唱歌嘛。

孙玉娇说周小佳的专业是秘书，她唱歌的时候可不少。

安得林说秘书嘛，秘书的工作就是唱歌。

孙玉娇说不对，秘书的工作主要是负责文件，起草啦，保管啦……

安得林把孙玉娇的话打断，问她文件是什么，不用孙玉娇回答，安得林一语道破说：“喜歌嘛。”

孙玉娇越发懊恼自己不会唱歌了，她要是会唱歌，就专门做安得林的喜歌秘书，让安得林永远没有不高兴的时候，免得他还要跟会唱歌的秘书跳到树枝上去，成双成对寻开心。安得林只一下，就把孙玉娇淡淡的小胡子舔湿了，像唱歌之前润润嗓子一样。他说周小佳唱的歌让人听见，你唱的歌不让人听见，不让人听见的歌，更叫人高兴，所以自古至今，还没有人把叫人更高兴的歌，拿到台子上去唱，这就是人的自私啊。孙玉娇怨气不解地说：

“我才知道，你不想光听我自己唱歌呢。”她突然泪水迸射了，几乎哭出来说，“我算个什么呀？”

在安得林眼里，孙玉娇是个不会哭的女人。她不会哭，倒不是因为她长了淡淡的小胡子，好多男人的胡子可以梳出女人的小辫，哭起来眼泪鼻涕的，照样能把胡子湿得像下雨天鸟儿的尾巴，她不哭，是因为她没有伤心的事情。她才华横溢，独出心裁，通过了副总郭立志用厚厚的一本大书筑成的关卡，成为金崮林家合法的村民，在不知姓名的村民跟老天爷秘密对话的时候，崭露头角，认出了胸口扎着钢针的纸人不是安得林，当上金崮林家总部办公室主任，守住大楼底部坚固的城头堡，一个人自由出入院子里雕像的棚子，别人都不准进去。下雪季节组成的军乐队，什么曲调还吹不成，就交给了她，没有人问问，她不会唱歌，凭什么分管军乐队，就连副总郭立志，也眼睁睁地看着，又一份重要的思想工作落到了别人手上，只偷偷地揪掉了两根胡子，什么异议也没有说。只有大旗山动物园的猴子惹她心烦，猴子们不像人一样自私，它们把人不让看的秘密，愉快地亮给所有人看。孙玉娇倒不在乎猴子也会喜欢她，她讨厌猴子红了屁股，脸却不红，不知羞臊，红的地方不对。接过动物园重新分管的郭立志，想尽快扩建动物园，先把老虎和狼买进来。孙玉娇担心，老虎和狼也会像猴子那样集体爱她，铁笼子也许管不住，提出反对。安得林在她的肚子上签下暂缓的文件，动物园就一直保持着初级状态，只养猴子这一种最基本的动物。孙玉娇正当盛年，性欲像权力的欲望一样强烈，她教安得林蘸着膏油梳头发，只要安得林的头发一直能被人造的膏油染黑，她就不在意小工头郭宝贵从矿井里上来，往炕上一躺呼呼睡过去。她教着安得林吃泥鳅吃牡蛎吃豇豆壮阳，不仅仅依靠海参甲鱼之类大家都知道的补品。只要时间充裕，她从不忘记为安得林做按摩，用一只手抓住，像要半握拳的样子，并不真的握紧拳头，一抓一抓，连续二十一下。她告诉安得林，男人为女人做的按摩在相应的部位，改抓为揉，安得林常常揉不到规定的数目，她就要求对方改变了方式。孙玉娇紧握权柄，翻云覆雨，她实在没有要哭的事情。她的眼泪忽然流到安得林的胸膛上，倒叫安得林有些害怕了。安得林问她，是不是想要个名分？孙玉娇含着眼泪把头摇一摇。

“我要的名分，你已经给我了。”孙玉娇说。

安得林深感诧异地说："没有啊。"

孙玉娇在对方的胸膛上擦干眼泪说："我是办公室主任嘛。"

安得林把孙玉娇的脸用一只手托着下巴托起来，认真地看一看，他知道对方没说假话，办公室主任真的是女人心满意足的名分。那么她再哭就不对啦。

孙玉娇说："我不要求你娶我，只要你别丢了我。"

安得林用一只胳膊把孙玉娇使劲一搂，说不会。

孙玉娇说："你有了会唱歌的，就会扔了不会唱歌的。"

安得林胳膊上的劲一松，问孙玉娇，是不是打算把一村之首拴在她一个人的裤腰带上？

孙玉娇说："才不是呢，我想让你像皇帝一样，干遍天下女人，你去干了外国女人才好呢。"

办公室主任孙玉娇的胸怀，还是比安得林的老婆刁金凤宽广多了。刁金凤也懂得，男人弑父杀兄争当皇帝，根本原因就是想干遍天下女人，可是她担心自己染病以后，全村人也会染遍，为安得林划了一个禁区，把外国女人用带电的网篱圈出去，孙玉娇却不怕染病，鼓励安得林打出国门。安得林问孙玉娇，是不是打算让全村人染上病？

孙玉娇不正面回答他，往遥远的地方说，她说："你干的女人，离金崮林家越远越好，远处的女人就算是一群羊，你也没有那么长的鞭子，整天打她们。"

安得林说："你就不怕我跟了外国女人出国去？"

孙玉娇肯定地说："你不能出国。"她伸手把对方轻轻抓住，开始按摩，"出了国，你就不是皇帝了。"

就算近在咫尺，安得林也没有机会按摩孙玉娇之外的女人。孙玉娇好像同时变成了无数个，同样的女人长了淡淡的小胡子。安得林在歌厅里，跟周小佳一人握了一只话筒唱歌，拿起话筒的时候，没有看见孙玉娇，"树上的鸟儿成双对”还没唱完，孙玉娇就在歌厅里出现了，歌厅里灯光再迷离，警惕的目光也像不下雨的闪电一样，让人受惊。安得林找不到时间，跟周小佳两个人唱歌不让人看。趁着周小佳把文件从桌子上收起，放到柜子里，安得林走到周小佳背后，他还没有把手伸出来，摸到音响机关，孙玉娇突然出现在办公室，恶声恶气地命令周小佳，找一份刚刚放起的文件，安得林居然没听见孙玉娇推门的声响。如果没有道士的警告，安得林立刻就会把孙玉娇赶走，让她回家，侍候往炕上一躺就呼呼睡过去的小工头，永远不准再踏进这座大楼。有一座深山里的道士，让安得林守住女人，用出家人不该有的目光看着孙玉娇，说：“不是她。”安得林有意守住孙玉娇，让脚大的刁金凤带着一箱皮鞋，远远地走开，想从另一座深山的道士那里，得到相反的指示，另一座深山的道士也叫他守住女人，用出家人同样不该有的目光看着孙玉娇，说：“就是她。”安得林刚刚开始高兴了一些，县委书记于明喂幼儿园孩子一粒糖球的那一天来到了，周小佳偶然出现，令安得林取舍难定，不知道到底应该守住哪一个女人才对了。他是小旦的儿子，一生的命运由女人决定。两个女人在芦苇丛里当强盗，终其一生，都未能决定一个男人的归属。从当强盗的一个女人身体上，他取得了命名的权力，把颠倒的名字再颠倒过来，用一辈子。他可以给脚大的老婆定做一箱皮鞋，任其践踏，他可不能把女人像穿过的鞋一样，随随便便就扔掉了，他可以不穿，却不能扔到垃圾箱里让别人捡了去。孙玉娇像一双新鞋，有点挤脚，可是她真的能够兑现她的承诺。她不让周小佳跟着安得林，到天涯海角的城市去，她亲自陪同。下榻的当夜，安得林还在浴缸里泡着，她领着头发像金子一样的女郎进来了。女郎不像三河县的外籍妓女，大都来自贫穷的俄罗斯，她祖籍法国，拥有从波旁王朝到大革命时期，一直到洋红卫兵运动时代，漫长历史中积累下来的一整套西洋技法和药品，不必使用东方古老的按摩术，就能让年老的嫖客恢复青春，让胆怯的新手英勇无比。安得林从法国女郎身上，取得了他从天才的孙玉娇身上也未获得的那一份满足。整个不平凡的过程中，孙玉娇一直在套间外面的客厅里看电视。法国女郎光着身子出来，要找一点东西喝，孙玉娇打开冰箱，拿给她一袋花生奶，看也不看她身上伤痕累累的样子，同一副牙齿早已在她身上咬过无数遍了。天不亮，法国女郎穿好衣服离去，孙玉娇追她到门外，在铺了厚厚地毯的走廊上，摘下她肩上的小坤包，取出安得林送给她的名片。回到房间，掀起一只枕头，取出法国女郎的名片和没有用完的药物，药物被名片上的科隆香水染得香喷喷的。她拼命忍住强烈的欲望，不把法国人剩下的药物留下来自己用，而是扔进马桶里，放水冲掉，把两张名片叠在一起撕碎。独自躺着大睡的安得林一直没有醒来。等到安得林想起枕头底下法国女郎的名片和药物，孙玉娇已经让他把手放在腿上，离开了这座热带城市。一夜销魂，安得林不能忘怀法国妓女给他的西洋快活，孙玉娇告诉他，东洋更好。安得林担心，在大陆上活动的东洋妓女脊背上背了个小枕头，衣领开得露出锁骨，迈小步走路，不是真的，锁骨下面的内容是中国造的假洋货，“媚得人差唉哪”。孙玉娇用好像惊奇的语气启发他：

“你可以去日本访问嘛!”

这就是安得林访日的最原始动机。办理出国手续的过程中，才增加了新的用意，就是去看看资源紧缺矿藏贫乏的国度怎样开采金子，那个小小岛国的富裕，像他们的妓女一样，神秘难测，不大的体积中蕴蓄了巨大的能量，给人幸福，让人民享用不尽。东洋妓女的名片，像她们脊背上带了小枕头的衣服一样，一走远路，就没有什么优势了，孙玉娇不准备陪同出访，安得林也没有意思要带她去。只要踏上日本的国土，安得林就不打算唱歌让人听了，他也就没想带上周小佳。孙玉娇为他做出国前的最后一次按摩，轻轻抓住，好像抓一只大鸟，一抓一抓，共抓二十一下，每抓一下，她都轻轻地咬一下自己的牙，不像是爱，也不像是恨，就是莫衷一是的办公室主任样子。接下来，对方给她的按摩还没有开始，她就跨越性前进，跳到了下一步。她用中国妓女从殷朝滥觞到唐代繁盛，直至明清蔚为大观，漫长历史中积累起来的骨子里的经验，再加上新的历史时期发展起来的现代皮肉技法，竭尽风情，要让安得林记住本土风光，怀念祖国。登峰造极的时候，孙玉娇把急驰的骏马收缰勒住，气喘吁吁地向安得林提出一个要求：让周小佳从秘书的职位上离开，回到幼儿园去。出国在即，安得林渴念东洋妓女小枕头垫在背后的风韵，大笔一挥，狂草疾书，吐噜吐噜签署了批准的文件。等他想起签下的文件不尽如人意的时候，就没有力气再签一遍了。他睡意蒙眬地问孙玉娇，为什么硬要把周小佳从秘书的位置上赶下去？孙玉娇不无忧虑地说：

“秘书成了老板的姘头，就会当上办公室主任。”

孙玉娇忧虑的是一条普遍规律。在金崮林家，其实只有她当办公室主任才最称职。她恪尽职守，从不唱歌，什么人也不要以为，她会被软绵绵的艺术打动。冬天里训练刚刚组建的军乐队，从海滨城市里请来的乐师，留的长发像棚子里雕像的雕工一样长，绑起一个小辫，在脑袋后头垂着，不时用手理一下，柔软无比，朝着孙玉娇笑嘻嘻，以为能打动她，不能奏效，又剪掉了，理成了寸板来硬的，孙玉娇照样不理他。看看他，一个男人，手上戴一个金戒指跷跷着指头抹头发那样子，就知道他永远当不成老板，只能为老板吹吹打打，用不了一个办公室主任专门侍候。军乐队训练得刚刚能吹成让人齐步走的曲调，孙玉娇就打发他回海边了。孙玉娇妙手生春，只为安得林一个人按摩。安得林还没在春天的村头上出现，她就命令孩子们手舞鲜花跳跃，再喊一阵：

“欢迎——欢迎！热烈——欢迎！”

致命一钻

安得林让人等得实在是着急了。他越是不回来，大家越是不能离开。白兔子一样的轿车早就派出去了，谁都不敢保证，公路的那一头，什么时候兔子样的轿车会突然出现，等待的时间越长，突然出现的机会就越多，越迫近。早晨多喝了稀饭的大人十分后悔，他们不得不时常向孙玉娇请假，听孙玉娇用唱歌不好听的声音批准。孩子们倒可以直接向周小佳请假，周小佳用唱歌一样的声音说“去吧”，孩子就把鲜花交给同伴拿着，跑向近处的人家——为了防止兔子样的轿车突然出现，大家来不及跑回来，孙玉娇命近处的人家把门打开，提供方便，私人的新型厕所第一次成了公共的，为集体服务。跑向厕所的人越来越多，孙玉娇才发现，她的工作有一处失误了，她让县城花店送来真的鲜花，让孩子们拿着，尿来尿去，鲜花没有水滋润，渐渐变蔫，倒不如塑料花，永远保持一种假鲜艳好看了。她因此祈祷安得林索性回来得再晚一些，等到需要照明才能看清人脸的时候，安得林再打开车门走出来，他就看不出挥动的花束不新鲜了。她的祈祷有望变成现实的时候，发生了新的问题需要解决，不喊不跳的大人还像原来的样子，在两边站着，看不出多少异样来，挥舞花束的孩子再一次训练，就跳不到那么高了，鲜花也舞不到头顶，只在胸前摆过来摆过去，军乐队的乐曲也吹不到原来那么响了。听听

自己肚子里的声音，孙玉娇知道需要吃饭了。可是要回家吃饭，却很危险，谁都不敢保证，白色轿车会不会在大家吃饭的时候开过来。孙玉娇当机立断，命村子里三家私人商店一齐供应糕点，面包让大人吃，孩子们吃小一点的点心，免得噎住了嗓子，到时候喊不出来。她没有想到，大人中也有不适合吃面包的人员，军乐队被面包噎住了嗓子，出气不畅，会吹不响喇叭。果真如此，朦胧暮色中，公路的那一头，一团白色像兔子一样浮出来，仓促之间，军队抓起家伙就吹，喇叭的嗓子眼比人更容易噎住，响不起来，只有一面大鼓两片铜钹，敲出的声音像原来一样震天动地，安得林打开车门走出来，频频招手，满面微笑，没有看出孩子们手上的花已经不新鲜了。

只有少数两委成员陪安得林走上总部大楼。大楼前面雕像的棚子里已经亮灯了，两个穿黑衣服的治安员在棚子门口站着。两委成员急于知道，日本国矿藏贫乏没有金子，靠什么致富，不等安得林把一杯水喝完，就要求他谈谈访日感受。安得林放下杯子，抬起一只脚来，叫大家看他脚上的皮鞋。他的皮鞋蒙了淡淡的尘土，遮不住牛皮的光亮，像孙玉娇淡淡的小胡子下面仍然是润泽的肌肤一样。安得林却痛心疾首地说：

“这是一下飞机就沾上的灰尘。在日本半个月，我没用擦皮鞋。”

孙玉娇手中的杯子掉到了地上，没有打碎，没有心肠的地毯一口吸干了她倒出的一杯水。进了总部大楼的办公室，孙玉娇亲手为安得林倒上了第一杯水，让他喝下去，再要给他倒第二杯，让他记起金崮林家的水滋味，他却看到了脚上，讨厌本国的尘土了。他可真服东洋水土。孙玉娇心生哀怨，还没有想给不给安得林再倒一杯水，她的男人，金崮顶矿井的小工头郭宝贵跑来报告险情，要大家快去抢救矿长林定邦，林定邦的钻头被卡住，躺在炕上，情势危急。

趁着大家去村口列队，欢迎安得林访日归来，林定邦打出了致命一钻。自从听见孙玉娇在安得林办公室里喊叫的声音传出来，后来又看见安得林染黑了头发，林定邦就知道，他当一个淘金子的机器，淘出的金子专门用来武装了别人。淘金之初，安得林许诺，打出金子来，要让金崮林家所有的男人都像美国男人一样能干，其实他是用金子装备了自己的钻头，别人的腰里软绵绵的硬不起来，他倒不管了。当然啦，他是老总，金崮顶金矿淘出二两金子，也应该先让他装一副金牙吃东西，可是，金崮林家修建新型厕所，要用金子做便盆了，就不应该只让一个人吃得头发变黑，别人在矿井里像一架机器，头发被石粉染成老头胡子的模样。林定邦的头发还没有老到握不出油来，干涩枯萎的是他的老婆。没有了一个孤老头子隔着窗户跟老婆说话，林定邦像一台风钻失去了马达。他没有像小工头郭宝贵那样，看母牛下小牛整整看一宿，落下嗜睡症，往炕上一躺就睡过去，他要是躺在炕上不睁眼，并不是瞌睡虫粘住了眼皮睁不开，正相反，他是怎么也睡不过去，需要使劲闭着眼，不看老婆干枯的矿山和矿井，死守住机器不打钻。办公室主任孙玉娇，年龄可以做安得林的女儿，膏油丰富，能把安得林的头发染黑，同样年轻的女人也应该雨水丰沛，让林定邦那些退掉的头发再长出来——某一个枯萎的早晨，林定邦伸手一摸，大吃一惊，他摸到了一片头皮，像没有出窝的小鸟屁股，手指上沾了几根掉下来的头发。

迎接安得林访日归来，村头上军乐一遍又一遍奏响，从早晨一直排练到黄昏。看孙玉娇不让人回家吃饭又冷酷又忙乱的样子，林定邦就知道，这个婊子等嫖客归来等急了。响亮的军乐一阵又一阵，从林定邦的耳边消失，安得林屋子里孙玉娇淫荡的喊叫顽强地浮出来，像滔天海浪中挺立起来的山岛，顽固不倒，林定邦怎么也压不下从小腹生起来的一种欲望，那就是一种想要尿尿找不到厕所的感觉。他也担心，安得林兔子一样的白轿车会突然出现，不敢远离，也到近处别人家开放的厕所去尿，可是他尿不出来，一次又一次，在别人家的新型厕所里空站一阵，又回来了。他简直不敢看孙玉娇等安得林归来的着急样子，他越是不敢看，越是忍不住要看，憋得想尿的滋味不像遭罪，倒像久违的享受。到了最后，他硬着头皮，冒险跑回家里，利用自己的新型厕所，他的儿媳蹲在里边，水声华赡，好像击打着真金子便盆，村头上被面包噎住了嗓子眼的军乐倒听不见了，看不见脸的乐手把金子一样的喇叭长管推进去短了，拉出来长了，无声无息，一个人死后听见的音乐就是这个样子。

都怪安得林回来得太快了，他既然让大家从早晨等到了黄昏，他就应该有耐心，回来得再晚一会儿，让雄壮的乐手把喇叭从嘴上拿下来，清理干净，放进盒子里，需要重奏的时候，再从盒子里拿出来。也怨村子里的规矩太严，不准许所有的人都到总部大楼上，听安得林谈访日感受，看他的一双皮鞋沾了本国的尘土。林定邦的老婆不能上楼，去看安得林沾了中国尘土的皮鞋，她就回自己的家里，看见了比沾尘土的皮鞋更肮脏的东西，不堪入目。听不见军乐的林定邦，自然也听不见老婆的脚步响，等他眼前的一张嫩脸变成了老脸，他却被紧紧地卡住，出不来了。矿井里的经验不好用，矿井里停了电的风钻，会被干涩的山石卡住，林定邦还没有见过充沛的水浆会变成混凝土，很快凝固。

谁都没有办法让两个人分开。他们当然是由于受了惊吓，可是没有人能给他们脸上蒙一张狗皮，让他们不再害怕。同样的情况当然在狗的身上发生过，人会插上一根扁担抬起来，一直抬到两只狗从扁担两边掉下来，只要小心着，不让狗咬伤就行了。他们的问题显然不能用同样的办法解决，林定邦没有做过那种按摩，每一回都是二十一下，缺乏锻炼，显然担不起两个人的身体。打铁的经验也不好用，烧红的铁，泼上凉水自然会冷却，可是谁也没见过凉的铁比热的铁变小了，它只要不变小，就像没凉一个样。三河县人民医院的医生好心肠，不用没有人性的抬狗扁担，也不使用冷冰冰的铁匠方法，他们刚把奇异的一对病号收下来，就做出了手术方案。医生把白大褂袖子穿上，袖口扎紧，问病号家属，保哪个？两个人有一个可能要丢掉性命，才能保住对方，至少也要从此成为废人，不男不女，插上一根管子尿尿。家属的意见久久不能统一，林定邦的老婆要保男人，林定邦的儿子要保媳妇，争执不下，坚持的理由却大致相同，他们谁都不愿意，让不要脸的那一个痛快死掉，要留下来，慢慢地折磨他（她）。委决不下的时候，安得林赶到了医院，他没有换下踏过两个国家国土的皮鞋，皮鞋上沾的中国尘土也没有顾得擦掉。他先到手术室，隔着窗户玻璃看看，两个人像等待分离手术的连体大婴儿，生死未卜，已经被深度麻醉了。然后他走到门口，决定两个人的命运，他抹一把灯光里乌黑闪亮的头发，男女的生命之根取舍去留已经决定了，他说：

“保男人。”

他抬一下手，止住了林定邦的老婆和儿子抢着说话，对医生说：“金崮林家需要他。”

他突然激动得声音都变了，没去日本国访问的时候从不这个样子，他把一只拳头握成孙玉娇给他做按摩的样子，在医生的眼前晃着说：

“金子啊，同志，他给我们挖金子！”

歌厅气

安得林去日本访问，半个月不擦皮鞋，他踏上本国的国土，坐轿车进村，只用脚走了军乐队吹奏半支曲子那么长的距离，皮鞋就沾了中国尘土，害金矿矿长林定邦像狗一样交合，为人不齿。不仅如此，他还让梁晨和周小佳纯洁的爱情发生了危机，差一点走向破裂。

在西山的早晨开始的爱情，黄昏日落的时候，在哪一座山上都能绽放美丽的花朵，只要背后没有一双怀疑的老眼睛跟踪窥探。最好的地点自然还是西山，时间也还是早晨。即便乌托邦人没有军乐队，不刻意锻炼，梁晨在一所军营旁边大学里养成的跑步习惯，也不会丢掉了。单单为了每天早晨在高处看见周小佳的那一刻清爽，梁晨也要像乌托邦人一样，纯洁地恋爱，不管刮风下雪，都往西山上跑一趟——乌托邦人肯定也要恋爱，他们的爱情应该像环岛的碧水一样荡漾，海风阵阵，鼓起帆来。有了周小佳每天的阳光一照，梁晨时常生起的低落沮丧，才会从心头抹去，乐观起来。他不是爱情至上主义者，美丽的爱情却会给他无上的快慰。秋天的早晨，山上会有风，他用爱情做一身风衣，披在两个人身上，他不冷，对方的身上也会热乎乎的。冬天就很好了，早晨的飘雪，落不到他们身上就化了。遗憾的是，冬天的早晨比夏天的早晨更短，早晨落下的雪还在地上，没有被人踩化，总部大楼上的探照灯，就给雪地打上了一层冰冷的强光，比冰雪更难融化，需要闭上眼睛，才觉不出凉来。闭上眼睛的机会自然经常会有，可是，那往往并不是为了躲避强光造成的寒冷，而是为了享受内心释放的温热，是爱情机能的自然调节，不受外力逼迫。只要他自然地闭上眼睛，他心上的眼睛就会同时睁开，再顾不得的时候偶尔一瞥，也会看见周小佳美丽的样子。湖边的早晨白鹤振翼是什么样子，周小佳就是什么样子；傍晚的湖上水莲临风是什么样子，周小佳就是什么样子。周小佳是会变化的爱人，千变万化的美丽都是她，不变的只是纯洁和执著，不愿意当秘书的心情。梁晨知道，周小佳像他一样，害怕热恋的时候分开，才被迫到了充满危险的地方。梁晨从“女人的敌人还是女人”的理由出发，断定危急时刻孙玉娇会救周小佳，可是他担心孙玉娇会有晚出现的时刻。其实他还是低估了孙玉娇的警惕性，他不知道，“老虎也有打盹的时候”，不包括母老虎。不管周小佳在歌厅的迷离灯光里，和安得林

唱了几遍“树上的鸟儿成双对”，只要早晨的太阳出来，周小佳的脸仍然像初秋的苇膜一样薄脆，细细的茸毛透明得好像看不见，他就知道，坏鸟的翅子没有掠到她的脸上。周小佳一如既往地跑到山上来，爽冽的山风劲吹，自然会把她衣服上沾染的歌厅气吹干净——世纪末的歌厅气，不是垮掉的一代“反传统”，不是魏晋风度放浪形骸，即便把裤腿用乱石头捶成狗撕过的样子，也缺乏硬汉子走在大路上，见一个小寮棚就用水瓢舀水喝的豪迈不羁满不在乎，它不过是女人的脚裹了一阵子又放开，把裹脚布放在炕沿上，光着脚丫在凉地上走走退退，糜烂却还没有坏透，放肆却失去了天足，想笑又有一种哭的欲望，想糊涂又往头上不时泼一瓢凉水……就是这样鱼肉野菜放进一个缸里腌，夏天里把盖子掀开的气味。周小佳当了秘书以后，只要每天早晨仍然往山上跑一趟，梁晨就闻不到那种歌厅气了。那一天早晨，周小佳把不用她当秘书的消息一告诉梁晨，梁晨的第一个反应就是：

“好啦，再也不怕歌厅气啦！”

周小佳不明白，问他，什么气呀？

梁晨说：“歌厅气，一种化了妆的肉欲之气。”

周小佳不同意他反对唱歌。

梁晨说，唱歌是心灵的需要，他不反对，他憎厌用唱歌宣泄欲望，通向身体。

周小佳说，那么“关关雎鸠”呢？

梁晨简单回答：“思无邪。”

周小佳用指尖点着他的鼻子说：“那么你呢？”

梁晨把周小佳紧紧抱住，在她的额上轻轻一吻，说：“爱美而不亵渎美，这种爱是圣洁的。”

就是这样，他们的爱情不是水中的月亮摸不着，也不是塘子里的荷花需要踏着烂泥采出来，他们的爱情，是没有被乱扫帚打扫的花径，从大海里走来的人光了脚走过去，不需要小心翼翼，可是也不会碾烂花瓣，留下污秽。

金崮林家老总安得林访日归来，一双皮鞋一下飞机就沾了中国尘土，他不换下皮鞋，就走向鲜花挥舞的街道，差一点让梁晨和周小佳的爱情破裂了。梁晨认为，周小佳不应该带领着孩子们挥舞鲜花，像欢迎一个国家元首似的迎接安得林，孙玉娇既然不敢让金崮顶矿井的大炮燃放二十一响，孩子们就没有理由挥舞鲜花，排练一遍又一遍，等待一天，不敢回幼儿园上厕所。面对梁晨的指责，周小佳又生气又委屈，在西山上开始了爱情跑步以来，第一次用气鼓鼓的语气跟梁晨说话，她说：

“孙玉娇叫去，我有什么办法?”

梁晨说：“你尽管坚持不去，看她能把你怎么样!”

周小佳几乎声泪俱下了：“她要是还叫我回去当秘书呢?”

梁晨说：“你放心，她永远不会叫你再回去当秘书。”

周小佳的眼泪流下来：“她不叫我回去当秘书，也会把我撵出金崮林家村。”

这是连梁晨也害怕的事情。他当然相信，世界上还有歌厅气没有弥漫到的地方，能容下周小佳穿着干净的衣服，不需要每天早晨跑步，到山上吹风，可是，歌厅气到不了的地方，他要跑步而去，也很困难，有一根绳子绊着他的脚，他一时还找不到刀子，把它砍断，那根绳子就叫“关系”。自从他离开有一个永远的父亲微笑的儿童村，走进大学，“关系”的绳子就绑到了他的脚上。他在军营旁边的大学里跑步，觉不出来，看看军营里走步的士兵方阵，就觉得脚上的绳子像战士捆扎背包绑紧了。爱情的刀子自然可以割断绳子，可是割断以后，背包放在哪一间屋子里铺开婚床，却叫人害愁。涕泗交流的周小佳，跟梁晨生了气，也没有赌气离开，她往梁晨的怀里偎紧说：

“我不离开你，谁撵我也不走。”

梁晨用一只手拍拍她的背，长长地叹出一口气。脚底下的大山在发抖，矿井里的又一排大炮炸响了。大山深处的矿井，白天和黑夜都是一样的，大炮炸响的时间会是白天，也会是夜间，像爱情的节奏一样，不舍昼夜。

玉观音

大东公司总经理巴东的爱情节奏往往会逸出常规，不能用凡人的标准要求他。他是三河县所有豪华歌厅和舞厅的常客，他却不跳舞，也不唱歌，他只猎艳。他出手凌厉，不像猎鹰从空中俯冲下来，翅膀影子一掠，猎物有一点机会逃避，他像草丛中的金环蛇，抬头张望，看到目标，闪电般窜击，猎物的腿怎么也跑不到那么快。当然了，歌厅和舞厅的野物，原本就是预备让人捕猎的，要是她们亮开了羽毛和尾翎，招摇一夜，等待一夜，没人捕食，她们还不高兴呢。金崮许家穷人的首领许启民的女儿许珍珍，连温泉宾馆的服务员都不愿当，她自然也就不会去歌厅舞厅当猎物。她守株待兔，一直等到自己的耐心失去了，为了帮父亲从安得林手中夺回金崮顶金矿，她才匆忙出嫁，成了大东公司总经理巴东的压寨夫人。巴东不用她杀蛇取胆，把她当成名副其实的正宫娘娘，派了服务员侍候她。巴东要在外面猎艳，眠花宿柳，她却管不着。大东公司，自保安科长左龙以下，所有保卫人员都是巴东的耳目，手大遮天，能把珍珍的眼睛和耳朵蒙过去。珍珍没能让巴东帮父亲夺回金矿，只借来一笔款子，替金崮许家的穷人交上了又一项集资。天气晴好，暖和有风，巴东到金崮林家借路，只带了左龙一个人。

巴东乘坐的轿车从村子东头进村。某一个有露水的不眠之夜，有什么人跟老天爷对话，在一个纸人的胸口扎了钢针，近期的一个白天，小学生把鲜花挥舞到不再新鲜了，欢迎安得林访日归来，都在村子的这个方位。巴东的轿车像黑色闪电，掠过村子铺了水泥的街道。天气最热的时候两个村子争矿，扔炸药包炸坏的街道修补以后，过了好久，还能看出打了补丁的样子，下雪季节的大雨下过以后，看不出来了。总部大楼前面，棚子里传出叮叮当当的声音，巴东从轿车里走出，看也没看棚子门口一眼，不像市里来的领导那样好奇，想进去看看雕的到底是个啥。左龙走在他身后，也不东张西望，他一只手摆动，一只手按在腰间警卫们习惯别枪的地方，大拇指勾住皮带巨大的铜制扣件。巴东和左龙不用通报，直接上楼，目不斜视的样子不像是走进人家的办公大楼，倒像是走进自己家里一样。守卫在桥头堡里的办公室主任孙玉娇根本来不及阻拦，等她发现了有人上楼，跑到门口喊找谁，她只剩下一点机会，看左龙在楼梯拐弯的地方一回头，没留胡子，什么话也不回答。孙玉娇要追着上楼去，办公室里的电话又响了，正是安得林要她。

安得林想叫孙玉娇上去，再欣赏一回玉观音。玉观音是安得林从日本国带回来的，后背上没有背着小枕头，发髻却梳得像日本女人一样，领口开到能看见锁骨那么低，安得林把她托在掌心里赏玩。安得林擦掉皮鞋上的中国尘土，恢复的还是中国口味。他会让日本的玉观音坐在孙玉娇的胸脯上，看坐着的观音和躺着的观音哪一个能让他更快乐，更圆满。孙玉娇被玉观音压得胸口酸溜溜的，问玉观音是不是日本女人的信物。安得林说不是。他说了假话。玉观音真的是日本妓女送给他的信物。日本妓女的头发像观音一样拢到头顶，露出仙鹤一样的脖颈。日本妓女让他把玉观音揣进怀里，飞过日本海琵琶宽的天空，叫他回国后，看见玉观音，就想起日本女人来。孙玉娇猜到安得林不说真话，可是她不点破。她问安得林，日本女人像玉，还是像瓷？安得林看着她胸脯上的玉观音，说像玉，孙玉娇说，才不像呢，日本女人像瓷做的没有烧透，她们脸上扑粉，胸脯上也扑粉，不泛亮光，往下掉渣。孙玉娇把玉观音伸手从身上拂掉，让安得林看她的肌肤没有比照，完美无瑕，莹白润泽，像用牛奶刚刚洗过一样，揉搓的力气再大，也不会像日本女人一样掉下渣来。安得林将错就错，不让孙玉娇知道真相：其实日本女人是先把粉洗掉再上床，她们比中国女人更卫生，干干净净的。春季的白天，长得像没有日本女人的日子一样难熬，安得林把玉观音托在手上，要孙玉娇上楼，电话还没放下，进来了巴东和左龙。他对着电话说等会儿再来，把玉观音放到了老板台上。巴东站到大老板台的对面，跟安得林说借路。安得林把玉观音托到掌心，问巴东带来了多少人马。巴东叫安得林不要误会，他不会来碰大哥。安得林又把玉观音放到老板台上，说：

“你还是叫我安总吧。”

巴东的脸微微一红，问安得林知不知道他叫什么。

安得林说：“敢来跟我借路的人，三河县只有一个。”

巴东说：“那好，我就借路走了，请安总给个方便，我知道安总的卡子严。”

安得林说：“我认识你，我的治安员可不认识你的车。”

巴东约定，他白天不行车，晚上行车，亮着红灯。

安得林警告他：“不准停车，一停车，我的治安员就会认为，你是抢我的矿石。”

巴东作了保证。他把老板台上来自日本国的玉观音拿起来看看又放下，问安得林：“安总信观音？”

安得林说对，观音菩萨大慈大悲，救苦救难。

巴东问安得林，观音是男人，还是女人？

安得林看不到玉观音领口很低的衣服下面就说：“当然是女人啦。”

巴东坚决的语气像掷出一把刀子："不对，观音是个男人长了女人的奶子，不男不女。你知道是为什么？武则天当了皇帝，母鸡啼明，她就让石头刻的玉琢的观音变成了这个样子，像唱小旦的男人一样，是中看不中吃的家伙。"

什么话也不说的左龙爆发了大笑，上楼以来，第一次把手从腰间拿下来。巴东笑了一下，很快不笑了。他建议安得林，大楼前面的棚子里不管雕的是个啥，首要的问题就是分清公母，不要让男人穿了女人的衣服，反过来，女人扮成男人也不好。安得林等巴东喋喋不休地说完以后，问他信什么。巴东说：

"我信财神。"

安得林问他，财神是天上的官，还是地上的官？

巴东微笑说："自然是天上的官啦。"

安得林告诉他："天上的官能保佑你发财，地上的官才能给你保平安。"

巴东说："你说的大约是县长喽。"

安得林把玉观音托到手上，用鼻子说话："县长算什么官？"

由于一个叫温廷礼的县长去京都镀金，获取新时期最早提倡的文凭，只能在台子底下看一帮女兵脱了军服，穿上舞衣，露出肚脐眼来跳舞，不能够走上台去跟女兵握手，安得林就不把所有的县长放在眼里了。虽然温廷礼能在大门口看见跳舞的女兵穿上军服，拿了搪瓷小盆，排队领饭吃，还学会了打桥牌，只要他遗憾"上学两年不能带老婆"，安得林就不会把他当官看。当然了，后来的年月里，温廷礼像好多县长一样走出国门，享受到不带老婆的最大幸福，可是他们出国花费大，往往需要找人开销，他们的手提包里只装着一把刷子，准备擦掉皮鞋上沾的中国尘土。他们想让脚上的皮鞋像踏着外国土地一样干净不要紧，他们也可以一次又一次集资，把路面的水泥抹得像外国道路一样厚，可是他们应该让老婆都穿上外国县长老婆穿的那种鞋，鞋跟像大号的钉子，能把质量不好的水泥路面扎出眼来。他们的老婆，脚要是太大，大号钉子一样的鞋跟负担不起，他们就应该让老婆穿上木屐，大拇脚指头插进一根带里，剩下的四根脚指头插进另一根带里，呱哒呱哒的，迈小步走路，脊背上背一个小枕头，走到哪里想睡了，就可以解下来枕了睡觉，不管胸脯上是不是抹了粉，像没有烧透的瓷人。穿了木屐的老婆自然可以跳舞给县长看，只要县长看了抹粉的锁骨窝，不想舀一杯水试试能不能盛住，那就放心，肚脐眼能把水盛住，早就试过了，县长肯定已经失去了兴趣……意兴阑珊到这个样子的县长，自然不能够保人平安，可惜巴东听不进安得林的警告。

巴东向安得林借路成功，拉矿石的大卡车亮着红灯，星光灿烂的夜晚，通过金崮林家的关卡，跑向大东公司的选厂。金崮林家通向矿山的道路上，设了明卡和暗卡。明卡像铁路上的路口修了岗亭，加盖铁板屋顶，漆了红白两色的路栏能够升起和放下。暗卡没有明显标志，像潜伏哨，隐蔽在路旁灌木林中，平静的时刻，会突然射出手电筒强光。大东公司拉矿石的卡车不鸣笛呼呼驶来，红灯闪烁，红白两色的路栏先是横在路中，卡车上红灯还在像狼的眼睛一样，在五步窜不到的距离闪烁，路栏已经升起，大卡车不需要减速，呜呜地吼着，驶过去了。灌木丛中突然射出手电筒强光，往卡车斗子上晃一晃，矿石顶上，穿了黑衣服的保安员摇晃着身子，小块矿石往下漏，保安员随车前进，掉不下来。卡车从打锣山国营大矿的方向驶过来，带着警觉和戒备，打锣山国营大矿却平静如初，像没有遭过抢劫的时候一样，矿区的灯亮成一片，像一个繁华的城镇。

如果依保安科长左龙的主张，大卡车就没有必要开进打锣山，再从打锣山开出来，可以直接从借道的金崮林家拉矿石。金崮顶金矿的地理地势，矿井情况，他已经派人侦察过了，连总部大楼各个部门的布局，也了如指掌，而且还清楚大楼前的棚子里，一直在雕刻谁也不知道是个啥的石像。不经由办公室主任守卫的桥头堡，直接上楼找安得林借道，在左龙看来也没有必要，有了说借道那么多的话，还不如大声地喊几遍“缴枪不杀”更见效。巴东却不让他动金崮林家金矿。理由倒不只是安得林的势力可以通到省里，也可以通到京城的一些部门——打锣山金矿是国家直属大矿，靠山更大；原因在于金崮顶金矿矿长不是安得林，矿长每年要给安得林发一笔巨额奖金，表彰他对金矿的关怀和支持，打锣山金矿矿长不给关怀支持他的什么人发奖金，金崮顶金矿会有安得林带人拼命护住，打锣山金矿就是抢空了，也没有人用性命保护，只要你不把他们的人打死就行。

巴东说得一点儿也不错，左龙亲自带人行动，遇上的情况跟巴东说的一样。他们甚至没有遭遇在私人小矿上遇到的抵抗。有一些姐夫当矿长小舅子当经理的小矿，会计往往由小姨子担任，三个人往往也能结成一个战斗小组，至少还敢说几句厉害的话，需要把刀子逼到脖子上，他们才闭了嘴往后退，眼看着矿石装到人家的车上。打锣山国营金矿可真的像一个纸老虎，就看你敢不敢伸出一根指头戳它。他们简直没有什么戒备，提升矿石的罐笼可比私人小矿的大多了。根本用不着把刀子逼到脖子上，左龙带去的保安队，只把刀子在矿井旁的灯光里挥动，推矿车的矿工就丢了矿车往后退，安全帽底下的眼睛里没有多少害怕，倒有些懒洋洋的。为了防止意外，左龙照例命令部下，把矿工绑到矿车上，撕了矿工的工作服袖子，把嘴堵住，矿工这才摇头晃脑，稍作反抗，因为他们的袖子上沾了石粉，把舌头弄痛了。

第三天夜里，情况发生了变化。大东公司的卡车刚刚开上打锣山金矿主矿井的矿石场，山谷间突然响起了恐怖的汽笛声。连续两夜平安抢矿，已经麻痹了左龙的神经，他坐在驾驶室里，差一点睡过去了。车斗里的保安员被夜风吹着，保持清醒，他们一时还是不能明白，国营大矿的矿工为什么会突然奋起护矿了。夜色里，他们看不清围上来的矿工胳膊上的袖箍写了什么字，凭暗沉沉的色调，能看出那是一种拼命的血红。左龙一边命保安员下车拔出刀子，一边命司机紧急掉头，大卡车轮子在山上搅起一团旋转的飞尘，大亮的车灯朝着逃跑的方向开亮。下了车的保安员不离开卡车跟前，一下车，就准备了上车便利。围上来的人群也不贸然攻击，他们慢慢地往前逼近，像把狗逼进死胡同一样，害怕跳墙。他们手上的武器更适合肉搏，铲矿石的铁锹有尖尖的锹头，劈铲两便，能把人的脑袋当西瓜破开。略嫌笨重的大镐已经卸下镐头，只留下镐柄，细的一端握在手上，粗大的一端指向对方，不必近前，就能把敌人手上的刀子击落。他们鼓噪前进，听声音，就知道他们人多，是真正的“国营”。这样的营垒只要筑起，就注定了是打不破的，短缺的往往是一种黏合的胶汁。晚风凛冽，左龙及时下一道“撤”的命令，不明白纸老虎一样的国营大矿，用什么样的针线缝了一件真的虎皮穿上了。

为国分忧

连大东公司总经理巴东也不会想到，打锣山国营大矿是由下岗矿工组成了护矿队，吓退了左龙带领的抢矿保安员。打锣山金矿护矿传统悠久，只是到了近期才中断了。出产金子的地方，自然也会出产强盗，既然金币有正面，也有反面。最大的强盗来自安得林最近出访的国家，脊背上不背小枕头，背了钢盔，屁股后头吊了喝水的水壶。他们把“鬼怒川公司”总部设在打锣山金矿，分部伸向三河地区所有蕴藏了金子的山头。他们把挖出的金子铸成特大号炸弹，在中国的土地上炸坑，剩下的给天皇铸像。天皇在一个病恹恹的日子宣布投降，“鬼怒川公司”想炸毁金矿再回国。打锣山金矿有史以来规模最大的护矿队，就在那个时候成立了，队长是三河支委特派员，平日里在矿井当小工，有一只打枪崩掉两根指头的手。等到有一伙强盗持枪冲进打锣山，直扑设在山洞里的金库，特派员已经当了矿长。矿长亲自带人，追捕携金而逃的强盗，矿长朝天鸣枪，大喊“你三指头爷爷在此”，强盗不理他，他举枪朝强盗头子连连射击，没有射中，大家这才知道，他“三指头”的打枪绰号是吓唬好人的，真正的强盗并不害怕。新时期的矿长不用三根指头打枪，用三根指头捏笔，在密密麻麻的矿工名单上打钩打叉，打钩的上工，打叉的下岗。国家的矿石被抢，他最先想到的，就是用下岗矿工护矿，倒不是因为下岗矿工更关心国家财产，是他们更需要有一份工作挣饭吃。矿长决定，护矿一夜，发两个白日班下矿井的工资。

拉锯战就这样打响了。由下岗矿工组成的护矿队，可真的害怕抢矿的强盗不来了。下岗以后，他们尝试过各种职业，去县城的路口站着，手上擎几个彩色气球啦，从城东的市场批一筐韭菜，载到城西的市场摆一个小摊啦，哪一行，也不如护矿的收入更稳定。他们是天生的风钻手，专门在山石上戳窟窿，手指头像钢錾一样硬，刚刚把红色的气球交到孩子的手上，还没从孩子妈妈手里接过钱来，气球从孩子手里滑脱了，线端往上飘，他们把握惯风钻的手擎到天上抓气球，气球就在手中爆破了，爆破声没有矿井里的大炮响，却让他更害怕，穿了貂皮大衣的女人不给钱，还说把孩子吓着了。他简直不敢发火，不发火都能把气球吹破，多年来在地底深处呼吸，已经养成了大口喘气的习惯，吹气球需要气力，也需要节制，花花绿绿的好像希望一样，吹起来好看，吹破了就像彩色的鼻涕沾在手上，让人沮丧。他们这样的气力倒长于呐喊，能在深夜的山上激起吓人的回声。左龙带的保安员吓退以后，第二天巴东亲自带人来，也照样吓回去了。他们只用喊声战斗，并不动用手上的武器，只要强盗的腿不打断，能爬上汽车逃回去，第二天坐了汽车再来，他们在平生剩下的下岗时间里，就干这一种工作好了，像专门开会讲话的干部一样，只在嘴上卖气力就行了。

矿长不亲自带队护矿。他要是像“三指头”矿长一样会打枪，他就会朝着强盗的头顶打一枪，打不准，也吓得他们不敢再来。第二天护矿队的战绩跟第一天一样，铁锹和镐头柄都没有用上，矿长就知道，下岗矿工在用消极抗战的态度，曲线救饭碗。他不撤掉护矿队，找三河县长温廷礼交涉，要求温廷礼下令，出动警力，治理地方治安。温廷礼跟他玩一阵桥牌战法，叫他自己组织护矿队，不要光依靠地方武装。矿长说他已经这样做了。温廷礼眯起眼睛，问他护矿队战斗力如何。矿长如实回答：

“矿石倒是保住了。”

温廷礼睁开眼睛说：“这不就行啦？”

矿长叫苦说：“我发不起护矿队工资啊！”

温廷礼不相信，生产黄金的企业会像生产袜子的企业一样贫穷，三河县正因为出产黄金，通向三河县城的四方路口，才全部建筑了巨大的牌坊，用上好的大理石做立柱，不用砖石混凝土。矿长承认，金子就是直接的富裕，可是他的身份跟温廷礼不一样。温廷礼自己是老太爷，儿子们挖出金子来，给老太爷进贡，他却是儿子，挖出的金子交给了老太爷，这就是国营不如地方，国企改革举步维艰的根本原因。温廷礼一听，就表示赞赏，说这就对啦，孩哭抱给他娘，你找老太爷去嘛！矿长说他不想惊动上头，下头发生了问题，还是在下头解决为好。温廷礼站起来，把滑脱下来的“干部大袄”往肩膀上拉一拉，答应解决，说不留他吃饭了。

只要三河县公安局的警察，不从那座楼顶上架设了复杂天线的大楼里跑出来，坐上警车，跑到打锣山国营金矿帮助护矿，打锣山金矿下岗矿工组成的护矿队就不敢解散。第三天夜里，穿黑衣服坐了卡车的强盗没有上山，第四天护矿队刚刚解散，领走了工资，矿石场的矿石又少了，戴了安全帽的矿工被绑在矿车上，嘴里堵着毛巾睡过去了。金矿矿长一边把护矿队重新组织起来，一边乘车直奔三河县城，从西边的大门进大院，绕过一个圆形花坛，不在政府大楼门前停车，在县委大楼门前走出车来，上楼去找县委书记于明。政府不可靠，他就找党。他算找对了。县委书记于明穿夹克衫，脖子上系领带，不披“干部大袄”，模样像个大学生，可是他比穿了“干部大袄”的县长温廷礼更容易愤怒，他可以让安得林在大院里喊着他的名字骂昏君，他可不允许一帮强盗去抢国家的矿石，让国营大矿发不起护矿队的工资。他跟打锣山金矿矿长紧紧握手，用一只手拍矿长的臂膀，叫对方放心，他将亲自下令，派出警察，帮助打锣山护矿，不需要国营金矿付一分钱工资。

“咱们拿的都是国家的钱，就应当为国分忧。”于明语气沉重地说。

第九章

针尖上能坐几个上帝

夜里的打锣山上响了一枪，枪弹划过的火光像过年的焰火朝着天上飞，看样子就不准备打人。几个钟头过后，真的焰火在不远处的山上点燃，飞向天空，金崮林家集体的墓地里鞭炮响成一片。清明节的早晨，大家早早地到墓地祭祀祖先，大放鞭炮，让亡去的先人知道儿孙们来了。鞭炮和香火的青烟还要过一会儿，才能到达先人们住的地方，三老会成员被副总郭立志紧急召集起来开会，讨论移葬问题，也就是墓地的重新规划。金崮林家活人住的村子既然已经修起了新型厕所，两委成员率先住进了楼房，形成了村子的另一个群落，那么，死人住的村子也应该作一个新的调整，跟活人对应起来。

像三河县的好多村庄一样，金崮林家的墓地已经作过两次大的迁移，每一次迁移，都是死人世界的一次大规模移民，流离失所的样子让活人看了难过。第一次是在二十世纪中叶，为了修水库筑堤坝，把先人住的地方腾出来盛水，棺材板拿到村头像人一样高的炉子上烧火炼钢，小一些的，送到村子中间食堂的大灶里做饭吃。第二次距第一次只隔了十几年，为了把小块的土地整成大片，让拖拉机耕地时不必在坟堆跟前拐弯，把散乱的坟头集中到一起，原本没有的集体墓地就这样出现了。为了让活人过得更方便更舒服一些，反复移葬，死人的脑袋也会想通。第一次移葬，他们的白骨没有全部拣走，在水库底下，跟死鱼的骨头泡得一样白，他们没有从水里走出来，问问儿孙们的骨肉是从哪里来的。第二次移葬，他们的一些衣服还没有全部烂掉，挂在棘子的倒钩上，像打起了满山的小旗，他们没有埋怨儿孙们长不出皇帝的金口玉牙，不能下一道圣旨，命棘子不长倒钩，剐不破衣服。世纪末，由三老会讨论又一次移葬，与活人过的好坏无关，好像就是为了一种跟死人界不一样的规格。

死人界的规矩跟活人的世界不同，他们的儿孙当了县长，也不住大房子，老子住的地方还是比儿子住的地方高。老子住在高房场上，也不是为了多看一会儿太阳，是为了让儿子侍候的时候端着饭碗往上走，让儿子记住，他当的官再大，也是爹娘的儿子。老子的房子盖在高处，也不就是因为他比儿子走得早，先去占下了，有早夭的儿子，十几岁就去死人界住下，过了几十年老子再去，老子依然住到儿子后边的高地上，那样住法，儿子就会依在老子的膝下，慢慢长大。金崮林家规划新墓地，要彻底打破死人界的规定，儿子比老子官大，儿子就住高处的房子，房子也大；儿子如果是三老会成员，老子是两委成员，才能合上死人界的规矩，像两委成员已经住上了小楼，三老会成员还住在旧房子里一样。

讨论一开始，新墓地规划就得到了三老会成员林家明的拥护。他不再叫人看看他一天三顿吃的什么，他更加关心死后住的房子。他大声地背诵一节《村规民约》上没有的第五百六十九条，内容正是新墓地完整的规划，座次分明，秩序井然，可以跟金凿林家新村的沙盘模型一一对照。他言辞流利，清晰无误，抖动着胡子，明显是洗嘴后才有的进步。他这样的洗嘴结果，不仅让人羡慕，也令人嫉妒了。在修建新型厕所的讨论会上，曾经建议用金子做便盆的三老会成员分明也拥护新的墓地规划，准备作赞成的发言了，话到嘴边，却故意反叛一下，有意刺一刺林家明洗嘴以后得意洋洋的高兴劲儿。他也不说反对新的墓地规划，只说林家明拥护新的规划，是想让孙子当爷爷。林家明抖动着胡子，叫他把话说明白。

“再明白不过啦，你就是孙子辈嘛。”对方像金子做的便盆一样，清清楚楚地表白。

谁都看出来了，这是在计较死后的地位。他和林家明是本家，按死人界的规定，林家明住的房子还要在他儿子的下面，新的墓地一规划，林家明就住到了跟他一样高的地方，因为他们都是三老会成员，而且，林家明很可能比他死得更早，住高地方的日子比他更多。他简直想不出，用什么办法才能把林家明从得意的高处拉下来，他就让林家明看清这样一个事实：孙子当了爷爷，住到高处去了，孙子的儿子却仍然住在重孙子的地方。

“渴死你，也没人舀碗凉水给你喝。”他说。

林家明两只老眼睛睁大，更加听不明白对方的话了。

“再明白不过啦，你跟前守的是别人的儿子嘛。”

林家明这才恍然大悟地说：“当然啦，我的儿子自己把自己捅死了嘛。”他又斩钉截铁地说，“我不用别人给我当儿子！”

副总郭立志很清楚林家明的态度，可是他不明白，跟林家明对立的三老会成员到底赞成什么，反对什么，他叫对方明说。老家伙顿时发作了建议用金子做便盆的脾气，明确主张，用金子做新墓地的骨灰盒，两委成员用八两金子，三老会成员用六两金子，像死人住的房子一样，也是从高处往下排。金凿林家靠黄金致富，金凿林家的死人也应该是最富的。有人问他，普通村民用几两金子，他说，要是嫌二两金子做的骨灰盒小，盛不下一条大腿骨烧出的灰，就用金箔纸，把木头骨灰盒糊起来。提出疑问的人于是反对说，普通村民那就进了保险柜啦，三老会成员以上的人倒很危险，盗墓贼会从高处排着往下掘，倒掉骨灰，把盒子拿走。

让大家为难的问题还有一些，新墓地落成以后，样子会像一座金字塔，越往顶上越尖，大家想不出，最顶上能埋下几个人，问题像“针尖上能坐几个上帝”一样不好回答。金字塔的底座倒无限广大，像老百姓的数目无比庞大一样。塔尖的道理正好是反的，死人的房子要是像活人一样占地方，塔尖上就会挤不下有资格上去的人。简单说吧，从号召大家第一次移葬，把棺材板送去大炼钢铁的老书记算起，已经有四个人应该住塔尖了。他们四个上帝，倒可以给后面的安得林留出地方，那么，安得林是把头顶的位置留给后面的人呢，还是把脚踩的地方留下呢？有人刚刚把这个问题提出来，大家立刻就像被吓住了似的，不说话了。刚刚过去的这个清明节早晨，大家曾经在墓地里看见过安得林，安得林在死人住的村子里，像大家一样是个儿子。他比大家显得更凄清，更孤单，他只往一个坟头上压黄表纸，只在一个坟头跟前点燃鞭炮。他的小旦父亲孤零零埋在一块地里，不跟姓林的先人埋在一起。小旦的艺术生涯萍踪无定，提着裙子上楼，两腿间夹不住铜钱，金凿林家的坟地里，还没有姓安的先人埋下遗骨。正是为了死后不像唱小旦的父亲一样孤零零的，来来去去只有一面小锣“台台”地伴奏，安得林才提出了新的墓地规划，叫郭立志召开三老会讨论，以便他死后满世界走动，出访归来，怀里揣着玉观音，有军乐队吹吹打打欢迎，孩子们把鲜花一直挥舞到不再新鲜。他自己为死后作出了热热闹闹的光辉打算，却不跟人说，三老会成员就不敢随便讨论他的死亡，好像他是不会死的。连副总郭立志也小心翼翼地回避，引导大家，往安得林不死的方向想。建议用金子做骨灰盒的三老会成员又一次发作了倔脾气，非要把问题讨论到实处不可，他打架一般问郭立志：

“那么给不给他留地方?”

郭立志念一句对方不懂的诗：“天涯处处有芳草。”

对方以为副总暗指拈花惹草之类事情，有些气愤地说：“三老会讨论死人的房子，你少说些床上的话。”

郭立志脸都吓白了，以为对方已经知道了一些床上的秘密，连忙说一句思想的实在话：“哪里黄土也埋人。”

对方不得要领，仍然要追问，一直没有说话的三老会成员林海山站起来往外走，边走边说：

“我走啦，从今以后，我退出三老会。”

郭立志叫他说明原因。

他说：“我就想死了以后，还埋到我爹跟前。”

不等郭立志说他什么，林家明站起来，擎着一根指头指明实质：“你是怕我当了爷爷，跟你住到一块儿。”

林海山回头说：“孙子跟爷爷住到一块儿，也是孙子，因为他改不了孙子骨头。”说完以后走出去，再就不回头了。

金崮林家墓地第三次迁移，还是比前面两次简单得多，“针尖上能坐几个上帝”的问题不好解决，旧坟墓扒起来却很省力。经过了两次大迁移之后，已经没有过去那样的大墓了。过去的大墓，每一块石板，都需要四条壮汉架了杠子才能抬动，每一座大墓至少有七块这样的大石板盖住棺木。实行火葬以后，一块水泥板盖住骨灰盒，水泥板单薄得九岁孩子也能用一只手搬动。人造的航天器飞上太空，在没有人住的地方，孵出了站不住的小鸡，打着滚儿走动，想把人住的世界，扩大到人脑子想不出来那么大，人用的东西却越来越小，进入了“纳米世纪”，在米粒大的象牙上，雕出十八个罗汉再加六个观音，人的眼睛看不出来，借助高倍放大镜，才能看出二十四个没有用处的男女模样。三河县贵金属加工厂，用机器把金子拉成金丝，每一根细到十三微米，三根拧在一起，才有洋人最细的头发丝那么粗，这还比“纳米”粗了千万倍。加工厂的工人穿了白大褂干活，戴了口罩喘气，担心直接喘气，十三微米的金丝会被气打断，像死人的头发一样，抓一把就成了渣子。工厂的房子用大玻璃罩住，密不透风，外人只能从窗上看看。这么细的金丝装在手机里导电——这就对了，只有像电那样看不见的脚，才能从三根拧在一起只有头发丝粗的金丝上走，不会把金丝踏断，像人的魂灵一样，一个针尖上能蹲好多个。

一碗蜜饯

自从去贵金属加工厂参观过一次以后，大东公司保安科长左龙知道手机里装了金丝，就把不用的手机拆开，抽下金丝，准备积攒得多一些，送给公司的会计米晓雯绑头发。他相信，到了他送给米晓雯的金丝有她的头发那么多的那一天，米晓雯就是他的了。

左龙追求米晓雯的耐心像巴东追求珍珍的耐心一样大，他却没有巴东幸

运，他怪米晓雯不像珍珍，有一个父亲当穷人的首领，非但如此，米晓雯有一个姨夫当县长，她就不需要再找一个人帮她打架了，要是有什么仇恨要报，她可以找她的姨夫温廷礼。差不多每个星期天，她都去县长家里吃饭。县长不在家，吃饭的时候，她可以把冤屈说给她姨听，姨差不多就是亲娘。左龙承认巴东说的是真理，米晓雯不是秋香，他也不是唐伯虎。可是唐伯虎能脱了裤子蘸墨画蝴蝶，一坐一只，蝴蝶还有头，秋香也想挣钱，学唐伯虎的样子画画卖，她一坐一只，蝴蝶还没有头，卖不上好价钱呢。米晓雯的短处，就是他的长处，取长补短，男人和女人的事情就完美无缺了，老天爷造人的时候就是这么打算的。女人喜欢男人，或许不是因为他的胡子大，这就是中国姑娘没有被大胡子外国男人占完的道理，可是一个男人如果活到老了，还长不出胡子，再干净的女人也会离开他，去找能长出毛来的嘴巴。左龙在不同寻常的嘴巴上做文章，把胡子留起来像一只野兽，剃掉以后光溜溜的，又像一只长把大瓢了，无论是动物，还是植物，他都想用女人会在意的毛发打动米晓雯。米晓雯上山的时候，他又一次把嘴巴刮得青铮铮的了。

米晓雯轻易不到山上来。她是会计，算账的桌子安在大东公司的大楼里，山上的矿井出什么样的矿石，都不影响她算账，她账本上的现金往来，与矿石的含金品位没有关系，只由保安队夜里乘了大卡车来去决定。大东公司的矿井也有罐笼升降，它可不是米晓雯账本上黄金指数的标志，只不过表明大东公司的金矿一直在生产罢了。总经理巴东说，米晓雯是没有生病的林黛玉，等待嘴里衔着玉的宝哥哥，想叫左龙死了心，其实米晓雯倒像一台计算机，摆在大东公司的桌子上，被别人的手按着键盘敲打数字，她也像一个花瓶摆在桌子角上，不小心碰到地上，就会摔碎。三河县召开黄金生产安全会议，总经理巴东叫她去开会，她在会上听姨夫讲话，没有感觉到有什么危险，倒觉得怪滑稽的。只有她知道，台子上穿了“干部大袄”的县长，在家里光了脊梁的样子不像县长，而且他的肚子比最不好看的肚子更大，比不穿“干部大袄”的男人更怕老婆，好像有什么把柄握在姨的手里。离开县城中间开会的影剧院，到发生了事故的矿山去参观，米晓雯才感觉到，安全隐患就在脚下，随时都会有危险。三河县采金历史悠久得像一个好色终生的老男人，身子骨快要被女人淘空了，不小心，就会塌掉胸膛上的一根骨头。纸页发黄的史书上说：“今二州置金坑，多聚民凿山谷，阳气耗泄，故阴乘而动”，说的就是男人受不了女人的大地震。要命的是脚底下的山头，不知道什么地方，被哪辈子的锤錾掏空了，猜不透什么时候会塌下去。发生事故的现场叫人看了害怕，矿井口的工棚都掉进地球的肚子里去了。两年前的夏天，还曾经掉进过一辆小轿车。小轿车路过的地方，已经不是本世纪的矿区了，路面上铺了沥青，没有引起黄金生产安全部门的重视。大塌陷比大地震更叫人割舍不得，知道地球上会有大地震，可以搬到没有地震的星球上去住，知道三河县会有大塌陷，可就是离不开它，正相反，它地底下蕴藏的丰富黄金，还让人趋之若鹜呢。越是知道三河县快要挖空了，钻到地底下掏挖的人越多，越是要加快挖空它的进度。在大塌陷的事故现场散了会，米晓雯不敢停留，直接上山，想让大东公司金矿采取一些安全措施，保安科长左龙却邀请她，上鬼子的炮楼耍耍。

鬼子留下的炮楼不怕风吹雨打，只要不跟着大塌陷掉进地球的肚子里，它就要在地球的肚皮上做一份石头文件，让人诠释。米晓雯认为，左龙的打扮不适合出入鬼子炮楼，他应该脱下黑制服，穿上府绸小褂，小褂的衣袖和裤腿都要宽大到能够抖起来，再戴一顶礼帽，挎一把盒子枪，推着自行车走过吊桥，把礼帽摘下来叫一声“太君”。左龙觉得，服装很好置办，只要有花姑娘陪着，他可以把礼帽摘下来，用两条腿夹住进炮楼，像唱戏的小旦夹住铜钱一样，大大的好。大东亚共荣，大东公司繁荣，靠的都是刺刀加金子。米晓雯说不对，还要加上卑鄙无耻丧心病狂卖身投靠丧失国格和人格。左龙哈哈大笑，说米晓雯不应该来大东公司当会计，应该去三河县委当宣传部长。就连三河县委宣传部长，还上鬼子炮楼耍过呢，带着三河电视台的播音员，在炮楼里铺了塑料布，喝啤酒吃火腿，播音员的口红比包火腿的纸片红，宣传部长用纸片把嘴擦擦说“米西米西”……左龙没有来得及说出宣传部长还要吃什么，总经理巴东从工棚里走出来，打一个哈欠，伸一个懒腰，仰起脸来让太阳光刺鼻孔，打出一个惊天动地的大喷嚏。

用不着鬼子炮楼在眼前矗着，巴东的诠释也比左龙深刻得多。在大东公司的办公大楼上，巴东不看炮楼，在左龙眼前展开一张看不见的地图。他用大拇指指甲掐住一根小指的指头尖，问左龙，日本鬼子指头尖大的小国，为什么敢打巴掌大的中国？就是因为日本男人个个都是武士，他们的女人脊背上了背了小枕头，随时都可以解下来枕了睡觉，武士上战场之前，先跟女人睡了觉，他就不怕死了，这就是武士道的精髓。中国人为什么出汉奸多？不是中国男人天生怕死，是中国军队没有慰安妇跟着慰劳。中国军队，当官的才有妻妾成群跟着，当兵的老婆不能随军，连现在都是如此。上帝把全世界的男人造成一个样的，女人也造得一样，就是要让所有的男人都怕死，都不怕死，不怕死的胆量全靠女人给他。左龙听了叹服不迭，说：

“巴总说得对，要是米晓雯能跟我睡一夜，死也没有什么挂牵了。”

巴东问左龙说的是不是真话。

左龙说军中无戏言。

巴东胸有成竹地说：“那好，我给你安排。”

左龙自然相信巴东的能力，他只要想做，三河县所有在朝在野的美女，都可以掀起石榴裙，不是怕他的刺刀，就是爱他的金子。巴东就是五十年前占领了三河的皇军，在挖金子的山头上筑起了炮楼，花姑娘的大大的有啊。当然了，身为大东公司的保安科长，左龙用不着穿上府绸小褂，戴上礼帽，他穿一身黑色的制服，也能把花姑娘弄进炮楼里去。他把胡子留起来又剃掉，用硬不起来的毛发讨米晓雯喜欢，只不过想叫米晓雯服服帖帖地归顺，像珍珍一样做个压寨夫人罢了。他倒还有耐心，收集手机里导电的金丝，送给米晓雯绑头发，一直等到十三微米的金丝有米晓雯的头发那么多的那一天。可是，他实在没有耐心等待手机一块一块坏掉了，新牌子的手机，在电视上广告女人的手掌中旋转把玩，好像永远都不会坏的样子。他感激巴东，让无限遥远的日子在一个夜间到来，生米只要做成了熟饭，他就可以摆到饭桌上慢慢吃。他问巴东需要他做什么，巴东说：

“你去蹲几年监狱。”

左龙愣愣地看着巴东，以为巴东仍然是不准他染指米晓雯，几年监狱，就是为一夜风流付出的代价。

巴东从左龙愣愣的眼神中看出了误解。他告诉左龙，好男人从来用不着为女人蹲监狱。好男人要江山，也要美人，江山只要不倒，美人就不会缺了。为了大东公司的利益，才需要左龙去蹲几年监狱，临行前由米晓雯为他饯行。

“米晓雯可真是一碗蜜饯哪。”巴东由衷赞叹说。

左龙明白了，米晓雯真的是一碗蜜饯，他也只能吃一口就放下，生米做成了熟饭，却要搁起来。等到再有了吃的机会，说不定已经摆到了别人的饭桌上。巴东不让他的犹豫像大楼外面东流河上的暮霭一样蔓延，简略告诉他，打锣山金矿矿长找到了县委书记于明那里，于明下令要整治，温廷礼也挡不住了。关键时刻，需要好男人上去顶一顶，反正打锣山金矿行动，是保安科长带人干的，名正言顺。巴东晓以大义，左龙仍在犹豫。巴东知道他害怕狱中受苦，就让他放心，他只不过是换一个地方住两年罢了。三河县黄金遍地，已经设立了特等监狱，是专门为腰里别着黄货的富人预备的。根据你提供的资金，可以选择不同等级的牢房。最好的牢房铺了地毯，是上好的羊毛，只是颜色差点儿，不用红色，改用灰色，监狱依靠灰色创收，增加经济效益。最有钱的犯人可以在监狱里当传达，捏一把小茶壶喝茶看报纸，按时嘴对嘴喝一口，喝出多大的响声，都没有人管。铺地毯的牢房安放大床，预备老婆去探监的时候住一住。老婆如果愿意，也可以在里面长住，只需要脱下原来的衣服，换上女犯的统一服装，编上号码就行了。俄罗斯一百多年以前，好多女人就是这样做的，她们打点个小行李包，跟上戴铐的男人就到了西伯利亚。左龙问，米晓雯能不能到狱中去看他？巴东轻轻松松地说：

“看你的功夫了。”

紧接着又总结说：“女人，你叫她快活一夜，她能记住你一辈子。”

左龙毫不怀疑自己的功夫，他的胡子留起来又剃掉，需要最锐利的剃刀接通电力带动。可是他担心没有一根绳子那么长，能从监狱的大墙里拉出来，拴到米晓雯的腿上，他拽一下绳子的那一头，另一头的米晓雯立刻迈步，走进铺地毯安大床的牢房去。巴东说，这倒不必害愁，只要他能叫米晓雯一夜之中死过去，活过来以后，就可以把她送进牢房去举行婚礼，一人手里拿着一个结婚证，那就是一根长绳子从监狱的大墙顶上拉过了。巴东微微一笑，提醒左龙，务必要提高警惕，严加防范，探监的女人常常面临着巨大危险，不小心，她的衣服会被撕成一缕一缕，男犯们一人一片，拿着在裤子里面绑小辫，连女人的鞋带都不放过。左龙自负地笑一笑，叫巴东放心，晃一晃膀子说：

“咱的女人，谁敢？”

左龙再剃一遍胡子沐浴。他既然不再把胡子留长，就不妨让嘴巴更光溜一些，胡子不长不短，是扎人最厉害的毛，他还不知道米晓雯会不会喜欢，他只知道好多女人嫌疼。他用一件大毛巾一样的浴衣，把自己暂时遮掩起来，里面什么衣服也不再穿，以便到时候把毛巾一撩就行了。他不往腋下喷男人用的香水，只在长毛的地方揉一种特制的油膏，就是能让男人的毛发味更浓起来的剂料。好多男人只知道在胸膛上粘毛，却不知道毛发上的气味更重要，好多女人就是为了男人的毛发气味，才以身相许，至死相随，肯跟了男人到没有人烟的西伯利亚去流放；男人用的香水喷得再多，也会在冰天雪地里冻掉了不管用。他在大毛巾浴衣的口袋里放两粒丸药，准备内服，药丸来自美国，是真正的洋货，吸取了传统药典的精华，又融合了现代医学成果，大机器批量生产。那个金子最多的国家，把他们的药物倾销到世界各地，并不是想让地球上的男人都像他们的男人一样能干，是想让所有国家的男人离开了他们的药物都阳痿，像倾倒了精神支柱一样，像撤掉了经济靠山一样。沐浴一过的左龙，在大毛巾浴衣口袋里备下双倍的剂量，想把一夜的时间拉得像一年一样长，然后他走进铺了地毯的牢房，米晓雯不去探望的日子，就不会长得熬不过去了。左龙当然知道，巴东不可能为他和米晓雯举行牢房里的婚礼，他手里不能捏上一根绳子拽一拽，就把米晓雯拉进牢房里，倒不是巴东办不出结婚证，是监狱里不准许大奏军乐，扔一块金子把门打开。他就是没有米晓雯按时探监，他也非去特等牢房里住着不可。日本武士把女人脊背上的小枕头解下来，睡完了去死，打了败仗的将军，也会用指挥刀把自己的肚子剖开，他是中国的武士，既然注定了要走“丢车保帅”的象棋路子，他还是死在牡丹花下最风流。他在巴东安排的温泉宾馆套房里等待。他洗澡的浴盆，曾经泡过三河县能够接待的最大的官，摸上去的感觉跟以往不一样，他明白了男人为什么要挖空心思去做官，每摸一下，都让他加倍思念米晓雯，他费了好大的劲，才忍住了没把两粒药丸提前服下。米晓雯倒是准时进来了。

米晓雯化了一点淡淡的妆。她陪同总经理巴东谈业务的时候，总是这样。她知道，浓妆艳抹会让男人撇开正常的业务不谈，不施粉黛，也会使业务谈不出好结果。她进了门看不见巴总，就想退回去，左龙却抢先一步把门关好了。挂在墙上的石英钟长长的秒针一下一下颤动，像垂危病人的脉搏，左龙后背抵在门上，掏出药丸，把两粒同时按进嘴里，不喝水服下。他留出一点时间，等待美国药力发作，先露出不需要药力的胸膛，让米晓雯看看他刚洗过的身体是不是性感。米晓雯冷冷地瞥他一眼说，他的样子叫人想起了一个成语：“沐猴而冠”。左龙咧嘴一笑，说他明白，就是猴子洗澡戴上了帽子。他赞叹这个猴子洗澡的成语好，因为人原本就是猴子变的。人为什么好色？就因为猴子洗澡戴上了帽子。你到动物园里看看就知道了，那些公猴一看见年轻漂亮的姑娘走到跟前就来劲。米晓雯不再看左龙沐猴而冠的样子，只劝他应该到动物园跟猴子关在一起。她说着话就要夺门而走，可是已经来不及了，美国药力迅速发作，左龙再也顾不得说话，不撩毛巾扑上来。他是一头发了情的猛兽，人的力气不能够抵挡，洋技术装备的利炮打垮旧中国的破船，就是这个样子。眼看着米晓雯最后的防线就要被突破，房间的门及时打开，威武雄壮的警察冲进来。左龙来不及看清警察的好身手，他的两只腕子已经被铐住了。可是美国药力并不在手上发作，它发作的部位，警察没有合适的铐子对付它。左龙气势汹汹，乱蹦乱叫，好像戴着铐子做爱一样疯狂。警察大怒，挥动警棒，以夷制夷，左龙铐住的双手来不及保护，倒下去打滚儿，警察得意洋洋地说：

“看看到底谁的棒子硬！”

曝曝光

县委书记于明看上去像大学生一样文弱，却在需要强硬的时刻，打出了一记铁拳，为保卫打锣山国营大矿，惩治黑帮，取得了阶段性成果。打锣山金矿下岗矿工组成的护矿队当即解散，下了岗的矿工仍然到三河县城的街头上，支一辆自行车卖气球，路旁岗亭里，交通警一再隔着窗户赶他们离路口远一点，免得气球爆破，妨碍交通。打锣山金矿矿长感激于明为他排忧解难，省下了护矿队下岗矿工的工资，要在温泉宾馆设宴谢他，于明拒不赴宴，理由是“位卑未敢忘忧国”，为国分忧，他不敢只为了一个打锣山金矿的利益去喝酒。于明感慨万端，忧心忡忡，他到黄金大县三河来当书记，还不到一年，县委县政府大院，两个大门又关上了一个，只从原来的一个门出入了。迎着县委楼的大铁门关上，来往车辆和人员，从迎着政府楼的大铁门通过，看起来就是从安得林在院子里大骂于明昏君的时候，恢复了旧样子，其实是上访的马桂花不经盘查，直接去县委大楼找于明引起的。

在漫长的上访生涯中，马桂花已经习惯了不进县委大院了。大院的两个大铁门锁了一个，另一个有穿黑衣服的保安员把守，她走不进去。她的上访日子再漫长，也只能一天天在信访办公室挨过去，听文化馆组织的男女演唱炒花生磨豆腐的好生活，听信访办公室主任和剧团下来的花脸更大的嗓门吼叫。那个没有太阳的下午，她走出信访办公室和文化馆同走的大门，往北一看，对面的大铁门门口仍然站了穿黑衣服的保安员，另一个大门却不是原来紧闭的样子了，大门洞开，像打开了一片阔大的新天地。马桂花倒没有抱多么大的希望，她也就是像讨饭的乞丐“到另一个门上跑跑”的心情，自然而然地就走进了那个大门。她走进大门，顺利地通过了大院，没有看矮个子花木工正在捏着一根长长的水管，像撒尿一样朝着花树喷水，快步走进大楼。她不知道她要找的县委书记会在哪个房间里，凭经验判断，肯定不会在一楼，因为村子里的老总安得林就住在大楼的上层。可是她没有时间走完半层楼房的楼梯，就被办公室里出来的人拦住了，一共出来了三个人拦她，都是办公室的，能认出她是上访女人。他们又拉又推，出手无忌，毫不在意碰到了女人身上不准许他们碰的地方，按年龄，他们都应该是马桂花的儿子。马桂花拼了命才忍住了，没在他们脸上打巴掌，她用两只手死死地把住楼梯的铁栏杆，大叫：

“青天大老爷，为民做主啊！”

青天高远，马桂花的喊叫没有长上足够长的腿，跑到青天大老爷那里去。她把住铁栏杆的双手被扒开，三个人把她推出大楼，迫使她顺着原路往外走，离青天越来越远。她在刚刚绕过的花坛旁边被推倒，顾不得泥水把衣服弄脏，躺着大叫青天大老爷。三个人把她拖起来，拖掉了她的一只鞋，没有人管，她滚着爬着要回去捡鞋，大叫青天大老爷。三个人拖着她，离她的鞋越来越远，她顾不得捡鞋了，只顾得大叫青天大老爷。三个人不再松手，让她没有机会捡起上访的鞋来穿上，一直把她拖到大铁门外边，大铁门随即咣啷咣啷关上了，她返回身抓住大铁门小孩胳膊粗的铁棍，大叫青天大老爷。办公室的三个人把大锁捏死，放心地往回走，走到半路，一只脚抬起来，回头一踢，一只鞋从大铁门的铁栏射出去，有人在大楼门口叫一声“好球”，声音高高亮亮的，激情洋溢，好像电视台最好的体育节目解说员似的。

大铁门关上了，再就没有打开，再要打开，需要再来一个新的县委书记，他担心上访的妇女还要从政府大楼前面的大铁门通过，绕一个圈子不方便，就下令把锁上的大铁门打开，为了保证打开的大铁门不再关上，就在大铁门旁再修一个地堡一样的钢筋混凝土传达室，派上三个穿黑衣服的保安员值班。在新的县委书记还没有到任的日子里，马桂花上访，还要走原来的路子，她穿上人家从大铁门里给她踢出来的鞋，走进没有人把守的大门。信访办公室换了新的主任，新主任像原来的主任嗓门一样大，不像原来的主任，有耐心把买回的韭菜择好洗净，用报纸包起来，他只按日子买一个羊头，在煤油炉子上烧了烙铁，把毛烙净，带回家去，加上羊肉涮一涮。马桂花已经在新主任跟前哭过两回，哭完了以后，照旧按了水泵铁把子，压上水来洗洗脸。文化馆招收了新的一批演员唱戏，仍旧在做过圣人殿的大屋子里排练。有一个演员，一唱戏瞪起眼来就像打架，他趁着不唱戏的时候，平平静静地告诉马桂花：

“在三河，你告不倒安得林。”

马桂花问他，上哪儿能告倒？

对方瞪起眼来说：“北京啊！”

马桂花知道，北京的信访办公室会比三河县的信访办公室房子大，她可不知道，北京的信访办公室房子再大，也盛不下天南海北上访的人，她还挨不上走进房子里，在主任的跟前哭一场呢。而且，北京的信访办公室，不跟文化馆在同一个院子里，光有哭的，没有唱的，凄凄楚楚的滋味更难熬。到了北京的第三天，马桂花发现，到北京上访的人，不像三河上访的人死守在一个地方，他们像潮水流过来流过去，流过来湾在信访办公室的大房子外边，像一片大水库，水库大坝底下扒个口子流过去，竟然流到电视台的大楼外边了。电视台大楼外边，上访的人一手拿着状子，一手拿着钱排队，大家口中念念叨叨，说着一个名堂："曝曝光。"马桂花听不懂，她只害愁自己随着大流尽管流过来，却没有带上足够"曝曝光"的钱。要是知道交上钱就能"曝曝光"，她就会把电视机卖了，带钱来，反正在漫长的上访岁月里，她已经不看电视了。每天里，她离开有信访办公室的县城，回到家里，电视里笑眯眯的姑娘已经跟人"再见"了，等到电视里的姑娘像没有睡觉一样，清醒地微笑说"你好"，马桂花又离开村子上路了。她趁着这个时间出村上访，才比较容易躲开总部大楼顶上的探照灯强光，也不容易跟拿了大手电筒的巡逻队撞上。

马桂花是三河县的上访老户，到了北京，她完全成了一个新手，懵懵懂懂的。在三河县的信访办公室，只要剧团下来的花脸从窗台上拿下搪瓷小盆，用铁勺敲打盆沿，她就知道，最不管事的人也不准备听她哭诉了，她便擦干眼泪，去水泵井上洗把脸。在三河县城的大街上，只要三个轱辘的摩托车鸣着警笛跑过，后面又有警察骑着两个轱辘的摩托车，警察的大盖帽子黑带全都绷在下巴上，同样紧张的警察守住大街两边的铁栏，她就知道来了她见不上的大官。就是知道大官的嗓门不会比信访办公室主任大，她也不冲破警察的严密防线，扑上去拦轿喊冤。北京的上访可真的跟三河大不一样，马桂花还在害愁没有带上钱来"曝曝光"，有人大叫着一个人的名字，好像叫自己的一个儿子、一个亲戚、一个邻居，手上准备了钱的人立刻乱了队形往上拥。马桂花看不见被上访人大叫的那个人什么模样，只看见那个人的头发又黑又亮，好像打了什么油。拥到跟前的人，好像把钱塞到了那人的衣袋里，又被那人掏出来，那人擎在手上，却不知道应该还给谁，于是烦恼地大叫，甩头摆角的样子，跟在电视里摇头晃脑不一样，后边的人却还在着急，不能把钱送上去。擎钱的人潮，忽然又被另一股涌来的人潮打乱了，新的人潮手上全都擎着笔记本，那人把头转过去，在笔记本上刷刷签字，脸上这才露出了一丝笑模样。马桂花知道，那就是能打赢官司的文件了。她冲不破人潮，挤不到前边去，便擎起状子，拼了命，用三河女人才具有的告状嗓音大喊：

“冤枉——”

她用的力气太大了，喊破了嗓子，吐出一口血，身子摇摇晃晃倒下去，一张状子飞起来，飘飘摇摇往前走，像一只白色的鸟，飞过众人的头顶不停留，翅膀上带着上天的灵光，摇摇摆摆，晃晃悠悠，一直飞到那个人的手边，那人正要接过一个人的笔记本，一伸手抓到的却是它，载着遥远地区的重量，金子般沉重，冤枉般烫手，像好多被眼泪湿过的状子一样，它们无数次被大喊的女人擎过头顶，女人披麻戴孝，长跪街头。

劝赌不劝嫖

由于马桂花外出上访，金崮林家墓地迁移，就不能像大部队换防一样步调一致，在一个夜间留下一座空营盘了。死人界搬家，不仅需要活人为他们准备好新的房子，也需要活人把他们背起来，放到新的炕上。马桂花上访不归，没有人替她背起男人的白骨，安放到新的家里，她的男人就仍然住在原来的地方，等待她上访圆满，找到合适的墓地。三老会成员林家明把儿子放在重孙子的位置上，自己带着一身孙子的老骨头，准备住到爷爷的房子里，胡子越来越白，离如愿以偿的日子越来越近了。爷爷辈的林海山退出三老会，保证了他能住到父亲的脚下，端水送饭方便，争到了死后的自由，在活着的时间里，他却受到了治安员严密的监视。三老会是村子里的荣誉机关，位置仅在“两委”之下。两委成员已经搬离旧房子，住进了新建的小楼里，睡觉的土炕砌在比大家都高的地方，接下来，再搬到高地方睡觉的就是三老会成员了。林海山为了死后睡到他父亲的跟前，舍弃了活着的时候到高处睡觉，没有人不算他，治安员只是要看看，他在老房子里睡得是不是舒服。这一来他们发现，小学教师梁晨常到林海山家里来，林海山送梁晨出门的时候，是老头最舒服的时刻。

林海山儿孙绕膝，当然不缺少一个比他儿子年龄还小的年轻人，来给他消愁解闷，更何况，梁晨进门的时候，眉宇间常常紧锁着愁肠，还需要老人家拿一把钥匙，给他打开呢。林海山倚仗着老矿工身份，进入三老会，三老会会议上讨论的问题，却往往不关系挖矿。虽然修建新型厕所要用金子做便盆，把跑掉的短尾巴猴子抓回来，建立初级动物园，在在都与金崮林家采金暴富有关，可是林海山的老矿工脾气，却不适合讨论这些富人的问题。他当矿工的时候，是用大锤钢钎打炮眼，用铁把子水泵汲水，用铲镢挽筐子往井口提矿石。他知道富人的粪便跟穷人的一样糟糕，不会屙到金便盆里变成金子，再富的人看五遍猴子，也会看够了，不会搬进笼子里，跟猴子住到一起。跟林家明不一样，他不想以三老会成员的身份，死了以后，住到比爹的房子还高的地方去，他也不想让儿子离开膝下。退出三老会的当天，他就严正地告诫儿子：绝不准在金崮林家做官。他的孙子吃大面的时候，他曾经在院子里安了一张桌子，让亲戚带来的孩子吃饭，副总郭立志带着应试的孙玉娇来过关，孙玉娇判定超过了一桌，罚了他的款，他也照样喜欢他这个孙子。他去总部大楼上开三老会，孙玉娇在大楼底层，像个大管家一样把守，他看了生气，回到家里，抱一抱孙子就好了。他还没有想到，退出三老会以后，小学教师梁晨会给他带来新的安慰。对于他退出三老会，梁晨再三表示敬佩和赞叹，说：

“大爷，您这是决裂，为我们树立了榜样。”

林海山不知道梁晨的“我们”都有谁，听上去好像是一支队伍。

梁晨又激情洋溢地背诵一段书上的话：“共产主义革命就是同传统的所有制关系实行最彻底的决裂；毫不奇怪，它在自己的发展进程中要同传统的观念实行最彻底的决裂。”

梁晨激昂的样子好像宣战，林海山就鼓励他，不要害怕打仗，给他讲自己的一个“决裂”的故事。他二十四岁的时候，去西流河赶集，为妹妹置买嫁妆，带上了寡母积攒的全部家当。买好了被面、棉花和做棉袄的红府绸，往回走的时候天就黑了。在两座大山夹起来的路口，遇上了强盗，强人举着手枪，叫他把东西丢下，举着手往后退，他照做了。月亮刚刚升起来，看不清人脸，强盗弯下腰去拿东西，他看出了手枪好像不是真的，可是他没敢反抗。强盗拿着东西往一条道上走。他身上被冷风一吹，浑身的汗全凉了，他知道要是这样空着手回家，妹妹倒可以过几年再出嫁，老母的命可就没有了。他于是朝着强盗拼了命大喊一声："你给我把东西放下！"强盗听了他的大喊，没有回过头来朝他开枪，撒腿就跑。他不管强盗会不会朝他开枪了，拔腿跑着追上去，一边跑一边喊，紧追不舍。强盗丢下他的东西说："别撵啦！东西我给你撂下啦！"

尽管时间久远得像另一个星球上的故事了，梁晨还是看到了林海山面临的危险，他想提醒林海山：注意强盗的枪。林海山说，强盗到底也没有开枪。林海山说：

"他拿的是笤帚疙瘩包了黑布。"

梁晨说："强盗的武器原来是假的。"

林海山说："他就是真刀真枪，也不用怕他。"

梁晨不说话，郑重地点点头。

林海山喘口气，给梁晨讲一个更久远的"决裂"故事。故事发生在中流河上游的庙里。庙里的和尚白天念经，晚上做和尚不许做的事情。他们要是不愿做和尚，想把头发留起来，谁都不会硬把剃头刀子逼到他们头上，他们不该一边把头皮刮得光溜溜的，一边把还愿的女人留在庙里。他们在供了佛爷的大殿下面修了暗室，让女人摸着他们头上香火烧出来的疤还愿，摸完了也不准回家。周围的老百姓气愤不过，一夜间把庙扒掉，抓起了和尚，把和尚身子埋到地里，留了和尚头在外面，大骡子套到耙上，鞭子一抽，呼呼地耙了。和尚都是通了官府的，有什么样的官府，就有什么样的和尚。和尚把良家妇女藏在大殿的暗室里，官府把骗到手的女人藏在大堂的后花园里。

梁晨认为，坏官府还会把寻欢作乐的场所，扩大到比后花园更大的场合，他补充说："资产者不以他们的无产者的妻子和女儿受他们支配为满足，正式的娼妓更不必说了，他们还以互相诱奸妻子为最大的享乐。"

林海山以为，梁晨已经知道了大家都不敢说出来的秘密，警觉地问他："你是听谁说的?"

梁晨说出一个金崮林家没有的名字："马克思。"

在那座海滨城市的学院书店里，年轻的经理从打了包准备退回出版社的书堆里，找出尘封的经典，为梁晨打开了一个国家美丽的画图。写书的莫尔先生，成心让人去不了那个国家，他把那个国家建在大海中间的岛子上，你要想渡过波涛汹涌的大海登陆，就得先打造风浪打不翻的大船。你要是能造出那样的大船，就不用去那个国家了，你的大船就是一片拖不破船帮的国土。下雪的季节连降大雨，金崮林家长出了满山遍野长倒钩的棘子，梁晨向往那个大海中间的岛国不生荆棘，大家在花园中交谈。他想寻找打造大船的办法，他认为《共产党宣言》里应该能有。翻开书他才发现，方法在每个人的手里握着，最要紧的是不要有人拆船，一边打造一边拆，大船永远也造不起来。造大船自然需要有钱，开金矿挖金子，是最直接的方法，用金子打造的船帮就是拖不破的。可是，就怕金子还没有多到用不了的那一天，先用金子做便盆，修了新型厕所，却不肯拿出二两金子，打一根海水泡不烂的船钉。没有金子的穷人，固然拿不出一根钉子钉船帮，有钱的富人，也怕他们把钱扔到另一只船上。书里说，资产阶级的家庭"是建筑在资本上面，建筑在私人发财上面的。这种家庭的充分发展形式，只是在资产阶级中才存在，而它的补充现象是无产者的被迫独居和公开的卖淫。"三河县采金暴富，娼妓业蓬勃发展，嫖娼的男人自然是因为有钱，卖淫的女人却不都是为穷所迫，她们只是找到了一个致富的好项目，把自己的身体当成了金矿。无耻的资产阶级污蔑共产党人要实行公妻制，其实，"公妻制无需共产党人来实行，它差不多是一向就有的"，有钱的资产阶级拿了钱嫖娼，互相诱奸妻子，就是糜烂的公妻制。倒是那个大海中的岛国样样自由，唯独限制男人和女人无餍的淫乐，严格地规定一夫一妻制。用纯洁的幻想海水浮现那个岛国的莫尔，在现实的国家里，也坚持理想的婚姻制度，他连皇帝随随便便的离婚都反对，他不肯同意亨利八世跟西班牙公主凯瑟琳离婚，纳貌美的宫女安·菩琳为皇后，他就拒不出席安·菩琳的加冕典礼。他因此被判有罪，关进伦敦塔里一年多，又被处死。对他的判词，乌托邦里永不会有：

> 送他回伦敦塔，从那儿把他拖过全伦敦城解到泰伯恩行刑场，在场上把他吊起来，让他累得半死，再从绳索上解开他，乘他没有断气，割去他的生殖器，挖出他的肚肠，撕下他的心肺放在火上烧，然后肢解他，把他的四肢分钉在四座城门上，把他的头挂在伦敦桥上。

四百多年过去了，尽管四百年后莫尔被追谥为圣徒，名字列入莫斯科红场石碑上的革命英雄名单，英国的威斯敏斯特大厦和伦敦塔都有他的纪念碑，梁晨翻书和不翻书的时候，看见的还是写书人挂在伦敦桥上的头颅，两只眼睛黑洞洞地注视着后人，好像要说出他在书里没有写的话来，梁晨想不出那会是什么话。林海山用东方的智慧解释西方的刑法，告诉他：

“劝赌不劝嫖。”

梁晨认真地想一想，觉得或许是对的。再忠诚的大臣，皇帝也不愿让他管皇帝床上的事情，因为大臣本人也没有阉割。让太监负责后宫事务，皇帝就放心了。劝赌徒戒赌，赌徒可以把钱省下来，拿了钱去当嫖客；劝皇帝不纳美貌的宫女做皇后，皇帝不要的江山，就不知道送给哪一个美人好了。英国人莫尔没有造出一只大船，先把皇帝送到那个岛国上，就用那个岛国的婚姻理想来要求皇帝，难怪皇帝要发怒，即便平民嫖客，也不会放过他。可是这不应该成为皇帝杀人的理由。资产阶级拿着钱嫖娼，互相诱奸妻子，实行公妻制。亨利八世不理睬莫尔的反对，终于离了婚，纳美貌的宫女为皇后。无产阶级只要不把他们的大床推翻，他们就能够享受无尽的淫乐。下令杀人，还会影响他们的好心情呢。梁晨找不到皇帝杀人的必然法典，退出了三老会的老矿工林海山也不能给他准确的解答。穿了黑衣服监视的治安员第一次发现，梁晨从林海山家里走出来，像走进去的时候一样愁眉紧锁，没有舒展的笑容，林海山也是这样。治安员把新发现的情况报告治安主任郭才，郭才直接向老总安得林汇报。安得林让治安主任暂时把林海山和梁晨的事情放一放，去监督另一个人的行动，不要再派治安员，就由治安主任亲自出马。监督对象不是别人，就是老总的妻子刁金凤。

好豆腐啊（续）

自从孙玉娇派人，把安得林给老婆做的一箱特大号皮鞋送进家，刁金凤识破机关，在老总办公的床上捉奸成双，刁金凤就不缺鞋穿了。她自然还怪男人，不应该让别的女人知道自己的老婆脚大，可是她已经不怪妈死得太早，没有给她裹出一双小脚了。她既然知道了，小旦的儿子曾经把一双小脚握在手里，后来又把小脚扔掉，找到了她这双大脚，她就知道，男人的兴趣不光在脚上了，女人的脚无论大小，砸在炕上的声音，听久了都是一样的，不一样的兴味在别的地方。她想通了脚的问题，就不会在鞋上用心思了，她把孙玉娇派人送来的一箱皮鞋扔掉不穿，重新穿起了男人们穿的一脚蹬布鞋，没有鞋带，有时候根本就不提上，一旦需要，身子往床上一倒，就能够蹬掉。她可不像写书的英国人莫尔那么傻，还想管皇帝床上的事情。她既然知道了男人会把亲哥杀掉，争着当皇帝，就是为了日遍天下女人，她就让安得林到全村最高的地方去睡了。总部大楼上，安得林安了大床的那一层，开了窗户，能看遍全村的房子。有些人家的女人，夏天的夜里，愿意在平房上铺了草帘睡觉，安得林看上了哪一个，在窗户上招招手就行了。担心自己染上脏病，再把全村人都染遍，刁金凤曾经严格规定，不准安得林干外国女人，后来想一想，安得林想让全村人都染上脏病，不一定非要通过自己的老婆传出去，刁金凤就把这一条限制暗暗地取消了，安得林到日本去访问，她便没有阻拦。

刁金凤倒不知道安得林访日的原始动机是受了孙玉娇启发，安得林不带着孙玉娇出国，刁金凤就知道，他看见了日本女人脊背上背了小枕头，不会不想东洋快活。她只是暗暗钦佩孙玉娇的婊子胸怀，长了淡淡小胡子的女人，能当婊子招待八方嫖客，也就不在乎一个嫖客日出国门啦。刁金凤还想不到，孙玉娇会撕掉法国女郎留给安得林的名片，她也不能预见到，安得林会从日本带回个玉观音，把孙玉娇的胸口压得酸溜溜的不好受。在安得林出国的日子里，她只是加倍思念吃豆腐的滋味，可惜郭立志当了副总以后，不做了。做豆腐的男人自然常有，可是没有人能像郭立志那样，掺进那么多的水。郭立志的豆腐，牙齿一碰就化了，性急的人可以拿了小勺喝汤，正好符合刁金凤穿一双男人大鞋，不系带一蹬就掉的脾气。安得林乘坐的飞机在日本国的机场一着陆，男人的脚还没有踏上脏不了皮鞋的国土，刁金凤就把郭立志叫到了家里，她在电话的一头，对另一头说：

“你来给我做做思想。”

郭立志拿上厚厚的一本大书就来了。安得林出访的日子里，由他主持村子里的全面工作，如果不是刁金凤叫他，他可不能跑下总部大楼，来做一个女人的专职思想师。他自然知道，刁金凤需要做的思想不在书里，就是把三老会成员林家明随时想起来的条款全都写进去，也不能包罗刁金凤的饮食起居，她要把孙玉娇派人送来的一箱皮鞋全部扔掉，谁也不能逼她再捡回来穿上。可是郭立志不能不带上他的大书，他的所有思想法宝都在一本厚厚的大书里，离开了《村规民约》，他还想不出用什么法典，来做刁金凤的思想，他就是分明知道《村规民约》对刁金凤不管用，他也非一条一条地往下念不可。他坐着念，把厚厚的大书摊开在膝上，一只手压着书页，一只手的指甲揪着一根胡子，半天揪不下来，刁金凤看着看着就笑了。郭立志停止了念书，问她笑什么，刁金凤问他，是不是打算把胡子揪光了当太监？郭立志从对方的话里，看出了深深的怀疑意味，他告诉刁金凤，男人拔掉的胡子，跟长不出来的胡子不一样，拔掉的胡子是一根毛，伤不到男人的骨头，长不出来的胡子才是骨头里的筋，是男人不能没有的东西。刁金凤把脸拉长了问他，那么女人的胡子呢？郭立志把膝上的大书合好回答她，女人一般不长胡子，不是因为女人没有能长出胡子来的嘴巴，是因为女人还没有出生，就被阉掉了胡子，成了女人。有的女人也有淡淡的小胡子，那是因为她想做男人做不成，做了女人又不甘心，才拼命长出一点小胡子，留下一点男人影子。刁金凤问，那样的女人，到底是做女人的事情，还是做男人的事情？郭立志说当然是做女人的事情啦。刁金凤指着郭立志的鼻子，声色俱厉地说：

“那么你呢？你拔光了胡子像个女人，你是做女人的事，还是做男人的事？”

郭立志被刁金凤突然发怒的样子吓坏了，他不敢说他是做女人的事，因为他的胡子还没有完全拔光，他也不敢说他是做男人的事，刁金凤要是叫他把拔掉的胡子长出来，他可做不到。他正在男女不是，左右为难，刁金凤又哈哈大笑了，大笑着说：

“你真是一块好豆腐。”

刁金凤不笑了，立刻遗憾起来，她怪安得林用郭立志当副总，荒废了一门好手艺。金崮林家，能拿着一本厚厚的大书做思想的人太多了，能掺进那么多水做豆腐的人，却只有郭立志一个。她深情回忆郭立志的豆腐牙齿一碰就碎了的滋味，佩服郭立志的手，能把那样多水的豆腐端起来。她那时候常买郭立志的豆腐，就是愿意看郭立志手上端着豆腐，颤颤哆嗦的样子。她叫郭立志把手伸出来让她看看，这双手捧惯了厚厚硬硬的大书，还能不能端起掺水很多的豆腐来。郭立志把手伸出来叫她看，她只看了两眼，就把郭立志的手抓起来，放到了自己的胸脯上，要郭立志给她端了抖一抖，看一看豆腐能不能抖出水来。郭立志乖乖地端了，抖两下，不像端了豆腐，像端了做豆腐的副产品，吊起的布袋里剩下豆腐渣，就是这个样子，他那时候卖给人家喂猪。刁金凤不让郭立志把手抽回去，她把自己的手压到郭立志的手上，用自己的力气，借着郭立志的手做实验，看能不能压出最后的豆腐汤来。她性格急躁，很快发作了拿一把勺子喝汤的脾气，两只手紧紧搂住郭立志的身体往床上倒，不理睬厚厚的大书掉到小楼的楼板上，没有人看也翻开。她三两下蹬掉了男人穿的布鞋，大鞋不系带，正好可以把解鞋带的时间省下来解腰带。她根本顾不得弄清郭立志为什么动作缓慢，她不爬起来动手，用脚指头扒开郭立志的腰带扣，这才发现郭立志像她的豆腐一样，用脚指头托不起来，那沮丧的样子，连掺水多的豆腐那点灵气都没有。刁金凤把腿一伸问他：

“你嫌我？”

郭立志跪在床上否定说：“奴才不敢。”

刁金凤呼地爬起来，不给郭立志分辩的时间，一口气地说：“我知道你嫌我，你也嫌我脚大，男人都喜欢小脚，他不吃奶了好当粽子吃……”

郭立志插个空子说声“不”，刁金凤抬手打他一巴掌，让他胡子稀少的嘴巴和脸红起来。刁金凤看他另一边嘴巴和脸还像原来的豆腐一样白，气不打一处来，用另一只手再打他一巴掌。郭立志两半脸和嘴巴变得一样红，他来了精神，抬起手来把住刁金凤的两只手，不让她再打下来。刁金凤用脚蹬他，他害怕刁金凤的大脚蹬到他能长出胡子的地方，放开了刁金凤的两只手，把住她的脚。刁金凤的脚蹬不动了，又要动手，郭立志扑倒身子压住她，狠狠地用力，像压一块老豆腐，他翻开厚厚的大书封皮给人做思想，没有这样用力过。等他发现这样压法很危险，要想撤回已经来不及了，他的身子掉在危险的漩涡中心，他越挣扎掉得越深，他分不清自己究竟是想挣扎着爬出来，还是想掉到底淹死拉倒。当了安得林的副总以来，他第一次稀里糊涂地遭遇灭顶之灾，弄不清他到底是不是情愿的。

刁金凤不让郭立志有清醒的机会。这个女人脚大，疯狂，天气不热也会出汗，她的呼吸比男人还要急促粗重，像骒马的鼻子一样鼓动，呋呋有声。她充分利用穿了男人布鞋不系带的优势，不仅节省下好多时间，三两下把鞋蹬掉的气势，也让郭立志更加感到不可抵挡。郭立志真的挡不住刁金凤强大的攻势，他想退回去不来，根本不可能。刁金凤只要给他挂电话，他就得拿上厚厚的大书立刻赶来，不管是白天还是黑夜。他就是拿一个真实的理由推托，刁金凤也会提醒他想一想，船到江心破了底，是往前走好，还是退回去好？郭立志不说“上贼船”这样的话，破了底的船如果往前走往后退全都到不了岸，还不如沉在江中间，大水没顶更痛快，江心的漩涡让人晕头转向，死了也不知道是死了。出访东洋的安得林回国的日子越来越逼近，郭立志觉得死期越来越近了。刁金凤却不像他这样悲观，她蹬掉男人穿的大鞋宽慰他，说：

“他回来，你也不用怕染上脏病。”

郭立志简直无法明白刁金凤的话。

刁金凤如实告诉他，安得林还没有出国访问，就不再沾她了，安得林把外国女人的脏病坐着飞机带回来，郭立志也会干干净净的。郭立志为刁金凤诚心诚意地出主意，叫她不妨主动一点，把脏病染上身，再以最快的速度传播到全村去，就算报复报复负心的男人也好。刁金凤固执地说“不”，四肢用力，把郭立志牢牢地缠紧说，她只要不死，就跟定郭立志一个人了。她像个小姑娘一样撒娇说：

“你知道是为什么?”

郭立志把头摇一摇。

“小旦的儿子找个长胡子的女人，我就找个不长胡子的男人。”

刁金凤说着，用两片指甲，掐住郭立志的一根胡子不松手，一直把郭立志掐疼了，郭立志烦烦地把头一摇，一根胡子又被女人拔去了。

刁金凤果然实践了她的诺言，她就是知道安得林会把东洋脏病带回来，她也要保证全村的干净，不找机会从安得林身上去染病。她可不放过郭立志，对方提心吊胆，不敢尽兴，她也不管，她会把电话随时挂到他的办公桌上，有时候还会被办公室主任孙玉娇听见。大旗山初级动物园交回郭立志分管，孙玉娇仍然有许多事情，需要跟郭立志接洽，她有时候会离开自己的办公室，到郭立志的办公室，当面交涉。郭立志主张动物园尽快扩大，增加老虎和狼。孙玉娇担心虎狼会像猴子一样喜欢她，拒不同意，跑到郭立志办公室，力争几回，又取得了安得林床上的有力支持，才让动物园保持纯洁，只养猴子。按照孙玉娇的想法，郭立志既然有一本厚厚的大书，做思想资本，他就应该有能力，把动物园的猴子训练得像人一样懂事，在安得林出访归来的时候，能加入欢迎行列，挥舞鲜花，而绝不该脸不红，倒红了屁股，向着漂亮女人挥动不该公开的花茎。狂欢之后，哀怨的潮水有时候会把孙玉娇淡淡的小胡子湿成一抹怨恨，她把安得林从日本国带回来的玉观音，从肚子上拿下来，放到安得林手上，叫他握起来凉凉的，她脸朝上躺着提醒安得林，注意郭立志的行踪。安得林把玉观音握住，问她郭立志露出了什么马脚，孙玉娇说：

“当心阉不净的太监秽乱后宫。”

安得林丢掉玉观音，抓住孙玉娇的胸脯，警惕地问她，郭立志什么时候动了她？

孙玉娇把安得林的手按住，叫他放心，她要是能看上胡子少的男人，她就不会把动物园交给别人去分管，动物园的猴子剃掉胡子，也是人模样。她不允许动物园的猴子隔着笼子着急，日不上她，她就不会让安得林之外的男人动她一根手指头。安得林问她，那么还有什么不放心的？孙玉娇把一双手五根指头张开，全部插进安得林又染了一遍的头发里，说：

“你弄人家的老婆，人家就弄你的老婆啊。”

安得林抬抬头说：“郭宝贵知道啦？”

孙玉娇用鼻子嗤一下，说：“他知道个屁！”

第十章

刮了羊脸涮涮

世事纷纭，白云苍狗，大学生一样的县委书记于明亲自到金崮林家来解决马桂花上访问题，镇党委书记曲秀川陪他一起来。天气开始变热，他们穿了凉快一些的衣服。在总部大楼的底层，他们没有受阻，孙玉娇从办公室里迎出来，直接带他们上楼去。他们在安得林的办公室里，吃过早下来的西瓜，小西红柿像刚刚挖出来的眼珠插了牙签，他们用两根指头捏了牙签，一插一个，送进嘴里。安得林不用牙签，就用手指头直接捏柿子，太软的一捏就碎了。

马桂花进京上访，子规长啼，她在电视台大楼外面口吐鲜血，却不回家。她不认识的主持人在电视台上常常露面，说一些义正词严的话，从四四方方的电视盒子里走出来，倒不说那种话了，而且他比凡人更容易要一些小脾气，更愿意像好多管不了大事的小官一样，签一些没有用处的文件。他在别人手中的本子上写名字，不管人家拿了他的名字，能不能办成什么事，他自己倒比上访人员围着他不让他写名字的时候高兴了。他还把自己的名字签在女人的裙子上，让人为难，女人要是脱下裙子，当有用的文件给人念，人家就会念出裙子底下的秘密内容，他的名字被天天挂在嘴上，也不管用。当然啦，他本人每天练的就是嘴皮子功夫，不会在意别人嘴上说什么，只要他能把头发抹亮，对着最大的一台机器说话就行了。马桂花把他当成“青天大老爷”，大叫“冤枉”，吐出血来，他却不能掀起轿帘看一看，把民女带到大堂上，马桂花的案子还要转回到三河县，由信访办公室主任亲自去领她。

马桂花的行动让人措手不及。一段时间里，她不在三河县信访办公室出现，大家还以为她放弃了上访呢，至少，她也是觉得累了，需要歇一阵再来。谁也没有想到她会进京，而且是受了一个唱戏的人的启发。信访办公室和文化馆设在同一个院子里，唱的和哭的，吼的和笑的，冰炭不容，大家也没有觉得有什么不好，正相反，信访办公室的人看见文化馆的人，就和蔼地说话，笑容可掬，他们朝着上访女人吼累了，正好让艺术的软手按摩一会儿。他们没有想到，艺术中会有骚动的血液，反叛的种子。也怪他们那个从剧团里下来的花脸，只跟着老师学了一点架子功，他只要不画出一张吓人的花脸，就走不出打架的台步了，他倒比不艺术的人更喜欢脸白，用女人的洗面奶洗脸，把路过的所有玻璃门都当成镜子，随时随地都要照一照。信访办公室的人当然知道，文化馆招来的唱戏人，跟剧团下来的花脸不一样，他们没有经过专门的唱戏学校训练，来自民间，带了山林和丛莽的野性。他们男女胡搞，也是草丛苇林，生猛海鲜，没有唱戏学校的艺术扭曲，用假嗓子唱歌，死水泡过的海虾看起来很大，其实已经没有活气了。信访办公室不需要艺术，艺术被政府硬按进一个院子里，他们也不妨受用。文化馆招来唱戏的人，从水泵井里汲水润嗓子，他们也从同一眼井上汲水喝。冬天的夜间，水泵会冻实了，汲不上水来，文化馆的人到了傍晚，拿一根烧火钩子把镶皮垫的抽子拉上来，把水泵管里的水放掉。偶尔忘记了，抽子冻在里面，第二天早晨，两个部门联合起来用火烤，文化馆的人撕了不用的剧本生火，信访办公室就撕一些没有用处的文件，政治和艺术，为喝水，完美地生起同一把火来。此时甚好。如果上访的马桂花在场，她也会摸一把烤热的水管，赶紧缩回手去说真烫，信访办公室的人不理她。要是知道马桂花会受了艺术的启发，进京上访，信访办公室就不会拿出没有用的文件来生火，他们宁肯让老天爷把水泵的铁管子冻碎，汲不上水来，文化馆招来唱戏的人，唱哑了嗓子唱不出来；他们吼破了嗓子要喝水，就接通塑料管，从县委大院里面的井上取水，分离艺术，直接与政治接源。

信访办主任乘火车北上，去接马桂花，让剧团下来的花脸陪他去。千里长途，他们乘坐卧铺。火车在夜间开动，火车跑的道上不光有红灯和绿灯，还有蓝灯，让人迷迷蒙蒙的，觉得走也行，不走也行。头半夜主任睡不着，花脸爬到头顶的铺上，一会儿就不说话了。主任让花脸陪他，不光为买了上下票的卧铺票，花脸的架子功爬上爬下能好用，也为了睡不着觉的时候，花脸能给他唱两句戏。花脸睡过去以后，主任才发现，他根本没有心思听戏，花脸就是能用小旦的假嗓唱，他也不会觉得艺术的手软叫人舒服，再软的手摸上两把，也会把他摸烦了。后半夜，主任总算被火车咣当咣当地摇睡了，醒过来以后，睁开眼看看外面，火车还在跑，一股羊膻气从主任的肚子里升起来往上走，他差一点吐出一口汤来。由于马桂花进京上访，上面来了电话叫去领人，信访办主任的一只羊头没有把毛收拾净，就推进锅里煮了。县城的农贸市场上经常会挂起羊头，羊头下面的案子上，却不是老摆着羊肉，有时候会摆上母猪肉，母猪肉瘦瓜瓜的样子很像羊肉，可是上锅一涮就不对了。信访办主任倒不缺好牙口，不能对付越涮越硬的母猪肉，他是喜欢那种纯粹的羊膻气，才刻意买羊头。冬天的羊头常常不煺毛挂在架子上，羊眼睛半睁半闭的好像不理人，主任不在乎。他在办公室的火炉子上烧水，烧开了，再兑进凉水，温度适宜，把羊头扔进去，太热了太凉了，都拔不下毛来。热天的羊头挂在架子上，已经煺了毛，可是羊眼睛的睫毛和羊嘴边的胡子还照样长着，耳朵眼里也不干净。主任要吃干干净净的羊头，就在煤油炉子上把铁钩子烧红，用铁钩子烙羊的眼睛，把羊眼睛烙得像最漂亮的女人化妆画出来的眼圈就行了。耳朵眼，他把铁钩子捶直了当探针用，脸腮则用刮脸刀片刮，直刮得一副羊脸白白嫩嫩的。那时候，他刚刚在羊头上整出了化妆女人的一只黑眼圈，上面来的电话就响了。烧红的铁钩子在羊头旁边变凉，他想不出马桂花是受了什么人的点拨进了京，他的心里像塞上了一只没有煺毛的羊头，乱糟糟的直发毛。严肃的指示沿着电话线，一级一级往下走，叫三河县派人去领马桂花，不光信访办主任从电话线上看见了一级一级不高兴的脸，心里害怕，不能把羊头上的毛收拾干净了，好好涮一涮，就连县委书记于明也发慌，亲自坐上小车往金嵩林家跑，还叫上了镇党委书记曲秀川。

青天大老爷

曲秀川不会再犯认不出车号的错误了，就是县委书记像县长一样故意更换车号，让人认不出来，曲秀川也不会随随便便地命令司机超过去。县委书记乘坐的轿车头朝北，开进镇政府院子里，稍一掉头，曲秀川连车屁股上的号码也认出来了。镇政府不像县里那样，有好多部门安排在县委大院外面，它也没有那么多部门跟县里一一对应，它连个信访办公室都没有。马桂花上访直接到县里，倒不是镇里的围墙开了口子，是镇里原本没垒这道墙。县委书记于明不怪曲秀川没有绑住马桂花上访的腿，他不满意曲秀川让历史问题遗留了这么久。曲秀川知道，马桂花曾经在于明办公的大楼外面喊过“青天大老爷”，他也不说割不断的历史还在延续。大学生一样的县委书记城府不深，肯说实话，不像县长温廷礼那样，乘坐的车分明被人超过去，却说没有坐车出去过，叫人莫测高深，更加害怕。金崮林家不长眼珠子大小的西红柿，比西瓜好吃的小西红柿是洋人培植的种子，在中国的温室大棚里长出来，不出产金子的地方专门出产它，曲秀川像县委书记一样，用牙签扎了吃。看安得林能把软的捏碎，就知道他下手很重，一直在生气。金崮林家刨掉长倒钩的棘子，引发了下雪季节罕见的大雨，大雨却不全落在金崮林家的山上，镇党委书记在鼓鼓囊囊的面包服外面穿了雨衣，带领全镇人抗洪。大雨过后，只有金崮林家才长出了满山遍野香菜一样的棘子，一出生就长了倒钩。县里的写作班子编撰《黄金宝地三河》一书，业已出版，不理睬梁晨的反对，写进了唐王征东的传说，不顾朝鲜人看了会记起历史的仇恨，把中国人帮他们打美国鬼子的恩情忘了。曲秀川不在意一千三百年前那场战争的性质，他只遗憾，野生的棘子顽强地抗拒钢铁镢头的改造，再也没有一句话就能改变物种天性的皇帝了。县委书记于明要求安得林顾全大局，妥善处理马桂花的问题，安得林又捏碎了一个小西红柿，不接受，他问于明，现在是几月份？于明擎起一只胳膊来，让安得林看他的衣衫单薄的袖子，说：

“还能几月份？穿小褂了嘛。”

安得林说：“你是县委书记，金口玉牙，你叫老天爷下场大雪吧。”

于明像个大学生一样，坚持书本上的真理：“夏季下雪不可能嘛。”

曲秀川帮县委书记说话：“夏季不可能下雪，冬天可能下大雨。”

安得林面冷如铁：“就是三九严冬洪水滔天，她也不用指望！她要是窦娥，叫三河县大旱三年，金崮林家照样吃好饭！”

于明想说，需要吃好饭的不光是金崮林家人，还有三河县五十八万人民，这样说无非还是“小局”和“大局”的老话，安得林仍然不会让步，他便不说。他从玻璃窗上看出去，嘴巴朝外一努，学着市里来过的一个领导口吻说话，想叫气氛软下来，更适合谈不愉快的话题，他说：

“你那棚子里雕的到底是个啥？”

安得林冷冷地回答他：“等雕出来你就知道啦。”

于明犯了大学生的毛病，把棚子里的雕像当成了一本书，问能不能“先睹为快”。安得林再一次发出邀请，到时候，一定请各级领导来参加揭幕典礼。

总部大楼前的棚子里，叮叮当当的锤錾声一直没有停止过。除了孙玉娇，没有人看见两个雕工的头发长到了多么长，他们连大家过年的时候都没走出棚子，把守棚子的治安员，将一挂大鞭挂在棚子口的杆子上放了。下雪季节的大雨没有淋垮他们的棚子，大雨只把草绿色的棚布洗得更绿，春天一到，才晒得逐渐发白。孙玉娇冬天里走进棚子的时候，穿的是红色面包服，头上不系围巾。天气刚刚转暖，她就穿着短短的皮裙进去了。她跟着安得林陪市里和县里的领导去大旗山动物园看猴子，穿的也是这样短，引得猴子们骚动不安，集体手淫，她倒把脸一红就走了，全不管猴子们多么喜欢她，害大老董的鞭子不起作用。夜里的探照灯，在总部大楼的顶上缓缓扭动，像跳舞的女人睡了似的慢慢地扭动屁股，它射出的强光却无比警醒，从棚子顶上掠过，把村子整个扫遍，扫到一头，再扫回来。金崮顶矿井里，挖金子的大炮会在探照灯掠过村子中间某一所房子的时候炸响，金矿矿长林定邦安全地通过了身体分离手术活下来，不辜负安得林的期望，为金崮林家金矿服务，恪尽职守。他在矿长室里吃饭和睡觉，与家庭的联系只靠一部电话，一般不打。老婆和儿子已经结成了牢固的同盟，只要他的影子和声音一出现，儿子就跟他索要死在手术台上的媳妇，老婆则让他把死得更早的孤老头子还回来——老婆坦然承认，孤老头子回来以后，她就不光跟他隔着窗户说说话啦，林定邦跟比他小了二十多岁的女人做什么，她就跟比她大了二十多岁的男人做什么，她可不会像林定邦那么胆小，还得上医院做手术，她才不会死在医院的手术台上呢，她要死，就死在自家的炕上，让林定邦眼睁睁地看着，孤老头子怎样把她快活死。林定邦相信老婆的胆量会比隔着窗户说话的时候大，可是孤老头子要想叫她死，需要带了死人界的快活方法回来，不必使用力气，而是使用魔法，像没有爬山就开始气喘的老人一样，咳嗽一声就行了。林定邦是经验丰富的金矿矿工，用矿井里的掘进法则，看待男人和女人床上的事情，固执地认为，最好的风钻手还是要凭一把力气抄家伙。从安徽过来的个体矿主衣为全的观点也大致如此。夏季很好，野花盛开，衣为全专程来找林定邦商谈开险矿的事情。

大塌方

衣为全已经送出了第二十床毛毯，迄今为止，至少有十六个女人生下了他的孩子。有一些女人生下孩子，却没有接受他的毛毯，倒不是因为披金挂银了，不把一床毯子放在眼里，是她们本人也说不清，孩子究竟是不是他的，不肯冒领这一份衣为全贫困时期遗留下来的纪念性赠礼。她们不要，衣为全也不硬逼着她们收下。金崮林家办公室主任孙玉娇在桥头堡里扯起吊桥，不让衣为全把孩子送进金崮林家幼儿园，衣为全为孩子们另找天堂，就是周小佳离开的那所县城机关幼儿园。除了必要的高额入托费，衣为全还答应园长一个条件：从今以后，每一年春节期间，幼儿园的孩子到京城庙会上去演出，他负责全部经费，而且不需要孩子们穿背心，印上“衣为全”的名字做广告，他保证让孩子们演出下来，像逛庙会的京城孩子一样，每人手里举一串糖葫芦，坐火车回来的时候，一人手里拿一架纸扎的风车，火车一咣当就转。林定邦在县城医院做身体分离手术，成功的消息传遍三河流域，衣为全认为他们两人会有共同语言，比较容易沟通。在衣为全看来，能卡住钻头的矿井，正是金子多的矿井，需要不怕死才能干，要是非做手术不可，也用不着到医院里去，筷子削尖了就能解决，有经验的矿工会拓宽钻头周围的阻碍拿出来。他在安徽老家吃官司，跑到三河来，专拣险矿干，仗的就是不怕死的精神，再加土法上马。他常常连撑木都不打，老矿井塌帮冒水，他用坍塌的乱石把井撑起来，人夹在中间也不拿，不动手术。他想用同样的办法，来金崮林家发展，让林定邦把险矿让给他，他付给林定邦好矿一半的租金。林定邦不说舍不得把险矿让出去，他用别的理由拒绝衣为全，说：

"金崮林家没有险矿。"

衣为全绝不相信，金崮林家的风钻手都有安全感，他们从事的是石头包肉的冒险，每天抄一把风钻凶猛掘进，险情随时都会发生。竖起来的矿井也许保险，因为人也是竖着干活，躺倒的巷道就不那么安全了，因为干活的人仍然竖着，横竖不一，往往会钻出不该有的窟窿。

林定邦叫衣为全放心，说他们的巷道用水泥加固，人竖得再直，也钻不破，因为人的头不是铁的。

衣为全担心，那么牢固的矿井会毁掉好钻头。

林定邦说，再好的钻头也不往水泥上打，只往石头上打。

衣为全说，那就更危险啦。

林定邦看不出危险在哪里。

衣为全提高声音说："要是卡住钻头呢？"

林定邦用同样大的声音，针锋相对地说："卡住钻头动手术！"

林定邦气愤得发抖，比在手术台上更激动，他刚要喊人来，把衣为全赶出去，桌子上的电话铃响了。他不接电话，担心是老婆或者儿子打来的。他跟家庭的联系只剩下一根电话线，他满足不了老婆和儿子跟他要一男一女两个死人的要求，很想把这根塑料包皮的联系也割断。可是老婆和儿子却紧紧地扯住电话线的那一头，往往会主动把电话打过来。老婆和儿子在牢固的同盟中，已经培养出了同等程度的耐心，会让电话铃一直响下去，一直响到十下才挂断。林定邦摸到了跟他要人的家庭电话规律，不管在什么样的心情下，都会细心地数着电话铃，数到十下还不接，电话铃不响了，他就松出一口气，庆幸自己又躲过了一次还不上的死人债。有时候电话铃响不够十下，刚刚响到一半就停了，他赶紧抓起电话，电话里什么声音也没有，真的像人死了一样，不能叫回来隔着窗户说说话：电话的那一头就算是个亡灵，看不见面，能握着个话筒跟人说话也好。林定邦在数电话铃声的时间里失去激情，不再计较衣为全为金崮林家的险矿瞎操心，电话铃响到五下不再响了，他赶紧抓起电话，一个矿工闯进屋子，不通过塑胶包皮的联系，向他做铁的报告：金崮顶矿井发生了大塌方。林定邦扣住电话，问伤人没有，矿工丧魂落魄地说：

“李起包在里头啦!”

安徽矿工李起，与金崮林家金矿的安全生产密切相关，他被矿车撞了腿，受伤也不说受伤，终于找到了最后的归宿。治安主任郭才说得不错，男人关进了曾经和女人睡觉的屋子，果然遍体鳞伤也会想起舒服的时候。金崮林家的那个夜晚，探照灯强光照样把村子扫过来扫过去，李起一进了大老董和短尾巴猴子住过的屋子，就把江南的妻子想起来了。安徽矿工大罢工，为他争来了和妻子在一个屋子里睡觉的权利，他真的应该好好珍惜，不应该像孙玉娇说的那样用腰想，而是用心想。男人用腰想起的舒服留不下伤痛，到了遍体鳞伤的时候，不能拿出来疗伤，用心想起的舒服才会刻下深深的刀痕，越是到了苦痛至死的时候，越是能变成温软的手掌，抚慰新伤。治安主任郭才却相信了孙玉娇的话，认为女人只要长了淡淡的小胡子，就会比男人更知道，男人用什么地方想舒服。孙玉娇用一只拳头抵到他腰上提醒他，让他痛得叫起来，他就把一根警棒触到李起的腰上，让李起叫出更大的声音，顾不得再想起舒服的事情，受伤就说受伤。洗脑之后的郭才，忘记了他的警棒曾经击在马桂花男人的什么地方，致命的一击好像不在腰部，那时候没有孙玉娇提醒，郭才还不知道男人用什么器官想舒服。

兔子不腐败的原因

县委书记于明，也不叫郭才来回忆马桂花的丈夫是怎么死的。为马桂花上访一案，他二进金崮林家，不再叫镇党委书记曲秀川陪他了。接受了艺术骚动的种子，马桂花上访的能力已经长成了参天大树，三河县信访办公室的院子里根本长不下了。自从信访办主任和剧团下来的花脸把她接回来，就没敢放她回家，她只要走出信访办公室和文化馆同走的大门，就会踏着大屋子里排戏的锣鼓，直接登车，北上进京，直通京都的大客车免费载她，夏天的夜里跑车，给她提供一床毯子御寒，她可以放心睡觉。一夜觉睡过来以后，睁开眼就能看见大街上跑的车比三河县城干净多啦，车屁股后头冒的烟像冬天的小孩喘气，眯了眼才能看见。信访办公室把马桂花安排在西厢房住下，厢房里放了文化馆演戏用的布景房子，他们把画了砖石的假墙推倒，给马桂花搭成一铺床，剧团下来的花脸从县委大院的机关食堂领饭给她吃。花脸不抖膀子，把饭菜从窗口递给她，她告诉花脸，她的男人那时候，也是这样被人关起来，不过没有外人送饭吃。她接着又说，她倒要看看，信访办公室能不能养她一辈子，只要不养她一辈子，她一出了这间屋子，谁也绑不住她的腿，她蔑视地一笑，对花脸说

“你可不敢打断我的腿。”

花脸很想告诉她，她只要肯呆在这间屋子里，不进京，信访办主任自己就肯养她，还会按时给她买一个羊头涮涮，只要她能受得了羊膻气；同时，主任在积极办调动，离开这个倒霉的信访办公室。

县委书记于明还没有像信访办主任这样沮丧，他为马桂花上访一案二进金崮林家，先跟安得林谈一谈愉快的事情。大学生一样的县委书记提出三河县黄金生产的文化性目标，准备在大力挖掘黄金的同时，深入挖掘黄金的文化意义，成立三河县黄金文化学会，在黄金文化学会的基础上，建立黄金博物馆，聘请安得林做黄金文化学会和黄金博物馆的名誉会长和名誉馆长。安得林踌躇满志地说可以，建议立即着手，搜集黄金文物，土法淘金的流板啦，小船一样的淘金簸子啦，还有过去五个女人抱着磨棍推的土金磨，有的人家用它在冬天里盖地瓜窖子，还有的砌了猪圈墙，再不搜集，就怕散落民间找不到了。于明点头称是，掏出个小笔记本记下。安得林伸一根指头，指着于明的笔记本说，还有兔子蹄。于明以为安得林在开玩笑骂他，停了捏笔的手不记，安得林认真地告诉他，土法淘金，用簸子淘出金粉，要倒进铁瓢里用火烤干，再用兔子蹄扫到纸上包好。之所以用兔子蹄扫金子，而不用人的手指头，就是因为兔子蹄不沾金子，而人的手指头会把金粉沾走。于明忘了记

录，频频点头，感叹说，兔子不腐败，就是因为它的蹄子不沾金子啊，反腐败要在人类社会中进行，是由人的天性决定的。县委书记大发书生情怀，犯了大学生才会犯的文人毛病，惹得安得林又不高兴了。于明赶紧把兔子蹄记到本子上，问安得林还有什么。安得林不再说出新的黄金文物，于明指着院子里雕像的棚子说，你那棚子里雕的东西，也可以收进黄金博物馆里去。安得林自负地说，就怕黄金博物馆没有这么高的房子。趁着安得林正在得意的时候，于明合上本子，提出马桂花上访的问题，安得林把脸一沉说，不要提她。于明把本子往茶几上一拍，凄怆地叫一声：

“大哥，请顾全一下大局吧！”

两个钟头以后，剧团下来的花脸把最后一顿饭从窗口送给马桂花，轻松地摇摇膀子，亮出几招架子功，告诉马桂花，她的条件，安得林全部答应啦。信访办公室从主任到办事员，谁也不知道，安得林答应的不是马桂花的条件，而是县委书记于明的要求。赔偿马桂花的钱，当然交到马桂花手上，数目是马桂花上访之初就提出来的，通货膨胀，物价上涨的因素不计在内，也够马桂花和死去的丈夫一起用两辈子；治安主任郭才交司法机关处理。马桂花问抓起来了没有。花脸说，警察坐的车已经出发了。马桂花用两只手理理头发，流下泪来，走出文化馆放布景房子的厢房，走进信访办公室，向主任提出原来没有的一个条件：她要把户口迁出金崮林家，永远离开那个夺去她丈夫生命的地方。主任问她想迁到哪里去，马桂花清晰地说出一个村子：

“金崮许家。”

她停一停，又补充说：“我想过两天人过的日子。”

天上的人

马桂花不知道，就在她进京上访的日子里，金崮许家的首领许启民又一次犯病，住进了医院。许启民肯为金崮许家父老签下借据，向有钱的女婿借钱，却拒绝巴东为他支付医药费。他得的不是绝症，只要他把拾草的篓子往山上一放，石头大门能轰隆隆打开，他在草篓子底下装几块金子，给爹娘把炕烧热，枕着金子睡觉，他的病就会好起来。他担心的是，背着草篓子在山上搂草的时间太久，越来越老的爹娘等不到他打开石门的那一天，他的心也会因着急而憔悴，枯萎致死。要想保证他的心长久鲜活，能喷出充沛的血液，滋润到打开石门的时刻，最有效的办法就是像掰开橘子一样，掰下一个瓣来，再换上一个瓣。三河县医院的医生没有这样掰橘子瓣的高超技艺，巴东愿意出钱，送许启民去北京的大医院，许启民冷冷地拒绝了他，病情稍见好转，就离开医院的病床，回到家里的土炕上躺着。

珍珍回家侍候父亲，摘下身上全副的黄金披挂，只留下手指上一点饰物，许启民瞥一眼女儿端饭的手，又扭过头去把眼睛闭上。珍珍知道父亲不愿看，洗手的时候摘下来，就没有再戴，手指上只留下一道白圈，让人知道，这只手已经改变了穷出身，不是原来的那只手了。貌美的女人最容易改变性质，她能固守洁癖，不去温泉宾馆当服务员，不给年迈的高客放掉洗澡水，可是她不能拒绝人家用金子把她的手指圈起来变白，要用金子改变她身上其他部位的颜色，她也会接受。这一切的原因，都在于她不必把两手抓成枯树枝的样子挣饭吃，只靠天生丽质，就能够闯天下。她担心两只手的皮肤会变粗糙，可以戴上葱皮样的手套，捏着玉雕的小梳子梳眉毛，像医生要把心脏的橘子瓣换掉一个，捏着手术刀的手貌一样。许启民拒绝了巴东的医药费，可是他不能不接受女儿的服侍，倒不是他自己不能舀碗水喝，他要让珍珍记住，做了富人的妻子，两只手养得再白，穷人的首领也是她爹，她是活着的穷人与死去的穷人共同的女儿，死活不变，她的骨头，在拾草的许姓先人那里已经决定了是白的。许启民不知道，他的女婿曾经向安得林借路走，他也不知道，巴东让保安科长左龙走了“丢车保帅”一步棋，女儿回家，不再是左龙开车送她来，他一问珍珍，珍珍说“抓了”，他就知道巴东并没有金盆洗手。珍珍说，与巴东没有关系，他不相信。他让女儿管住巴东，女儿把金戒指戴上，说官话，她说：

“公司的事他不让我管。”

许启民在炕上躺着说：“你不是他老婆吗？”

珍珍说：“穷人的老婆能管住男人，富人的老婆管不住男人。”

许启民一挺身子坐起来，说：“那你手指头上戴着金子干什么？”

珍珍捋下刚刚戴上的戒指，丢到桌子上，说：“爸，你以为你闺女好过吗？”话刚说完，两行眼泪一齐流下来。许启民问她哭什么，她却不说。

一阵鞭炮炸响，从金崮林家方向传过来，震得许启民心口发痛，有毛病的橘子瓣不知道是想自己往下掉，还是要紧紧地粘住，叫医生也掰不下来。许启民不反对富人高兴的事情太多，要放个响叫穷人知道，他只希望祖先发明的火药少做鞭炮，把用不了的火药让出来，给穷人炸开锁住金子的石门。当然啦，活着的人用一连串炸响的鞭炮，把死人的魂灵叫醒，告诉他活人的世界正在发生的事情，许启民也愿意。马桂花在金崮林家的墓地里点燃鞭炮，不光要把上访的结果告诉死去的男人，她还要把男人叫起来，跟她一块儿走，一起迁到金崮许家去。她的户口落在金崮许家活人的户口簿上，男人的户口，也要落在金崮许家死人的户口册子上，不是按照生前的身份排列，而是按照活着时两个人的关系定位，夫妻在两个世界，都同住一所房子。马桂花用崭新的骨灰盒，装了丈夫即将消泯的骨灰，不再流泪，她的眼泪在漫长的上访岁月里，做了黑夜的灯油，已经在走出堆满艺术布景的文化馆厢房的那一刻，烧干了最后一滴。痛哭失声的是她的儿子。上访生涯一开始，她就把儿子送到了遥远的亲戚家里。儿子在亲戚家里长大，仍然记得安葬爸爸的那一天，他曾经哭得眼睛滴血。马桂花担心长大的儿子痛哭不止，捧不住父亲的骨灰盒，她亲自捧着，不流泪的脸像金崮林家山上的石头一样硬。她让儿子一边哭，一边撒下大片大片的纸钱，不像送给亡人，倒像丢下钱来买路。事实上金崮林家真的有人要拦她。活人的户口固然已经注在一个小卡片上，装进了她的衣兜，死人的户口却埋在地里，经过三老会讨论，已经列出了新的册子，要挖走，需要先打开地狱的大门才行。马桂花在丈夫墓前刚刚点燃了鞭炮，治安员就向安得林报告了。安得林站在办公室的大玻璃窗口，遥望南边的天空，说：

“她是天上的人，叫她上天堂去吧。”

治安员认真地看看安得林的脸，就要执行，安得林又说：“不用管她。”

马桂花在金崮林家村口点燃冥资，烧出最后一堆与天堂对话的纸灰，走出要用金子做便盆的富村子，永不回头，走进贫穷至极的金崮许家，把丈夫的骨灰安放进金崮许家墓地。许启民从炕上爬起来，用病弱的双手，接过马桂花和儿子的户口卡片，交给会计注册。马桂花拿出红布包的一个包裹，放到许启民的枕头旁边，包裹差不多像许启民的枕头一样高。许启民不肯接受如此新鲜的枕头。马桂花把包裹解开，那是金崮林家给她的全部赔偿金，县委书记于明要求安得林顾全大局，安得林拿出了大局需要马桂花也能接受的数目。马桂花叫许启民拿着去治病，就去她上访最终奏效的那个地方。京都的医生，像北京的信访办公室一样，也许并不亲手动刀，给乡下的病人割瘤子，可是他们开一个药方，就能管用。许启民说，他的病不是身上长了没有用的东西，需要割掉，而是一扇门，常常关住打不开。马桂花问，那是一把什么样的大锁锁住了，许启民略微一顿，说出锁的名字：

“穷。”

许启民好像没有病一样，在炕头上坐直了，面对越来越多的乡亲，他不掩饰自己的愤慨和不平。大家来看从富村子迁来的马桂花，倒听到了穷人的首领关于贫穷的一场演说。许启民从许姓先人拾草的那个早晨说起。他说，金库的大门并不光朝着富人打开，它也有给穷人打开的时辰，问题是，穷人的爹娘需要儿子赶快拾回草来，把炕烧热，要不就会冻死，而富人却穿着大皮袄，守在大门口。等穷人的儿子给爹娘把炕烧热了，赶回去，金子已经被富人抢光了。最古最老的时候，人用贝壳当金子，后来又用黄铜当金子，并不是吃光了肉，剩下的蛤蜊皮有什么用处，也不是黄铜的颜色能在黑夜里照明当灯用，而是人愿意用贝壳做成项链挂到脖子上，用黄铜磨成镜子照模样。人只要戴上贝壳做的项链，他就整天坐在铜镜子跟前看自己了。他每天吃饱了饭，只看见镜子里的他自己，他就看不见下海捞蛤蜊的穷人了，这就是富人不可怜穷人的道理。等到金子出现了，并且越来越多，富人用金子打成项链，拴小狗的脖子，小狗像人的一只脚大，它也敢咬穷人的腿。金子越挖越多，狗越养越小。最早的时候富人养大狗，现在的富人养小狗，越富养的狗越小。不管大狗还是小狗，见了穷人都咬腿，见了富人都摇尾巴，原因不是别的，狗就是为了等到它长不大的时候，挣一条金子项链拴脖子。穷人当然也不讨厌金子，他需要金子，不是要用金子镶两颗金牙，咧嘴一笑晃人家的眼睛，他是要用金子打一个饭碗，永远不缺饭吃，他还要用金子架一条电线，让屋子里的电灯到了黑夜能够点亮，不至于因为交不上集资，被人掐断电线，屋子里黑乎乎的。穷人要想得到金子，困难比富人更大，他需要先有金子，打一把钥匙打开金库的大门。许启民说到这里停下来，好像在思索下面的话应该怎么说。马桂花问他，穷人变成了富人，也养狗咬人怎么办？许启民说，等到天下穷人都变成富人，狗想咬人，就没有人让它咬啦。马桂花说，狗不咬人了，人会长出狗牙来咬人，许启民毫不含糊地说：

“那就给他把狗牙敲掉!”

马桂花长吁一口气，说：“我放心了。”

她把小枕头一样的包裹从许启民枕头旁边拿起来，郑重地交到许启民手上，说：“用它打一把钥匙开门吧。”

许启民接过包裹，不再推辞，决定用马桂花丈夫的命钱做资金，继续开采金矿。大家害愁矿脉被金崮林家夺去，矿井被封掉，不知道新的矿址应该选在哪里。许启民在炕上站起来，用一只脚跟跺两下他刚才躺着时直通心脏的地方，说，掀开炕面，就从这里打下去。大家不怀疑，穷人的首领立足的地方就有金子，黄金宝地三河县，黄金神话埋在好多人想不到的地方。勤勉的农妇在灶里烧火做饭，只看见火光闪耀，异常明亮，却不知道她是在金灶台上做饭吃，能让锅里永远有米煮饭的金子，正在看不见的地底深处闪光，就看她能不能舍得把眼前的锅灶掀掉。大家为扒了炕开矿以后许启民没有住处害愁，许启民颇为悲壮地说：

“哪里黄土不埋人?”

他却并不悲观，反而十分自信地说：“我倒要看看，安得林能不能把我的炕画到他的矿图上!”

玉观音转型

安得林暂时顾不得许启民了，他自己家的炕上正在被人开矿，尽管是他遗弃的老矿井，也在他的矿图上做了标记，揣在他一个人的怀里。像金崮顶底下的老矿井，久不开采，积满了污旧的老水，新的风钻手突突掘进，会把老井搅活，安得林也不肯让出去。他宁愿老矿井的死水沤烂石头壁塌下去，奔驰的小汽车跟着掉进去，他也不让乱石头充填老矿井，保障安全。幸亏孙玉娇提醒他，他才想起，老矿井也有残存的金子诱人，安徽过来的个体矿主衣为全就专门找险矿，险矿往往都在老矿井里。刁金凤扔掉一箱大号皮鞋不穿，只穿男人穿的布鞋，不系带来来去去，安得林并没有想到，老婆是为了方便的时候，三两下就能蹬掉，他只以为，老婆是记恨他把脚大的秘密告诉了别的女人，一箱皮鞋又是孙玉娇派人送去的，她自然不肯穿。刁金凤大度，允许他日遍天下女人，只不准干外国女人，他访日归来，就不把带回来的玉观音给老婆看，只经常放到孙玉娇的肚子上。刁金凤不知道，他带回来的玉观音头发梳成了日本女人的样子，领口也开得像日本女人一样低，能看见锁骨窝盛住一盅水，自然就不会担心，让全村人都染上脏病，他可没有想到，老矿井的脏水会自己往外流。孙玉娇一提醒，他才看出来了，老婆穿着男人的布鞋，在自己家小楼上走来走去的样子，跟过去大不一样了，大大咧咧的邋遢劲还有，一种新鲜的味道却是过去没有的，显然是新的风钻手打出了一股活水，沿着石缝往外流。新的风钻手诡秘极了，安得林有几天曾经怀疑派错了人，洗脑之后的郭才也许斗不过对手的心智。他正准备换人，郭才就被抓走了。他换了一个年轻机警的治安员代替郭才。治安员很快发现了秘密。

其实自从安得林带着玉观音访日归来，郭立志就想离开刁金凤的大炕，不再上去。不管刁金凤什么时候打电话，他都可以想一个理由拒绝她，比如他手头正有思想要做啦，比如他这时候正在腰疼啦。他说前一个理由的时候，可以把厚厚的大书拍响，说后一个理由的时候，就用拳头轻轻捶腰，捶打两种物体的声音都能通过话筒传过去。对方却不给他时间，容他想出更多的理由，他想出的理由，就是有他手上厚厚的大书条款那么多，对方也只用一句话，就把他问倒了：

“你又想叫哪个女人给你拔胡子？”

郭立志想不出，还有哪个女人会像刁金凤一样出手敏捷，果决有力。因为安得林找了一个有淡淡小胡子的女人，刁金凤刻意找一个不长胡子的男人，郭立志的胡子还没有被自己拔光，刁金凤亲手实施，实现她针锋相对的愿望。刁金凤拔胡子时刻不定，没有规律，全看她床上的心情如何，高兴和烦躁都会实行。她把男人穿的鞋当成拖鞋穿，连提上蹬下的麻烦都省去了，大鞋后部的帮子，像小猪的耳朵长在脚后跟两边，能清晰地听见她的大脚拖出不同寻常的凶猛之声。郭立志却不能像刁金凤那样，始终保持健旺的精神，他做豆腐出身，惯于掺水，当了副总以后，拿一本厚厚的大书做武器，大书的封皮是硬硬的壳子，里面的纸页却极容易撕碎。繁冗的条款，能把渴望嫁进富村的姑娘挡在金崮林家大门之外，要拿来抵挡刁金凤，却不管用，刁金凤口吐唾液，就会把一本大书化成纸浆，像豆腐脑一样，叫郭立志捧不起来，压不成书本一样的硬豆腐。郭立志连连吃败仗，他要想不打可不行。他有时候会垂头丧气，流露一种厌战情绪，刁金凤就给他拔一根胡子提神。他是没有目的地的上船乘客，上了船，还不知道是不是他自己的脚踏上了船板。最糟糕的是，船到了江心，他才发现船是破的，既回不到驶出来的港口，也到不了安全的彼岸，因为他自己并不知道，驶到哪里才可以下船。他是不情愿的面首，不合格的嫖客，等到他的胡子被滥施淫威的婊子拔光，再没有拔毛的痛楚给他提神，他就彻底解放了。可惜他没有等到那一天，另一种解脱提前到来了。他刚刚被刁金凤拔掉了一根胡子，打起精神，开始拼死搏击，一半身子忽然一凉，像被一座冰山罩住了，扭头一看，原来是老总安得林站在旁边。安得林是不是从天上掉下来的，他居然不知道，老总家的小楼比两委所有的成员都多了一层，离天更近。

安得林比刁金凤逮到他和孙玉娇的时候更从容，更大度。他不像刁金凤一样，给作奸犯科的男女讲一个祖上的故事吓唬人。刁金凤的母亲会在睡觉的男人胸口上压砖，那是因为，穿了小红鞋的女人捉到的男女不会唱戏，他的父亲穿了小旦的衣服，描眉画黛走下楼来，踩着一面小锣“台台”的声音，走的就是文戏的路子。他也不像刁金凤那样，当场宣布一些禁令，把外国女人划到天下女人的圈子外头，能不能让金崮林家全村人染上脏病，真的不在于干不干外国女人，他把日本国的玉观音时常放在孙玉娇的肚子上，孙玉娇仍然干干净净的。其实外国女人比中国女人更注意卫生，在日本国穿了半个月皮鞋不用擦，一下飞机，踏上中国的土地才脏起来。外国的现代科技发达，娼妓业同样用高科技做强大的生产力，他们的妓女定期检查，公开防治脏病，才不像中国的性病诊所，大都开在小旅馆阴暗的房间里，把广告羞答答地贴在电线杆上呢。安得林根本不对刁金凤说话，他等郭立志把衣服穿好，只冷静地叫他说：

“立志，咱们走吧。”

郭立志跟在安得林的身后走下楼梯。他慢慢移动，轻轻下楼，两条腿颤颤抖抖地夹紧，能夹住一个铜钱。他学小旦上楼的步子下楼，走上村子的街道，也是这种走法。他跟着安得林从一条胡同穿过去，走到比较宽的胡同口上，没有想起安得林就是在这里，看中了他做豆腐掺水多的手艺，让他改行当了副总做思想。他在拐过一个墙角的地方抬抬头，没有看见村子南面大旗山上由他分管的动物园里，短尾巴猴子不用大老董鞭子护驾，正爬在母猴的身上，恣意弄欢。离总部大楼越近，他走得越慢，安得林时常停下来等等他。看见了大楼前帆布搭起的棚子，他不知道里面在叮叮当当地做什么。他跟着安得林上楼，看不出安得林上楼跟小旦上楼不同，他自己却把两条腿夹紧，跟他打小锣的父亲走法不一样。安得林一伸手，把门打开了，他才想到应该由他来开门。可是他做什么都来不及了，连关门也是由安得林一手做成的。安得林坐到大老板台后面，半天不说话，郭立志猜到老总在想处置的办法。天气闷热，安得林拿起黑色遥控器，像拿起一张扑克牌，他却不摔到郭立志脸上，朝着墙上的空调机瞄准了一按，郭立志身上立刻就像浇了凉水一样抖起来。安得林仍然不说话，想处置的办法。郭立志浑身凉飕飕的，已经想好了，可是他不敢说出来，不是怕处置重了自己受不了，是怕处置轻了安得林不满意，他所掌握的厚厚的大书中，没有相应的条款，老总的老婆被人奸污的处置办法，要由他这里开始写进去，他不知道安得林希望处置到什么程度，才能在老总家小楼的周围筑起带电的铁丝网。他还是等待老总自己说出来。没想到停了半天，安得林却叫他自己说说怎么办。郭立志看不清安得林仰在皮椅靠背上的脸，看不见脸，他就更不知道他想出的处置办法老总能否满意了。安得林两眼看着白色的天花板，催促他：

“说吧。”

郭立志不敢说。

安得林脸朝上鼓励他：“说吧，没关系。”

郭立志看着安得林的下巴，张张嘴。

安得林感觉到了，他轻轻地动一下脖子点点头。

郭立志大着胆子说出来：“你给我洗屌吧！”

安得林把头在椅子的皮靠背上摆好，摇一摇。郭立志立刻发现，他犯了头痛医头的错误，他根据以往给郭才洗脑给林家明洗嘴的经验，以为毛病出在哪里，就应该洗哪里，他却忘记了，他跟那两个人的身份不一样。安得林严肃地指出，他是副总，要采取组织措施处理。郭立志身上立刻不那么冷了，多年的思想生涯告诉他，组织处理，不是一把刀子把人的手剁去，而是一阵风刮掉人的帽子。安得林果然要把他的帽子刮掉。不过，老总提出了两个方案，供他选择，第一个方案是，撤掉副总下矿井。郭立志不表态，等待第二个方案发布出来。捉奸成功以来，安得林第一次失去耐心，发火了，他实在看不上郭立志胡子稀稀朗朗的只剩下几根毛的嘴巴，他大声地呵斥说：

“第二个方案还用说吗?”

郭立志不说话，呆呆地看着他。

安得林一根指头像一把锋利的刀子，朝郭立志鼻子下面一指说：“一刀子给你割去!”

郭立志浑身一抖，不再迟疑，选择了下矿井。他身上发冷，却不赶快离开安得林的办公室，到暖和的地方去，站在那里不动。

安得林瞪起眼来说：“滚吧!”

郭立志嗫嚅地说：“我把……思想……交给谁?”

安得林抓起电话，什么话也没有说。好像一直等在办公室的大门外边似的，安得林的电话刚刚扣出“咔嗒”一声响，大门无声地推开了，孙玉娇穿着裙子走进来。安得林吩咐郭立志：

“你跟她交接。”

全民公决

办公室主任孙玉娇兼任副总，主持的第一项重大典礼，就是总部大楼前的雕像揭幕。她精力充沛，一身二任，仍然顾得蘸了膏油，亲手为安得林梳黑头发。她从郭立志手上接过厚厚的大书，她却用不着翻着书本做思想。只有做豆腐出身的副总，多掺水掺惯了，才需要照着书本，靠两只手抓不住的文字做思想，把思想做得像掺水多的豆腐一样，看起来很大，两只手一握就没有了。孙玉娇两手握住的思想绝不软。她冲破郭立志用厚厚的大书设下的关口，走进金崮林家，依仗的就是女人才能掌握的硬武器。数不清的条文没有装在她的脑子里，她的脑子里却有条文种子，能够随时生出来，满足各种情况下的紧急需要。郭立志任职期间，遗留下悬而未决的问题，她一上任就有了解决办法。三老会成员林家明，家里新型厕所的便盆被打碎了，扔石头的孩子始终没有查出来，孙玉娇让小学校的老师，幼儿园的老师，在一个时期里都给学生上一门体育课，就是到操场上扔石头，等他们都扔腻了，剩下最后一个还有兴趣扔石头的孩子，就是扔石头打碎林家明便盆的那一个。治安主任郭才破案无方，可是他能叫安徽矿工李起的腰想不起舒服的事情，孙玉娇把肚子上的玉观音拿开，放到安得林更喜欢的地方坐着，建议安得林，把郭才弄回来仍然当治安主任，正好跟她的思想配成文武之道。安得林采纳了。他坐着白色的轿车跑出村子两回，司机把车皮上的中国尘土第二次擦干净，安得林皮鞋上的灰尘还没有擦掉，郭才就回来了，穿上治安员的黑制服，正好赶上雕像的揭幕典礼。

典礼被孙玉娇过人的才华催动，天不亮就奏响了序曲。村子上空的大喇叭突然响起了村歌，大家从梦中惊醒，知道安得林的生日又到了，却不明白为什么村歌要比往年响得早。安得林与贪官绝不一样的，生日礼品两天前已经发下了，比往年提前了一天。好像是安得林要在同一天里过两个生日似的，数量也是双份。村子的街道，在不寻常的太阳升起之前，已经打扫干净。村歌响过两遍以后，金崮林家自己的军乐队又把迎宾乐曲奏响了。他们把金子一样的管子搁在嘴上，推进去拉出来，闪闪发光，复杂的缨穗盘垂在胸前的衣服上，一片金黄。小学校学生，幼儿园孩子，穿上了整齐的过年衣服，每人的手里都拿了彩色气球。他们有了欢迎安得林访日归来的经验，早晨不多喝水，他们还没有等到憋出尿来，市里和县里的领导就坐着车来了。市领导秋天上大旗山看动物园的猴子，被棘子倒钩剐住了“干部大袄”，现在他上身短打，下身穿了裤腿飘不起来的裤子。县委书记于明穿圆领汗衫，更像一个大学生了，就差胸膛上没有印字，没有戴后边一根带儿能放大缩小的帽子。倒是县长温廷礼服装整齐，像扑克牌上的老 K 一样系了扣子，严整不苟。市领导不再问安得林“你那棚子里雕的是个啥”了，棚子已经拆除，巨大的雕像蒙了红布，一会儿就要由他亲手揭开。没有人看见两个雕工在哪里，整整一年的雕刻中，只有孙玉娇一个人看见过他们的头发长到了多么长，他们是不是被孙玉娇亲手打发走了，大家不知道。曾经建议用金子做便盆的三老会成员说，有一些工匠给皇帝修陵墓，修完以后，就埋在里面。林家明即刻反驳他，说工匠连两委成员都不是，不能跟皇帝埋到一个墓里。对方正要说，孙子当了三老会成员，倒跟爷爷埋到一块啦，军乐更加震耳欲聋地响起来，铜鼓和铜钹砸得老迈的心脏往外跳，他就是说话的声音再大也没有用。就在他生气的时候，蒙在巨型雕像身上的红布揭开了，军乐队更加拼命地吹打，总部大楼底下好像发生了大地震，无数彩色气球一齐飞起来，好像逃命的灵魂离开了躯壳，自己飞往天堂去。彩色气球载着军乐越飞越远，渐渐地看不见了，好像死沉沉的大海上掠过了听不见的一阵微风，大家眼睁睁地看着巨大的雕像，在自己的心头“啊”了一声。连幼儿园的孩子都认出来了，眼前的石头人穿了皇帝的衣服，模样就是照着安得林的脸刻下来的，个头倒比真人高得多，脚底下的石座上刻了四个大字：

唐王征东

短暂的寂静好像过了一千三百年，时间在人的心上流得很慢，谁也不知道，这样的时间用什么武器能打破。市领导第一个鼓起掌来，他刚刚拍出了啪啪两声响，就按动了一台鼓掌的机器，骤然而起的掌声好像要把石头雕的皇帝抬起来，军乐队再一次把军乐奏响，好像地球上的人一齐拼命跺脚。市领导不鼓掌了，带头钻进轿车，取消了留下来吃饭吃完饭再上山看猴子的打算，县委书记于明以下，各级领导也同时钻进轿车，有一个人大喊“请领导们停一停”，他们没有听见，一个接一个地跑掉了。

大喊的梁晨要想拦住领导的轿车，除非他能像上访的马桂花一样，高呼“青天大老爷”，青天大老爷卸下轿车轮子，换成杠棒抬在人的肩膀上，别跑得那么快。他要是能有一百只手，同时拔掉军乐手嘴上的喇叭，也能叫上面的领导听见铜器吹打盖住的不同声音。他需要等待军乐队指挥把手中的棒子包了红布的一端朝天上一指停下来，他说话，才能让现场的人听见。他从小学生队伍的前头走出来，一直走到巨大的雕像跟前，伸出一只手来，拍拍石头人脚下的石座，人人都看见石头人一动不动。重新穿上了黑制服的郭才脸上流汗，还是警惕地走上前去问他，是不是打算把雕像推倒。梁晨坦然承认，他不打算推倒石头刻的皇帝，他要推，就推倒土皇帝。他伸出一只手，指向跟雕像模样一样的安得林，大声说：

“我推倒他!”

天气极热，所有的人都打了一个冷战，冒出汗来。没有人听见众身一齐冒汗“刷”的声音，只听见小学教师梁晨在说话，他像在课堂上给小学生讲一堂课，课程内容，大人在害怕的时候不容易听懂。他说金崮顶底下的金子是大自然的恩赐，不是哪一个人从上帝手里要过来的，没有人应该获得一份特权，依仗他先向上帝伸手要了金子，他就用金子打成一杆鞭子，把人当猴子看管。人住的村子不是一座集中营，不需要探照灯的强光扫过来扫过去，在大家睡觉的时候，把人的眼睛耀花。山上天生要长棘子，菜园里天生要长香菜，谁都没有权力硬逼着棘子变成香菜，一出生就长了倒钩。它长倒钩，并不是为了剐皇帝的衣服，而是为了把人的手剐破，不让人把它刨光。平民百姓要是担心长倒钩的棘子剐破裙子和裤角，可以到种了葡萄的花园里去谈心，不允许治安员穿了黑制服跟踪。种了葡萄的花园人人都可以进去，不管挖金子的矿工来自哪里，他们的妻子来探望，都有权利在花园的葡萄架下一起吃饭，晚上住在一个屋子里。三河县的金崮林家，当然不是建在岛子上的国家，被一片大水包围，它四周是山，山下有金，需要钢钻大炮，才能开采。开采的金子多了，不是用来打造金子便盆，新建新型厕所，而是打造大船，用金子做船帮，再大的风浪也打不垮，越过大海中间的岛子，一直驶向比岛子更大的彼岸。这样的大船不光载富人，也载穷人，当然也载上猴子和狗。他再一次把一只手指向安得林说，把他推倒以后，要做的第一件事，就是把大旗山的猴子放走，让它们在山林里爬树，不在笼子里攀铁杆子，铁杆子冰凉，猴子的手也受不了。然后……他又把手指向办公大楼顶上白天不亮的探照灯说，再拆了这架探照灯，把它安在矿井里，让金崮顶底下一千米深的矿井白天黑夜都有太阳……

没有一个人说话打断他，他自己停下了，也没有人能想起应该做什么。飘上天空的气球在大气层里爆破，没有人看见彩色的塑料像花雨落到了别人的国家。巨大的雕像站得像一座楼房高，离太阳很近，没有人看见石头錾的珠串一共十二道，挡在人脸前面，被石头人喘气吹得轻轻飘动。大旗山动物园的猴子叫出了欢快的声音，没有人看见短尾巴猴子不用大老董的鞭子保驾，爬在了母猴身上……没有人看见，一切都没有人看见，没有人看见空气和水，没有人看见怀孕和地球，没有人看见母牛在东面山上吃草，兔子在西面山上做窝，有一个老头从人群里走出来，白胡子直抖动，大家看见了，他就是三老会成员林家明。林家明踩着大家不喘气的神经往前走，一直走到梁晨跟前，仔细地看梁晨的脸，看到大家憋不住要喘气的时候，林家明点点头转过脸来，说：

"他疯了。"

所有的人都把目光射到梁晨脸上，像射出一万支带响的箭。不等梁晨抬起手来遮挡，林家明一只脚跺地大声说："看看我一天三顿吃的什么！"

谁都相信林家明说的不是假话，他一天三顿吃的什么，大家一天三顿吃的也是什么。大家乱纷纷地说话，同意林家明的判断。梁晨大声地说"不"，可是大家都说他疯了，他拿不出证据证明他清醒，他再要说话，会比刚才的演说更像疯话，让人听不懂。他正在着急，没有办法为自己做清醒的辩解，已经退出了三老会的林海山从人群中走出来，像林家明一样往前走。他不走到梁晨跟前看梁晨，却走到林家明跟前看林家明的脸，看了一会儿也点点头，说：

"他没有疯，是你疯了。"

林家明比梁晨更着急，他恨不能拔掉自己的胡子说没疯。林海山指着穿黑衣服的郭才叫他辨认，说："你说他是谁？"

林家明凑到郭才跟前，认真地看够半分钟，不容置疑地说："他还能是谁？是我儿子嘛！"

林海山严肃地纠正他："你是真疯了，你儿子自己把自己捅死啦！"

林家明脸都气白了，他反驳说："你胡说，我的儿子从来就没死，腊月里没有下大雨，大旗山上没有长香菜，我家的便盆没有打碎，我老婆没有把梁头上的灰扫下来吃了——你看看我一天三顿吃的什么!”

林海山不计较林家明是不是把梁头上的灰扫下来当白面吃，他只让林家明认定儿子，他叫林家明睁开老眼好好看看，穿黑制服的郭才到底是不是他的儿子。不等林家明再说是，郭才冲着林家明叫一声“爹”，林家明毫不含糊地应一声，眼泪随着涌出来，他用一根指头抖抖索索指向梁晨，说：

“看见了吧？就是他疯了。”

他又摆出一个证据：“他一来到金崮林家，就往山上跑!”

没有人怀疑他摆出的证据，金崮林家的早晨，他起得最早，只有他，在夜间巡逻的治安员熬困了想睡觉的时候，能看见哪一家的门最先打开，下雪季节下大雨之后，更是如此。梁晨每天早晨跑往西山，从来都逃不过他的眼睛，他不跟踪上山，也能看见。林海山要想证明梁晨没有疯，他需要比林家明的夜晚更睡不过去，更早一些起来，能看见小学教师天亮前做的梦清清楚楚，没有被晨雾蒙住。林海山不能拿出梁晨明明白白的梦境做证据，他只能两只手抓住大家看不见的空气和水，说梁晨清醒，林家明疯了，没有人信他。乱糟糟的争论需要一锤定音，巨大的石头雕像默默地站着，一言不发。就在大家几乎没有耐心再等下去的时候，主持庆典的新任副总兼办公室主任孙玉娇站出来，中流砥柱，稳定大局，她走到架在桌子上的话筒跟前，提出解决的办法，她说：

“我们发扬民主吧。”

她又像发布一个命令，语气决绝地说：“全民公决!”

于是孙玉娇看着金崮林家全村村民，发布第一号民主号令：

“同意林家明疯了的请举手。”

说完话，她的目光像办公楼上的探照灯，缓缓转动，从军乐队开始，扫过放走了气球手上空空的小学生，幼儿园的孩子，扫过从矿井里上来戴上了干净安全帽的矿工，扫过怀孕女人的肚子，不怀孕男人的肩膀，在治安员的黑制服上停下来，没有扫到有一只手举起来。孙玉娇好像要吻那只话筒一样，把嘴凑近，提高声音，发布决定性民主号令：

“同意梁晨疯了的，请举手！”

孙玉娇闭着眼睛也能看见，树林一样的拳头刷地举起来了，连幼儿园的孩子也被民主的大潮裹挟着，身不由己地往前走，提前获得了民主表决权，小学校的小学生，也投了他们的老师疯狂的一票。不等数不清的拳头放下来，石头人一样站着不说话的安得林，就在全体同意的情况下作出决定，说：

“送他去精神病院。”

第十一章

一只巨兽

周小佳追不回拉走梁晨的车。她反对县城机关幼儿园的孩子们跳一个围着龙倒下的舞，也许是犯了一个错误，她要是领孩子们追着龙，用跳舞的步子跑过，她或许能追上汽车轮子。她倒不后悔离开了秘书岗位，回到幼儿园，她就是能到更大的楼上去当秘书，她也不能阻止孙玉娇用“全民公决”的方式，把梁晨送往精神病院，因为她也会把手举起来。举手像一种惯性运动，在举手的人群中要想不举手，只有像林海山那样站出去，像海潮中突出来的一块礁岩才行。等到周小佳发现，她也投了梁晨疯狂的一票，再要把手放下就晚了，安得林已经作出了最终决定，周小佳等于也推了汽车轮子一把。其实她最知道梁晨没有发疯，梁晨就是在爱情疯狂的时候，也保持着理智的分寸，梁晨会执著，会痴迷，可是他不会失去清醒。他只有在读一本书的时候，似乎远离了金崮林家这个世界，苦苦寻找驶往一个岛国的大船，为找不到拖不垮的材料做船帮而痛苦，冥思苦想。后来他放下那本书，拿起另一本书来，重又回到这个世界的金崮林家，他仿佛找到了做船帮的材料，他就朝着海浪走去了，一点害怕的样子也没有。他义无反顾地走向海浪，不是疯狂，而是勇敢，像他不管刮风下雨，都会大踏步地跑到山上迎接早晨一样。周小佳和梁晨在山上开始的爱情，还没有准备投入海洋，梁晨一个人突然出发了，周小佳还没有顾得考虑怕不怕湿了衣服。等她不顾一切地跳下水去，跑到精神病院去看梁晨，梁晨已经认不出她了，关进精神病院短短两天时间，梁晨真的疯了。

大山里的精神病院，门窗上安了铁栏，墙壁涂得像住院病人的精神一样惨白，摸一把，好像什么东西也没有，却分明有一堵坚硬的墙壁矗在那里撞不开。站在铁栏隔住的窗户外边，一看见梁晨，周小佳恐惧的心里就冒出了一个冷冰冰的道理：在铁栏封住门窗的屋子里，一群疯子绝不允许有一个清醒的人存在。精神病院还有不疯的医生，那是因为他们不把自己和疯人关在一起，他们手里拿着带电的棍子，能让发病的疯子应声倒地，像金崮林家的治安员手持警棒一样，不是他们天生不会发疯，而是有人给了他们棒子。周小佳站在窗户外面，大声地叫梁晨，一群疯子走过来，梁晨倒好像没有听见。如果没有山上的爱情，像石头一样不容易动摇，周小佳就会被一群疯人的怪样子吓跑。在疯人住的屋子里，只有让自己变疯了，才不会害怕，像跟着举手的惯性举手一样。周小佳为自己在“全民公决”中不坚定的表现，找到了一点理由，她不再动摇，坚持叫梁晨，一群疯子退回去，梁晨穿着和他们一样的蓝条子衣服走过来，他却认不出叫他的人，是金崮林家西山上阳光一照的周小佳了。周小佳一声接一声地叫他，他不答应，只清清楚楚地念出几句诗：

一只花花绿绿的巨兽——平民。
它不知道自己的力量，
只知道绝对服从，

它曳着重锤，拖着石头，原木——
引导着它的是一个瘦弱的男童，
只要一击，男童就会跌倒，
但是野兽胆小，它和蔼地服务……

周小佳希望他念的诗是他自己作的，他要是跟疯子关在一个屋子里，还能作诗，他患的就是诗人的疯狂病，跟一般疯子不一样的。周小佳流着眼泪，继续大声地叫梁晨，梁晨好像没听见，又好像突然发怒了，他挥起一只拳头，朝着铁栏窗户外面的周小佳大声呼号：

请把高傲、无知和谎言
放在我从太阳那里偷来的烈火中销毁吧！

周小佳哭出声来叫他，他把刚刚念过的诗从头再念一遍，再就走入疯人堆里，跟别的疯子一样了。

已经退出三老会的林海山到精神病院看梁晨，梁晨隔着铁栏封住的窗户，给林海山念同样几句诗，林海山听明白了，瘦弱的男童就是拦路的强盗，手里拿着包了黑布的笤帚疙瘩当枪。他想告诉梁晨，瘦弱的男童会长大，长胖，长壮实，林家明家里不再把磨坊梁头上的灰扫下来当饭吃，他的儿子会吃得更好，因为，金崮林家从大山底下挖出来的金子，可以做便盆了。儿子长成了大人，就丢掉笤帚疙瘩，拿起了警棒。你抬起脚来，能一脚踢掉强盗手里的笤帚疙瘩，可是你踢不掉他手上的警棒，不是因为你的腿没有他的警棒长，也不是因为你的腿上没有带电，是因为警棒造出来，就是为了打人的，而你的腿生下来，是为了走路的。腿要是为打人生的，就不应该直直地竖着，而应该平平地横着，像野兽的爪子一样。林海山很后悔，给梁晨讲那些过去的故事。庙扒掉了，会再修起来，住进新的和尚去。就是老庙没有扒掉，新和尚还像老和尚一样剃秃头，他们撞钟的时辰也跟过去不一样了，老和尚看着太阳升起来，挑水做饭吃，新和尚听见钟表打点，才想起要做饭吃了，去抬水。就是还有坏和尚把还愿的女人藏在暗室里，也不能让大骡子拉着耙，从和尚头上耙过去了，倒不是因为有些还愿的女人喜欢暗室凉快，自己不愿意回家，是因为现在用拖拉机拉耙了。拉耙的骡子，不知道埋和尚的坑子也会掉进耙去，开拖拉机的驾驶员却担心，压碎了和尚头，会把机器掉下去。林海山知道梁晨听不懂他的话了，他仍然老泪纵横，把他的后悔说给梁晨听。他还擦干眼泪，告诉梁晨，金崮林家墓地，马桂花的男人迁走以后，再就没有混乱的秩序了，死人世界像活人世界一样安稳，修了巨大的牌坊，比公路上的牌坊气派，写明“金崮林家公墓”。总部大楼顶上，探照灯安了新的铁架子，像换了一个大个子男人，把灯举得更高了，夜里的探照灯强光，连新的公墓也能照到。办公室主任孙玉娇兼任副总以来，工作更忙了，她索性搬到总部大楼上去住，很少回家了，她成了大楼上的主妇，她自己家里的客人。金崮顶底下的金矿，一天比过去多放二十炮，大炮响得越来越近了，黑夜里睡觉，能觉出土炕直摇晃。往打锣山穿过去的巷道，跟国营大矿打通了，国营大矿说金崮林家越界采矿，到上面告状，安得林正在跟国营矿长打官司。

打赢官司不用洗脸

不光听不懂林海山诉说的梁晨，不能预料安得林跟国营矿长的官司结局，就连打通了古今的林海山，也不能想到判决会下来得这么快。林海山知道，打官司的状子要用两只手递上去，也知道有些状子不用写在纸上，不写在纸上的状子用电走路，说句话的时间就到了，可是他不知道，判案子也会按动电开关，电线架在看不见的杆子上。国营大矿跟金崮林家争矿，不像金崮许家那么激烈，他们不往金崮林家水泥铺的街道上扔炸药包，也不用喷粉器喷“六六六”药粉，杀人的眼睛——他们的矿工不种地，家里不准备农药，老婆在村子里种地的矿工，也不把喷粉器拿到矿上去。国营大矿的矿长，也不像金崮许家的首领许启民那样痛心疾首不会打桥牌，他连把下岗矿工组织起来再建个护矿队都没有，对手不像大东公司保安队那样抢劫，他就没有必要给下岗矿工再发一份工资。他吸取上一次请县里帮助护矿的经验，不找县长温廷礼，直接找县委书记于明，于明的反应也不强烈，不说“为国分忧”之类的话，他倒还是说到了一些很大的概念，他好像安慰国营矿长似的说：

“取之于民，用之于民嘛。”

国营矿长说：“你说的是税收吧。”

于明说正是，金崮林家是三河县最大的利税大户，上缴税额是不富裕的乡镇的总产值。

国营矿长认真计较，打锣山金矿与金崮林家金矿不同：打锣山金矿，把挖出来的金子全部交给国家，做了城门上拳头大的钉子，金崮林家，却把挖出来的大部分金子留下来，做便盆修建新型厕所。于明打断国营矿长的话，说，用金子做便盆那是童话，金崮林家的便盆仍然能用石头打碎，国营矿长着急地说：

“童话就要变成现实啦！”

于明反问他：“你不希望老百姓过童话般的日子？”

国营矿长敏锐地发现，大学生一样的县委书记布下了一个文化陷阱让他钻，陷阱里摆满了文化固有的机关和纠缠。他赶紧跳出玄虚的坑子，站到硬邦邦的山石上，再一次强调，打锣山金矿与金崮林家金矿本质上有差异，打锣山金矿，是没有分家的儿子住在大宅子里，和老爷子一个锅里摸勺子，老爷子碗里的饭不多了，伸手就能把儿子碗里的饭倒过去；金崮林家金矿，就像是分居而过的儿子，老爷子手短，不能伸到儿子的兜里直接掏东西。于明不跟国营矿长计较，哪一个儿子跟老爷子更近，他问国营矿长，打锣山金矿是不是他矿长自己的，国营矿长想也不想，就说当然不是。于明作个结论说：

“金崮林家金矿，也不是他安得林自己的嘛！”

国营矿长明白了，说一句三河俗话：

“手大捂不过天来呀！”

县委书记于明假装糊涂，完全失去了聪慧的大学生样子，懵懵懂懂地问：“你说谁？”

国营矿长好像要故意布下迷宫一样，说："天。"

于明忽然脸红了，好像是为他猜不透国营矿长的玄机惭愧了。

国营矿长越过县委书记，把官司往上打。安得林却不跟他对簿公堂。金崮林家村民知道，打锣山国营大矿在跟他们打官司，他们看见安得林坐着白色轿车跑出去，又坐着白色轿车跑回来，轿车来来去去，覆盖了中国尘土，有时候顾不得擦去，安得林的皮鞋倒擦得很干净，老是像在日本国访问一样。好多人看着安得林干干净净的皮鞋，忘记了首领正在跟人打官司，加倍羡慕起日本国不用擦皮鞋的环境来了。目标远大的人告诉大家，金崮林家只要跟国营大矿打赢这场官司，金崮林家人从此只要不出村，就不用擦皮鞋了。不得不离开村子去三河县城中学念书的中学生纠正说，要想不用擦皮鞋，金崮林家人必须坚持一个条件，就是不使用木头做的一次性筷子吃饭。那种两根尾巴并在一起，劈开使用，用过了就扔的筷子，原本是日本人发明的，他们发明了，却不砍倒自己国家的树木做筷子，他们依赖进口，进口的国家就是中国。中国每年生产一次性筷子四百五十亿双，一百五十亿双出口到日本和别的国家。做这么多一次性筷子，每年要砍倒大树两千五百万棵。中国的大树砍倒了，给日本人做筷子，日本人却把他们的大树留着，遮荫凉挡灰尘。他们的皮鞋干净了，中国人的皮鞋就脏了。反过来的做法，当然就是反过来的结果啦。建议用金子做便盆的三老会成员，也叹服中学生讲的道理，他展望远景说：

"我们跟国营大矿打赢官司，再就连脸也不用洗啦！"

幸亏官司赢得快，没有给人更多的时间生愁肠。好多人刚刚想到，办公楼前高大的雕像用天上下的雨洗脸，不用金崮林家的水，却没有人能保证，下雪季节下大雨，不带着天上的煤灰和尘土，打赢官司的消息就在村子里传开了。村民们不再想擦皮鞋的事情，连中学生的告诫也忘了——其实大家只要不去村子外边的饭店里吃饭，就不使用一次性筷子，用过了就扔，大家用的，还是老爷子时代就用的老筷子，用过了刷一刷，下一顿吃饭的时候还用，筷子头都被嘴皮磨光滑了，没有了最初的棱角。

女人能算鱼吗

大东公司总经理巴东用银筷子吃饭，以防下毒。他相信古老的防毒术，认为银筷子插进有毒的饭菜里会变黑。他把银筷子插进毒蛇嘴里，让蛇咬过，筷子还是像原来一样银白灿亮，他不认为传统的防毒术不好用，只认为蛇的牙齿不够毒；要是饭菜里投的毒足够毒死一头牛，银筷子自然会变得像他的牙龈一样黑。自从他得到了三河民间有名的美女珍珍做妻子，他更是把自己的生命放到了两根银筷子上撑着。他不用珍珍为他杀蛇取胆，可是他不能不用别的女人操刀。操刀走来的女人越多，他需要的蛇胆就越多，反过来也是这样。珍珍第一次发现，他喝下了别的女人捧上的蛇胆酒，大哭大闹，他就拍拍女人的屁股，给珍珍解释说：

“我需要多喝蛇胆，不的话，连你我也顾不上了。”

珍珍于是要求他，如果非要女人的手杀蛇取胆，他才喝，也不用找别的女人。他不容置辩地说，他可不能让自己的老婆握着一条蛇，像握一根别人的鸡巴。而且他还反问珍珍，珍珍连去温泉宾馆当服务员，倒掉别人的洗脚水都不干，倒肯杀蛇取胆了，三河县有名的美女是不是想当女皇，玩遍所有男人的家伙？珍珍不说话，把雪白的牙齿咬紧了流泪，他便认定，珍珍是在下投毒的决心，美女的钢牙能咬碎仇恨，也能咬碎砒霜，吐进男人吃的菜里。珍珍迟迟不把投毒的行动做出来，不是她没有胆量，是她担心男人拿了银筷子，下毒也不管用。

巴东银筷子在手，无所顾忌，大胆地伸向米晓雯。大东公司保安科长左龙一把胡子留起来又剃掉，嘴上有毛无毛，都没有吃了米晓雯，他在入狱之前精心准备，功亏一篑，终于住上了特等牢房。巴东一诺千金，不用像唐伯虎那样脱了裤子蘸墨，画有头的蝴蝶卖钱，直接依靠黄金企业，投入足够的资金，保证左龙能在特等牢房长期住下去。左龙白天在监狱的传达室值班，有拿枪的传达员陪着他看报纸，晚上回特等牢房睡觉，常常不睡在床上，而睡在地上，铺了地毯的地上，睡起来比床上更舒服一些，墙壁的边界不像床铺一样，能让人觉出掉下来的危险，梦里的女人可以放心地舒展跌腾，解开镣铐跳舞。巴东去狱里探望，左龙要求巴东再花一点钱，把牢房的灰色地毯换成红色，让他梦里的女人进门的时候，把脸色映得好看一些。巴东让他耐心等待几天，等到米晓雯不光在他梦中的牢房出现，也到他住的牢房来看他的那一天，就叫警方改变地毯颜色，免得他红色的梦提前做了，白白地浪费白色的汁液。左龙接受了。选择曾经为左龙安排的温泉宾馆同一个房间，巴东让米晓雯陪他谈业务。

他们真的签订了一项协议，引进了一笔资金，准备合资建一个贵金属加工厂，把金子拉成十三微米那么细，三根金丝拧成一股，才有人的头发粗。

外资一方，是日本国的商人爱国老华侨。谈判间歇，巴东陪他上山，去看日本鬼子留下的炮楼，他大发感慨，痛骂日本右翼不承认侵略历史，吃饭时喝了三河酒厂酿造的白酒，才连说“要西”高兴起来。协议签订之后，巴东问米晓雯，从日本国回来的同胞脑子有没有毛病？一座旧炮楼，上面不插膏药旗了，枪眼后头也不架歪把子机枪了，老头还会气得发抖，他这个样子在日本怎么过？太阳旗整天在头顶飘着，靖国神社每年还有日本人去参拜，他在那儿还能挣钱，开饭店供日本人吃喝，他要是脑子没有毛病，就得拿把菜刀，把吃饭的日本人砍了。米晓雯认为这并不奇怪，像一个国家一样，投巨资修建了南京大屠杀纪念馆，又成立了中日人民友好协会，你可不能说国家的脑子也有毛病了。巴东一挥手，砍断纠缠不清的政治乱麻，专说金子这个王八蛋。他说，别的都是假的，只有金子这个王八蛋是真的，用一句马克思的话说，金子这个王八蛋，不姓无产阶级，也不姓资产阶级，所以这个王八蛋才硬邦邦的，在所有的国家畅通无阻。美国为什么是全世界的龙头老大？就因为他手里握的金子多，他用金子做的原子弹吓唬人，他想卡谁就卡谁，他想打谁就打谁。《红楼梦》里的贾家，为什么是四大家族之首？就因为他家里骑着金子做的马，跑上跑下。你别看他后来被抄家了，那是因为他没有打点好皇上，他们嫁给皇帝的大小姐，没有把皇帝侍候高兴，又早早地死了。自古以来，没有哪一个皇上不喜欢富人，没有哪一个皇上真的想跟富人作对。巴东坦然承认，他心里想着当富人，他就把金子牢牢地抓在手里，不管是中国的金子，还是日本的金子，抓到手里就不放过。说到这里，他一双眼睛像鹰一样，紧紧地盯着米晓雯的脸说，女人也是这样。他不给米晓雯脱身离开的机会，一口气又说，女人却不都是金子。有些女人天生害怕金子，你只要拿一把金子，在她眼前晃一晃，她的眼一花，就会晕倒在你怀里；有些女人天生害怕刀子，你只要拿一把刀子，在她的脖子上一按，她浑身一抖，就自己把衣服脱了；有的女人天生喜欢权势，像《红楼梦》里的花袭人，她知道老太太把她给了贾宝玉，她还没有长大，就跟贾宝玉试了；有的女人不害怕金子，不害怕刀子，也不喜欢权势，她天生喜欢洒脱，像那个尤三姐，假宝玉真宝玉，她统统不放在眼里，偏偏看上了戏子柳湘莲。巴东连气也不喘，用一只手指指着米晓雯说，你不是这些女人，你天生是一个没有生病的林黛玉，喜欢一份真情，情投意合，天造地设，等待你的宝哥哥嘴里含着玉吐给你。米晓雯听巴东滔滔不绝，满口不离金子，到最后吐出块玉来，她知道这样的玉像石头一样会打人，需要提防。巴东环视房间，让她回想曾经在这里发生过的险情，她刚刚庆幸，救人的警察出现在千钧一发的时刻，巴东就问她，警察为什么会出现得那么巧？米晓雯不能回答。巴东告诉她，有人给警察挂了电话。米晓雯问挂电话的人是谁。巴东解开一只衣扣，问她说：

“是谁派你来谈业务？”

“你？”

巴东不说话，又解开一只衣扣。

米晓雯被惊讶击得几乎说不出话来：“你……派我来谈业务，又给警察挂了电话？”

巴东什么话也不再说了，他用行动，作金子一样所向无敌的发言。米晓雯的抵抗根本不管用。米晓雯没有生病，她当然不会把满口是金子的人，当成嘴里含了玉的什么人；真情的保护，绝不是给警察挂一个英雄救美的电话，而是根本不派她，到关了一只猴子的笼子里谈业务，猴子又刚刚洗了澡。她挣扎着扑向门口，没有救人危难的警察破门而入。巴东自己安排的业务，要谈的时候，自然不会通知警察来干扰。米晓雯渴望，警察的神经能跟所有危难时刻相连。这样的渴望不能够成为现实，筋疲力尽的时候，服从了死亡到来的命运，闭上眼睛，流下泪来，惨痛的瞬间掠过了对她姨夫深深的怨恨，怨恨像撕裂的伤口，永远不会愈合了。

连温廷礼本人也说不清楚，他究竟为什么要把米晓雯执意安排到大东公司当会计。他是县长，可以把外甥女安排到好多部门去算账。米晓雯在大东公司管理账目，他固然可以更清楚地知道，巴东腰里能装下多少金子，可是他也应该知道，巴东的腰里金子越多，也就越不把县长放在眼里了，他知道得再清楚也没有用。最初，他通过米晓雯这个中间环节，保持与巴东的联系，他关心米晓雯与关心大东公司同等，他询问米晓雯的工作情况，也就了解了大东公司的业务情形。后来他往往越过了中间环节，直接与巴东通话，好多秘密信息，在没有人看见的电话线上来往。他其实满可以把米晓雯从大东公司调出，安排到安全部门去了。他把一块肥肉放在狼嘴边上，明知道危险，也不拿开，好像要故意诱惑狼吃似的。等到米晓雯终于被巴东吞食了，他不觉得怎么可惜，只恨巴东欺负他。他曾经在京都看过脱下了军服的女兵，露出肚脐眼来跳舞，他在台子下面的后排座位上，也能看出米晓雯比所有跳舞的女兵都白净，那时候米晓雯还是个孩子，有时候光着脚丫，姨夫长姨夫短地叫他。等到米晓雯长成了可以跳舞的身材，他当了县长，也没有能力送米晓雯去当跳舞的兵。倒不就是因为米晓雯是跟他老婆连着筋骨的肉，隔了一层皮贴在他身上，他不肯出力，是他的连襟花不起那笔钱，要当跳舞的兵，先得上跳舞的学校去学习。跳舞的学校，跟他当年拿着工资上的学绝不一样了，米晓雯需要有一个巴东那样的富豪投资，才能去学跳舞，穿上军服。米晓雯真是个跳舞的身子算账的命。温廷礼计较巴东吃了米晓雯，巴东就叫米晓雯把账好好算一算。他告诉温廷礼说，他叫米晓雯带回去的海参王八，都记在账上，海参的肚子里有项链，王八屙出的蛋里裹着耳环，他曾经嘱咐米晓雯，转告县长，小心食用，免得误食了硬货，吐不出来。温廷礼如鲠在喉，问巴东，是不是一开始就打算放长线钓大鱼？巴东反问他：

“你说什么大鱼？”

温廷礼想一想说：“小米啊。”

巴东哈哈大笑了，笑过以后说：“女人能算鱼吗？”

女人是钓鱼的钩子

在下台的金崮林家副总郭立志看来，女人才真的是钓鱼的钩子，钓上你，想吐也吐不出来呢。他吞下的是一只最没有账算的钩子，连一块诱饵都没挂。刁金凤要是香甜可口，挂在那里丢丢荡荡的，让人垂涎难忍，吃了她，再叫钩子钓住喉咙，也能有余香可以回味。她根本不是，她是一只长了锈的老钩子，什么诱饵也没挂，把老锈往你的嘴上一贴，就粘住了挣不下来，你想着不吞钩子也不行。刁金凤脚大能擂鼓，可是她大鞋的帮子都倒了，松垮垮的，显然跑不快，她再疯狂也不行。从副总的位子上下来，到矿井里抱着风钻，只打了一天炮眼，郭立志就发现，他在刁金凤那里把力气白白浪费了，真的需要他勇猛掘进，他倒没有力气了，他像他做的掺水多的豆腐一样松，不抗震动。一天还没有干完，他整个身体就像一块水豆腐，让刁金凤那么大的女人脚踩了一脚，再就收拾不起来了。在矿井里干活，跟他做思想绝不一样。当然了，钢铁做的风钻比厚厚的大书倒沉不了多少，他能拿动厚厚的大书，就能抱动钢铁的风钻，不同的是，他只要把厚厚的大书拿起来，身上就不再觉得累了，往指头尖上吐一点唾液，就能沾起纸页翻过去，他把钢铁风钻抱起来，需要把脑袋瓜子上出的汗也洒上去，钢钻头才不至于退了钢火软下去，像他从刁金凤身上滚下来一样。厚厚的大书里没有诗，他浑身的汗水凉透了干掉，只剩下一堆没有水的豆腐渣，他才把两句诗想起来："美人首饰侯王印，尽是沙底浪中来。"可是要把这样的诗写进厚厚的大书里，拿着做思想，显然不合适了。金子固然还会戴在美人头上脖子上，各级政府的印章却都是一律的木头疙瘩，少见的钢印，也用做风钻的材料刻制，不用金子，犯人的脸上也不再打金印，剃一颗秃头取代了。下台的副总郭立志抱一架风钻感怀沧桑，天上人间，简直受不了小工头郭宝贵睁着两只眼睛监督他。

郭立志并不想让郭宝贵抱了风钻，他站到旁边当工头，说实话，要让他只要站着就不睡觉，往矿井里一坐就睡过去，他还做不到呢。做思想多年，他明白了一个道理：工头就是看着别人干活，自己不干活的，好像警察不干坏事，专门监督别人干坏事一样；当然啦，警察要是看着别人不准干坏事，他自己干坏事，那也跟工头夺下矿工的风钻干活一样，是因为他看母牛下小牛，看了一宿，再一躺下就睡，睡得迷糊了。郭立志也不像矿长林定邦那样，想不通一些事情，他当然也知道，孙玉娇在安得林的肚子上办公，把办公室主任当到家了，可是他就不像林定邦那样，跟郭宝贵说什么"地球肚皮上的人在寻欢作乐像人一样活着，咱却在地球的肚子里做一台挖金子的机器"，他用厚厚的大书里也没有的条款解释：人和人是不一样的。老天爷造一颗地球有肚皮，肚皮上有花红柳绿鸟叫水流，就是为了叫一部分人寻花问柳，在林子里玩鸟，在河水里洗脚丫子。老天爷害怕寻欢作乐的人太多了，把地球的肚皮踩得塌下去，这才在地球的肚子里藏了金子，叫更多的人下去掏挖。老天爷担心人挖的金子多了，都跑到地球的肚皮上寻欢作乐，这才把金子藏在人找不到的地方，用一层一层石头压住。只有地球肚子里的东西全都掏空了，地球的肚皮才能塌下去。到了那个时候，还是要有人在肚皮上寻欢作乐，有人在肚子里挖金子。地球的肚皮全部塌光了，贴到了脊梁骨上，还会有另外的星球有肚皮，花红柳绿，鸟叫水流。美国人挖的金子最多，最先跑到月球上去，捡石头回来研究，就是为了到月亮上去挖金子，寻欢作乐到月宫。金崮林家在地球的肚皮还没有塌下去的时候，孙玉娇在安得林的肚子上办公，安得林的公，也在孙玉娇的肚子上办，大家都应该想得通。就是从副总的位子上被赶下来，郭立志也没打算把孙玉娇的办公情形告诉郭宝贵，他才不会指望，郭宝贵能把安得林赶到地球的肚子里挖金子呢。他本人来到地球的肚子里，抱一架风钻，并不是他天生就该干重活，而是因为他犯了不寻欢作乐的错误——他被人逼着吞下了一只没有诱饵的钩子，只有痛苦，没有欢乐。

郭立志以多年的思想智慧，想通了地球的大道理，可是他在一个小小的关节上卡住了，通不过去，只要郭宝贵站在旁边，睁着眼看他抱了风钻打眼，他就会想起，孙玉娇把他厚厚的大书接过去了，好像郭宝贵在没有日头的矿井里，睁着眼不睡觉，就是为了让自己的老婆在光天化日之下抢书似的。郭立志还不知道，孙玉娇做思想，根本不用看厚厚的大书，而是独出机杼，随心所欲，他可知道，大旗山动物园的猴子又要喜欢她了。总部大楼前的巨型雕像举行揭幕典礼，如此隆重的思想，也要由孙玉娇一手主持。不用跑到地球的肚皮上，郭立志隔着千重山岩，也能看见军乐队的喇叭长管推进去短了，拉出来长了，孙玉娇淡淡的小胡子闪闪发光，好像湿了。而郭立志却被严令禁示，不准从地球的肚子里出去，他连站在远处听一听吹打都不行，他被故意调班，夜班下来，紧接着干白班。凭多年的思想经验断定，吹吹打打的庆典差不多就在头顶上进行，挖金子的大炮，一步步就要响到雕像的脚底下了，彩色气球却落不下来，倒往另外的星球上飞。郭立志渴望彩色气球越飞越高，一齐爆破，坠落下纷纷花雨永恒春光，渴念由他主持召开三老会，讨论集体墓地的第四次迁移，不是按阳世的身份地位排序，也不按血缘关系排定爷爷和孙子的位置，而是按照死了以后，头上沾的彩色气球破碎的花瓣，决定住的房子大小。在地球肚子里挖金子的人，注定了不能戴着花死去，唯一的去处，就是死无葬身之地。郭立志与看不见彩色气球爆破的灰色命运抗争，在几乎不可能出现转机的情况下，冒死反叛一下，趁着矿井里倒班的机会，暂时摆脱了小工头郭宝贵的监督，衣服上带着石粉水渍，去找安得林，要求再作一次选择：他不下矿井了，自愿割去。安得林像当初提出两种惩罚任他选择的时候一样，不动声色，平静地问他，为什么改变了主意？郭立志痛心疾首地解释说：

“我还想给你做思想。”

安得林没用考虑，点头同意了，他说：“我知道你还会来找我，最终作出正确选择。”

稍稍迟疑了一下，他提醒郭立志，是不是需要跟老婆商量商量再说？

郭立志顶天立地地说：“我自己的东西，自己做主！”

宝物

郭立志即刻起程，踏上了寻求阉割的道路。他乘车北上，不要任何人陪同。离开安得林的时候，他曾要求派一个治安员跟他去，不是陪同，而是监督，安得林相信他的诚意和坚定，不肯派人，他进一步增强了自信，就一个人走了。他从财务科支取了一大笔路费，足够他踏遍青山，找到操刀人。他把路费装在短裤兜里，再穿一条长裤遮挡，每走一程，支出路费的同时，也为他创造一次身体观光机会，他去意已定，兴致尽失，往往只瞥一眼自己那安详的样子，就像什么东西也没看见一样放过了，再也引不起一点兴趣和欲望。他不放心的只是近在咫尺的钱，同样是鼓鼓囊囊的一包，他无论是睡着还是醒来，伸手一摸，从来没有摸错地方，硬邦邦的有棱有角，正是不能被人割去的东西；火车上，扒手用刮脸刀片割口袋偷钱，需要小心提防。他最不放心的时候，不敢睡觉，隔一段时间，拔掉一根胡子让自己清醒。凭经验他往北走，直上京都，以为住过了数十代皇帝的古都，自然会传下操刀手，刀手也许不会坐着轿车在立交桥上奔跑，却会在京畿民间的大田里开拖拉机。没想到他错了，他在扭麻花般扭来扭去的大桥底下的桥墩上，看到巴掌大的广告比三河县城更多，广告指示的秘密诊所不光能修复处女膜，为女人作假，还能让男人的家伙增大，使假处女原形毕露。同一个桥墩上的广告卖矛又卖盾，这样的地方显然不会给人割去。他寻找没有如此淫荡广告的地方，找到了最干净的古庙，认为庙里的和尚按时把头发剃净，不近女色，自然会有刀手藏在古柏森森的影子里。他一直等到旅游的红男绿女走干净了，庙里寂冷下来，才向一个面目和善的和尚打听。面目和善的和尚先把两只手掌合起来，念一声“阿弥陀佛”，再念一声“善哉”，然后诚心诚意地告诉他，和尚阉割，不用剃头的刀子，用经书。郭立志想起被孙玉娇接过去的厚厚的大书，问和尚是不是“村规民约”，和尚的面目立刻变得凶恶起来，横眉立目地说，出家人不染红尘，四大皆空，哪儿来得那么多的束缚？郭立志再要问问和尚，经书的刀子割，用不用麻醉药，和尚不再理他，用指头一个一个捻着数珠子，珠子串成的圈套套在脖子上，郭立志不知道和尚什么时候能把绳子数断。

郭立志在暮色中离开古庙，看见一队和尚从一个大门走出来，走进另一个大门，手拿着俗世也用的饭碗，刚刚剃过的头很新，他却看不见刀手在哪里藏着。不过，在古庙附近，郭立志倒从刚刚在庙里烧过香的老香客那里，打听到了割的方法，那就是用一把小镰刀，像割韭菜一样，贴着地皮割去，担心发二茬，狠一点的就用小镰刀剜一镰，插上一根麦草管导尿。不过，三天内最好不喝水，只吃硬的，免得麦草管被尿泡烂了，尿不出来。三天过后，猛喝一肚子水，把麦草管一拔，尿就像泉水从一个泉眼往外冒，顺着石缝往下淌，就算好了。割下的东西就是宝物了，刀手把它用盐腌好，放在玻璃瓶子里，封严瓶口，放到高高的架子上，预示高升。等到蹲下尿尿的人日后真的要升官了，就把宝物拿来验证，看看他割下来的是不是真的宝物。郭立志听了微微一笑摇摇头，决定他不保留了，割过以后，他只要求还给安得林做思想，并不想爬到安得林的头上去。他还是关心割的时候用不用麻醉药，老香客告诉他，不用麻醉药，使用辣椒，把辣椒水烧热了，仔细地洗三遍。郭立志担心地说，用辣椒水洗，肯定痛得受不了。老香客像拿着一把点燃的大香往人的腋下猛触一样，毫不留情地说，早痛了晚不痛。

老香客刀子一样吓人的话，当然不会把郭立志吓回去，他立志割去，就不会怕痛，他害愁的只是找不到操刀手，不能让长痛赶快变成短痛呢。幸亏他带足了能够报销的路费，不担心寻求阉割的路程像他剩下的生命一样长，他只是忧心忡忡，担心他终于找到了刀手那一天，他不必割去，也没有活着的时间做思想了，死人世界有没有这样的工作，他还不知道。他稀里糊涂地上车，稀里糊涂地下车，心里失去了线路图，只希望火车和汽车的轮子知道刀手藏在什么地方，能把他不问方向地拉过去。离着家乡越来越远他不知道，后来离着家乡越来越近了他也不知道。雾蒙蒙的早晨，看见巨大的牌坊顶上“黄金宝地欢迎您”迎面而来，越来越清楚，他很希望不光三河盛产黄金，好多产黄金的地方，都会在公路干线上修牌坊，写上金光灿灿的热情空话，那样，他就离找到操刀手的地点不远了。等到他看见公路两旁的田地里，拉犁的是熟悉的公牛，拉车的骡子也是三河模样，他才好像从大梦中醒过来，

明白了，只有三河才配称作“黄金宝地”。他惊慌得两眼发直，大叫司机停车，司机不停，他威胁说，再不停车，他就把尿撒在车上。司机的威胁更可怕，说他一掏出来，就给他割去，这一来他抓住司机不放了，要司机停下车来，即刻实行。司机说他还要开车，把不想割的旅客送到安全的目的地去，真的不想要尿尿的家伙了，可以去找麻子六。郭立志急切地打听，麻子六藏在哪座山上？司机说，哪座山上有鸟，哪座山上就有麻子六。这一来郭立志发慌了，不知道他带的路费够不够供他走遍天下有鸟的山头。

郭立志中途下车，以便省下路费，走更远的路程。他往有鸟的山上走，逢人就打听麻子六。在一个破破烂烂的村头，他终于找到了麻子六的老家。麻子六原来是红枪国的刀手，六十多年前达到了事业的鼎盛期，在红枪国里兼做屠宰和阉割两项工作，割猪和割人用同一把刀子，刀刃不锋利时，在猪蹄上宕刀。其实，县里的秀才班子刚刚编撰完成了《黄金宝地三河》一书，已经记载了红枪国短暂的历史，只因为郭立志有了他自己的一本厚厚的大书作资本，不再把别的书放在眼里，没有及时看到罢了。红枪国遗下的历史红晕横在天边像一抹晚霞，他都没有看到。金崮林家总部大楼顶上的探照灯强光天不黑就开亮，像跟在落日后头的太阳，郭立志看不见历史落日留下的红晕像一个人头上的胎记，永难磨灭。六十多年以前，东流河上游出了一个了不起的木匠，用做木工的大锛劈开了地主的大门，领导了一场红枪会起义，在大地主的庄园里建立了红枪国，命红枪国里扎制葬礼冥器的高手工匠，用金箔纸在地主的客厅糊起了金銮殿，用光了三河县大小店铺的所有金箔纸。那时候打锣山金矿还是用女工推大磨，淘出的金子不够打制红枪国皇帝坐的龙墩，木匠大锛一挥，命部下去西面的县里抢金箔纸，裱糊宝座，他自己在红枪国的后宫里，跟地主的三太太疯狂嬉戏，三太太已被他纳为西宫娘娘。木匠像所有大国和小国的皇帝一样，不放心后宫里侍候娘娘的男人，让杀猪的义军小头目麻子六操刀，阉出了红枪国第一个也是民国的最后一个太监。红枪国政权像小太监的鸟儿一样短命，木匠派出去抢金箔纸的部下遭到了残酷打击，西面县里的军阀司令，要用金箔纸为他的六姨太扎制人间没有的豪华宅院，让六姨太在死人世界居住。六姨太是三河县有名的妓女，死在军阀司令洋枪洋炮做爱的床上。红枪国为金箔纸跟军阀司令开战，根本不是新武器的对手，很快就失败了。军阀司令杀光了所有头上有红色印记的人。红枪会义军用红巾包头，红布巾染料遇汗融化，深深地渗入肌肤，失败的红枪会会众扔掉红缨枪，解下红头巾，也瞒不过军阀的眼睛。屠夫麻子六侥幸逃脱，却被他亲手阉割的小太监杀死，给六十多年以后寻求阉割的郭立志留下了深深的遗憾。郭立志几乎绝望地询问，麻子六有没有后代？人家领他从破破烂烂的村头走进村子，在一个废弃荒芜的场院边上告诉他，红枪国就是在这个场院里，跟西面的军阀打完了全军覆没的一仗——然后领他走进一个血水淋漓的院子，屠夫嘴巴上的胡子像割过了麦子的麦茬地，正要把刀子捅进猪的脖子里，人家用手指一指告诉郭立志，那就是麻子六的孙子。

孙子可不像爷爷那样不讲卫生，他用做饭的铝锅煮刀，用炊帚把锅盖刷干净。他是有文化的刀手，术有专论，阉割知识的渊博令郭立志惊讶。他一边往煮刀的锅里添水，一边告诉郭立志，中国是世界上阉割历史最悠久的国家。按照甲骨文的记载，中国最早的太监诞生在四千多年以前，第一个太监侍候的是武丁王的皇后。人世间的阉割历史像人类的历史一样长，不光中国，其他国家也是这样，国家历史悠久，阉割历史也悠久。古代埃及由僧侣操刀，他们先用细线绑住，像勒住鸟儿的脖子，一刀切掉，撒上锅灶里的灰止血，再把铁棒插进尿道里，肚脐眼以下用热沙埋起来，等到顺着铁棒往外流的尿，能把热沙湿成蚂蚁窝尿过的样子就好了。古印度不用细线，用竹片夹住，像用筷子夹一节猪肠，竹片像木匠的尺寸，刀子沿着竹片切，切掉后，把烧热的芝麻油浇上去，等到浇上去的油像秃子头上的疤痕沾不住，能叽叽啦啦流出尿来就好了。在麻子六孙子的叙说中，煮刀的铝锅鼎沸了，锅盖顶得砰砰响。孙子用捞猪蹄的笊篱捞出刀来，替了毛巾握住，向郭立志解释说，我们是中国人，还是要用中国的办法。他让郭立志半卧半坐在炕上，像旧时代的女人拉开架式生孩子，一招手招进三条大汉，一条大汉抱住郭立志的腰，两条大汉一人按住一条腿。郭立志刚想说不用这样绑架，刀手嘴巴子上的胡子像毒日头底下的麦茬一样立起来，厉声地喝问郭立志：

“后悔不后悔?”

郭立志微微一笑不说话。

刀手被郭立志微笑的样子气坏了，那样子不像从容，倒像蔑视，刀手用更加严厉的声音再喝问一声：

“到底后悔不后悔?”

郭立志不回答，却叫三条大汉把手松开，问刀手有没有扑克牌。

刀手不明白扑克牌能派什么用场。

郭立志说：“我跟他们打着桥牌，你动刀。”

刀手屠宰成性，杀猪无数，还没有遇上这样一头不怕刀子的猪。他忘记了文化，不知道对方在抄袭“刮骨疗毒”的精神模式，气愤至极，手起刀落，寒光一闪，郭立志惨叫一声昏了过去，没有听见金崮林家方向传来天塌地陷的巨响。他带上足够的路费，寻求阉割，辗转南北，却没有想到，仅存的刀手就在盛产黄金的地方，离他的金崮林家老家近在咫尺。他要是真的打上了桥牌，老家的巨响，刀光一闪的时候他就能够听见。

没有人当秘书的地方

关在精神病院的梁晨，听到了金崮林家方向传来的那一声巨响，他就恢复了清醒。那时候他正在睡觉，巨大的响声不像打雷，让他睡梦里害怕，倒像一架马车，轰隆隆把他从另一个世界拉回来。精神病院的日子不像做梦，做梦有时候他会记起梦里走过的地方，他在精神病院里醒来，却记不起他怎么会来到这样的屋子里睡觉，门窗上加了铁栏，像关野兽的笼子。他身上穿的白衣服印了蓝色的条条，也像笼子一样，一个屋子里的人，穿的衣服都是一个模样。大家都很老实，每个人都生活在自己的世界里，不知道别人的世界发生了什么事情，对自己也常常漠不关心，不跟人要好吃的东西。梁晨被巨大的响声惊醒以后发现，跟他关在一个屋子里的人，好像并没有听见天塌地陷的巨响，仍然沉浸在每个人各自的世界里，他慢慢地明白了，他不应该跟这些人关在一起，他与他们走进这个屋子的原因不一样。他们也喃喃自语，可是没有一个人叙述过，被人举手表决认定疯狂的经历；他们也执著痴迷，在一个处所流连忘返，可是他们不向往一个在葡萄架下谈心的岛国，也不费心打造大船渡海，缺乏材料打造拖不垮的船帮，他们也不害愁；他们也有在山上开始的爱情，他们的爱人倒不害怕当秘书，恰恰相反，正因为不能到更大的楼上去当秘书，才挖空心思，苦苦折腾，成了疯子。他们的世界，只有秘书腋下夹的硬纸板本子那么大，盛不下外面更大的世界，外面的世界，有一个地方传出了天塌地陷的巨响，他们也听不见。梁晨要跟他们严格区分开，他趴到窗户上，抓住铁栏杆，要求放他出去。医生穿着白衣服，没有蓝条条像铁栏锁住，溜溜达达地走过来，手上持的械具像金崮林家治安员屁股后头的警棒，只不过颜色不黑，梁晨小心躲避着，不让它触到身上，对医生说：

“放我出去，我听见了。”

医生问他，听见了什么？

梁晨说：“塌了，金崮林家总部大楼塌到了地底下。”

医生惊讶得目瞪口呆，忘记了用警棒一样的械具触梁晨，制止他清醒的疯话：金崮林家真的发生了大陷落，总部大楼塌进了地球的肚子里。

陷落是早早晚晚的事情，注定的命数，只是到来得突然了一些，金崮林家还没有来得及建起新的总部大楼。三河县遍地黄金，处处金矿，几乎所有的山头上，都有人穿破地球的肚皮，在地球的肚子里掏挖，等到地球肚子里心肝五脏全部掏空，三河县所有的大楼都要填进去，再把地球的肚皮撑起来，让子孙后代在地球饱鼓鼓的肚皮上居住。零零星星的陷落，几千年前就开始了。有一年春天掉进去一辆木轮子马车。孔夫子去远方游说，绕道东夷，途经三河的时候稍晚，他的马车有幸躲过了。有一年冬天掉进去一个工棚，矿工在工棚里生火取暖，跟着火盆一起往下掉，火盆始终没有摔碎，矿工却落到中途就顾不得烤火了。掉下去一辆轿车，是在刚刚过去不久的夏天，大家怪轿车跑得太快，碾碎了地球的肚皮，就是没有想到，热天里地球也会出汗，它的肚子掏空了，再出汗就会受不了。金崮林家大陷落，好像是因为总部大楼太沉了。挖金子的大炮响到了大楼底下的时候，却没有人担心过。巨型雕像单位重量比大楼的哪一层都沉，地球的肚皮要是担不住，两个雕工叮叮当当雕刻一年，应该有好多机会掉下去。大陷落发生以后，才证明了一个道理：石头的脚再大，也跺不塌地球的肚皮；人的脚不大，要是疯狂起来，两个人四只脚，往地球的肚脐眼上踩，也能把地球的肚皮踩塌了。大陷落，其实就是安得林和孙玉娇在总部大楼上疯狂做爱引起的。巨大的轰响爆发时，安得林没有像林定邦被老婆惊动时那样害怕，孙玉娇自自然然地脱落了往下掉，安得林遵照自然的次序，跟在后面。有孙玉娇垫底，安得林没有生命危险，尖利的乱石从孙玉娇的后背穿透，锋刃从胸膛露出来，像被地球不甘心的肋骨刺穿。安得林只被楼房的砖石砸了下身，头部倒被门窗支起的架子护住了。巨大的雕像安全无虞，就是一条腿好像踩进了烂泥坑里，一只脚还踏在石头上，看上去两个肩膀不一般高了。

梁晨从精神病院回到金崮林家的时候，现代科技正在大展身手，让巨型雕像两只肩膀恢复到一样的高度。他们用高压水泵，往地球的肚子里注水，要让地球像被屠夫捅了刀的猪一样，由一个口子鼓气，把肚皮鼓起来，把雕像的一条腿往上抬，一直抬到两只肩膀像刚刚雕出来的时候一样高。梁晨一个人的手肯定推不倒巨大的雕像，他也夺不下人家往地球肚子里注水的高压水泵，他要是伸手硬去夺水泵，人家就会把水龙头从地球的口子上撤出来，对准他的脑袋喷水，让他清醒，然后再举手表决，送他去精神病院。在幼儿园里，他没有找到恋人，接替了周小佳位置的幼儿教师不认识他，也不知道前任教师的下落。知道周小佳是在山上开始了爱情的小教师，吞吞吐吐地告诉梁晨，周小佳曾经多次去医院探望他，可是梁晨记不起他在精神病院见过恋人。梁晨问小教师，周小佳到哪里去了？小教师只是连连摇头，连周小佳离开金崮林家的时间都不肯说。梁晨猜到，周小佳是害怕还被调到总部大楼上去当秘书，当即离开金崮林家去寻找。小教师不无忧虑地问他，打算上哪儿去找？梁晨回答说：

“去没有人当秘书的地方。”

梁晨一下子就找到了寺院。寺院里的经文早就写好了，有的用墨，有的用血，还有的用金子，大约不需要秘书腋下夹了崭新的纸张，送给长老去签字盖章。长老不像人间的老板一样吃肉，大约也不用秘书按时倒一杯茶，给他涮油水。他要是热了，自己会摇了芭蕉叶扇子扇风，不必秘书给他拿一个巴掌大的遥控器打开空调。可是一走进寺院，梁晨就发现他想得不对，寺院高处的窗户旁边，也安了尘世的空调机，钢铁三角铁架凿透了寺院古老的砖墙钉进去。梁晨还没看见秘书为长老打开空调，在大殿外面溜达的和尚不准他往有空凋的地方走。他跟和尚打听有没有秘书，和尚不回答他，却问他是不是打算出家。梁晨问他，要是出家，就能见到秘书吗？和尚把抄在袖子里的一只手拿出来问他，说：

“带身份证了吗？”

和尚头顶，香火烧出的疤痕像两排严整的塑料扣子，梁晨不知道佛界也要俗世的证件。和尚告诉他，要出家，不仅要带身份证，还要带离婚证书，没有结婚的，也需要带家人的证明，证明他可以斩断尘缘，然后才能带他去见住持。住持批准以后，你先带发住下，自己住一间屋子，不准跟和尚来往。过一些日子，住持看你有缘，才给你削发剃度。梁晨以为，经过了如此复杂的出家手续，头顶就可以用香火烧出两排塑料扣子一样的疤痕，不长头发了。和尚摇摇疤痕幽亮的头告诉他，要达到这一步，还要走好长一段台阶呢。梁晨不明白，和尚头顶两排塑料扣子一样的疤痕，为什么这样难以获取，竟然不允许出家人自由烧出来，它究竟代表了什么？和尚用尘世的名词告诉他，说：

“职称。”

和尚头上除了疤痕光亮，已经长出了凡人一样的头发，胡子也很拉碴了。他穿着灰布长袍，喘气不畅，显然害着尘世的哮喘病，天气还没有大冷，就发作了。他像人间的干部一样喜欢讲话，逮住一个听众，就大讲不休。不等梁晨询问，他就公开自己的凡世身份，说他当过工厂的车间主任，厂子效益不好，工人吊儿郎当，厂长还是劳动模范。出家以后，才发现以前的烦恼多么可笑。他真的笑了笑，把头摇一摇，像电视上卖洗发香波的女人一样撒娇，作开了出家的广告。他还没有把梁晨尘世的心说动，身上响起了“叽叽叽”的虫鸣，他撩开灰布长袍的衣襟，从腰带上摘下呼机，按动黑键看一看，不跟梁晨道别，就朝有空调的地方匆匆走去了。

梁晨不能断定，身上挂了呼机的和尚就是庙里的秘书。周小佳在金崮林家的办公楼上，当过一段时间秘书，她的腰间也没有挂上呼机，她说她不愿意听那种叽叽的虫子叫。她说，像虫子一样鸣叫的小机器从美国传来，美国人却不带在人的身上，他们挂在羊和牛的脖子上，牧场主按动总机关叽叽一叫，羊和牛就知道挤奶的时间到了，停止吃草，赶到挤奶的地方去。梁晨不能凭身上的呼机，就断定和尚的秘书身份，他也就不能判断，能不能在寺院找到周小佳。寺院大门外边，由一个小窗口卖门票的售票员，模样很像周小佳，梁晨却能一眼就看出不是，周小佳不当秘书的决绝神色，售票员脸上没有。趁着售票员不卖票的空闲时间，梁晨问她庙里有没有秘书，售票员愣了一下，咯咯笑了，笑完了才说：

“人家不叫秘书，叫大和尚。”

她还告诉梁晨，大和尚比住持的年龄还大，住持原本是外语学院的大学生，一心出国，出国不成，就出家了。住持能用外国语念经文，所有的和尚都听不懂。外国游客来参观，才能听懂住持用外国话讲中国和尚的故事。住持可不像老和尚那样保守，他用手机和外界保持联络，坐轿车去县里开会。梁晨怀疑，能坐上轿车的和尚老板，肯定在金矿持了股份，售票员告诉他，和尚用香火钱买轿车就够了，寺院的门票收入归地方旅游局，香火钱全部归庙里。

梁晨明白了，坐着轿车开会的和尚领导，大约也会用女秘书打开车门，伸出一只手去保护和尚头。佛界与尘世，原本只有一墙之隔。就在这座古柏森森的寺院里，大殿旁边，青砖瓦舍的院落里，就曾经住过一个军阀，军阀每年带着他的三姨太，在此消夏，一连重兵带了机关枪守卫。军阀和三姨太在红木雕刻的大床上做爱，哼哼唧唧，和尚就在隔壁咿咿呀呀诵经。其实和尚也不甘寂寞，大殿的另一旁有一片废墟，石头砌的地面深深地凹下去，那是毁掉的大殿暗室遗址无疑，梁晨不知道，那一代和尚是不是也被大骡子拉着耙，来来回回地耙了。尘世的秋风强劲地吹袭着仙山，女人把狗奶子大小的山枣装在塑料袋里给人吃，没有人肯要，谁都知道她们不让人白吃。她们还用提篮提几瓶矿泉水，跟人上山，她们穿着布鞋，走得很快，走到人家前头，就回头给人介绍景点，她们用的是差不多像诗一样的语言。她们说“摸摸皇帝印，来年当主任”，全不管人家早就当得比主任还大了。不过她们引导人家，走到皇帝大印跟前，也没有人烦恼。皇帝的大印刻在石头上，已经被人摸得深深凹下去，像一座大印的地下室了。那个风流的乾隆皇帝游遍仙山和圣水，探幽猎艳，把字和印像精液一样洒遍能发芽的田土，遍地开花。把皇帝大印摸成了地下室的人，却不都是乐观的，他们不吃女人塑料袋里装的狗奶子一样的山枣，连女人提篮里装的矿泉水也不喝。到了离天仍然很远的山顶上，女人硬要他们买一瓶矿泉水喝喝，他们才真的恼火了，不管女人再念出多少诗一样美好的祝福，他们就是不喝水，不管女人是不是也有雪白的牙齿。梁晨没有坚持拒绝，他接过一瓶矿泉水，打开喝一口，要求女人，不要像导游小姐那样用诗的语言说话，而是像仙人指路一样，用凡人的话给他指点迷津，告诉他哪里不用人当秘书。女人把钱装好，准备下山引领另一批游客，抬起一只手来，往大山的那一边马马虎虎一指，说：

“那边啊。”

用金子克一个龙

女人马马虎虎的手指不能指到更远的地方。顺着她指的方向往前走，等到两条腿走累了，仍然会走到金崮林家。金崮林家不是大海中的岛子，不需要乘船，伤好痊愈的老总安得林坐着轮椅，走上水泥铺的街道，郭立志带人欢迎他。郭立志实现了重新担任副总的愿望，胡子已经全部退光了。坐轮椅的安得林像他一样，嘴边也是光光溜溜的，那却不是动刀的结果，不是老总自愿的。乱石的锋刃不像麻子六的孙子在铝锅里煮过的刀，会引起腐烂的，医生技艺再高超，也没有办法止住腐烂。总部大楼废墟前边，高压水泵仍然在往地球的肚子里注水，要让巨型雕像两只肩膀一般高，水源来自地下。抽水的水泵龙头架在金崮顶矿井里，连接了长长的水管，接通注水的高压泵，构成一个完整的循环系统，像地球的嘴巴和尿道一样，一边喝水一边尿，地球的肚皮瘪不下去，也鼓不起来。就这样大喝不止大尿不止，雕像低下去的肩膀也许抬不起来，另一只肩膀也不至于再低下去。新的总部大楼，在雕像的另一边铺基动工，避开原楼的废墟，设计了电梯和没有台阶的旋转楼梯两种通道，以便安得林不愿乘电梯上楼时，可以沿着没有台阶的旋转楼梯，坐轮椅上去。三老会成员的住宅楼，也在两委成员的住宅楼后边开始兴建了。三老会成员的住宅楼不设电梯，只设没有台阶的旋转楼梯，便于安得林坐了轮椅上楼，跟三老会成员讨论重要的事情。安得林有胡子能走的时候，不到老人的家里访问，他的胡子没有了，靠轮椅走路，也许会上三老会成员的家里回忆往事。

安得林跟三老会成员往事的回忆还没有开始，令人忧虑的前景却由三老会最先想到了：安得林烂掉了下身，还没有个后代，金崮林家未来怎么办？其实安得林没有子嗣，大家早就知道，谁也未曾把它放在心上，长了双大脚的刁金凤生不出孩子，自然会有脚小的女人生下来。孙玉娇在办公室当主任，只是由于工作太忙，顾不得生育罢了，有人想到过这个问题，也不敢冒险提醒她。金崮林家新迁移的集体墓地，已经在最高处为安得林留下了地方，准备让他住最大的房子，他要是先去那里住下了，三老会成员的住宅小楼还没有建起来，没有台阶的旋转楼梯还修不修？即便三老会成员的小楼修好了没有台阶的旋转楼梯，安得林坐着轮椅上去，回忆了许多往事，也怕到了安得林还剩下一些往事没有忆完的那一天，轮椅的胶皮轮子彻底泄了气，旋转楼梯就没有用了。三老会成员为没有台阶的旋转楼梯派不上用场而发愁，重新担任副总以来，第一次主持三老会，郭立志没有胡子可揪了，捏着脑门苦思冥想，终于嘴巴干干净净地想出了主意，他一拍大腿，高兴地说：

“有办法啦！”

众多老眼睛一齐注视着郭立志光溜溜的嘴巴，问他有什么办法，郭立志像打枪一样，痛快地说出办法来：

“克隆。”

没有人知道姓克的龙什么样子，就是真的龙，大家也只在唱戏的皇帝衣服上看见过，近年来，被好多人擎在头顶舞动的，已经是布做的玩具，是大人们玩的东西了。郭立志详细解说克隆的本质含义，那种科学，其实就是让一个人永远不死的办法，好像拿一张雕版印扑克牌，趁着版没有烂掉，想要多少张，就印多少张。大家顾不得回避郭立志也不能做的事情，担心克那样的龙，也需要男人和女人睡觉，脚大的刁金凤，倒不担心金崮林家的男人全部割去，安得林仍然不能给脚小的女人播下龙种。郭立志毫不在意，大家说到了他自己也做不了的事情，他解释说，克隆不需要男人和女人睡觉，只需要一个女人的肚子，像种植一棵玉米苗，把发芽的种子埋进一块土里，就长出来了。这一来大家更害愁了，小旦的女人已经死了几十年了，可没有什么地方再找有资格的女人肚子。最老的三老会成员林家明还问，随便找一个女人的肚子克一个龙，安得林到底是谁的儿子？有资格的女人肚子还没有找到，他就划算儿子管哪个女人叫妈了，没有人理他。郭立志为大家排解最后一段愁肠，他说，要找到女人的肚子并不难，花一笔钱就行了。美国人要克隆一个小姑娘，需要花费四十三万五千美元，我们克隆的不是小姑娘，花费大约需要多一些。他的话立刻就被人打断了，曾经建议用金子做便盆的三老会成员往前跨一步，把衣服的扣子扯开，露出胸膛，豪壮地宣称：

“花钱不怕，咱用金子克一个龙！”

金崮林家投巨资克隆的老总安得林，还要过一些日子才能坐上轮椅，沿着三老会成员住宅小楼没有台阶的楼梯上楼，跟三老会成员回忆往事，让三老会成员滋生新的愁肠。他们不知道，克隆出来的老总记不记得前世的事情，他们也不知道，克隆出来的老总，会不会在集体墓地里跟原来的安得林争房子，在墓地的高处，他们并没有留出扑克牌一样多的地方。金崮林家的居民，注定了还要有许多欢欣和忧虑，许多探索和迷惘，许多金子，许多电视，许多听不见的凡人与仙界的对话，许多超脱和执著的日子。在那些日子还没有过完的时候，他们还要迎接县里的调查，总部大楼塌陷下去，县城里也能听到巨大的声响，感觉到强烈的震动。害怕引起三河大地震，县里的调查组很快就要启程前来。

小学教师梁晨来自外地，从 SOS 儿童村那位异国永远的父亲身边启程，像一颗流星闯进金崮林家星系，终究不能并入金崮林家轨道。他走遍世界，找不到没有人当秘书的地方。他知道，周小佳不会在曾经当过秘书的金崮林家再度出现，他也孤身一人回来了。他走近村子的时候，已经是半夜之后了。他没有进村，直接上山，手上提了一柄大锤。村子里新的总部大楼已经落成，探照灯架在比原来更高的地方，缓缓扭动，射出强光。梁晨小心躲避，不让探照灯强光扫到身上，没有扭头，不看新落成的总部大楼旁边，巨型雕像两只肩膀是不是一样高了。高压水泵不息轰鸣，他在很远的地方就听到了，他不知道村民们听着高压水泵的响声，能不能好好睡觉。他沿着山路上山，长倒钩的棘子有时候会剐住他的裤角，他不在乎裤子会被剐破，一点儿也不减缓向前走去的巨大冲力，他像奔赴一个激战的战场，前方却静悄悄的，听不见炮响。他是一个人的大军，对手却是一股看不见的力量。他挥起大锤，好像砸在棉花堆上，棉花堆稍一使劲，就会把大锤弹回来，击到他自己身上。他要寻找一个铁的突破点，以硬对硬，砸开一个口子。不必用眼睛看，他用手摸到了铁笼子栏杆，顺着栏杆继续摸过去，摸到了一把大铁锁。他挥起大锤，用心上的眼睛瞄准，狠狠地砸下去，只一下就砸开了铁锁。他拔下铁栓条，打开大铁门，这才听到猴子叽叽的尖叫。

猴子像人一样，在夜深的时候睡得最香，它们却比人警觉，在小屋子里睡觉的大老董没有听见大锤砸锁的声音，它们却在大锤砸下去的时候惊醒了。它们等到铁门打开才尖叫，只是不明白，人要打开笼子，为什么还要砸锁。它们看砸锁的人打开铁门，并没有拿着鞭子，有一个胆子大一些的试试探探走到门口，走出铁门，砸锁的人朝它招招手，又向后边的一群招招手。于是一群猴子呼呼啦啦地涌出铁门，像人看完了电影走出场子一样。它们在笼子外面停一停，集体仰起头来看看天，辨一辨太阳升起来的地方，然后摇动着尾巴一齐跑了，它们摇动的尾巴，像大风吹过了一片长了缨子的芦苇一样。

梁晨等猴子们跑远，走进笼子里察看，探查了假山的石洞，铁架子秋千，确信没有一只猴子留在笼子里睡觉，他就把大锤丢掉走开了。他不会知道，就在他下山的时候，一只短尾巴猴子离开奔跑的群体往后跑，又回到了笼子里。短尾巴猴子走进笼子，把门关上，插好拴条，爬上假山的最高处坐好，静静地等待照亮金崮林家的又一个太阳升起来。此时寒风凛冽，母猴子发情期已过，膣口关闭，短尾巴猴子在石头门前边徘徊，一筹莫展，不能像人一样随时弄欢，猴王的后宫花庭荒芜颓败，它期待着母猴子的再一期发情像春水涨潮，石破花开。

2000 年 12 月 31 日—2001 年 4 月 25 日写于烟台世回尧

2008 年 3 月—2008 年 7 月改定于万松浦书院

作家的胸怀与操守（代后记）

有一个老问题时常困扰不去，促我自问：比较“五四”那一代作家，我们这一代作家究竟缺了什么？家学渊源，留学域外，学贯中西，这一些我们追随不及的大项之外，我们还缺少了那种博大的胸怀和坚贞的操守。当代作家，尽管写出了大量作品，但是却日益显出了某种意义上的“小”来。最近读了关于胡风的几本书，答案便越发清晰肯定了。胡风冤案，作为建国以来最大的一起文字狱，株连之广，影响之巨，空前，也希望绝后。冤案已经平反，其复杂深刻的历史、政治等各个方面的原因，还有待历史学家、政治学家去追究。令我们这些文学后辈深思的是，胡风在狱中写下的文字。他的交代材料始终不改变基本立场，他为外调人员写下的证明材料，还是用一个文

艺理论家洞悉的目光，犀利的文笔，写下对调查对象作品的印象，由文品而及人品。胡风的这些文字，成了那个时代几乎是仅存的文学批评，读着它们，胡风的铮铮铁骨令人肃然起敬。

现在，距胡风冤案始发已经过去了五十年，离“文化大革命”爆发也过去了四十年，二十一世纪的中国思想解放，尊重人权，我们大概不必在铁窗中坚持真理了。然而，我们却没有理由一身轻松，把玩手中的这支笔。文学是社会的良知，作家是人类的良心，无论到了什么时候，作家的胸怀和操守，都比所有技术方面的东西加起来的总和还要重要许多。

我们都是世俗之身，一日三餐保证着我们的肉体生命不至于枯萎，而灵魂的枯萎却不是一日三餐能够救助的，精神的缺钙也不是任何物理性药片能够补充的。我们自然也需要为妻子下岗儿子就业房子装修去操心，问题是，当我们坐下来写作的时候，还会不会为自家的这些事情之外的问题而忧心如焚，这种如焚的忧心是不是让笔下的文字增添了更多的人文关怀、人性内容、人道色彩。

这样说，恐怕要被新时髦嗤笑了。十三年前，我曾经在《大众日报》副刊上发表过一篇文章，题为《保卫崇高》，题目就是主题。不知道从什么时候开始，崇高遭到讥笑，鄙俗得到喝彩，渐成风潮；很难说清是社会风气影响了文坛，还是文坛的恶劣之风刮向了社会。有一些价值取向不能不深加辨析，也许你可以藐视权威，因为那是你的自尊，你或许会比权威走得更远，但是你不能嘲笑崇高，嘲讽只能暴露你的卑劣和猥琐。在那篇《保卫崇高》的文章中，我举了一个例子，中国的“文化大革命”运动时期，美国某大学的学生也要学中国红卫兵的样子搞“文化大革命”了，他们准备烧掉学校的图书馆。当他们冲到图书馆门口的时候，眼前的情景令他们呆住了，老教授们站成一排，白发苍苍的头举向青天，胸前打出了横幅：“请从我们的头上踏过去!”美国的红卫兵却步了。美国红卫兵比中国红卫兵多的是对于崇高的敬畏。仅此一点，对于美国这个主要由移民构成的民族，就不敢小瞧。

差不多又接近另一个老问题了，就是一再被批评的山东作家道德意识太重。这实在奇怪，道德意识重有什么不好？难道不道德才是好的吗？而且这种批评，把原因归到了山东作家身处儒家文化的发源地，历史的包袱太重。这就更加奇怪了。儒家文化完全照搬到二十一世纪，固然不行，但是它那些基本伦理经过了吐纳消化取精用宏，还是能帮助我们建设新型的社会关系人伦准则，比如它的“五伦”，只有“君臣”一伦封建色彩太浓，需要大加摈弃，其他如“父子”“夫妻”“兄弟”“朋友”四伦，剔除了家长专制、男尊女卑、江湖义气等等陈腐因素，父子还是要父爱子敬，夫妻还是要和睦亲爱，兄弟还是要情同手足，朋友还是要诚实无欺。这些人之所以为人的道德内容，怎么会成为山东作家招致批评的原因呢？这样说并不是“只缘身在此山中”的自我迷惑。一个作家群体，一个作家个体，他的发展壮大成长，需要认识自己的缺陷，但更要清楚自身的优长。用南方的“空灵”来比北方的“厚重”，以决高下，像反过来比较一样，没有什么意义。“邯郸学步”的结果只能是爬回到原来的地方去。与其中庸的完美，宁可有缺陷的奇崛。艺术的辩证法鼓励“扬长避短”，而不是“削长补短”。有勇气有操守的作家敢于坚持自己的文学理想，把自己那种与其生命特质与生俱来的优长发挥到极致，走向极端。文学发展到某一个阶段，需要有这样的作家为文学做出革命性贡献。近代以来，乔伊斯、普鲁斯特、海明威、福克纳、加西亚·马尔克斯等人，都是在这个意义上为世界文学做出了革命性贡献的作家。他们不是传统意义上完整的大师，他们是现代意义上局部的大师。我在《山东文学》去年第3期发表过一篇题为《深情期待》的文章，专门谈这个问题，我深切期待着中国这一代作家，甚至我的朋友，有人能为中国文学乃至世界文学做出这种革命性贡献。这里需要的除了无与伦比的才华，更为必需的还是作家的胸怀和操守。它牵涉到了文学道德文学信念这样一些重要命题。

这样说当然不是在倡导文坛的道德一律，更不是主张风格划一。以上所说，与创作风格创作手法没有什么关系，也不是在悲剧与喜剧之间褒扬和贬低。还是鲁迅那句老话："从血管里出来的都是血，从喷泉里出来的总是水"，作家的胸怀和操守，是在他无论用什么主义、创作什么风格作品的时候，都融在作品里了。意大利剧作家、诺贝尔文学奖获得者达里奥·福的作品，让人联想到中国的小品，达里奥·福的演出形式也类似中国小品。截然不同的是，达里奥·福的讽刺矛头总是指向权势、政要、上层，而中国的小品讥讽的对象总是底层、农民、小人物。相形之下，大小立见，达里奥·福是"大品"，不是"小品"。他获得诺贝尔文学奖，这应该是一个坚实的理由。他因《一个无政府主义者的死亡》获罪，处境危难时，也没有放弃他的胸怀和操守，这多么难能可贵。作家高下，实在不单单取决于才华，而在于品格。我们应该常常为此惭愧，而不是沾沾自喜。"登泰山而小天下"，还需要更加坚固的基石。

（本文是作者2006年4月在山东省繁荣全省文学创作会议上的发言）